10694253

BRENDA NOVAK

Enamorada de un extraño

Editado por Harlequin Ibérica.
Una división de HarperCollins Ibérica, S.A.
Núñez de Balboa, 56
28001 Madrid

I.S.B.N.: 978-84-687-8751-0
Depósito legal: M-17872-2016

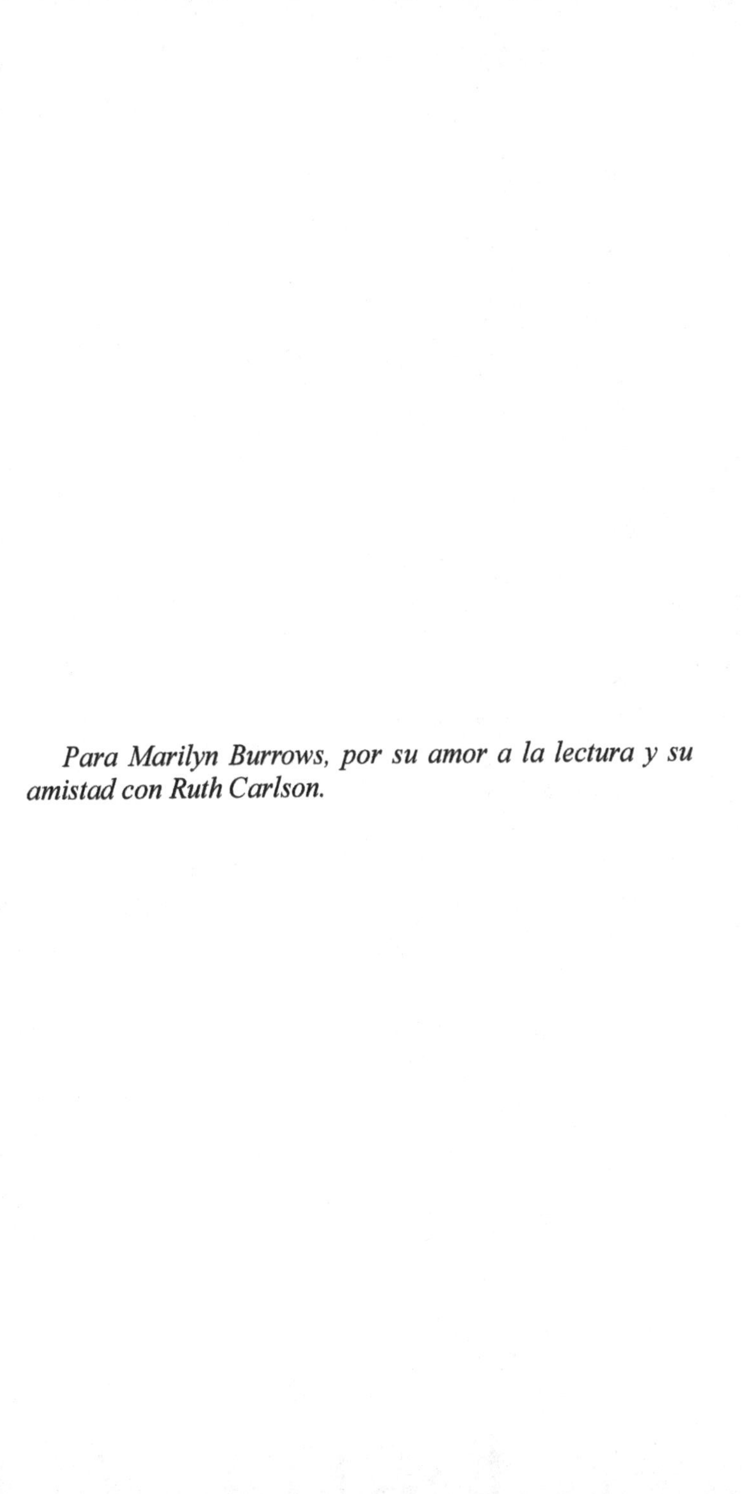

Para Marilyn Burrows, por su amor a la lectura y su amistad con Ruth Carlson.

Querida lectora,

En una de mis trilogías de suspense romántico, *Sin culpa*, *Perseguida* y *Sin salida*, creé un personaje llamado Rex McCready que era un buen amigo de Virgil Skinner, (el personaje principal de *Sin culpa*). Rex tenía un trágico pasado, un pasado que le había causado problemas desde muy temprana edad. Y, desgraciadamente, la clase de problemas que no desaparecen fácilmente. Aquello le convirtió, al menos superficialmente, en la clase de hombre que nadie admiraría, pero yo siempre le vi como un diamante en bruto. Quería que disfrutara de un final feliz, pero no estuve segura de que mis lectoras fueran a estar de acuerdo en que lo merecía hasta que comencé a recibir numerosas cartas y correos electrónicos pidiéndome que contara su historia. Desde entonces, he estado buscando el lugar y la situación ideal para este personaje en particular, un lugar en el que pudiera mudar completamente su antigua piel, ser el hombre que estaba destinado a ser y encontrar la paz. Descubrí que ese lugar era Whiskey Creek, así que ahora le conoceréis en este libro (si no le conocéis ya de *Sin culpa*, *Perseguida* y *Sin salida*).

Aquellas de vosotras que habéis seguido la serie de Whiskey Creek, estaréis encantadas de saber que esta es también la historia de Eve. Eve no solo encuentra al hombre de su vida en un forastero muy complicado, sino que también averigua la respuesta al misterio de lo ocurrido en mil ochocientos setenta, que la ha perseguido desde que compraron el hostal cuando Eve todavía era una niña.

Me gustaría extender las gracias a mi tía Channie por aprovechar la oportunidad de nombrar a uno de los personajes del libro a través de mi subasta anual *online* para recoger fondos destinados a la investigación de la diabetes. Eligió el nombre de una de sus mejores amigas, Marylin Burrow, a la que conoceréis en el libro como asistente de Rex. Al igual que otras muchas personas que me han ayudado a recolectar dinero para esta importante causa, mi tía Channie (Ruth Carlson) es una heroína para mí.

Me encanta tener noticias de mis lectoras, así que sentiros libres para visitar mi web, en wwwbrendanovak.com, a través de la cual podréis poneros en contacto conmigo, disfrutar de regalos mensualmente, aprender más sobre esta novela y todas las demás (¡ya he escrito más de cincuenta!) o participar en mis subastas en línea a favor de la investigación de la diabetes. Gracias a todas las personas que han participado hasta ahora, hemos podido recaudar 2,4 millones de dólares. Mi hijo pequeño sufre la enfermedad, al igual que otros trescientos cincuenta millones de personas en el mundo, así que es necesario encontrar una cura.

¡Feliz lectura!

Brenda Novak

Reparto de personajes de Whiskey Creek

Personajes principales

Aaron Amos: el segundo de los hermanos Amos (uno de los famosos Temidos Cinco). Trabaja con **Dylan** y sus hermanos en un taller de chapa y pintura. Tuvo una relación con **Presley Christensen** años atrás y ahora está comprometido con ella.

Cheyenne Christensen (ahora Amos): ayuda a **Eve Harmon** a dirigir el hostal Little Mary's (anteriormente llamado Gold Nugget). Está casada con **Dylan Amos**, propietario del taller Amos Auto Body.

Sophia DeBussi: dejó plantado a **Ted Dixon** años atrás para casarse con **Skip DeBussi**, un gurú de las inversiones que con el tiempo se reveló como un fraude. Madre de **Alexa**. Recuperó su relación con **Ted** y ahora está casada con él.

Gail DeMarco: propietaria de una agencia de relaciones públicas en Los Ángeles. Casada con la estrella de cine **Simon O'Neal**.

Ted Dixon: escritor de *bestsellers* de suspense.

Eve Harmon: Dirige el hostal Little Mary's, que es propiedad de su familia.

Kyle Houseman: propietario de una empresa de paneles solares. Estuvo casado con **Noelle Arnold**.

Rex McCready (conocido como **Brent Taylor**): Nuevo en la ciudad.

Baxter North: agente de bolsa en San Francisco.

Presley Christensen: antigua «chica mala». Dejó el pueblo dos años atrás y ahora ha regresado. Madre de **Wyatt**.

Noah Rackham: ciclista profesional. Propietario de la tienda de bicicletas It Up. Casado con **Adelaide Davies**, chef y directora del restaurante Just Like Mom's, propiedad de su abuela.

Riley Stinson: contratista de obras.

Callie Vanetta: fotógrafa. Casada con **Levi McCloud/ Pendleton**, veterano de Afganistán.

Otros personajes habituales

Los hermanos Amos: Dylan, Aaron, Rodney, Grady y Mack.

Olivia Arnold: es el verdadero amor de **Kyle Houseman**, pero está casada con **Brandon Lucero**, el hermanastro de **Kyle**.

Joe DeMarco: hermano mayor de **Gail DeMarco**. Propietario de la gasolinera de Whiskey Creek Gas-n-Go.

Phoenix Fuller: encarcelada. Madre de **Jacob Stinson**, que está siendo criado por **Riley**, su padre.

Capítulo 1

Había un hombre desnudo en su cama.

El estómago de Eve Harmon se tensó y el corazón le dio un vuelco, pero estaba convencida de que había sido ella la que le había invitado. Por el descuido con el que había dejado esparcida la ropa alrededor de la habitación, era evidente que, no mucho tiempo atrás, había estado encantada de tenerle con ella.

Estuvo a punto de gemir cuando le recorrió con la mirada. ¿Qué había hecho? No tenía novio y nunca había sido una mujer que se acostara con cualquiera. No había vuelto a estar con nadie desde Ted Dixon, un buen amigo que se había convertido en algo más durante un breve período de tiempo el año anterior. Y, antes que él, había pasado mucho tiempo sin estar con nadie. La mayor parte de la gente, al menos los que tenían menos años que sus padres, considerarían aquellos largos períodos de celibato como patéticos para una mujer de su edad. Pero ella vivía en un pueblo pequeño, cuidaba su reputación y había estado esperando la llegada de la clase de amor que aparecía acompañado de una casa rodeada por una valla de madera blanca.

Sencillamente, no había encontrado al hombre adecuado y estaba empezando a pensar que, quizá, nunca le encontraría. Las probabilidades no le eran favorables. Estando casadas la mayor parte de sus amigas, ya no salían tan a menudo.

Pero tenía muchas otras cosas que agradecer a pesar de su deprimente vida amorosa, se recordó rápidamente. Aunque nunca había sido una de aquellas personas que convertían el trabajo en el centro de su vida, le gustaba trabajar. Dirigía Little Mary's, un edificio victoriano convertido en hostal, propiedad de sus padres, ya jubilados. Estos vivían en una casa situada a cien metros de su pequeño bungaló, cuando no estaban viajando en su autocaravana, como en aquellos momentos. Gracias a ellos, y a la pintoresca y bucólica zona en la que había crecido, su vida siempre había sido agradable y segura, y también predecible. Absolutamente predecible.

Hasta aquel momento.

¡Dios santo! Si ni siquiera se acostaba con los hombres a los que conocía. Y teniendo en cuenta que en Whiskey Creek solo vivían dos mil personas, era difícil encontrar a alguien al que no conociera.

Cambiando con mucho cuidado de postura para no molestar al hombre que dormía a su lado, puesto que necesitaba recuperar su ropa antes de enfrentarse a él, intentó mirarle a la cara, pero un estruendoso dolor de cabeza hizo que le resultara difícil sentarse. Aquel dolor de cabeza explicaba también el que hubiera terminado en aquella situación. La noche anterior había cometido un error al salir a celebrar su treinta y cinco cumpleaños, aunque sus amigos no pudieran acompañarla hasta aquella noche, y había terminado bebiendo demasiado. Estaba tan decidida a hacer algo divertido, salvaje y completamente fuera de lugar antes de alcanzar una edad tan significativa, la edad en la que algunos médicos comenzaban a tener algunas prevenciones sobre un embarazo.

Y en aquel momento estaba pagando el precio de una noche fuera de control.

¿Habría utilizado algún método anticonceptivo?

Apretó los ojos fugazmente y rezó en silencio para haber tenido al menos el sentido común de hacerlo. Sería completamente irónico que una persona como ella, siempre tan precavida, se quedara embarazada por culpa de una aventura de una noche.

«¿Qué has hecho?», se preguntó. Y qué debería hacer en aquel momento. ¿Despertarle? ¿Y qué le diría cuando la mirara? Jamás había estado en una situación como aquella. Pero no podía permitir que continuara durmiendo mucho más. Necesitaba deshacerse de él para poder ducharse antes de ir al trabajo.

Gracias a Dios, sus padres habían tenido un problema con el motor y todavía no habían regresado de casa de su hermano. El día anterior lo había lamentado, se sentía sola y aburrida mientras decoraba su pequeño árbol de Navidad. Pero en aquel momento se alegró de que no estuvieran.

Moviéndose lentamente para compensar la jaqueca, se dejó caer contra el cabecero de la cama y, una vez allí, miró con el ceño fruncido a su compañero de cama.

¿Quién demonios era?

No tenía ni idea, pero le alegró ver que no parecía un aprovechado. Ni siquiera era uno de esos ligues del tipo «me parecía más guapo ayer por la noche» sobre los que todo el mundo bromeaba. El atractivo de aquel hombre estaba tan por encima de la media que Eve comenzó a preguntarse por qué no estaría ya comprometido. ¡Dios no quisiera que fuera ese el caso! No vio ninguna alianza en su mano izquierda, que reposaba en la almohada, por encima de su cabeza. Pero seguro que encerraba alguna historia. Si estaba tan guapo dormido y con el pelo revuelto, apenas podía imaginar el aspecto que tendría cuando tuviera oportunidad de arreglarse.

Tenía una buena estructura ósea, pensó. Los pómulos marcados y una nariz de puente estrecho y bonita forma. La cuenca de los ojos muy marcada. Tenía también una barbilla fuerte y viril, en absoluto desfavorecedora.

Así que quizá no tuviera sentido señalar aquellos rasgos por separado. Con aquel pelo largo y color rubio arena extendido sobre la almohada, parecía un ángel caído, y su cuerpo potenciaba aquella imagen. Aunque, gracias a Dios, la sábana le cubría la mitad inferior, podía verle el torso. Tenía el físico de una pantera, o un galgo, un cuerpo delgado y fibroso con unas proporciones perfectas y muy poco vello. El escaso vello que lo cubría era dorado y aterciopelado, tan apetecible como su piel bronceada.

Podría ser un hermoso modelo para un pintor, reflexionó, era un hombre de refinada belleza, un hombre que podría ser definido como elegante.

Pero no todo en él era elegante. Al mirarle de cerca, advirtió que tenía unas cicatrices muy poco habituales.

¿Qué clase de heridas podrían haber dejado unas cicatrices como aquellas?, se preguntó. Tenía la sensación de que eran producto de un disparo, de más de uno. Unas cicatrices redondas, del diámetro de una bala, salpicaban su pecho. Tenía también otra cicatriz longitudinal y dentada en un lateral que parecía ser de otra cosa.

De pronto, sin abrir siquiera antes un ojo, de manera que Eve no tuvo ninguna advertencia previa, la agarró de la muñeca, esbozó una sonrisa demoledora y la tumbó de espaldas.

Eve soltó un grito ahogado y le miró fijamente. Acababa de desaparecer la imagen del ángel, ya fuera caído o cualquier otra cosa. Fue tal la sorpresa al ser tan inesperadamente subyugada que ni siquiera fue capaz de gritar. Su expresión fiera, como si pretendiera provocarle algún daño físico, empeoró la situación.

¿Habría llevado a su casa a un maniaco homicida? ¿Estaba a punto de matarla?

El terror que experimentó debió de mostrarse en su rostro, porque, de pronto, el desconocido pareció entrar en razón. Sacudió la cabeza, su expresión se aclaró, soltó a Eve y volvió a tumbarse en la cama.

—Lo siento. Pensaba… —se interrumpió y se tapó los ojos con el brazo, como si necesitara un momento para recomponerse.

En aquel momento, el corazón de Eve latía al mismo ritmo que su cabeza. Pero en cuanto pudo hablar, le urgió a terminar la frase.

—¿Qué pensabas?

Las comisuras de sus labios se inclinaron hacia abajo.

—No importa. Estaba soñando.

Eve se llevó la mano al pecho, como si de aquella manera pudiera sosegar aquel ritmo galopante.

—No parece que fuera un sueño agradable.

—Nunca lo son.

Dejó caer el brazo y la miró. Por intrigante que pudiera ser aquella frase, Eve estaba demasiado preocupada por su desnudez como para pedir una explicación. Se cubrió con las sábanas, aunque él no parecía particularmente interesado en devorarla con la mirada. Rodeó la habitación con la mirada, reparando en la tela de seda que cubría el dosel de la cama, los regalos de Navidad que Eve ya había envuelto y que permanecían apilados en una esquina, las numerosas fotografías de familiares y amigos colocadas encima de la cómoda y las contraventanas de plantación que había instalado recientemente. Parecía estar tomando nota de todo, calibrándolo, evaluándolo, especialmente el armario y la puerta que conducía al pasillo, como si pudieran encerrar alguna amenaza.

—¿Dónde estoy? —su voz, aunque más demandante que antes, no había perdido la aspereza de un recién despertado.

—En Whiskey Creek.

Él se llevó tres dedos a la frente. Eve imaginó que también le dolía la cabeza, aunque ella apenas podía sentir la suya gracias a la reciente subida de la adrenalina.

—Me acuerdo del pueblo en el que estoy —dijo con ironía—. No es que esté pensando que estoy en China.

Afortunadamente, parecía un hombre tan normal como su aspecto indicaba.

—¿De verdad? ¿Se supone que tienes que estar en Whiskey Creek? Porque he vivido aquí durante toda mi vida y ni siquiera me acuerdo de haberte visto.

–Lo dices como si conocieras a todo el mundo.

–Conozco a todo el mundo. O casi.

Mientras él se frotaba la cara, Eve deseó que se hubiera tapado. La sábana se había caído cuando aquel desconocido se había colocado sobre ella. Podía ver de su cuerpo más de lo que le habría gustado, por lo menos en aquel momento, estando sobria. Pero él no pareció notar, ni pareció importarle, su desnudez.

–Soy nuevo en el pueblo –dijo.

–¿Cuándo te has mudado?

–No me he mudado. Estoy de visita.

Eran muchos los turistas que llegaban al pueblo. Solían acudir a los pintorescos establecimientos que había más allá del cementerio que lindaba con el hostal, sobre todo en verano. De modo que un rostro desconocido ni siquiera era algo suficientemente notable como para que pudiera resultar preocupante

–¿Dónde te alojas?

Él titubeó.

–No me acuerdo de cómo se llama –musitó.

Tenía que alojarse o bien con su directo competidor o bien en alguna de las casas rurales que había por la zona. No le había visto en su hostal.

–¿Cuánto tiempo estarás en el pueblo?

–Poco.

Fue una respuesta concisa, entrecortada y notablemente escueta en los detalles. Eve podría haberle preguntado qué le había llevado hasta allí, pero se estaba mostrando tan esquivo que no tenía sentido. ¿Estaría intentando dejarle claro que no esperaba que volvieran a pasar ninguna otra noche juntos?

Eve se dijo a sí misma que no le importaba que la primera relación que había tenido después del tremendo error cometido con Ted Dixon no estuviera mejorando sus experiencias previas. Solo quería estar segura de que su rebelde «no pienso quedarme en casa viendo la televisión el día de mi cumpleaños» no la había contagiado una enfermedad de transmisión sexual. En cuanto estuviera razonablemente segura de que no había echado su vida a perder, se separarían y ella intentaría olvidar que se había sentido suficientemente desesperada como para acostarse con un desconocido.

—No veo ningún objeto por aquí que parezca pertenecer a un hombre.

Eve le miró con curiosidad.

—¿A un hombre?

—¿Puedo asegurar sin equivocarme que no estás casada? No llevas alianza, pero casi nadie la lleva.

Particularmente una mujer que iba a un bar a ligar. En aquel momento lo comprendió. Había estado demasiado ocupada regañándose a sí misma como para entenderlo. En caso contrario, le habría quedado muy claro desde el primer momento lo que pretendía decir.

—¿Tienes la costumbre de acostarte con mujeres casadas?

—No, cuando soy capaz de pensar. Pero ayer por la noche creo que no fui muy comedido. Ni siquiera me acuerdo de cómo llegué hasta aquí —alzó la mano—. Espera, sí, ahora me acuerdo. Había una camarera en ese garito que…

—Sexy Sadie's.

—¿Qué?

Cuando su amante desvió la mirada hacia ella, Eve reparó en que sus ojos tenían un sorprendente tono verdoso, mucho más claro que el que acompañaba normalmente a los ojos castaños. Las cejas y las pestañas eran del mismo color que las hebras más oscuras de su pelo.

—Es el nombre del bar —le aclaró.

Él se encogió de hombros. Al parecer, la información le parecía irrelevante, como si un bar fuera simplemente un bar y estuviera acostumbrado a frecuentarlos.

—En cualquier caso, tengo la imagen de una camarera sacándonos de allí y dejándonos en el que parecía el camino de acceso a una casa.

Cuando la mente de Eve conjuró el mismo recuerdo, apenas fue capaz de sofocar un gemido.

—Noelle Arnold —que Noelle, precisamente ella, supiera lo que había hecho empeoraba todavía más la situación.

—¿No te cae bien?

Su tono había revelado más de lo que pretendía.

—No mucho. No desde que sedujo al novio de su hermana, después dijo que se había quedado embarazada y él tuvo que casarse con ella.

—Pueblos...

A Eve no le gustó el tono en el que lo dijo. Parecía estar insinuando que estaban demasiado atrasados como para comportarse con la sofistificación de la gente de ciudad.

—Resulta que soy amiga íntima de Kyle, el hombre al que embaucó, así que es lógico que me ponga a la defensiva.

—Puedes ponerte a la defensiva todo lo que quieras, pero esa Noelle nos hizo un favor. Podría habernos abandonado a nuestra suerte. Desde luego, yo me lo merecía. No había estado tan borracho desde hace... —sin molestarse en pedirlo siquiera, alargó la mano hacia la mesilla de noche y agarró una de las gomas de Eve para el pelo—, un par de años.

Eve podría haber señalado que si Noelle realmente se hubiera preocupado por ella, se habría asegurado de que llegara a casa sola y a salvo. Pero se recordó entonces a sí misma con aquel hombre en el asiento trasero del coche de Noelle. Era normal que Noelle les hubiera dejado juntos. Probablemente, en aquel momento andaba recorriendo el pueblo contando a todo el que se le ocurriera que Eve Harmon, precisamente Eve Harmon, había ligado con un desconocido y se lo había llevado a su casa.

El desconocido en cuestión entrecerró los ojos. Algo en ella parecía haber despertado su interés.

—¿Qué ocurre? —le preguntó.

Eve se pasó los dedos por el pelo, en un intento de desenredarlo. Aunque en aquel momento tenía preocupaciones más serias que su aspecto, no fue capaz de resistirse a la vanidad. Como tenía el pelo negro azabache y los ojos azules, la gente le decía que les recordaba a la Blancanieves de Disney. Con un poco de lápiz de labios rojo, se acentuaba el efecto; y ella a menudo lo rentabilizaba cuando tenía que disfrazarse.

Pero a lo mejor aquel hombre no encontraba atractiva a Blancanieves. De hecho, no parecía muy impresionado.

—Nada, ¿por qué?

—Te estás sonrojando.

—No, no es cierto.

—Claro que sí —replicó—. ¿He dicho algo que te haya avergonzado?

Eve dejó de intentar comportarse como si descubrirle en su cama no tuviera ninguna importancia.

—Es que esta situación me resulta embarazosa —admitió—. Jamás en mi vida había traído a un hombre a mi casa después de conocerle en un bar y, a diferencia de ti, no voy a irme pronto de este pueblo. Eso significa que tendré que enfrentarme a todas esas personas que han sido testigos de mi conducta licenciosa.

Él arqueó una ceja.

—¿Licenciosa?

—Promiscua, depravada. Como quieras llamarla. Para mí no es normal despertarme al lado de un completo desconocido.

Él la estudió con atención, su mirada parecía... pensativa.

—Anoche me dijiste que era tu cumpleaños.

—¿Y?

—Deja de ser tan dura contigo misma. Por lo que pude entender, has pasado un año difícil. Con la Navidad a punto de llegar y sabiendo que ibas a pasar otro año sola, dijiste que probablemente este tampoco iba a ser mucho más fácil.

Maldita fuera. ¿Le había contado todo eso? ¿No le había bastado con lo que había revelado al desprenderse de su ropa?

—Mi cumpleaños fue perfecto. Y no tengo ningún problema en pasar la Navidad siendo soltera. Todo va perfectamente —¿cómo podía quejarse cuando siempre le había ido tan bien?

Oyó el susurro de su incipiente barba cuando él se frotó la barbilla.

—¿No crees que estás protestando demasiado?

—Si tú lo dices...

Manteniendo la sábana en su lugar, Eve se alejó varios centímetros de él, pero no podía ir muy lejos. Estaba a punto de caerse de la cama. Aquel hombre no era muy corpulento, pero tenía los hombros anchos y no parecía muy preocupado por dejarle espacio.

—Si te acuerdas de que era mi cumpleaños, entonces te acordarás de algo más que de que nos dejaron aquí.

—Estoy empezando a recordar.

También ella estaba recuperando algunos recuerdos. Se acordó de cómo había notado que la estaba observando mientras estaba sentado solo en el bar. Y de cómo había bailado ante él de una forma particularmente seductora, disfrutando de la admiración que encendía en sus ojos. Cómo, al cabo de un rato, se había levantado y se había unido a ella. Cómo había bailado con ella, discretamente y con respeto, a pesar de que las chispas que saltaban entre ellos parecían a punto de incendiar el local.

Cómo se había deslizado de entre la multitud que se arremolinaba en la pista de baile para salir a respirar, y cómo la había seguido.

Sin embargo, todavía había cosas que no podía recordar, y su nombre era una de ellas. ¿Se lo habría dicho siquiera?

—¿Quién eres? —le preguntó.

Sin siquiera un gesto o un pellizco final en la mejilla, su amante se levantó de la cama y comenzó a vestirse.

Por lo menos no iba a tener que pedirle que se fuera, se dijo a sí misma. Al parecer, tenía pensado seguir caminando hacia la puesta del sol, o hacia la salida del sol, puesto que era muy pronto, lo antes posible. Pero allí no estaban en Nueva York o en Los Ángeles. Allí no podía pedir un taxi. Eve vivía a los pies de Sierra Nevada, en el norte de California, en uno de los minúsculos pueblos de la autopista Cuarenta y Nueve, surgidos todos ellos cuando, ciento cincuenta años atrás, se había descubierto oro en la zona. Era una comunidad que no había cambiado todo lo que cabría esperar en un mundo tan moderno y tecnológicamente avanzado. Y por si la falta de algunas de las ventajas de la ciudad no fuera obstáculo suficiente, ella vivía a varios kilómetros a las afueras del pueblo. En aquella zona había muy poco tráfico y no disponían de autobuses ni de ninguna otra forma de transporte público.

Iba a tener que dar un largo paseo hasta Whiskey Creek si ella no le llevaba.

O, a lo mejor, pensaba llamar a alguien. Tenía un teléfono móvil y, en la mayor parte de la zona, había cobertura.

—¿No vas a contestar? —le preguntó.

—¿De qué te va a servir saber mi nombre? —respondió él por fin.

Aquello encendió las alarmas, puesto que otra de las cosas de las que Eve no podía acordarse era de si habían utilizado algún tipo de protección. ¿Sería uno de aquellos tipos raros que iban infectando intencionadamente a la gente el VIH?

—¿No quieres que sepa quién eres?

Una vez acabó con los bóxers, el desconocido metió sucesivamente las piernas en un par de vaqueros gastados.

—No sé qué sentido tiene intercambiar información personal.

Ya había decidido que no iba a volver a verla. Y Eve tampoco estaba segura de que quisiera verle otra vez. Hasta el momento, no se había mostrado muy amable. Aun así, experimentó cierta decepción. Por lo poco que podía recordar del día anterior, había disfrutado. Y una de las cosas de las que más se acordaba era de cómo la había besado. Había sido tan maravilloso, un beso tan delicioso, que le bastaba pensar en él para que comenzara a subirle la temperatura.

Un hombre que sabía besar a una mujer le parecía un buen motivo para comenzar una aventura amorosa.

–¿Y si necesito ponerme en contacto contigo?

Para decirle que le había contagiado un herpes, por ejemplo.

Él bajó la voz.

–Lo siento, pero ayer por la noche... No debería haberme dejado llevar. Lo sabía y, no pensaba hacerlo, pero... Dios mío, hay que reconocer que sabes bailar.

–Por lo menos has sido capaz de decirme algo agradable.

–Te dije que no te tomaras en serio lo que estábamos haciendo, pero supongo que lo habrás olvidado. Así que te lo volveré a decir: no tengo intención de comenzar una relación.

¿Ni siquiera iba a invitarla a cenar antes de dejarla?

Evidentemente, su suerte con los hombres no estaba mejorando, ni siquiera cuando se había abierto a un encuentro azaroso.

–¿Por qué? –le preguntó–. ¿Estás casado?

A aquellas alturas, su rechazo era tan inequívoco que casi deseó que lo estuviera. Así no tendría que atribuirse a sí misma otro fracaso.

–No –respondió sin mirarla siquiera.

–¿Entonces tienes novia?

Jared. Estaba casi segura de que le había dicho que se llamaba Jared.

–No. Es posible que sea un montón de cosas, pero nunca he engañado a una mujer.

Genial. Debía de haberse comportado como una estúpida desesperada la noche anterior. O a lo mejor no besaba ni hacía lo demás tan bien como bailaba.

–¿Es por algo que hice?

Normalmente, no lo habría preguntado. Le costaba rebajar su orgullo de aquella manera. Pero si de todas formas iba a mandarla a paseo, no le haría daño conocer el motivo.

A lo mejor aquella información la ayudaba a saber por qué parecía incapaz de encontrar al hombre adecuado.

–No.

¿Y ya estaba? ¿Aquella era la única respuesta que iba a darle?

–Eres extraordinariamente generoso. Gracias por tranquilizarme.

Él alzó la cabeza ante su sarcasmo.

–Por lo menos, lo que he dicho es cierto. El problema no eres tú. Esto no tiene nada que ver contigo.

Pero, aun así, no tenía ningún interés en ella. ¿Pero por qué?

–Lo único que te pido es que me digas que utilizamos algún tipo de protección, Jared –le pidió–. Después puedes marcharte.

–Por supuesto que utilizamos protección –frunció el ceño, pero Eve no sabía si aquella era una reacción al hecho de que hubiera recordado su nombre o a la naturaleza de la pregunta–. Jamás se me habría ocurrido ponernos en la situación de vulnerabilidad que hubiera supuesto no utilizarlo.

Eve se aferró con fuerza a la sábana.

–¿Cómo sé que me estás diciendo la verdad?

–Por el envoltorio del preservativo que está en el suelo. Dejaré que lo tires tú, si eso te hace sentirte más segura. Y, para que puedas estar tranquila, estoy limpio.

Al ver el envoltorio del preservativo que había mencionado asomando por debajo de la mesilla de noche, Eve suspiró aliviada.

–No es que tú parezcas muy preocupado, pero, solo por si acaso, yo también.

–¿Qué? –Jared estaba buscando el resto de sus ropas.

–Que estoy limpia. Bueno, para serte totalmente sincera, nunca me he hecho las pruebas. Ni siquiera sabría dónde tengo que ir a hacérmelas. Pero solo he estado con otros tres hombres, y con uno de ellos era cuando estábamos en el instituto, así que los dos éramos vírgenes.

Él se agachó para mirar debajo de la cama y se levantó con el calcetín que le faltaba.

—Y, por lo que me dijiste ayer por la noche, todos eran de por aquí.

—¿Qué importancia puede tener eso?

—No tengo la impresión de que este pueblo sea un caldo de cultivo para las enfermedades venéreas.

Eve le observó mientras él se sentaba para ponerse las botas de montaña y se incorporaba antes de habérselas atado.

—No me digas que te conté todo mi historial sentimental —dijo Eve.

—¿Por qué? No tienes un gran historial. No tardaste mucho.

—Parece que ayer se me fue un poco la lengua.

Seguramente por eso no le había gustado. No tenía suficiente experiencia para él.

—Estabas intentando explicarme por qué tenías tantas ganas de estar con un hombre.

Su voz no tenía un tono acusador. Sonaba como si, simplemente, estuviera intentando ayudarla a ordenar los recuerdos. Pero ella no quería que la percibieran como una mujer sexualmente agresiva. La mayor parte de la gente no consideraba la agresividad como un rasgo positivo, y menos cuando se asociaba con una mujer.

—Si fui demasiado desinhibida o me mostré demasiado ansiosa... lo siento.

—Fuiste sincera al hablar de tus necesidades. Esa es la razón por la que pensé que podía satisfacerlas. Fue un intercambio muy sencillo. Directo. No tuvo nada de malo.

—Me alegro de que estés satisfecho.

Jared alargó la mano hacia su camisa.

—¿No lo estás tú?

Eve sabía que se estaba refiriendo a los muchos orgasmos a los que había llegado y cambió de tema.

—¿Qué estás haciendo aquí? En Whiskey Creek quiero decir. ¿Qué te ha traído por esta zona?

—Quería un cambio de ritmo y oí decir que esta era una zona bastante bonita.

—Así que no es por motivos de trabajo.

—He decidido pasar algún tiempo sin trabajar.

Eve se fijó en otra de sus cicatrices. Aquella la tenía en la espalda.

—¿Has tenido un accidente de coche o algo parecido?

Él no pareció sorprendido por la pregunta. Eve supuso que la oía cada vez que desnudaba la parte superior de su cuerpo.

—No.

—¿Qué te pasó?

—Me atacó un tiburón.

Lo que Eve estaba viendo no se parecía en absoluto al mordisco de un tiburón. Parecía que le habían cortado con un cuchillo, o a lo mejor se había clavado un alambre de espino.

—¿De verdad?

Por alguna razón desconocida, no quería que supiera nada de él.

—¿Eres así con todas las mujeres... o solo conmigo?

No contestó. Después de ponerse la camisa, se la abotonó y se detuvo a los pies de la cama.

—La noche de ayer fue... —parecía estar haciendo un esfuerzo por elegir las palabras adecuadas—, una diversión muy oportuna. Gracias.

—Y gracias a ti por hacer que me sienta como un desperdicio del que estás deseando deshacerte.

Aquellas palabras salieron de sus labios antes de que pudiera hacer nada para impedirlo. La ofendía que ni siquiera le hubiera dicho su nombre, el haber tenido que recordarlo sin su ayuda, pero solo podía culparse a sí misma de aquella situación. Era ella la que le había invitado a su casa. En realidad, había hecho algo más que eso. Le había seducido. Jamás en su vida se había comportado de una manera tan atrevida.

Pensó que iba a marcharse. Pero no lo hizo. Mientras permanecía frente a ella, mirándola fijamente, movió un músculo de la mejilla.

—¿Eres capaz de callarte alguna vez lo que piensas?

Eve alzó la barbilla para hacerle saber que no le importaba que lo aprobara o no. El hecho de que la noche anterior no hubiera significado nada para él, ni siquiera lo suficiente como para tomarse un café con ella, le escocía y por eso había reaccionado de aquella forma. No iba a castigarse por ello.

—No muy a menudo. ¿Por qué? ¿Mi franqueza hiere tu natural sensibilidad?

—Hay cosas que es preferible no decir.

La decepción y el enfado que aquel hombre despertaba en ella volvieron a emerger.

—Si fuera tan insensible como tú no tendría problemas para no decir lo que siento. Quizá el no preocuparse por nada es algo que se mejora con la práctica.

—La culpa no es mía —replicó él—. Ayer por la noche necesitabas una escapada tanto como yo.

—Si tú lo dices.

Mientras deslizaba la mirada sobre ella, Eve tuvo la impresión de que estaba especulando sobre si necesitaba o no otra escapada en aquel momento. Sintió un revoloteo en el estómago, la respiración se le paralizó en la garganta y el tiempo pareció detenerse. Como si... no estaba segura de qué. No le gustaba aquel hombre, le resultaba ofensiva su forma de tratarla y, aun así, la crepitante atracción que les había unido la noche anterior no había desaparecido. De pronto, le pareció evidente.

La intensidad de su rostro la hizo pensar que quizá quisiera volver a la cama. Pero de repente, pareció refrenarse y escondió su dura y voraz expresión tras una máscara de estoicismo.

—El hecho de que no diga lo que tú quieres que diga no significa que no sienta nada.

Eve tardó unos segundos en recuperarse, pero cuando él comenzó a alejarse por el pasillo, le llamó.

–El pueblo está lejos de aquí. Estamos en diciembre. ¿Estás seguro de que no quieres que te lleve?

–No. Volveré por mi cuenta.

Capítulo 2

Fue un error. Rex McCready sabía que no debería involucrarse con una mujer como aquella con la que acababa de acostarse. Pero la noche anterior había necesitado algo más que un encuentro superficial. Necesitaba sofocar la dolorosa soledad que le perseguía, conectar con alguien a un nivel íntimo y emocionalmente sincero.

Había pasado demasiado tiempo desde la última vez que se había sentido cerca de alguien. Y, para empeorar las cosas, llevaba una semana viajando de pueblo en pueblo, lo que significaba que había pasado el Día de Acción de Gracias solo en la habitación de un hotel. Las festividades siempre le resultaban difíciles, estuviera donde estuviera.

Pero si no tenía cuidado, iba a arrastrar a otra inocente hacia el desastre que él mismo se había forjado. Y no podía hacer una cosa así. Cuatro años atrás, había estado a punto de perder a la única mujer a la que había amado por culpa de los tipos que le estaban buscando. Si se permitía a sí mismo querer a alguien, se arrojaría de nuevo a la misma situación, una situación que le hacía vulnerable, y hacía vulnerable a cualquiera que estuviera a su lado.

La noche anterior se había comportado de manera egoísta y se había emborrachado para poder tener una excusa. Pero tenía la secreta sospecha de que, incluso sin el whiskey, le habría resultado imposible resistirse a la atractiva mujer que se había fijado en él en el bar.

Eve. Aquel era su nombre. Había oído que la camarera que les había llevado a la casa la llamaba así y en aquel momento comprendió lo irónico de aquel nombre. Le había tentado y él había caído en la tentación, aunque Eve no fuera la clase de mujer con la que debería estar. Era una mujer demasiado inocente, demasiado confiada, con ideales demasiado conservadores. Estaba muy unida a la gente que formaba parte de su vida; lo sabía por lo poco que había hablado con ella.

Miró de nuevo el bungaló con un arrepentimiento que no quería sentir. Le habría gustado quedarse un poco más, hacer el amor con ella estando los dos sobrios. Habría sido mucho más útil a la hora de llenar el vacío que sentía dentro de él. Pero aquello le habría conducido a la desesperación por aquello que no podía tener. No quería ser responsable de poner a nadie en peligro y, como había aprendido desde que había salido de prisión, asociarse con él podía ser peligroso.

Por lo menos las horas que habían pasado juntos le habían dado la posibilidad de evadirse, aunque hubiera sido un encuentro tan fugaz.

Oyó el motor de una camioneta tras él. Mostró el pulgar, esperando que le llevaran, pero el conductor le miró a través del parabrisas con los ojos entrecerrados, como si no pudiera entender que una persona normal estuviera caminando por aquella carretera secundaria en un frío amanecer y continuó su camino.

Y eso que decían que la gente del campo era más confiada que la de la ciudad, pensó Rex. A lo largo de sus viajes, había descubierto que, a menudo, era todo lo contrario. Pero no le preocupaba tener que dar un largo paseo. Era capaz de recorrer ocho kilómetros por hora. Según su smarthpohne, Whiskey Creek estaba a poco más de siete kilómetros al norte. Además, le gustaba caminar. Había algo catártico en poder cubrir aquella distancia con paso rápido y decidido.

Apaciguaba la inquietud que bullía dentro de él, un desasosiego que nunca parecía darse por satisfecho, que nunca cesaba por completo. Incluso cuando estaba quieto, se descubría a sí mismo moviendo nervioso la rodilla, intentando desahogar un exceso de energía.

Pero si no conseguía llegar a la hora, dejaría a su asistente esperando en el parque, donde se suponía que tenía que encontrarse con ella, y no quería que se asustara o pensara que le había ocurrido algo. Jamás había tenido que esconderse de aquella manera, por lo menos desde que Marilyn trabajaba para él, de modo que, seguramente, ya la tenía algo asustada.

Llamó a su casa, esperando encontrarla antes de que saliera.

—¿Marilyn?

—¿Qué tal va la prospección?

Mucha gente se acercaba a aquella zona con intención de encontrar oro en los ríos y arroyos que corrían por las laderas de Sierra Nevada. Y a algunos les iba bastante bien. Aunque aquella era aparentemente la razón por la que había elegido aquel destino para pasar sus supuestas vacaciones, en diciembre hacía demasiado frío y, en realidad, él ni siquiera sabía cómo hacerlo.

—Lo intenté en una ocasión —y había estado a punto de congelarse—. Pero no encontré nada. Acerca de la cita de esta mañana...

—Me alegro de que me hayas llamado —le interrumpió—. Voy a llegar tarde. Mi marido se dejó encendida la luz interior del coche y no hemos conseguido arrancarlo ni siquiera empujándolo. Ahora le está poniendo una batería nueva.

Parecía frustrada. Le gustaba comenzar a trabajar pronto para así poder estar en casa a las tres y media. Pero a él, el que fuera con retraso sobre el horario previsto, le iba estupendamente.

—No te preocupes. Yo tampoco puedo estar a la hora que habíamos acordado.

–¿Por qué no? ¿Va todo bien?

Marilyn sabía que Rex no habría abandonado la dirección de su empresa, y menos de forma tan precipitada, a no ser que no hubiera tenido otra opción. Pero no conocía la naturaleza de la amenaza a la que se enfrentaba. Al trabajar como guardaespaldas durante varios años, Rex había tenido que enfrentarse a tipos muy poco recomendables y cualquiera de ellos podía querer igualar el marcador. Probablemente Marilyn daba por sentado que se encontraba en una situación de ese tipo. Pero aquel problema en particular era mucho más serio que cualquiera que pudiera surgir con un cliente y tenía su origen mucho antes de que hubiera fundado All About Security, Inc. Se remontaba a una época en la que él era un hombre diferente.

–Estoy bien, de momento.

Esbozó una mueca al ver que la carretera se elevaba frente a él y se sopló las manos para calentárselas. No había nieve en el suelo, pero sí mucha escarcha.

–¿Entonces a qué hora piensas llegar? –le preguntó a Marilyn.

–Eso dependerá de si la batería funciona.

–Estupendo. Ponme un mensaje cuando salgas.

Como ella tenía que llegar desde Bay Area, donde estaba su oficina, tendría dos horas hasta entonces.

–Lo haré.

–Perfecto.

–¿Seguimos quedando en el parque que me dijiste? –le preguntó Marilyn antes de poner fin a la llamada.

–Sí. Justo al lado de la escultura de una batea gigante.

Prefería quedar en lugares públicos por si alguien le estaba siguiendo. Era más seguro tanto para ella como para él. No le gustaba la idea de que alguien diera una patada a la puerta de su dormitorio y le pegara un tiro antes de que hubiera tenido oportunidad de sacar su propia arma. Aunque en California no fuera legal que un expresidiario llevara un arma de fuego, y menos aún escondida, temía menos a la policía que a la otra parte. De modo que estaba dispuesto a ignorar la legislación sobre tenencia de armas cuando la situación así lo exigiera. Había estado luchando para preservar su propia vida durante tanto tiempo que se limitaba a hacer lo que pensaba que debía.

Pero, por vulnerable que aquello le hiciera sentirse, en aquel momento no llevaba la pistola encima. Por supuesto, no se le había ocurrido llevar la pistola al bar. En aquella época eran muchos los lugares en los que se registraba a los clientes antes de dejarles pasar y la noche anterior necesitaba con suficiente desesperación un descanso como para estar dispuesto a ir desarmado.

—Estoy segura de que no la pasaré por alto. Hasta pronto.

Rex estaba a punto de guardar el teléfono cuando oyó que se acercaba otro vehículo. Aquel disminuyó la velocidad sin necesidad de que él hiciera autostop. El conductor, un hombre mayor, se inclinó en el asiento y bajó la ventanilla.

—¡Eh! ¿Necesitas que te lleve?

—Sí —le dirigió al tipo una sonrisa radiante y subió al coche.

—¿Por qué no has venido a la cafetería esta mañana?

Eve se volvió y vio a una muy embarazada Cheyenne, su mejor amiga, entrando lentamente en el pequeño despacho que tenía en la parte de atrás del hostal, inclinándose para dejar el bolso debajo del escritorio. Aunque Cheyenne había reducido su horario, primero cuando se había casado y después cuando su hermana había vuelto al pueblo para ayudarla a cuidar a su hijo, todavía trabajaba en el hostal cuatro días a la semana. Sin embargo, su horario volvería a cambiar cuando diera a luz a su hijo. Por poco que le gustara pensar en aquella posibilidad, Eve sabía que tendría que buscar una sustituta, al menos temporalmente. De momento, estaba trabajando todas las horas posibles para poder compensar.

—Me he levantado tarde.

Fingió más interés del que realmente sentía en el proceso de pago de facturas, una labor que había comenzado en cuanto había llegado. Desde que su competidor, a A Room with a View, había abierto otro hostal al final de la calle, tenía que hacer grandes esfuerzos por seguir siendo solvente. Pero había luchado duramente durante demasiado tiempo como para rendirse tan pronto. Aquel hostal no solo sería algún día su herencia, sino que para ella era como un miembro de la familia. Y como sus hermanos, dos chicos, tenían casi quince años más que ella y vivían en Texas desde que ambos se habían enrolado en las Fuerzas Aéreas, sentía que no podía despreciar a ningún miembro de su familia.

—No ha sido lo mismo sin ti —comentó Cheyenne.

—¿Quién ha ido?

—Dylan, por supuesto.

Dylan, el marido de Cheyenne, se había sumado a aquellos encuentros desde que los dos habían comenzado a salir.

—Después han llegado Ted y Sophia —continuó Cheyenne, pasando casi por alto a aquellos dos nombres, como hacía siempre, puesto que Eve había estado saliendo con Ted la Navidad anterior—, Brandon y Olivia, Callie y Levi y Noah y Addy.

Todo parejas. Durante los últimos años la dinámica del grupo había cambiado.

—¡Ah! Y también se ha pasado Presley por allí —añadió Cheyenne—. Ha estado repartiendo las invitaciones para la boda. Traigo la tuya en el bolso.

Eve giró la silla para aceptarla. Otra boda. Presley no formaba parte del grupo original. Era la hermana mayor de Cheyenne, le llevaba dos años, pero eso no importaba. Eve tenía la sensación de que pronto sería la única persona soltera de Whiskey Creek, aparte de sus amigos Kyle y Riley. Gracias a Dios, ninguno de ellos se había casado. En realidad, Kyle había estado casado fugazmente con Noelle, la camarera que les había llevado a su misterioso amante y a ella a casa la noche anterior. Y Riley había estado comprometido en una ocasión.

Eve ni siquiera había estado nunca tan cerca del altar.

–¿Dónde estaban? –preguntó, mientras dejaba a un lado la invitación de Presley–. Van casi tan regularmente como yo.

–No lo sé, pero me ha parecido raro que no aparecierais ninguno de los tres.

Ninguno de los tres solteros. Era increíble la rapidez con la que se habían convertido en una minoría.

–No suelo perderme esos encuentros.

Eve era una de las fuerzas impulsoras de aquellas citas semanales. Siempre le apetecía encontrarse con aquellos amigos a los que había estado muy unida desde siempre, aunque, cada vez con más frecuencia, verles la hacía sentirse como si se estuviera quedando atrás. Últimamente, en vez de hablar sobre quién estaba saliendo con quién y los planes para el fin de semana, las conversaciones giraban alrededor de bebés, búsquedas de casas y los altibajos del matrimonio.

Eve no tenía ninguna manera de contribuir a aquellas conversaciones.

Aun así, no habría faltado si no hubiera imaginado a todos sus amigos deseándole un feliz cumpleaños y preguntándole qué había hecho la noche anterior, algo que no quería que le recordaran. Aquella noche, todo el grupo iba a llevarla a San Francisco, y en una limusina nada menos. Ella prefería comenzar la celebración desde el principio, como si no hubiera ido nunca al Sexy Sadie's.

–Veré a todo el mundo esta tarde. Siento haber faltado, pero... necesitaba llegar a tiempo a trabajar.

Cheyenne la miró con el ceño fruncido.

–¿Tienes algún problema?

¿Se estaba comportando de manera extraña?

–No, solo los típicos del día a día –contestó–. Ya sabes lo que cuesta sobrevivir en temporada baja.

–Pero yo pensaba que estabas bastante satisfecha. Hemos tenido el hostal lleno casi todos los fines de semana y ayer por la noche era jueves y estábamos al completo. Estamos mejor que hace un año. Definitivamente, ofrecer el té de la tarde ha mejorado la tasa de ocupación.

Lo del té había sido idea de Eve. Además del impulso que le daba al negocio, disfrutaba yendo a tiendas de segunda mano para buscar objetos antiguos que después utilizaba de las formas más inesperadas. Últimamente había estado coleccionando fuentes antiguas que había unido con candeleros y otras bases para hacer elegantes bandejas con diferentes pisos y platos elevados.

—Con un poco de suerte, se correrá la voz y nuestro té se convertirá en un gran negocio para la próxima primavera —dijo. Como Cheyenne había mencionado, ya habían notado una mejoría—. Pero tenemos que conseguir llegar hasta entonces.

Afortunadamente, A Room with View ya no estaba ofreciendo sus habitaciones a precios tan bajos. Durante los meses posteriores a su apertura, los propietarios, una pareja europea relativamente nueva en la zona, había intentado hundirle el negocio. Al final, habían renunciado, pero no era tan ingenua como para pensar que lo habían hecho por bondad o por compasión. Seguramente, no tenían suficiente dinero como para continuar haciéndolo.

Gracias a Dios, porque no habría podido aguantar mucho más. De hecho, solo el misterio del asesinato de la pequeña Mary en el siglo XIX y el rumor de que su fantasma podría continuar en la casa había evitado la clausura. *Misterios sin resolver* había rodado un capítulo en el hostal y la publicidad obtenida gracias al programa le había permitido a Eve continuar pagando la hipoteca.

—¿Cómo le está yendo a Deb con el desayuno? —preguntó Cheyenne.

Con resaca y falta de sueño, Eve disimuló un bostezo.

—Hace unos minutos, cuando he ido a verla, las cosas iban bastante bien.

Afortunadamente, su cocinera nueva llevaba con ellas casi seis meses, de modo que estaba acostumbrada a las exigencias del trabajo.

La silla en la que se sentó Cheyenne crujió ligeramente.

–No me acuerdo de cuál era el menú –olfateó–. Sea lo que sea, huele maravillosamente.

–Tortitas de requesón con crema de limón y frambuesas frescas. Una fruta y yogurt helado con una barrita casera de cereales. Salchichas y zumo de naranja recién hecho.

–¡Oh, basta! –Cheyenne rio exasperada ante su olvido. Había sido ella la que había planificado aquel desayuno en particular. Había elegido las tortitas de requesón la semana anterior–. Y supongo que la degustación de ayer también fue bien.

–¡Las tortitas están deliciosas!

–Estoy deseando probarlas.

Eve miró el reloj.

–La mayor parte de los huéspedes se han apuntado al desayuno de las nueve y media. Dentro de veinte minutos deberíamos ir a la cocina para ayudar a Deb.

Solo tenían siete habitaciones, pero con tan poco personal, tres personas para cocinar, servir la cocina y limpiar durante el día y otras dos que se encargaban del hostal por las noches y sustituían a Eve cuando tenía que marcharse, sería difícil conseguir que todo el mundo desayunara al mismo tiempo.

–¿Van a desayunar la mayoría en el comedor?

–Todos, salvo la uno y la cinco.

La habitación número uno era la más pequeña. Estaba situada en la parte trasera de la posada, tenía vistas al jardín, al cenador y a la zona del jacuzzi. La habitación número cinco era la suite nupcial, o podía convertirse en una suite nupcial si tenían que alojar a unos recién casados.

–A lo mejor deberíamos pedir a los clientes que se inscribieran cada media hora, de manera que las máximas comidas que sirviéramos a la vez fueran...

El sonido del teléfono de Cheyenne las interrumpió. Cuando miró la pantalla, lo silenció. Eve se volvió para ver por qué.

–¿Quién era? –preguntó.

–Kyle me ha enviado un mensaje.

–¿Dónde estaba esta mañana?

–Dice que ha ido a pagarle a Noelle la pensión.

Eve se quedó helada al oír el nombre de Noelle. No quería que Kyle viera a su exesposa tan poco tiempo después de la noche anterior. Tenía la esperanza de que, con el paso del tiempo, Noelle pudiera olvidar lo que había visto. O, al menos, se olvidara de comentar nada al respecto.

–En realidad no tiene por qué pasarle la pensión hasta mediados de mes. Nos lo ha dicho más de una vez.

–Ella siempre intenta que le entregue antes el dinero. Por eso sabemos cuándo debería pagársela. Le hemos oído quejarse muchas veces de que se supone que tiene que esperar hasta el día quince. En cualquier caso, esta vez le ha dicho que estaban a punto de cortarle la luz.

–¿Y él se lo ha creído?

–Kyle es demasiado blando. Y se siente culpable por haberse enredado con ella –tardó unos segundos en teclear el mensaje.

Esperando que la conversación entre Cheyenne y Kyle terminara allí, Eve introdujo algunos comprobantes más en el registro electrónico, pero oyó que Cheyenne la llamaba unos segundos después.

–¿Eve?

Se clavó las uñas en las palmas de las manos.

–¿Sí?

–Noelle ha estado diciéndole a Kyle unas cosas absurdas.

A Eve se le hizo un nudo en el estómago, pero tenía que contestar.

–¿Como cuáles?

Eve percibió el cambio en el tono de Cheyenne a pesar de que ni siquiera estaba mirando en su dirección.

–Ayer por la noche no saliste, ¿verdad?

–Salí un rato –contestó con una evasiva, y entonces intentó tomar las riendas de la conversación–. Pero si Kyle quiere saber lo que hice el día de mi cumpleaños, ¿por qué no me escribe a mí?

–Dice que lo ha intentado, pero que no le has contestado.

Después de mirar su escritorio, se dio cuenta de que debía de haberse dejado el teléfono en el coche.

–Quería saber si habías ido a tomar café esta mañana. Quiere que le asegure que estás bien.

–Pues puedes decirle que estoy perfectamente –y también que se ocupara de sus asuntos.

Pero supo que eso iba a ser imposible en el instante en el que Cheyenne soltó un grito de sorpresa.

–¡Noelle dice que te llevaste a casa a un tipo que estaba en el Sexy Sadie's! –con aquella abultada barriga, tuvo que hacer un gran esfuerzo para ponerse de pie–. ¿Eso es verdad?

¡Maldita Noelle! Eve ya sospechaba que iba a ser incapaz de mantener la boca cerrada una vez le había suministrado tan delicioso secreto. Y una vez se había ido de la lengua, todo el pueblo se enteraría del error de Eve.

–¿Es verdad? –preguntó Cheyenne.

Eve dejó escapar un suspiro, dejó de fingir que estaba trabajando y se volvió.

–Me temo que bebí demasiado.

–¿Con quién estabas?

–Con Jared algo.

–¿Algo? ¿Ni siquiera sabes cómo se apellida?

–No llegamos a tanto –respondió Eve, encogiéndose de hombros–. Fue solo un... un encuentro rápido. Se fue casi inmediatamente...

–Pero no antes de...

Eve sintió la tentación de mentir. Pero era Cheyenne. Si no podía contarle la verdad a su mejor amiga cuando cometía una equivocación, ¿a quién iba a contárselo?

–No.

–Vaya. Eso es muy raro en ti –Cheyenne abrió los ojos por la sorpresa y volvió a hundirse en el asiento–. No creo que hayas hecho nada igual en toda tu vida.

–Y no lo he hecho.

–¿Y por qué lo hiciste anoche?

–Es difícil de explicar –se frotó las sienes.

–Inténtalo.

–Ya sabes cómo me afecta el cumplir treinta y cinco años.

–Sí, lo sé y lo comprendo. Pero hay muchas mujeres que se casan con más edad y tienen hijos –se frotó la barriga–. Mírame a mí.

Era cierto. Sin embargo, la situación de Cheyenne era muy poco habitual. Si no hubiera sido porque Aaron, su cuñado, le había donado semen para que llevara a cabo una inseminación artificial que habían hecho en secreto, no tendría hijos. Su marido no sabía que, en realidad, él no era el padre. Y Eve tampoco lo habría sabido si Cheyenne no se hubiera derrumbado y se lo hubiera confesado todo cuando, a los tres meses de embarazo, había temido estar a punto de perder el bebé.

–Estaba decidida a no pasar sola el día de mi cumpleaños, así que...

–Me siento fatal –la interrumpió Cheyenne–. Debería haber estado contigo.

–No podías. Ahora tienes un marido y otras responsabilidades.

Pero eso no hacía que la pérdida de la dedicación de su mejor amiga le resultara más fácil. Eve estaba más sola que nunca. Con sus padres viajando tanto y sus amigos ocupados con sus propias vidas, ya solo podía volcarse en el hostal. Y desde que había dejado de salir con Ted y él había comenzado a salir con Sophia, se sentía más sola todavía.

–No fue Dylan el que me retuvo –le aclaró Cheyenne–. Sus hermanos tenían una discusión con su padre y su madrastra y estuvimos intentando hacer de intermediarios.

–Bueno, ayudar en una situación como esa era más importante que salir conmigo ayer por la noche –la tranquilizó Eve–. Confía en mí, lo que hice no fue culpa tuya. La culpa la tuve yo. Como te he dicho, estuve bebiendo. Y el tipo era...

Cheyenne arrugó la frente con un gesto de preocupación.

–¿Te forzó? ¿Te presionó demasiado... te hizo sentir que no tenías otra opción?

–No, en absoluto –contestó–. En cuanto le vi, le deseé como no había deseado nunca a nadie. Tuvo que ser la bebida. Normalmente no soy así, y menos con un extraño. Pero todo, mi estado de ánimo, el alcohol, el hecho de estar sola y el que él fuera el hombre más atractivo que había visto nunca sentado en un bar... Todo ello contribuyó a socavar mi sensatez.

Cheyenne se mordió el labio.

–¿Entonces le invitaste a tu casa?

–Más o menos. Nos fuimos juntos, digámoslo así.

–Me alegro de que conocieras a un hombre por el que te sintieras atraída, pero llevar a casa a un desconocido... Es demasiado peligroso, Eve. Podría haberte hecho daño... o algo peor.

Eve se había tomado dos ibuprofenos para intentar superar la resaca. Se había sentido mejor desde entonces, pero la tensión de tener que confesar algo que habría preferido olvidar estaba haciendo regresar el dolor.

–No hizo nada que yo no quisiera, así que, en ese sentido, no hay nada de lo que preocuparse. Cometí un error, así de sencillo. Fui una estúpida y una imprudente, pero ahora ya está hecho y no puedo dar marcha atrás.

Se volvió de nuevo hacia el ordenador, deseando haber puesto fin a la conversación. Pero Cheyenne no se puso a trabajar.

–¿Entonces estás bien?

–Todo lo bien que puedo estar sintiéndome tan avergonzada y humillada –respondió–. Espero que mis padres no se

enteren de nada cuando vuelvan a casa. Se morirían de vergüenza. Y se van a llevar una gran decepción. No necesitan
esa clase de disgustos a su edad.

–¿Han conseguido arreglar la autocaravana?

–Todavía no. Tienen que enviarles una pieza del motor.

–Pues has tenido suerte. Es posible que todo esto se haya
olvidado antes de que vuelvan.

–Dios te oiga.

Cheyenne gimió y se estiró. Después, preguntó, haciendo un evidente esfuerzo por no mostrarse demasiado interesada:

–¿Crees que volverás a ver a ese tipo?

–No. Solo está de paso en el pueblo.

No quiso añadir que había dejado claro que no tenía ningún interés en ella, algo que la hería profundamente después
del abandono de Ted. Hasta unos años atrás, era ella la que
dejaba a los chicos con los que salía. Pero a lo mejor había sido demasiado quisquillosa durante demasiado tiempo
y se merecía aquella venganza. A lo mejor el karma había
decidido darle un buen mordisco. Desde luego, lo parecía,
porque ahí estaba Joe DeMarco, que había tenido una sola
cita con ella porque así lo había decidido él, y Ted, que había hecho bastante más que tener una cita con ella, para al
final romper cuando Eve había decidido que por fin estaba
empezando a enamorarse.

Si contaba a su última conquista, el marcador iba cero
tres.

–¿Y qué hace por aquí?

Eve sintió que se sonrojaba.

–No hablamos mucho.

–No, por lo visto no –Cheyenne parecía estar disimulan-
do una sonrisa.

–¡Basta! –Eve la miró con el ceño fruncido–. No tiene
gracia. Finjamos que no ha pasado nada.

–Nosotras podemos hacerlo. Y estoy segura de que también podremos convencer a Kyle para que mantenga la boca

cerrada. ¿Pero Noelle? Si piensas llevarte a alguien a tu casa, no lo hagas nunca delante de ella.

Eve no se atrevió a contarle que había sido Noelle la que les había llevado a su casa.

—Si me quedara alguna neurona en funcionamiento, no estaríamos teniendo esta conversación.

Cheyenne se levantó, se colocó tras ella y comenzó a masajearle los hombros.

—Todo saldrá bien. Intenta no dejar que esto arruine tu cumpleaños.

El mero hecho de haber cumplido treinta y cinco años ya se lo había arruinado. Pero tenía más cosas de las que preocuparse que el recuerdo de un cumpleaños amargo. Incluso en el caso de que pudiera olvidar lo que había hecho, no podía ignorar lo que la había impulsado a actuar de aquella manera. Había un vacío en su vida y estaba intentando llenarlo con algo significativo. Sin embargo, lo de la noche anterior no la había ayudado. De hecho, había empeorado su situación porque había puesto de manifiesto, una vez más, lo que se estaba perdiendo. Como si no fuera suficiente con ver cómo transcurrían las vidas de sus amigos.

—Jamás imaginé que pudiera pasarme algo así.

—Yo tampoco —admitió Cheyenne—. Pero a lo mejor necesitabas liberarte un poco.

—Gracias por ponerte del lado de la novia —Eve le sonrió agradecida.

Después, empujó el recuerdo de la noche anterior hasta el fondo de su mente. Tenían que enfrentarse a la parte más difícil de la jornada en cualquier hostal: sacar adelante un fabuloso desayuno.

—Será mejor que vayamos a ayudar a Deb.

Cheyenne le apretó cariñosamente los hombros y se dirigieron juntas hacia la cocina, donde Eve insistió en ser ella la que llevara las bandejas a los huéspedes que habían pedido el desayuno en la habitación. No quería que Cheyenne tuviera que subir un tramo de escaleras tan largo si no era necesario que lo hiciera.

Intentando no obsesionarse pensando en a quién podría contarle Noelle su paso en falso de la noche anterior, corrió a la habitación número uno con una bandeja individual para un tal Brent Taylor. En muchos hostales y casas rurales solo tenían habitaciones dobles, pero en Whiskey Creek no hacía falta ir en pareja. Como no había hoteles normales, ella alquilaba habitación a quienquiera que la necesitara, y eso, a veces, incluía a un marido o a una mujer al que habían echado de casa, o que había abandonado enfadado su casa por cualquier razón, a gente que llegaba con intención de ir a buscar oro, o que estaba de viaje por motivos de trabajo, o para cualquiera que pasara por el pueblo por una u otra razón.

Pensando en volver a la cocina para ir a buscar las dos bandejas que tenía que llevar a la pareja que se alojaba en la habitación número cinco, adoptó una educada expresión en cuanto se abrió la puerta. Pero el «buenos días, espero que disfrute de su desayuno» que estaba a punto de pronunciar, no salió nunca de su boca.

Allí, con aspecto de acabar de salir de la ducha, estaba el hombre con el que había compartido la cama la noche anterior.

Capítulo 3

–¿Cómo me has encontrado?

Cuando advirtió el tono de acusación, Eve se dio cuenta de que tenía la boca abierta, y la cerró. Estaba tan acostumbrada a que la asociaran con Little Mary's que la sorprendió que pensara que era ella la que estaba fuera de lugar.

–¿Qué?

–Te he preguntado que cómo me has encontrado. ¿Me has seguido?

A juzgar por la impaciencia que expresaba su rostro, no le hacía ninguna gracia la idea. A lo mejor la estaba asociando con otras mujeres que no habían entendido el significado de «no me interesa».

–¡Claro que no! Jamás te impondría mi presencia, ni a ti ni a ningún otro hombre.

Rex desvió la mirada hacia la bandeja del desayuno.

–¿Entonces qué estás haciendo aquí, trayéndome el desayuno?

–¡Soy propietaria de este lugar! Sirvo el desayuno a mucha gente –replicó–. No tenía la menor idea de que eras mi huésped, señor Taylor –dijo con ironía–. Supongo que recordarás que me dijiste que te llamabas Jared.

Conocía a casi todos los huéspedes que se alojaban en el hostal. Se los encontraba cuando paseaban por el hostal, estaban disfrutando del jardín o se dirigían y salían de la zona del jacuzzi, cuando estaban contemplando la puesta de sol o desayunando o tomando el té en el comedor. Pero en el único lugar en el que había visto al señor Taylor era el bar al que había ido al salir del trabajo. Había dado por sentado que si estaba en el pueblo, se alojaba en A Room with a View.

—¿Cuándo te registraste?

—Ayer por la noche, alrededor de las siete.

Aquello lo explicaba todo. Había llegado durante el turno de Cecilia.

—El haberte encontrado aquí es, simplemente, una desgraciada coincidencia —le dijo—. Pero hay otro alojamiento en Whiskey Creek, así que tienes otra opción. Se llama A Room with a View y está al final de la calle. Es posible que prefieras irte allí —le tendió la bandeja—. Cuando termines de desayunar, baja al mostrador para dejar la habitación.

Cuando le vio abrir los ojos como platos, comprendió que le había sorprendido, pero no le importó. Había dicho lo que pretendía. Quería que se fuera. Perderle como huésped le iba a costar algunos dólares, pero al menos le permitiría evitarle.

—Un momento, ¿me estás echando? —le preguntó mientras ella se alejaba.

Eve había comenzado a avanzar hacia la escalera, pero se volvió y bajó la voz para que ningún huésped de las habitaciones cercanas pudiera oírles. La estancia en Little Mary's era una estancia tranquila, plácida y agradable. Por lo menos para la mayor parte de la gente. El rumor de que había fantasmas llevaba también a algunos clientes. Pero ella vendía una experiencia y estaba decidida a que su clientela pudiera seguir confiando en que iba a disfrutarla.

—Yo no lo diría de una forma tan brusca —susurró, mirando preocupada hacia la puerta más cercana.

Con un poco de suerte, la pareja que estaba en la habitación número tres estaría desayunando en el comedor, puesto que se habían apuntado al desayuno de las nueve y media.

–Lo único que estaba sugiriendo era que buscaras otro hotel.

–Porque...

–No quiero arruinarte la estancia persiguiéndote, como tan obviamente pareces pensar que haré –hizo un guiño exagerado–. Esta es tu oportunidad de escapar de otra devoradora de hombres.

Rex arqueó las cejas, pero Eve no permaneció allí, siendo testigo de su reacción. Quería alejarse lo antes posible. Tenía muchas cosas que hacer. Y cuando antes desayunara e hiciera las maletas su huésped, antes podría olvidar aquella noche y continuar con su vida de siempre. No necesitaba una pareja. Ya encontraría otras cosas con las que mereciera la pena llenar su vida. Cosas como...

–Eve...

Él estaba al borde de la escalera cuando se volvió.

–Te estaré esperando cuando estés listo –respondió.

Y después ya estaba suficientemente lejos como para decir nada más.

Pero cuando apareció media hora después, Brent no llevaba ninguna maleta. Ni siquiera una bolsa. Y no fue al mostrador para dejar la habitación. Cruzó el comedor, saludó a Deb con la cabeza cuando esta le deseó buenos días y caminó hacia la salida a grandes zancadas.

¿Qué demonios?

Eve le siguió con la mirada. Hablaba en serio cuando le había sugerido que se fuera a otra parte. Pero él caminaba a tal velocidad que tendría que haber corrido para alcanzarle y no estaba dispuesta a llegar tan lejos. Lo último que le apetecía era montar una escena.

A lo mejor tenía otros planes. A lo mejor pensaba irse más tarde.

Cheyenne apareció tras Eve mientras esta vacilaba ante el mostrador de recepción, preguntándose si pensaría irse o no y pensando en qué iba a hacer ella para que su vida fuera más completa.

–Voy a limpiar las habitaciones del piso de abajo –le dijo–. Deb se encargará de las de arriba.

–Buena idea.

–¿Has conocido a los huéspedes de la habitación número uno? ¿Crees que tendremos tiempo de hacer la cama y limpiar la habitación?

Eve podría haberle explicado que no había dormido nadie en esa habitación, que solo había un huésped y que era, precisamente, el desconocido con el que se había acostado la noche anterior. Pero no lo hizo. Como prefería dejar que todo fuera difuminándose en el pasado, imaginó que podría dejar que comenzara ya el proceso de olvido.

–¿Eve? ¿Me has oído? –le preguntó Cheyenne.

La había oído, pero había estado demasiado preocupada como para contestar.

–La habitación número uno está vacía.

–De acuerdo, le diré a Deb que la haga.

–Me parece muy bien –farfulló. Pero después llamó de nuevo a Cheyenne–. No, déjalo. La haré yo.

–¿Estás segura?

–Sí, estoy segura.

Si el señor Taylor no iba a marcharse, como ella le había pedido, empezaría aquella nueva etapa de su vida satisfaciendo, en la medida de lo posible, su curiosidad.

–Aquí vas a terminar enloqueciendo.

Rex alzó la mirada de la mesa del parque en la que estaba firmando los cheques de las nóminas de All About Security, Inc.

–¿Por qué?

Su asistente, una mujer de mediana edad, madre y esposa de tres hijos, con cierto aire a Melissa McCarthy con aquel pelo rojo y ahuecado y las toneladas de laca con el que lo fijaba, esbozó una mueca mientras miraba a su alrededor. Llevaba trabajando para él desde que había abierto la empresa tres años atrás y siempre le había cuidado. Pero él nunca la había apreciado tanto como en aquel momento en el que había sido expulsado de su zona de confort. Aunque Marilyn tenía una opinión sobre todo y, generalmente, se sentía libre para expresarla, también sabía ser discreta cuando era necesario.

—Es bonito —dijo—. Y muy navideño, con todas esas luces, esas tiendas antiguas y todo lo demás. Pero a ti te gusta la ciudad y, normalmente, trabajas veinticuatro horas al día. Como tengas que seguir escondido durante mucho tiempo, no vas a saber qué hacer contigo mismo.

Rex le dirigió una sonrisa irónica.

—¿Escondido? Vamos, Marilyn. Para mí estas son unas vacaciones de ensueño. A millones de personas les encantaría poder escapar y disfrutar de la naturaleza mientras buscan oro.

—Unas vacaciones de ensueño. ¡Y una mierda! —musitó.

La utilización de un lenguaje tan soez siempre le sorprendía un poco, pero también encontraba divertida aquella forma de hablar en labios de una mujer que parecía un ama de casa de los cincuenta, con sus blusas de flores y los pantalones tobilleros.

—Para ti esto es un infierno —añadió con más convicción—. Llevas más de una semana viajando de un pueblo a otro. Y hace demasiado frío como para quedar en un parque.

—Por lo menos todavía estoy de una pieza.

Hasta aquel momento, había matado el tiempo trabajando con el ordenador. Después de colocar un anuncio en Craiglist solicitando un ayudante, había estado revisando currículum, deteniéndose en cada uno de ellos durante más tiempo del habitual. Necesitaba cubrir el puesto que Eric James había dejado, tras ser apuñalado, ante la insistencia de su esposa en que buscara un trabajo más seguro. Pero le resultaba difícil hacer una valoración realista sin encontrarse cara a cara con las personas que solicitaban el puesto. Había tenido que remitir a Marilyn a los candidatos que había seleccionado. Ella les había entrevistado y le había llamado después para informarle.

También había estado en contacto con su contable y por fin había estado revisando los libros, algo para lo que rara vez tenía tiempo cuando hacía su vida normal. Él prefería dedicarse al teléfono, a contestar consultas por correo electrónico y a contratar trabajos para los seis guardaespaldas que trabajaban en su empresa. El negocio nunca había ido mejor y aquella era una de las razones por las que se moría por volver. Había ocasiones en las que se sentía casi como una persona normal, como un hombre de negocios, y casi había podido olvidar su pasado.

Casi, pero no del todo. Había acontecimientos de su vida que jamás podría olvidar y gente que no le permitiría olvidar otros.

—Podrías dedicarte a la bicicleta de montaña —le sugirió—. A mis dos hijos les encanta.

—También es una actividad al aire libre.

—Pero no tendrías que estar parado delante de un río. Y si montas con suficiente dureza, entrarás en calor. Mis hijos montan durante todo el año. Al fin y al cabo, vivimos en California.

Él colocó el cheque que acababa de firmar debajo de los otros.

—No creo que vaya a estar tanto tiempo de vacaciones como para iniciarme en un deporte nuevo.

Marilyn miró frente a ella, hacia los arces y los cerezos silvestres alineados en uno de los laterales del parque. Aquellos árboles bloqueaban la vista del edificio victoriano en el que se alojaba, pero Marilyn no lo sabía. No le había contado a nadie dónde pasaba las noches, por su propia seguridad y por la de ellos.

Aunque, la verdad era que no había pasado la noche en Little Mary's... Y tampoco iba a pasar la siguiente. Eve le había pedido que se marchara.

—¿Cómo lo sabes? —le preguntó Marilyn.

Después de firmar las nóminas, cuadró los cheques golpeándolos suavemente contra la mesa.

—¿Qué quieres decir?

—¿Cómo sabes cuánto tiempo vas a estar aquí? Para empezar, tampoco pensabas marcharte. Te levantaste y desapareciste en medio de la noche. Y ahora estamos aquí, en este parque. Algo tiene que andar mal. ¿Estás seguro de que podrás solucionarlo?

A lo mejor no. Había estado librando aquella misma batalla desde hacía muchos años. Él creía que la situación por fin se había asentado, hasta que le habían llegado noticias de lo contrario por parte de una antigua amiga. En una época diferente, en un lugar diferente, habría cerrado el negocio, habría vendido su casa y habría cambiado de ciudad. No hacerlo era jugar con su vida.

Pero no iba a sacrificar todo lo que había logrado cuando por fin estaba teniendo éxito. Treinta y seis años eran demasiados como para estar comenzando desde cero continuamente. No solo eso, sino que tenía miedo del efecto que otro desarraigo podría tener en él. Temía no tener ya la determinación o la energía para abrirse camino.

No iba a permitir que la pandilla de delincuentes a la que se había unido estando en prisión le costara el terreno ganado. Lo único que tenía que hacer era intentar pasar desapercibido durante algún tiempo para asegurarse de que La Banda, como se autodenominaba el grupo, nunca le encontrara. Con un poco de suerte, podría adelantárseles y no podrían cobrarse la venganza detrás de la que andaban.

—Estoy seguro.

Marilyn le dirigió esa mirada de «dame un respiro» que él imaginaba dirigía con frecuencia a sus hijos cuando intentaban engañarla.

—Me encantaría que eso me tranquilizara —contestó Marilyn, pero apartó a un lado su escepticismo para dejar lugar a la preocupación—. Sé que no me vas a contar lo que te pasa, pero tengo la sensación de que esta vez te has metido en un buen lío.

Se había metido en un buen lío mucho antes de conocerla. Todo había empezado cuando era un adolescente confundido y perdido y la situación se le había ido de las manos. Pero los hombres que le querían muerto también tenían un negocio del que ocuparse, más de un negocio, de hecho. Prostitución, tráfico de drogas y tráfico de armas. Lavado de dinero. Robo. Cualquier cosa que les permitiera ganar algún dinero. Aunque matarle le daría al hombre que lo hiciera derecho a jactarse todo que lo quisiera, persiguiéndole no iban a blanquear el dinero de La Banda. Si continuaba esquivándoles, con el tiempo se cansarían, ¿no?

Era posible. Pero era más probable lo contrario. Cuanto más viviera, mayor sería la leyenda tejida a su alrededor y eso solo incrementaría el deseo de ver su cadáver en una bolsa. Por lo que a ellos concernía, Virgil Skinner, su mejor amigo, y él habían hecho algo imperdonable al abandonar el grupo y acudir a la policía. Aquello exigía venganza. El miembro que la consiguiera sería un héroe, por lo menos en su pequeño y sórdido mundo.

—Eso depende —respondió—. ¿Ha pasado alguien por la oficina? ¿Se ha recibido alguna llamada extraña?

—Siempre recibimos llamadas extrañas. Eres propietario de una empresa de seguridad. Algunos de nuestros clientes están paranoicos.

—¿Pero algo fuera de lo normal?

Marilyn le estudió con atención durante varios segundos.

—Me ayudaría si pudiera comprender a qué nos estamos enfrentando. A lo mejor entonces soy capaz de entender en qué tengo que fijarme.

—Sabes que no te lo puedo contar. Hay unos tipos que me buscan. Eso es todo.

—En ese sentido, no ha habido nada fuera de lo normal.

Rex tomó aire, lo retuvo durante algunos segundos y lo

soltó. Permanecería lejos de los lugares que solía frecuentar durante otra semana, esperaría a ver si había alguna señal de sus antiguos hermanos. Si la cosa permanecía tranquila, volvería a casa. Mona Livingston, la amiga que le había advertido de que algunos miembros de La Banda decían haber conseguido información sobre su paradero, seguía consumiendo drogas, de modo que no sabía si podía confiar en ella. Era posible que hubiera imaginado lo que había oído. O a lo mejor no habían sido nada más que un puñado de soldados callejeros intentando impresionar a los demás prometiendo que acabarían con él. Siempre existía esa posibilidad, puesto que meterles una bala a Virgil, que vivía en la Costa Este con su esposa y sus hijos, o a él, convertiría a quien lo hiciera en la envidia y la admiración de todos ellos.

—¿Qué tal te ha ido con Frick? —le preguntó.

—Te refieres a Jason, ¿verdad? Al que optaba al puesto. Físicamente es perfecto. Un auténtico Goliat. Pero mentalmente —chaqueó la lengua—. Me parece que es de los de gatillo rápido. Me preocuparía que disparara a alguien sin tener ninguna justificación.

Él también había detectado aquel rasgo cuando había hablado brevemente con él por teléfono, pero había decidido concederle el beneficio de la duda. No era fácil encontrar a un hombre con una envergadura que le hacía parecer un trailer.

—¿Y qué me dices de los demás? ¿Alguno apropiado para el puesto?

—Peter Viselli tiene un carácter ideal.

Rex esbozó una mueca.

—No es muy grande.

—Sí, pero solo es unos centímetros más bajo que tú. Tú también pesas menos que otros hombres de la empresa y, sin embargo, no hay nadie que te supere en cuestiones de seguridad.

El tamaño no era la única arma de un hombre. Para Rex, la velocidad, la agilidad, la inteligencia y la experiencia eran más importantes. Pero el aspecto también contaba. La envergadura le daba a All About Security, Inc. el factor intimidación, un factor que, en muchas ocasiones, podía alejar los problemas antes de que hubieran siquiera empezado. Estar rodeado por una pareja de gigantes con buenos músculos también favorecía la confianza de sus clientes.

Aun así...

—No quiero a nadie problemático en el equipo.

Además de las implicaciones morales de contar con alguien que sacaba el arma sin que mediera provocación, estaban los problemas legales. Rex prefería evitar ambas cosas.

—Concierta una segunda cita con Peter para cuando regrese la próxima semana. ¿Para el viernes, por ejemplo?

—¿Crees que podrás volver tan pronto?

—Sí. Si se produce algún cambio, te llamaré.

Con los labios apretados, Marilyn guardó los cheques que él acababa de firmar y los guardó en su enorme bolso.

—Definitivamente, te necesitamos. Eres tú el que hace que la empresa sea un éxito.

—Pronto volveré.

—La pregunta es si estarás seguro.

Rex asintió para tranquilizarla, pero hacía años que no estaba seguro.

Brent Taylor no tenía mucho equipaje. Una maleta de cuero abierta encima de la cama. Por lo que Eve pudo ver sin hurgar en su interior, llevaba vaqueros, camisetas y al menos una camisa.

La cama ya estaba hecha, como había imaginado. La ducha mojada. También encontró toallas húmedas en el cuarto de baño, donde pudo aspirar el olor del desodorante del que había sido su amante y del champú que el hostal suministraba a sus huéspedes.

Una vez allí, le pareció estúpido estar fijándose en detalles tan corrientes. No había nada que no pudiera encontrar en las habitaciones de los otros clientes. No estaba segura de qué esperaba encontrar ni de por qué le importaba. Si no hubiera sido por la actitud reservada y distante de Brent, probablemente no se habría tomado tantas molestias.

No encontró nada que revelara nada importante sobre él, pero sí algunas pistas que le dieron más información de la que disponía. En la mesilla de noche tenía el típico cedazo que se utilizaba para la búsqueda de oro. En el pequeño escritorio que había al lado de la ventana con vistas al jardín, un ordenador portátil, y en el bloc de notas del hostal que había al lado del teléfono había varios nombres y números de teléfono apuntados.

Tenía una letra típica de hombre, decidió. Una letra de imprenta, pero no fácilmente legible. Jason Frick era el primer nombre de la lista. Por el prefijo, el número debía de ser de la zona de Bay Area, que estaba a solo un par de horas de Whiskey Creek. Lo reconoció porque tenían muchos clientes de por allí.

¿Sería Frick un amigo de Brent Taylor o alguien relacionado con el trabajo? También los otros nombres eran de hombres, y los números de la zona. Peter Viselli y Dom Chandler, aunque el último lo había tachado.

Eve, de manera que pretendía ser accidental, tocó el ratón del portátil mientras limpiaba el polvo, esperando que desapareciera el salvapantallas para descubrir en qué había estado trabajando. Pero no tuvo suerte. Lo que apareció fue la petición de una contraseña.

Ella no protegía sus ordenadores con una contraseña, ni siquiera en el hostal. Pero en Whiskey Creek rara vez se cometían delitos y ella no tenía nada que esconder.

Pero entonces, ¿quién era Brent Taylor?

Evidentemente, alguien que vivía en la ciudad.

Consciente de que no disponía de mucho tiempo antes de que Cheyenne o Deb fueran a buscarla, o de que Brent Taylor llegara, colocó las toallas limpias, los jaboncitos, el champú y el acondicionador, y tiró los que ya estaban usados. Después pasó la aspiradora por la alfombra.

Cuando terminó, oyó a Deb hablando con uno de los huéspedes en el pasillo. Aquellos sonidos habituales de la mañana la hicieron sentirse un poco avergonzada por haber estado husmeando en la habitación de un huésped. ¿Se habría pasado de la raya? ¿Estaría comportándose como una acosadora?

Realmente, necesitaba tener una vida propia, se dijo a sí misma y, por primera vez en su vida, consideró la posibilidad de contratar a alguien que se encargara del hostal durante varios meses para poder probar algo diferente antes de establecerse definitivamente y dejar que su vida se endureciera como el cemento.

A lo mejor lo que había ocurrido la noche anterior era una señal de que necesitaba ampliar horizontes, cambiar su vida, probar algo nuevo.

A lo mejor, si no lo hacía, terminaría arrepintiéndose. Cheyenne pronto tendría un hijo. No iban a poder seguir trabajando juntas cuando lo tuviera. O, al menos, durante algún tiempo.

—¡Hola!

Eve se sobresaltó y se volvió y vio a la persona en la que estaba pensando justo en la puerta de la habitación.

—¿Qué estás haciendo aquí? —le preguntó—. Se supone que no debes subir escaleras.

—¿Quién ha dicho eso? El ejercicio me viene bien, siempre que no me caiga.

—Y eso es lo que me preocupa, una posible caída.

Después de haber pasado dos años intentando quedarse embarazada y habiendo tenido que recurrir a lo que había tenido que recurrir, Cheyenne se moriría si perdía el bebé.

—Estoy teniendo mucho cuidado. Solo quería que supieras... —hizo una mueca, como si lo que estaba a punto de decir no fuera una buena noticia.

—¿Qué? —la urgió Eve.

–Tus padres han vuelto.

Eve se llevó la mano a la boca y dijo a través de sus dedos:

–¡No!

–Sí. Están esperándote en el saloncito. Se sienten fatal por no haber podido estar a tiempo para tu cumpleaños, así que al final hicieron que les enviaran por avión la pieza que faltaba, lo cual les ha costado mucho más, y ahora están ansiosos por darte su regalo.

Sus padres eran demasiado buenos. Seguramente eran las personas más buenas y más comprensivas del mundo. En parte, aquel era el motivo por el que Eve se avergonzaba tanto de su reciente conducta.

–No se habrán enterado de lo que pasó anoche, ¿verdad?

–No, claro que no. ¿Quién se lo va a decir?

Cheyenne le dirigió una mirada que pretendía ser tranquilizadora, pero Eve fue capaz de ver más allá.

–¿Crees que se terminarán enterando?

Cheyenne perdió la sonrisa.

–Me temo que es posible. Estamos hablando de Noelle, nada más y nada menos. Cuando Kyle se ha pasado por su casa para darle la pensión, estaba con otra de las camareras, ¿Casey se llama? Kyle me ha dicho que estaban hablando y riéndose de... lo ocurrido.

Casey ni siquiera trabajaba los jueves por la noche.

Eve cerró los ojos y se apretó el puente de la nariz. Tenía que marcharse del pueblo. Se sentía atrapada, asfixiada. Por mucho que quisiera a Little Mary's, a Whiskey Creek y a todas aquellas personas con las que había crecido, necesitaba algo nuevo. Pero le parecía extraño que aquella necesidad hubiera surgido tan repentinamente. ¿También los demás se cuestionaban su vida cuando llegaban a los treinta y cinco? ¿Estaba sufriendo la crisis de los cuarenta antes de haberlos cumplido?

A lo mejor debería utilizar el dinero que tenía ahorrado para hacer un viaje por Europa.

–Yo terminaré la habitación –se ofreció Cheyenne–. ¿Qué queda?

–Nada.

Mientras recogía la aspiradora, Eve pensó una vez más en contarle a Cheyenne que Brent Taylor era el hombre con el que se había acostado, pero cambió de opinión. No quería que Cheyenne se enterara de que le había mentido al decirle su nombre. Además, incluso en el caso de que no abandonara el hostal ese mismo día, no se quedaría durante mucho tiempo en Whiskey Creek.

–¿Quieres que baje contigo? –le preguntó Cheyenne–. ¿Quieres que te ayude a enfrentarte a ellos?

–No. Antes voy a guardar la aspiradora, y no quiero que tengas que bajar las escaleras con ella, así que ni se te ocurra ofrecerte. Solo diles que ahora mismo bajo.

Cheyenne le dio un rápido abrazo.

–Tienes ya treinta y cinco años. Aunque se enteren de lo de anoche, probablemente no te dirán nada.

Por supuesto que no le dirían nada. No eran unos padres entrometidos. Era lo que podían pensar lo que la preocupaba.

Una vez más, sintió una necesidad desesperada de contar con más espacio, de un cambio de escenario. Necesitaba tener oportunidad de averiguar si la persona en la que se había convertido era la persona que quería ser. A lo mejor se había dejado llevar, esperando que llegara el amor que sus amigos habían encontrado, pero no parecía que aquello fuera a sucederle a ella. Por lo menos no allí... A lo mejor había hecho falta que pasaran treinta y cinco años para darse cuenta de que tenía que tomar un rumbo diferente.

Oyó que se alejaban los pasos de Cheyenne. Después, levantó la aspiradora. Pero antes de que hubiera podido recoger también el cubo con los artículos de limpieza, se fijó en la etiqueta de la maleta de Brent Taylor y volvió a dejar la aspiradora en el suelo.

Aquella era su identificación. Debería tomar nota por si

había algún motivo por el que él no quisiera revelar su verdadera identidad. O por si, por ejemplo, el FBI le estuviera buscando. Si había sido suficientemente estúpida como para acostarse con un desconocido, un posible fugitivo, debería hacer todo lo que estuviera en su mano para poder encaminar a la policía en el caso de que llamara a su puerta.

Pero la tarjeta no decía que aquella maleta fuera propiedad de Brent Taylor, ni siquiera de Jared. Taylor Jackson era el nombre que aparecía con la misma caligrafía que los nombres de la libreta de notas. No había dirección. Solo un número de teléfono que ella tecleó en el apartado de notas de su teléfono.

¿Le habría prestado alguien la maleta?

Era posible. Pero el hecho de que utilizara dos nombres diferentes la hizo pensar en algo más significativo que eso.

¿Qué pasaba con aquel tipo? La noche anterior había sido el amante perfecto. Atento y responsable. Cuanto más recordaba lo que había vivido con él, más convencida estaba de que aquel hombre le había proporcionado la mejor noche de sexo de su vida. Y también él había disfrutado. Pero aquella mañana, después de todo lo que habían hecho, se había comportado de manera particularmente extraña cuando le había preguntado su nombre completo. Aunque le había dicho que se llamaba Jared, se había inscrito en el hotel como Brent Taylor y su maleta indicaba que pertenecía a Taylor Jackson.

Consciente de que tenía que bajar para ver a sus padres, agarró los objetos de limpieza y salió a toda velocidad, cerrando la puerta tras ella. Mientras bajaba las escaleras imaginó que, probablemente, era una suerte que Jared, o Brent o Taylor, o quienquiera que fuera, no quisiera saber nada más de ella.

Capítulo 4

–Cariño, estábamos muy preocupados por habernos perdido el día de tu cumpleaños. No me puedo creer que hayamos tenido problemas con el motor –la madre de Eve parecía sinceramente consternada mientras estrechaba a Eve en un abrazo–. Hemos vuelto en cuanto hemos podido.

–No deberíais haber pagado un dinero extra para que os enviaran esa pieza por avión –les dijo Eve–. Me parece increíble lo que habéis hecho. Yo ya había dado por sentado que celebraríamos el cumpleaños cuando volvierais.

Su padre la abrazó en cuanto su madre la soltó.

–Tu cumpleaños es en diciembre, y eso significa que al final termina difuminándose con las fiestas. Siempre hemos intentado que eso no ocurriera. Eres demasiado importante para nosotros.

Eve se encogió por dentro al pensar en Noelle y en lo mucho que probablemente estaba disfrutando arruinando su reputación.

–Gracias, papá.

Su padre hundió las manos en los bolsillos e hizo sonar las monedas que llevaba dentro.

–El hostal tiene un aspecto magnífico, por cierto. Has hecho un trabajo increíble. Has sido capaz de reproducir la viva imagen de una Navidad victoriana.

Habían estado en Texas tres semanas, celebrando el Día

de Acción de Gracias con sus hermanos, propietarios de un bar en Austin.

–¿Lo encontráis mejor de lo habitual?

–Yo diría que sí –contestó.

–Son las lucecitas nuevas –le dijo–. Quedan muy bien colgando de un tejado tan inclinado.

Había contratado a una empresa para que colgara las luces del tejado y las de la fachada, pero Cheyenne y ella se habían ocupado de todo lo demás. Solo la decoración del árbol les había llevado todo un día, el domingo siguiente al Día de Acción de Gracias, cuando normalmente cambiaban la decoración de otoño por el acebo. Al día siguiente, había añadido guirnaldas con lazos rojos en cada ventana, cada puerta, cada repisa y alrededor de todas las barandillas, y había colocado el muérdago que colgaba sobre las mesas del comedor. Normalmente, aquella era la época favorita del año para Eve. Todo el pueblo esperaba expectante la decoración de la posada y ella se enorgullecía de convertirla en un faro de esperanza para viajeros, e incluso corazones, cansados.

–Está perfecto –dijo su padre–. Hemos pasado por A Room with A View y no se puede comparar.

Porque sus propietarios no entendían que el crear tanta belleza invitaba a todo el pueblo a detenerse y pensar. Sus competidores salvaban la Navidad limitándose a poner unos cuantos Santa Claus y unos renos de plástico y a colgar adornos gigantescos en el árbol que tenían en el patio, dándole un aspecto hortera, más que elegante. Pero mientras seguía la mirada de su padre, que contemplaba las velas que había colocado para que pudieran ser vistas desde la calle, no sintió el asombro y la magia que solía experimentar. Tuvo entonces miedo de tener que pasar el resto de su vida repitiendo los mismos movimientos, y sin Cheyenne, porque sabía que su amiga no trabajaría en aquel lugar eternamente.

–Nos dijiste que pensabas ir esta noche a San Francisco

con tus amigos –comentó su madre–, así que he pensado que mañana podrías cenar con nosotros cuando salgas de trabajar. Te haré tu bizcocho favorito, el de zanahorias, y compraré helado.

–Por supuesto –dijo Eve–. Gracias, me parece genial.

–Y... –su madre rebuscó en el bolso y sacó al final un paquetito envuelto en papel de regalo–, y me gustaría que abrieras ahora tu regalo, ya que no pudiste hacerlo ayer.

El sentimiento de culpabilidad por haberse comportado de una manera que podría repercutir negativamente en sus padres la golpeó con fuerza. ¿En qué demonios había estado pensando? No se había comportado mejor que Noelle...

–Adelante –la urgió su padre cuando su madre le tendió la cajita.

Eve esperaba que no fuera nada caro. Sus padres a menudo se excedían en sus regalos. Pero en cuanto quitó el papel y abrió la caja, vio que era un objeto de gran valor. Un reloj de oro rodeado de diamantes.

–¡Hala! –exclamó casi sin aliento.

–¿Te gusta?

El brillo de los ojos de su madre reflejaba la emoción que le causaba el poder entregarle a su hija un regalo tan maravilloso.

–Me encanta –contestó Eve–. Pero es demasiado. Ahora que estáis jubilados, deberíais tener más cuidado, sobre todo con lo que nos está costando sacar adelante el hostal. No tenéis que utilizar vuestros ahorros para...

–No te preocupes por eso –la interrumpió su padre–. Te mereces todo lo que podamos darte. Te has esforzado mucho en ser la hija perfecta.

Perfecta. Aquella palabra le aguijoneó la conciencia. Avanzó hacia la puerta y la cerró.

–Me encanta el reloj, es precioso.

Su madre y su padre intercambiaron una mirada.

–Pero...

Habían reconocido la resignación de su tono.

–Definitivamente, no soy perfecta. De hecho, he hecho algo de que lo que necesito hablaros antes de que lo oigáis por boca de otro.

Se sintió mal al ver el miedo que reflejaron sus rostros y cómo se sentaron lentamente en el sofá.

–Bien. Iba a sugeriros que os sentarais.

–¿Es algo malo?

–No es algo de lo que me sienta orgullosa.

Su padre la miró desconcertado.

–¿Qué puede ser? Te conocemos. Sabemos cómo eres.

–Esto no lo sabéis. Ayer por la noche salí yo sola y… me emborraché un poco.

La miraron pestañeando sin decir nada. Sin duda alguna, sabían que tenía que contar algo más.

–Conocí a alguien –continuó ella–. Un... hombre de fuera. Era atractivo, encantador y él también había bebido demasiado.

–¿Has conocido a alguien? –repitió su madre.

La esperanza de su tono no le facilitaba las cosas. Sus padres deseaban que se casara y formara una familia casi tanto como ella. Habían mencionado sus ganas de tener nietos en numerosas ocasiones. Sus hermanos tenían cincuenta y cincuenta y dos años respectivamente, uno de ellos era un soltero declarado y el otro estaba divorciado y no había tenido hijos, de modo que probablemente no tendrían ningún nieto a no ser que fuera por Eve, aunque ambos querían a Cheyenne como a una hija y estaban emocionados con la llegada de su primer hijo.

–No, en realidad no. No es lo que estás pensando.

–¿Entonces qué es? –preguntó su padre.

Eve cuadró los hombros y soltó bruscamente la verdad.

–Me lo llevé a casa.

Hubo un momento de embarazoso silencio. Después su padre se aclaró la garganta.

–Eve, nunca nos hemos entrometido en tu vida personal. Me refiero a esa parte en particular de tu vida personal. No es algo de lo que tengas que informarnos, y menos a los treinta y cinco años. De hecho, preferiría que no lo hicieras. Y creo que hablo también en nombre de tu madre.

Eve no pudo evitar sonreír ante su respuesta.

—No habría dicho nada si no fuera porque... porque tenía miedo de que os lo pudieran decir por el pueblo cualquier día de estos. No quería que os pillara desprevenidos. Ni que os sintierais decepcionados —añadió—. Pero me temo que ya no tengo manera de evitarlo.

—Entiendo —dijo su padre—. ¿Pero por qué iba a contarnos nadie algo así? ¿Por qué va a ser lo que tú hagas asunto de nadie?

—No es asunto de nadie, pero Noelle Arnold trabaja en el Sexy Sadie's y...

—¡Ah, ya entiendo! —intervino su madre—. La hermana de Olivia está haciendo correr la noticia.

—Sí.

Su madre frunció el ceño.

—Nunca he tenido muy buena opinión de esa chica.

Procediendo de su madre, siempre tan dulce, aquel era un fuerte reproche.

—En eso te apoyo completamente —respondió Eve.

—¿Y eso es todo? —preguntó su padre—. ¿Por eso estás tan afectada? —la estudió atentamente—. No nos estarás ocultando algo peor, ¿verdad?

—¿No te parece suficiente? —preguntó, sorprendida de que no les afectara más a ellos.

—Cariño, todo el mundo comete algún error de vez en cuando —le dijo—. No nos corresponde a nosotros juzgarte, ni decirte cómo debes llevar tu vida. Nosotros tuvimos la oportunidad de educarte cuando eras niña y lo hicimos lo mejor que supimos. Ahora eres tú la que debe de hacerse cargo de ella y, aunque no puedo decir que esté encantado con lo que hiciste anoche, comprendo lo que sucedió y por qué.

—Tampoco puede decir tu padre que fuera virgen cuando me conoció –le contó su madre–. Se había acostado con montones de mujeres.

–¡Adele! –le espetó su padre, obviamente horrorizado.

Eve se echó entonces a reír y, una vez empezó, fue incapaz de parar. Comprendía lo que sus padres sentían sobre lo que acababa de confesar porque ella sentía lo mismo sobre lo que su madre acababa de revelar. No quería verles como a personas con una vida sexual, ni siquiera con la que disfrutaban juntos.

–Lo siento –se disculpó mientras se secaba las lágrimas que caían por su rostro–. No pretendía reírme y no quiero que penséis que no me estoy tomando en serio lo que hice, pero...

Su madre se levantó y volvió a abrazarla.

–Me alegro de que seas capaz de reírte. Olvídalo, cariño. Sabemos que para ti no ha sido fácil ver cómo iban casándose todos tus amigos. Cuando el año pasado las cosas no terminaron bien entre Ted y tú, también para nosotros fue una gran decepción. Es un buen hombre. Pero seguro que encontrarás a alguien, a alguien muy especial.

Eve agarró a su madre del brazo antes de que Adele pudiera soltarla.

–¿Qué os parecería si me fuera a algún otro lugar... a intentar hacer algo distinto?

–¿Te refieres a dejar Whiskey Creek? –preguntó su padre.

–Me encanta estar aquí, pero... no estoy segura de que esta sea la única vida que quiero conocer.

Aquello pareció entristecerles más que la noticia sobre cómo había pasado la noche. Sus hermanos se habían ido a Texas con una beca de fútbol, después se habían enrolado en las Fuerzas Aéreas y jamás habían vuelto a California. Sus padres a menudo lamentaban lo poco que veían a Darren y a Dusty.

–Desde luego, te echaríamos de menos –admitió su padre–. Pero no queremos retenerte aquí si no quieres estar. Y tampoco queremos que el hostal te ate a este lugar.

Eve miró a su alrededor. Adoraba aquel hostal casi tanto como a sus padres. Pero tenía que haber alguna manera de vencer la insatisfacción que se había filtrado en su vida y que parecía estar haciéndose más fuerte día a día. No quería despertarse una buena mañana a los sesenta y cinco años preguntándose por qué nunca había hecho nada para cambiar.

—No nos estás diciendo... que debamos poner el hostal en venta, ¿verdad? —preguntó su madre.

—No, no. No es nada tan drástico —contestó—. Solo estoy pensando en contratar a alguien para que lo dirija durante un año para que así yo pueda probar algo distinto antes de establecerme de manera definitiva, ¿sabes?

Sus padres intercambiaron una mirada sombría mientras asentían.

—Lo comprendemos. Y queremos que hagas lo que creas que puede hacerte feliz.

Eve no podía imaginar que la hiciera feliz abandonar Whiskey Creek. Además de a sus padres, tenía muchos buenos amigos allí e iba a ser la madrina del hijo de Cheyenne, algo que aportaría una gran alegría a su vida. ¿Pero con eso tendría suficiente? De pronto, se sentía como si estuviera viviendo de las migajas de las vidas de los demás e intentando decirse a sí misma que debería sentirse satisfecha con eso indefinidamente.

—Podemos seguir hablando de esto durante las fiestas.

Su madre consiguió esbozar una sonrisa.

—¿Entonces no tienes prisa?

—Ninguna prisa en absoluto —Eve sostuve el reloj frente a ella—. Gracias por el reloj. Jamás había visto algo tan bonito.

—Tú lo eres diez veces más —replicó su madre.

Eve esbozó una mueca.

—¿Ah, sí? Pues prepárate para los rumores que están corriendo por el pueblo.

—Eso no va a cambiar la opinión que tenemos de ti —insistió su padre.

Cheyenne entró en el salón en cuanto los padres de Eve se marcharon. La música navideña que estaba sonando en el comedor sonó con más fuerza cuando se abrió la puerta, haciendo que Eve alzara la mirada. Estaba sentada en una antigua silla Eastlake que había comprado en una liquidación de patrimonio en Sacramento el año anterior. Miró su reloj nuevo, pensando en la suerte de tener unos padres tan maravillosos y preguntándose si estaría haciendo lo correcto al dejarles. Tenía una responsabilidad para consigo misma, pero, como sus hermanos no parecían sentir ninguna obligación hacia sus padres, tenía que asegurarse de que también ellos fueran felices y se sintieran bien cuidados.

Sin embargo, ellos tenían la caravana. Podrían ir a verla y...

—¿Qué tal ha ido? —preguntó Cheyenne.

—Les he contado que me he acostado con un hombre al que no conocía —le explicó Eve.

Su amiga se detuvo en seco.

—¿Estás de broma?

—No. He pensado que era preferible que se lo contara yo.

—¡Pero podrían no haberse enterado nunca!

—No quería correr ese riesgo.

—Ya entiendo —dijo Cheyenne lentamente—. Probablemente hayas hecho lo más sensato. ¿Cómo se lo han tomado?

—Mucho mejor de lo que me esperaba. Supongo que les he subestimado.

—O que te exiges más de lo que te exigen ellos —Cheyenne se sentó enfrente de ella—. ¿Ese es tu regalo?

Eve le tendió el reloj para que pudiera verlo de cerca.

—Es increíble, ¿verdad?

—Maravilloso.

—Son unos padres magníficos.

—Solo has cometido un error, Eve. Todos sabemos cómo eres en realidad —dijo Cheyenne mientras le devolvía el reloj.

Eve sonrió ante aquel cumplido. Sus amigos y su familia la conocían, pero ella ya no estaba tan segura de conocerse a sí misma. ¿Quién era aquella mujer que había lanzado al viento todas sus inhibiciones y se había acostado con un completo desconocido?

Rex estaba en su habitación haciendo el equipaje cuando recibió una llamada de Marilyn. Pensó que a lo mejor se había olvidado de firmar algún cheque y esperó que no fuera porque había tenido problemas con el coche. El motor se había encendido perfectamente cuando Marilyn le había llevado al Sexy Sadie's a buscar su Land Rover.

Se sentó en el borde de la cama y presionó el botón para contestar.

–¿Diga?

–No te lo vas a creer –dijo ella.

Después de todo lo que había vivido, Rex era capaz de creerse cualquier cosa. Pero se tensó, preguntándose si Marilyn tendría alguna prueba de que La Banda andaba tras él.

–¿Qué ha pasado?

–He recibido una llamada de Scarlet Jones, esa fotógrafa de San Francisco.

Rex dejó escapar lentamente la respiración.

–Hace algún tiempo le proporcioné un servicio de seguridad.

–Así que te acuerdas.

–Por supuesto.

Después de que Virgil regresara al Este, donde ambos dirigían el mismo tipo de negocio, se había lanzado a montar su propia empresa en el Oeste y ella había sido una de sus primeras clientas.

–Había recibido un correo electrónico extraño y tenía la sensación de que la estaban siguiendo. ¿Qué le ha pasado ahora?

Sabía que todo había ido bien después de que terminara

su contrato porque había continuado consultándole periódicamente, aunque no durante el año anterior.

–Al parecer, están acosándola de nuevo. El primer incidente tuvo lugar hace unos meses, en septiembre. Recibió por correo electrónico una fotografía de un pene.

–¿Así que tenemos a un nuevo Anthony Weiner? Desde luego, no tiene mucha imaginación.

–Me ha reenviado la fotografía. Y te aseguro que tampoco es particularmente impresionante.

Rex no pudo menos que echarse a reír.

–Parece que debería haberle robado a Anthony algo más que la idea. Podría haber bajado una fotografía de alguna web porno. Pero si eso ocurrió en septiembre, ¿por qué ha tardado tanto en volver a ponerse en contacto con nosotros?

–Las amenazas que recibió la otra vez nunca llegaron a nada. Pensó que si lo ignoraba quizá volviera a ocurrir lo mismo.

–Déjame adivinar, no ha sido así.

–No, de hecho, la cosa ha ido empeorando. Lo que no acierto a comprender es por qué el tipo se detuvo la primera vez.

–A lo mejor estaba en prisión.

–Eso lo explicaría, porque ha retomado el asunto donde lo dejó, aunque las cartas que está recibiendo ahora son más personales –dijo Marilyn–. En una de ellas menciona un lunar que tiene en...

–¿En un seno? ¿En el trasero? ¿En dónde? Tú rara vez te quedas sin palabras.

–Es algo todavía más íntimo.

–Así que quienquiera que esté haciendo esto ha estado muy cerca de ella –se pasó la mano por el pelo–. O ha hablado con alguien que lo ha estado.

–Es todo aterrador.

–Por lo menos eso reduce la lista de sospechosos. ¿Sigue sin saber quién puede ser?

–Sí. Dice que ninguno de sus antiguos amantes haría

algo así –se aclaró la garganta–. Tú... eh... ¿Tú sabías lo del lunar?

–No me involucro sexualmente con nuestros clientes. Y lo sabes.

–Lo sé. Pero pensaba que este caso podría haber sido una excepción. Es una mujer extraordinariamente atractiva. Y no está casada.

Rex tenía debilidad por Scarlet, pero para él era casi como una hermana pequeña. En la época en la que había estado vigilándola, él estaba enamorado de Laurel, la hermana de Virgil, pero no estaba ni remotamente tentado a cambiar el tipo de relación que mantenía con Scarlet ni siquiera en aquel nuevo momento de su vida.

–Has dicho que la cosa ha ido a peor. ¿Qué más ha pasado?

–Ayer entró alguien en su casa y le orinó en la cama. Por eso nos ha llamado.

–¿Se llevaron algo?

–Algunas prendas de ropa interior.

Lo que acababa de oír azuzó las ganas de Rex de regresar al trabajo. Siempre le había molestado que la policía no hubiera sido capaz de encontrar al tipo que había estado atormentando a Scarlet.

–¿Qué le has dicho?

–Le he dicho que estaría encantada de proporcionarle un guardaespaldas hasta que la policía encontrara a la persona que andaba detrás de todo esto, pero al saber que el guardaespaldas no podrías ser tú, se ha echado a llorar.

Aquel tipo de servicio de seguridad era muy personal. Entendía los motivos por los que Scarlet quería contar con una persona a la que conocía y en la que confiaba.

Deseaba poder ayudarla, pero no podía pedirle que esperara sentada hasta que se sintiera suficientemente seguro como para poder regresar a Bay Area. Y tampoco podía arrastrarla hacia las laderas de Sierra Nevada cuando estaba intentando mantener un perfil bajo. Estaba a punto de decir que lo sentía, pero que no podía hacer nada, cuando recordó un folleto que había encontrado en un tablón de la cafetería. Anunciaban habitaciones en una residencia privada.

¿Por qué no atender a aquel anuncio? Podría continuar escondido en aquel pueblo tan curioso y pedirle a Scarlet que se reuniera con él. De aquella manera, ambos se mantendrían alejados de sus círculos habituales y de las dinámicas de la vida en un hostal, lo cual incrementaría su seguridad. Seguramente no tendría una solución perfecta o, cuando menos, tan perfecta e inmediata, en ninguna otra parte, y menos en Navidad.

—Pásame su número de teléfono. Teniendo en cuenta los problemas que ha tenido, supongo que habrá cambiado de opinión desde la última vez que hablé con ella.

—¿Qué piensas hacer? —preguntó Marilyn. Parecía sorprendida.

—Voy a encargarme de este trabajo.

—¿Cómo?

—Invitándola a venir a pasar unos días conmigo en Whiskey Creek.

—¿Y crees que estará dispuesta?

—Si está verdaderamente asustada, no creo que tenga una alternativa mejor.

—¿Pero cómo puedes pedirle que deje su casa estando tan cerca la Navidad?

—Si la policía hace bien su trabajo, debería poder volver para el gran día.

Marilyn carraspeó. Después dijo:

—Así que Whiskey Creek, ¿eh?

—¿Por qué no? Alejarla de su rutina habitual nos proporcionará una gran ventaja. A lo mejor su acosador se frustra al no poder atormentarla y termina haciendo algo que le delate.

—Pensaba que pretendías continuar moviéndote. Que es el cambiar de emplazamiento lo que te mantiene a salvo.

Rex se volvió hacia su equipaje.

Su último movimiento no tenía que ver con la seguridad. Estaba más relacionado con lo que había hecho la noche anterior. Él no quería volver a acostarse con Eve como quiera que se apellidara. Bueno, en realidad, sí quería, y ese era el problema. Lo que no quería era crearle expectativas, hacerla creer que podrían tener un futuro en común. Teniendo en cuenta sus propias limitaciones, sabía que no era justo.

Pero si se iba del hostal a una casa o a cualquier otra parte con su clienta, una clienta a la que consideraba una amiga, seguramente tendría que evitar a Eve, y también olvidarla. Hasta ese momento de su vida, siempre había tenido suficiente con su trabajo.

Capítulo 5

Quedar con Ted le resultó violento. Después de su fracasado intento de relación con él, Eve había llegado a acostumbrarse a enfrentarse a la tensión que sentía cuando le veía junto a sus amigos los viernes en el Black Gold Coffee. Intentaba dirigir los comentarios al grupo en general cuando le resultaba posible y evitaba sentarse cerca de Sophia. Pero en aquel momento no iba a poder evitar un encuentro directo. Ted le había preguntado que si podía pasarse por el hostal. Quería escribir un libro sobre el misterioso asesinato de la niña que había muerto en el sótano en mil ochocientos setenta y uno.

Pero Ted ya tenía un gran éxito como escritor de novelas de suspense. Eve no podía comprender por qué no continuaba escribiendo ficción y la dejaba en paz.

—No sé si te merece la pena perder el tiempo escribiendo un libro sobre la pequeña Mary —le dijo mientras se sentaba frente a él en el salón en el que había estado hablando anteriormente con sus padres.

Ted había estado jugueteando con su teléfono, intentando encontrar la aplicación para grabar.

—¿Por qué no? —preguntó, alzando la mirada—. He estado intrigado por ese caso desde que era un niño.

—Porque te está yendo muy bien con las novelas —respondió ella—. ¿No tendría más sentido escribir otro relato de asesinatos en el tiempo que vas a tardar en escribir esto?

—No lo hago por dinero. Las ganancias irán destinadas a la Sociedad Histórica para que puedan preservar más edificios como este.

¿Pensaba donar el dinero?

Maldita fuera. Ni siquiera podía continuar justificadamente enfadada con él. El problema siempre había sido aquel. Ted era demasiado bueno.

Ted le dirigió una mirada que le indicó a Eve que estaba sospechando de su reticencia.

—No me digas que todavía me guardas rencor.

—Lo dices como si no tuviera derecho a guardártelo.

—Tú no eres la clase de persona que se instala en el resentimiento.

Era cierto. Y Ted ya se había disculpado varias veces. Y también había intentado conservar su amistad. Pero ella no podía evitar sentirse como un zapato viejo que había sido abandonado. A lo mejor, si ella hubiera sido capaz de seguir con su vida, como había hecho él, o si el tipo con el que había estado la noche anterior no la hubiera tratado de la misma manera, el pasado no supondría ningún problema.

—Por supuesto que no. Me alegro mucho por ti y por Sophia.

Y, en parte se alegraba. Conocía a Ted desde que era niña. Y tenía que asumir su propia responsabilidad a la hora de comenzar a mantener una relación sentimental con él. En cierto modo, siempre había sabido que continuaba enamorado de Sophia. Pero había decidido ignorar lo que le decía la intuición esperando haber encontrado por fin un buen marido.

—Cuando te he abrazado al llegar, estabas tensa como una tabla —señaló.

—Es que tengo un mal día.

Parte del recelo de Ted desapareció y fue reemplazado por la preocupación.

–¿Te ha pasado algo grave?

–En realidad, no –intentó eludir la pregunta–. Pero siempre trabajo con mucha presión cuando llegan estas fechas.

–A ti te encanta la Navidad.

Eve no dijo nada. El problema era que no la estaba disfrutando aquel año.

–¿Prefieres que vuelva en enero? –le preguntó Ted.

¿Para qué? ¿Acaso no era mejor quitarse aquello de en medio? Ted ya le había explicado que había entregado su último libro y no tenía que empezar el siguiente hasta enero. Precisamente, quería comenzar con aquella investigación aprovechando que iba a disponer de tiempo en Navidad. Y lo hacía todo sin ningún ánimo de lucro, para ofrecer una donación a aquel pueblo al que los dos adoraban.

–No, lo siento. Te daré ahora todo lo que necesites.

–Estás dispuesta a sufrir, ¿eh?

–No pretendía que sonara de ese modo. Es solo que ni siquiera el equipo de *Misterios sin resolver*, con todos los investigadores que trajeron al pueblo, pudo averiguar quién asesinó a Mary, así que no sé qué vas a poder hacer tú.

–La cuestión no es tanto resolver el crimen como escribir una crónica sobre ese misterio y sugerir posibles escenarios –inclinó la cabeza y la miró con atención–. Podría darle mucha publicidad al hostal –añadió, buscando otra manera de animarla.

Pero Ted llevaba varios años hablando de escribir un libro sobre la pequeña Mary. ¿De verdad tenía que ir a hablar con ella justo en aquel momento? ¿Al día siguiente de que se hubiera acostado con un completo desconocido? ¿Para hacerla preocuparse por el hecho de que pudiera haber oído la noticia? ¿Para hacerla preguntarse si él encontraría tan patético lo que había hecho como ella?

Brent Taylor había regresado. Eve le había visto entrar. Pero no la había mirado ni había dado ninguna muestra de reconocerla. Había pasado delante de ella y se había dirigido directamente hacia las escaleras. Había salido poco después, sin maletas. Como la salida de las habitaciones era a las doce y ya eran más de las dos, lo único que podía pensar era que iba a quedarse una noche más.

No estaba segura de qué decir al respecto, ni de si debería hacer algo para reforzar su petición de que se fuera o limitarse a fingir, como estaba haciendo él, que lo de la noche anterior nunca había ocurrido. Seguramente, para él aquel encuentro había sido tan poco significativo que no le importaba encontrarse con ella cada vez que cruzaba la recepción.

—El hostal va mejor últimamente —le contó a Ted—. El té que ofrecemos por las tardes está generando interés. Tenemos grupos de mujeres de la Red Hat Society y, desde que hemos empezado a anunciarnos en revistas de novios, ha aumentado el número de parejas.

—Me alegro de oírlo, pero la publicidad es cara y la que yo te ofrezco será gratuita. Si se publica el libro, conseguirás una entrada estable de visitantes con ganas de ver si el hostal está realmente encantado. Eso es lo que ocurrió cuando se emitió *Misterios sin resolver*, ¿verdad?

—Durante una temporada.

Suponía que debería agradecerle que se tomara tanto interés por ella y por el pueblo. Y lo habría hecho si no hubiera tenido tantas cosas en la cabeza.

—Entonces, ¿empezamos? —preguntó Ted.

Eve se reclinó en el asiento.

—Por supuesto. Pregunta lo que quieras.

—¿Por qué no comenzamos revisando lo más básico, para asegurarme de que tengo la información correcta?

—Lo más básico seguro que lo sabes. Todo el pueblo lo sabe.

—Sé que Mary Hatfield tenía seis años cuando la estrangularon en el sótano en mil ochocientos setenta y uno. El día de su nacimiento está grabado en la lápida del cementerio, que está aquí al lado. Pero tú también vivías aquí de niña. En realidad, me gustaría que me contaras cómo era la vida en el hostal.

—Solo estuvimos aquí unos cuantos años, hasta que terminaron la primera ronda de renovaciones. Después, mis padres compraron la casa en la que vivimos ahora y nos mudamos.

—Me acuerdo de cuando fue eso. Todavía estábamos en el colegio. Pero no os fuisteis por culpa del fantasma de Mary...

—No, mis padres querían que disfrutáramos de una vida normal, que les permitiera desconectar del trabajo y disfrutar de cierta intimidad como familia.

—¿Y te alegras de que lo hicieran?

Eve asintió.

—Sí, me encanta este lugar y ya me gustaba entonces. Pero... habría sido más difícil tener que estar rodeada de huéspedes constantemente, sin descanso. Y asegurarse de que tres niños se porten perfectamente en todo momento es una tarea difícil para cualquier madre.

—¿Puedes hablarme de tus recuerdos más antiguos?

—Más que de ninguna otra cosa, me acuerdo del olor a humedad. Y me acuerdo de estar jugando con los objetos antiguos que había en el desván. Me disfrazaba con la ropa que encontraba en los baúles, me llevaba allí a las Barbies... ese tipo de cosas. Estar en el desván me generaba cierto desasosiego incluso entonces, pero tenía el tamaño ideal para una niña y era el único lugar en el que no me molestaban mis hermanos. Podía estar jugando durante horas.

—¿Y qué me dices del sótano?

Eve se estremeció.

—Nunca jugaba allí. Pero me acuerdo de que mis hermanos me encerraron en una ocasión, solo para asustarme.

—¿Fue allí donde encontraron el cadáver de Mary?

—Sí. Así que puedes imaginarte el miedo que pasé. Me llamaban a través de la puerta y me decían que me iba a atrapar el fantasma de Mary. Y yo estaba absolutamente convencida de que tenían razón.

—¿Cómo conseguiste salir?

–Mi madre me oyó gritar y vino a rescatarme.

Una leve sonrisa curvó los labios de Ted.

–Apuesto a que se enfadó.

–Desde luego.

–¿Y qué les pasó a tus hermanos?

–Les castigaron.

Sacudió la cabeza al recordarlo. A sus hermanos les había resultado muy gracioso verla pasar tanto miedo.

Ted tomó rápidamente unas notas.

–Muy bien. Así que los padres de Mary construyeron este edificio y no se hizo ninguna obra de remodelación hasta que lo compraron tus padres. ¿Es correcto?

–Sí.

–¿Cuántos años tenía Mary cuando John y Harriet vinieron a vivir aquí?

–Todavía no había nacido. Y cuando nació, no tuvo ningún hermano que la atormentara. Era hija única.

–Después de su muerte, circuló el rumor, que todavía persiste, de que su padre podría haberla matado. Como fue él el que encontró el cadáver y la fecha era cercana a la Navidad, siempre he pensado en ese crimen como un caso similar al de JonBenét Ramsey, pero en el siglo XIX.

–¿Se encontró alguna prueba que sugiriera que él era el asesino?

–En realidad, no. Se sabe que tenía un carácter violento y que golpeaba a su mujer. Tampoco lloró mucho la muerte de su hija, pero no todos los hombres saben expresar el dolor.

Eve había dejado abierta la puerta del salón. Lo hacía casi siempre, para que las personas que trabajaban en el hostal se sintieran libres de consultarle algo si lo necesitaban. Pero aquel día, eso significó que cuando Brent Taylor volvió a entrar en el hostal por segunda vez, le vio. Y también él la vio a ella. Se detuvo como si tuviera algo que decir, de modo que Eve se levantó y salió a su encuentro.

–Ya ha pasado la hora para dejar la habitación, pero si ya estás listo, puedo ocuparme de eso ahora.

Rex desvió la mirada hacia Ted antes de volver a mirarla.

–¿Te importaría que me quedara una noche más?

¿Es que nada podía salir como ella quería?

–¿En A Room with a View no les quedan habitaciones?

Brent frunció el ceño como si hubiera reconocido la decepción en su voz.

–Acabo de venir de allí. Lo tienen todo lleno.

Por supuesto, a pesar de lo cursi de su decoración. Al parecer, les resultaba fácil llenar el alojamiento. Pero la verdad era que se gastaban mucho dinero en publicidad. Ellos siempre tenían más que ella para gastar.

Quería negarse, pero Ted la estaba mirando y sabía que no sería capaz de inventar una buena excusa que justificara el rechazar un cliente. Ted y el resto de sus amigos estaban al tanto de las dificultades económicas por las que habían pasado durante los últimos años.

–Supongo que, en ese caso, no importa.

–Gracias. ¿Conoces algún sitio en el que se cene bien?

–Just Like Mom's ofrece una deliciosa comida casera, si estás buscando algo de ese tipo. Está al final de la calle.

Él vaciló un instante. Después, la agarró del codo y la atrajo hacia él para susurrarle al oído:

–Esta mañana, podría haber manejado la situación en tu casa mucho mejor. Lo siento –se disculpó, y comenzó a subir hacia su habitación.

–¿Qué ha sido todo eso? –preguntó Ted.

Eve cerró la puerta, a pesar de su política habitual, y volvió a sentarse.

–Nada. Es solo... un cliente.

–¿Todos los clientes te susurran al oído de esa forma? Parecía algo muy íntimo.

–Pues no lo era.

Eve pensó en admitir lo que había hecho, como acababa de hacer con sus padres, pero no fue capaz. Ted se había convertido en un hombre felizmente casado y en el orgulloso padre de una bellísima adolescente. No quería que pensara que ella todavía estaba intentando superar su ruptura. Por supuesto, era muy probable que le llegara el rumor, así que, posiblemente, no tenía forma de evitar que lo averiguara. Pero ya se enfrentaría a ello cuando ocurriera. Lo único que esperaba era que nadie sacara el tema durante la fiesta de aquella noche ni durante su cita semanal en la cafetería. Sus amigos eran maravillosos, pero llevaban tanto tiempo juntos que entre ellos no había ningún tema tabú.

—Solo dispongo de unos minutos más —le dijo—, así que deberíamos seguir con esto.

Continuaron hablando de lo que el equipo de *Misterios sin resolver* había descubierto cuando habían estado en el pueblo, lo cual era prácticamente nada en lo que a pruebas forenses concernía. Después, hablaron un poco de la información que se había encontrado en los diarios de varias personas que habían conocido a los Hatfield. La mayor parte de ellos contenían venenosas acusaciones contra John Hatfield, que era un hombre rico, austero y no particularmente apreciado. Aunque Eve no podía decir que hubiera pistas muy sólidas en aquellos diarios, había guardado copias de todo lo relacionado con la historia del hostal. Tenía incluso una fotocopia plastificada de un periódico de finales del XIX en el que se contaba toda la historia y una caja con el material encontrado por *Misterios sin resolver*, que le habían entregado cuando habían terminado la grabación.

Se dirigió a su despacho para buscar la caja, pero no la encontró, de modo que regresó solamente con los documentos que ella había ido acumulando a lo largo de los años.

—No sé dónde he podido poner la caja de *Misterios sin resolver* —le dijo a Ted.

—¿Pero la buscarás para dármela?

—Sí, miraré en el desván en cuanto tenga un rato.

Ted lo aceptó así porque tenía que marcharse.

—Parece que no acabas de tener clara la opinión sobre esto. Pero, solo por saberlo, ¿tú crees que el hostal tiene fantasmas?

Aquella siempre había sido una pregunta difícil para Eve. No quería ponerse en un compromiso porque la verdad era que, por absurdo que pareciera, a veces tenía la sensación de que el espíritu de Mary permanecía en aquel lugar. Le habló a Ted de las cortinas que se movían sin que nadie las tocara, de las puertas que se cerraban y de otros ruidos que se oían cuando no debería haber nadie más en el hostal. En una ocasión, estaba convencida de que había oído un gemido en el sótano. Había sido estremecedor. A no ser que hubiera algo que necesariamente tuviera que ir a buscar allí, nunca bajaba sola.

—Sinceramente, no lo sé. Pero siento rabia contra quienquiera que matara a Mary y espero que, aunque sea después de tanto tiempo, al final prevalezca la justicia —respondió.

—¿Tú crees que la mató su padre?

—Creo que eso era lo que pensaba la madre de Mary.

Ted arqueó las cejas.

—¿Qué te lleva a decir eso?

—No volvió a pronunciar una sola palabra tras la muerte de Mary.

Ted se inclinó hacia delante.

—Eso nunca lo había oído contar, ni a ti ni a nadie.

—Lo he averiguado hace poco. Me lo contaban en un correo electrónico que recibí de una pareja que viene aquí todos los veranos, un historiador y su esposa, que tiempo atrás tuvieron familia en la zona. Él encontró una carta escrita por su tatarabuela y fechada unos años después de la muerte de Mary. Habla de Harriett Hatfield y de su insistente silencio y pensó que podría interesarme. Según esa carta, Harriett se convirtió en una ermitaña. Apenas salió de su casa tras la muerte de su hija. Probablemente esa es la razón por la que nadie lo mencionó. En realidad, apenas tenían contacto con ella.

—Su silencio y su reserva podrían ser una manifestación de su tristeza —sugirió Ted.

—Es cierto, pero a lo mejor también era una esposa maltratada, revelándose de la única manera que podía hacerlo sin arriesgar su propia vida.

—Es algo que habría que considerar —se levantó y se guardó el teléfono en el bolsillo—. Por hoy ya está. Te llamaré si necesito algo más.

Eve le dirigió una leve sonrisa.

—Ya sabes dónde encontrarme.

—¿Tienes ganas de salir esta noche a celebrar tu cumpleaños? —preguntó Ted, cambiando de tema.

La salida a San Francisco no le resultaba ya tan apetecible como la noche anterior. Aunque tenía ganas de ver a Baxter, que siempre había sido parte del grupo, pero se había ido a la ciudad dos años atrás, ya había recordado más de lo conveniente su entrada en los treinta y cinco años. Pero no iba a ganar nada haciendo que sus amigos la compadecieran.

—Sí.

—No pareces muy entusiasmada —se detuvo mientras ella abría las puertas del salón—. ¿No vas a contarme lo que te pasa?

Ted la conocía mejor que el resto de sus amigos, puesto que habían sido amantes, pero aquella era precisamente la razón por la que no se sentía cómoda confiándole lo que le ocurría.

—No, pero gracias de todas formas.

—Con independencia de lo que puedas sentir ahora, Sophia y yo te queremos —le dijo—. Todos te queremos.

Se estaba refiriendo a su círculo de amigos.

—Te agradezco que me lo digas.

—Hum, una forma muy educada de esquivarme —posó la mano en su brazo—. ¿De verdad no vas a contármelo?

—No. Pero contéstame tú a otra pregunta. Si quisieras irte de Whiskey Creek, ¿adónde irías?

Ted dejó caer la mano.

—¿Estás pensando en marcharte?

—Probablemente, no para siempre.

—¿Probablemente? ¡Dios mío, Eve! Espero que esto no tenga nada que ver conmigo. Pensaba que habíamos dejado atrás lo ocurrido, pero parece que estás enfadada otra vez.

Eve no estaba tanto enfadada como frustrada con su soledad. Y el hecho de que se acercara la Navidad solo lo empeoraba todo.

—No tiene nada que ver contigo. Llevo tiempo preguntándome qué quiero hacer con mi vida.

—¿Es que tienes dudas? Yo siempre he pensado que ibas a pasarla aquí, con nosotros —señaló el hostal—. No puedo imaginarme a nadie más dirigiendo este lugar. Haces un trabajo maravilloso.

Cheyenne se acercó, antes de que Eve hubiera podido responder, con una mirada de maravillado asombro.

—¡El bebé no para de moverse! —dijo, y posó las manos de sus amigos en su vientre.

Eve notó el pie del bebé. O a lo mejor era el codo lo que sobresalía.

—¡Hala! —susurró—. Es muy emocionante, ¿verdad?

—Yo estoy deseando... —las palabras de Ted se apagaron en el momento en el que Eve alzó la mirada hacia él.

Pero aquel repentino silencio le indicó lo que había estado a punto de decir: que estaba deseando tener un hijo con Sophia.

—Este niño va a ser muy fuerte —sentenció Cheyenne, intentando llenar aquel incómodo silencio—. Como su padre.

Se refería al hermano de su padre, en realidad, que también era el prometido de su hermana, pero ella jamás confesaría cómo se había quedado embarazada. No quería que Dylan tuviera que enfrentarse al hecho de no poder darle un hijo, y aquella era la razón por la que había llevado a cabo aquel proceso de inseminación artificial sin que él lo supiera. Además de Eve, solo Presley y Aaron sabían cómo se había quedado embarazada. Habían sido ellos los que habían facilitado el proceso.

—Llevas todo el embarazo hablando de él como si fuera

un niño –le advirtió Ted–, pero Dylan quiere una niña. ¿Es que ya sabes algo que no has querido compartir con nosotros?

–No –contestó Cheyenne–. Me resulta tan fácil referirme a él de una manera como de la otra, pero ir cambiándole de sexo me resultaría extraño.

Eve podría haberse quedado allí indefinidamente, maravillándose de los movimientos del bebé. Crear vida era un milagro, un milagro que ansiaba experimentar por sí misma.

Quería tener un hijo. Pero no quería tenerlo sola.

De pronto, tomó aire bruscamente.

–¿Qué te pasa? –preguntó Cheyenne.

Eve apartó la mano, pero no fue capaz de responder inmediatamente. Acababa de ocurrírsele algo, algo en lo que no había pensado hasta entonces y que la llenó de preocupación.

–¿Eve? –dijo Ted.

–Estoy bien –farfulló, pero no estaba del todo segura.

Aquella mañana, Brent Taylor había señalado el envoltorio del preservativo que había en el suelo como prueba de que habían utilizado algún tipo de protección. Pero solo había uno, y ella estaba convencida de que habían hecho el amor más de una vez. Desde luego, de eso se acordaba. Pero cuando había ido a tirar el envoltorio en la papelera, no había visto que hubiera ninguno más.

Capítulo 6

El corazón le latía en la garganta cuando llamó tímidamente a la puerta de Brent Taylor. No quería volver a molestarle. Él se había disculpado por su rudeza de aquella mañana y ella prefería dejar la cosa así.

Pero si había alguna posibilidad de que estuviera embarazada, necesitaba encontrar la manera de notificárselo.

En realidad, deseaba que pudiera decirle que habían utilizado más preservativos y que él se había deshecho de ellos tirándolos por el inodoro o de cualquier otra manera. Pero no le parecía muy probable. ¿Cuántos hombres llevaban más de uno o dos preservativos en la cartera?

Se abrió una rendija de la puerta y Brent la vio.

–Soy yo –preparándose para cualquiera que pudiera ser su reacción, tomó aire–. Necesito hablar contigo un momento.

Él no dijo nada, pero abrió la puerta lo suficiente como para que pudiera pasar y retrocedió un paso.

Eve entró y cerró tras ella. El cielo sabía que no quería que nadie oyera lo que necesitaba plantearle.

–¿Qué pasa? –preguntó él, poniéndose inmediatamente a la defensiva–. ¿No puedo quedarme esta noche? ¿Quieres que me vaya ya? ¿Qué ocurre?

–No –se colocó un mechón de pelo detrás de la oreja–. Puedes quedarte aquí hasta mañana. O hasta cuando quieras.

El rostro de Rex pareció aclararse mientras se sentaba en la cama.

—Pareces nerviosa.

—Y lo estoy, un poco —admitió.

Él la miró atentamente.

—Si vienes aquí porque... porque quieres más de lo que compartimos anoche, no tienes por qué estar nerviosa. La respuesta es sí, siempre y cuando eso no implique ninguna atadura. Tengo ciertas limitaciones.

¿Lo estaba diciendo en serio? Por lo que Eve podía decir, sí. ¿Pero cómo podía pensar que podría querer algo más después de cómo había intentado distanciarse de ella? ¿Y qué le hacía pensar que estaría dispuesta a aceptar una oferta de ese tipo?

Su rostro debió de expresar su estupefacción, porque asomó una sonrisa a los labios de su huésped.

—Supongo que tu expresión responde a la pregunta.

—No vengo a buscarte —le explicó—. No soy una mujer que busque relaciones sin ataduras.

—Estás aquí por alguna razón.

—Sí —se acercó a la ventana para romper así el contacto visual con él—. Estoy aquí porque... porque me estaba preguntando...

—¿El qué?

Eve se obligó a mirarle.

—¿Te acuerdas del envoltorio del preservativo?

—¿Ya estamos otra vez con eso?

—¿Llevabas más?

—Siempre puedo conseguir más —respondió, arqueando las cejas.

Eve se frotó los muslos.

—Me preguntaba cuántos tenías.

No fue difícil discernir el momento exacto en el que comprendió lo que estaba intentando decirle. Apareció en sus ojos un recelo de naturaleza muy diferente.

—¿Por qué lo preguntas?

–¿Por qué crees que lo pregunto? No sé qué recuerdas de la otra noche, pero yo recuerdo que hicimos el amor tres veces.

–¿Estás segura?

–¡Sí! ¿Tenías tres preservativos?

Como él no contestó, Eve continuó diciendo:

–Y si los tenías, ¿los utilizaste? Quiero decir, a lo mejor te acuestas con tantas mujeres que tienes costumbre de llevar una caja encima. Pero no viniste en coche, y eso significa que solo tenías los que llevabas encima.

Brent inclinó la cabeza y se apoyó contra la pared.

–Mierda.

Eve esbozó una mueca.

–Eso es un no, ¿verdad?

–Solo tenía uno. Y era bastante viejo. ¿Pero estás segura de que...?

–Estoy segura. Hubo... –bajó la voz–, una primera vez en la que ni siquiera fuimos capaces de llegar al dormitorio. Y luego una segunda en la cama. Después, estoy convencida de que lo hicimos una vez más, cuando nos despertamos un par de horas más tarde.

–¿Fue entonces cuando tuve que bajarte para que no te golpearas con el cabecero?

Eve sintió que se sonrojaba.

–Sí. Así que hubo por lo menos tres.

Rex asintió solemnemente.

–Fue entonces cuando utilicé el preservativo.

A Eve se le hizo un nudo en el estómago.

–¿Pero no utilizaste preservativos antes?

–No, es imposible.

–¿Y no lo sabías?

Él alzó la mano.

–A lo mejor estaba evitando mentalmente las posibles... consecuencias, dando por sentado que solo lo hicimos una vez.

Eve se mordió el labio.

–¡Oh, Dios mío! –exclamó.

–Supongo que tú tampoco estás utilizando ningún método de control ni nada... –se interrumpió–. No importa. Ni siquiera tengo que preguntártelo. Si nos has estado acostándote con nadie, no lo necesitabas.

Se frotó la frente antes de continuar.

–¿Y en qué momento del ciclo estás? ¿Hay alguna posibilidad de que estés en el momento más fértil?

Eve ya había contado los días. Se había preparado antes de hablar con él.

–Me temo que no podríamos haberlo planificado mejor si hubiera estado intentando concebir.

Al oírla, él palideció.

–Ya entiendo.

–Eso no significa que esté embarazada –le tranquilizó–. Hay muchas posibilidades de que no lo esté. Esperemos lo mejor. Pero si lo estoy, no pienso abortar ni dar al niño en adopción.

–De acuerdo –contestó él, como si la noticia fuera tan mal recibida como la de un posible embarazo.

–Siento decepcionarte.

–No estoy seguro de que lo hayas hecho. Sencillamente, no sé qué decir ante todo esto.

–No tienes que decir nada hasta que no sepamos lo que ha pasado. Si estoy embarazada, tendré sola a ese hijo. Pero, puesto que pronto vas a irte de aquí, me gustaría saber exactamente con quién estoy tratando.

Él comenzó a caminar con la cabeza gacha.

–¿Entonces eres Brent Taylor? ¿O Taylor Jackson?

Brent se detuvo para mirarla con la mandíbula apretada.

–¿Has estado husmeando entre mis cosas?

–No como tú piensas. Pero alguien tiene que limpiar tu habitación y me fijé en la tarjeta de la maleta.

–Le pedí la maleta prestada a un amigo.

–Entonces, Brent Taylor es tu verdadero nombre.

–Sí.

–Muy bien. ¿Y puedes ofrecerme alguna manera de ponerme en contacto contigo? Solo por si acaso.

Él se frotó de nuevo la frente, como si necesitara un momento para recomponerse, o como si no le gustara la idea de darle lo que le estaba pidiendo. Había más que un ligero rechazo en su expresión.

–Te prometo que no me pondré en contacto contigo a no ser que sea absolutamente necesario –añadió, su voz mostraba su irritación.

–No lo comprendes –comenzó a decir él, pero se interrumpió de pronto–. No importa. Ahora mismo no puedo darte ninguna forma de ponerte en contacto conmigo. Estoy en un período de transición. Tendré que ser yo el que se ponga en contacto contigo. Pero cumpliré con mi parte, por eso no te preocupes.

¿Esperaba que confiara en su integridad cuando ni siquiera le constaba que tuviera alguna? Abrió la boca para decirle que le estaba pidiendo demasiado, pero él no la dejó continuar.

–Soy consciente de que para ello se necesita una gran dosis de confianza –reconoció–. Pero espero que puedas ofrecérmela, si... si yo también confío en ti.

Eve sintió un escalofrío, a pesar de que no hacía frío en la habitación.

–¿En qué sentido?

Él pareció pensar rápido, intentando proponer un acuerdo que pudiera ser justo.

–¿Tienes seguro médico?

–Sí, y también lo tienen todas mis empleadas –aquella era una de las razones por las que le costaba tanto mantenerse a flote.

–En ese caso, el parto está cubierto.

–Sí.

–Eso ya es algo. Pero aun así, habrá otros muchos gastos. ¿Qué te parece si te dejo algo de dinero? Si estás embarazada, puedes quedártelo para el bebé. Y te enviaré más, por su puesto. Como te he dicho, no pretendo eludir mis responsabilidades.

Eve odiaba haber fastidiado de tal manera su vida. En menos de veinticuatro horas, había terminado reducida a aquella clase de negociación.

—¿Eso significa que no quieres tener contacto con el niño?

Él cerró los ojos.

—Ahora mismo ni siquiera soy capaz de pensar lo que quiero. Lo único que puedo hacer es hacerme cargo de lo que tú quieres. Ya nos ocuparemos de lo demás más adelante, si es que estás embarazada.

—¿Entonces cuánto dinero pretendes dejar?

—Lo suficiente como para que puedas confiar, o al menos, no desconfiar, en que voy a seguir en contacto contigo. Di tú la cantidad.

No tenía idea de cuánto pedir, pero había algo muy extraño en aquel hombre. Aquello lo demostraba y la hizo elevar notablemente la primera cifra que se le ocurrió.

—¿Cinco mil?

Para su sorpresa, él no discutió. Se limitó a sacar esa cantidad de dinero, en billetes de cien dólares sujetos por un clip, de una bolsa de lona. Después de tenderle dos fajos, contó otros mil dólares.

—Toma.

—¡No me puedo creer que lleves tanto dinero encima! —ni siquiera podía empezar a imaginar cómo iba a explicárselo, pero le detuvo antes de que él empezara a intentarlo—. No importa. No quiero que me mientas.

Tenía que ser traficante de drogas o algo parecido. No era exactamente el tipo de padre que habría elegido para su hijo, así que quizá fuera mejor que quisiera marcharse. Ya solo le cabía esperar que no quisiera tener ningún contacto con ellos.

Después de salir del dormitorio, se guardó el dinero debajo del cinturón para que nadie pudiera verlo y tomó aire. Podría estar contemplando un futuro completamente diferente al que había imaginado cuando había empezado a pensar en hacer un viaja a Europa. Pero preocuparse por lo que iba a pasar no cambiaba nada. Podía ir al banco, depositar el dinero que le había dejado en custodia y prepararse para ir a San Francisco. Como iba a celebrar su cumpleaños, le había pedido a la persona que se encargaba de atender el hostal por la noche que llegara antes de lo habitual. En cuanto iniciaran la velada, sería capaz de disfrutar de la cena, del baile y, por lo menos durante unas horas, olvidar a Brent Taylor y los cambios que podrían estar teniendo lugar en su propio cuerpo.

Si estaba embarazada, se enfrentaría a ello. Podría ser una madre soltera. Llevaba tiempo añorando iniciar una nueva etapa en su vida, pero jamás había imaginado que lo haría sin un marido.

Aquella noche, Rex estaba más inquieto de lo habitual. Intentó trabajar con el ordenador. Hizo todos los arreglos necesarios para que Scarlet se reuniera con él al día siguiente y alquiló una habitación para cada uno en la casa que había visto anunciada en el Black Gold Coffee. Su nueva casera, una viuda de edad avanzada, estaba dispuesta a permitir que se instalaran allí inmediatamente. Pero los minutos iban pasando tan lentamente que el día siguiente, y su inminente traslado a otra parte del pueblo, se le antojaba algo muy lejano. Su mente continuaba regresando a Eve.

¿Estaría embarazada? Y en el caso de que así fuera, ¿qué podía hacer?

Le enviaría dinero, por supuesto, como le había prometido. Pero no podía imaginarse teniendo un hijo o una hija, especialmente porque no iba a ser capaz de conocer a ese hijo, no sin ponerlo en peligro.

Treinta minutos antes de que cerrara Just Like Mom's, se acercó hasta allí para buscar algo de comer. La muchacha que le atendió se llamaba Tilly, por lo que decía su tarjeta.

Se sonrojaba cada vez que la miraba, pero era muy joven. Demasiado joven para él. Debía de tener... unos veintiún años.

—¿Dónde te alojas? —le preguntó, mostrando sus hoyuelos mientras le llevaba la cuenta.

—En el Little Mary's.

—¡Ah! En el hostal de Eve. Es un gran hostal.

Rex jugueteó con el salero y el pimentero mientras preguntaba:

—¿Conoces bien a Eve?

—No fui al colegio con ella ni nada parecido. Tiene diez años más que yo, pero la veo mucho por el pueblo. Es una persona encantadora.

—¿Ah, sí?

—Desde luego. No conozco a nadie a quien no le caiga bien. ¿La has conocido?

—Sí.

De pronto, se dio cuenta de que Eve le recordaba a Laurel, aunque el color de ojos y pelo fuera exactamente el contrario. Y Dios sabía lo mucho que había querido a la hermana de Virgil. Seguramente, aquella era la razón por la que se había sentido atraído por ella la noche anterior.

—Parece una buena persona.

—Lo es.

—¿Y por qué crees que no se ha casado?

Tilly torció la boca mientras buscaba una respuesta. A la mayor parte de la gente le parecería una pregunta extraña por parte de un desconocido, pero ella estaba poniendo demasiado esfuerzo en serle útil como para analizarla críticamente.

—No estoy segura. Creo que es la más guapa del grupo.

—¿Del grupo?

—Forma parte de una pandilla de amigos que se criaron aquí. Están muy unidos. A estas alturas, casi todos están casados... No tengo ni idea de por qué ella no ha encontrado a nadie.

–A lo mejor es difícil llevarse bien con ella –sugirió Rex para ver qué clase de respuesta le daba.

Tilly sacudió la cabeza con firmeza.

–De ningún modo. Si tuviera que aventurar algo, diría que a lo mejor todavía está enamorada de Ted.

–¿Ted es un antiguo novio?

–Estuvieron saliendo el año pasado durante algún tiempo. Pero él no había superado lo de Sophia, una novia que había tenido años atrás. Y cuando Eve le consiguió a Sophia un trabajo con Ted para intentar ayudarla, él decidió que prefería quedarse con Sophia.

Rex no conocía ni a Sophia ni a Ted, pero no podía imaginar a nadie capaz de rechazar a Eve. Le dio un largo sorbo a su refresco para que su siguiente pregunta sonara todo lo natural que pretendía.

–¿Y ella sufrió mucho?

–Fingió no estar sufriendo, pero todo el mundo sabía que le habían roto el corazón.

–Es una lástima.

–Ted era un gran partido. Es un famoso escritor de novelas de misterio, ¿sabes?

–¿Ah, sí?

–Tiene diez libros publicados. O quizá más. He perdido la cuenta –advirtió que Rex había terminado su refresco y le tomó el vaso–. ¿Quieres más?

–No, gracias. Tengo que irme.

Tilly titubeó un instante, cambió el peso de un pie a otro y se aclaró después la garganta.

–¿Eres nuevo en el pueblo?

–Solo estoy de paso.

–Ya. Bueno, si te apetece hacer algo esta noche, cuando salga, voy a ir con unas amigas a un bar. Si quieres, puedes venir con nosotras.

Rex deseó que le atrajera la mitad que Eve, pero no era así. En cualquier caso, ya tenía suficientes problemas.

Sonrió con cierto pesar para disculpar su rechazo y dijo:

–Parece divertido, pero me temo que mañana tengo que madrugar.

–De acuerdo. No importa. Si cambias de opinión, cualquiera puede decirte cómo llegar al Sexie Sadie's. Y si no te veo, espero que disfrutes de tu estancia en Whiskey Creek. Vuelve pronto.

–Gracias –dejó un billete de veinte dólares en la mesa para pagar la cuenta y dejar algo de propina y salió.

Cuando se metió en el Land Rover, pretendía regresar al hostal y dormir algo. Pero no fue eso lo que hizo. Giró en el siguiente desvío y continuó conduciendo, adentrándose en el camino que había recorrido aquella misma mañana.

Capítulo 7

Como Eve era la que vivía más lejos del pueblo, la limusina dejó primero a todos sus amigos. Estaba lloviendo cuando la limusina aparcó en el camino de su casa. Las doce de la noche todavía era una hora temprana, teniendo en cuenta lo tarde que solían retirarse cuando celebraban algún acontecimiento especial.

Pero las noches con el grupo ya no eran como años atrás. Cheyenne estaba embarazada y no podía quedarse hasta muy tarde. Addy tenía un hijo recién nacido y no le gustaba dejarle durante más de dos horas y Ted y Sophia tenían una hija de quince años que estaba sola en casa, de modo que la diversión había terminado mucho antes de lo que lo habría hecho dos años atrás. Para gran consternación de Baxter, habían dejado San Francisco antes de que la fiesta hubiera empezado realmente.

Pero Eve no podía culpar a sus amigos. Si ella hubiera estado en su lugar, también habría querido volver a casa. El problema era que no tenía ninguna razón para querer volver, a no ser que quisiera continuar dando vueltas a lo que había ocurrido la noche anterior. Y no quería. Se decía a sí misma que no iba a pensar en ello hasta que no supiera si estaba o no embarazada. Pero apenas había sido capaz de pensar en otra cosa durante toda la noche.

Sonó su teléfono, anunciando la entrada de un mensaje:

—Menuda fiesta de cumpleaños.

Era de Baxter. Ella le había escrito dándole las gracias por los pendientes que le había regalado.

—No pasa nada —escribió ella—. Nos estamos haciendo mayores. Nuestras vidas están cambiando.

—¡Y una mierda! Deja que los demás envejezcan sin nosotros. Ven a pasar conmigo el próximo fin de semana. Yo me encargaré de que te diviertas.

Lo decía como si su vida no hubiera cambiado, pero también él tenía un compañero y Eve tenía la impresión de que Soctt no tenía mucho interés en los viejos amigos de Baxter. Baxter se había construido una nueva vida en la ciudad. Pero por mucho que Eve lamentara haber perdido el tiempo y la atención que Baxter le dedicaba, se alegraba por él. Sabía que había sufrido mucho para superar lo de Noah, que no tenía ninguna tendencia homosexual y en aquel momento estaba casado con Addy. Eve esperaba que, en Scott, Baxter hubiera encontrado a alguien con el que compartir sus intereses a todos los niveles.

—Los fines de semana son complicados durante las fiestas —escribió—. El hostal está al completo. Pero te veré cuando vuelvas por Navidad. Scott me cae bien, por cierto. Hacéis muy buena pareja.

—A Scott también le caes bien.

—Sí, claro —gruñó.

Apenas les conocía y...

Entró un segundo mensaje inmediatamente y por su tono parecía que Baxter quería poner fin a la conversación.

—¡Feliz cumpleaños! —leyó—. Y llámame si necesitas algo, aunque solo sea para maldecir tu vida.

Eve miró el teléfono con una sonrisa. Baxter entendía lo que sentía, pero estaba segura de que había conseguido engañar a todos los demás.

El chófer de la limusina echó el freno de mano y salió a abrir la puerta.

Sus amigos le habían dejado la propina al salir. Le habían dicho que no querían que ella pagara nada, así que se limitó a darle las gracias y suspiró mientras le observaba alejarse. Estaba a punto de quitarse los tacones para no torcerse un tobillo al caminar sobre la grava cuando reparó en el Land Rover que había aparcado al lado de la caravana de sus padres.

—¿De quién es eso? —no conocía a nadie que tuviera un Land Rover.

Solo se había llevado un jersey ligero a Bay Area porque le parecía que quedaba mejor con el vestido que su abrigo de lana gruesa. En aquel momento, al sentir el frío y la humedad, lamentó su decisión, pero tenía demasiada curiosidad como para dejar que el tiempo la metiera tan pronto en casa. Aquel Land Rover no tenía por qué estar allí.

Se estaba encaminando hacia él cuando se abrió la puerta del conductor. Salió Brent Taylor, pero no se dirigió hacia ella. Ni siquiera se apartó del vehículo lo suficiente como para cerrar la puerta. Se limitó a permanecer allí, como si estuviera esperando a saber si era bienvenido.

—¿Qué estás haciendo aquí? —le preguntó Eve sorprendida.

—Ojalá lo supiera.

—Supongo que tendrás alguna idea.

No respondió. Se limitó a dirigirle una mirada que decía que debería ser evidente.

—¿Has vuelto a por más?

—¿Por qué no? Anoche lo pasamos bien.

—Estabas borracho. Los dos lo estábamos. Y pensaba que no querías volver a verme, que querías poner fin a lo que había pasado entre nosotros. Esta mañana has agarrado tu ropa y te has ido de mi casa como si tuvieras miedo de que pudiera atarte a la cama.

—Lo sé. Y era eso lo que quería.

Eve pensó que debería mostrarse un poco más contrito y avergonzado después de haber dejado tan claro que no quería que se pusiera en contacto con él. Pero aquel tipo no se mostraba ni contrito ni avergonzado en absoluto. Era demasiado atrevido como para eso.

–Pero... –le urgió.

Él apoyó la mano en la puerta y la otra en la parte superior del coche.

–No puedo dejar de pensar en ti.

Eve se quitó los zapatos. Las piedras le cortaban las plantas de los pies, pero por lo menos así no iba a tropezar ni se iba a caer.

–Ya estamos suficientemente preocupados por un posible embarazo.

–Esta vez vengo preparado.

–Así que quieres estar conmigo. Pero no quieres que eso signifique nada.

Brent desvió la mirada y se frotó la frente.

–No voy a estar aquí durante mucho tiempo.

Nada de ataduras. Ya se lo había dicho antes. ¿Es que nunca iba a conocer a un hombre que estuviera dispuesto a enamorarse?

Volvió a invadirla aquella ya antigua decepción, haciéndola desear confesar lo que pensaba de aquellos encuentros tan poco trascendentes que él parecía preferir. Pero no tenía ningún derecho a juzgarle. Había sido ella la que había decidido llevarle a su casa la noche anterior. Eran dos personas diferentes y querían cosas diferentes. En cualquier caso, estaba decidida a ser educada.

–Gracias por tomarte la molestia de venir hasta aquí. Y entiendo que lo hayas hecho. Supongo que anoche te di la sensación de estar desesperada cuando te conté que era mi cumpleaños y todo eso. Pero hay otras mujeres que pueden darte lo que estás buscando. Creo que con ellas te lo pasarías mucho mejor.

Brent se irguió.

–¿Me estás diciendo que debería ir a buscar a otra mujer?

–Sí. Incluso puedo ayudarte a buscar a alguien, si quieres. Noelle, la camarera que nos trajo a mi casa, podría ser una buena apuesta. Todo el mundo sabe que está dispuesta a acostarse con cualquiera. Y, por si no lo notaste, tiene unos implantes enormes.

—Y eso debería resultarle excitante a un hombre tan superficial como yo, ¿verdad?

—A un tipo que quiere divertirse —le aclaró—. Y en el caso de que Noelle no esté trabajando esta noche, estoy segura de que si aguantas un buen rato en el bar, no saldrás solo.

Como él no dijo nada, Eve tomó aire.

—Puedo indicarte cómo llegar desde aquí.

Brent soltó una maldición e inclinó la cabeza. Después, la miró de nuevo a los ojos.

—No tengo ningún interés ni en Noelle ni en sus implantes, ni en nadie que esté en el Sexy Sadie's, Eve. Sé lo que quiero, y quiero estar contigo.

Pareció sorprenderse cuando Eve soltó una carcajada y sacudió la cabeza.

—No, no es verdad. Mi comportamiento de anoche parece contradecirlo, pero, en realidad, soy una persona chapada a la antigua. Para mí, hacer el amor es estar cerca de alguien, mostrarte vulnerable, compartir miedos, preocupaciones y vivencias, adquirir un compromiso. Y es más que evidente que tú no quieres estar conmigo.

No obtuvo respuesta.

—Noelle se acerca mucho más a lo que estás buscando —añadió, puesto que no sabía si le había convencido—. Puedo llamar para ver si está trabajando. Si entras en el bar y le pides que te lleve a su casa, creerá que ha muerto y está en el cielo. Sobre todo si tiene la sensación de que me estás dejando por ella.

—Es posible que no pueda ofrecerte una relación con futuro, pero eso no significa que no quiera una relación significativa, igual que tú. Déjame estar contigo esta noche, por favor —añadió suavemente.

Los dos se estaban mojando. Eve se cerró con fuerza la chaqueta mientras parpadeaba para protegerse de la lluvia.

—Pero esto es una locura. Es posible que esté embarazada y...

—Ya te lo he dicho, he traído preservativos. Así que el hecho de que estemos juntos esta noche no va a empeorar las cosas.

—Aun así...

—¿Tú quieres estar conmigo? —preguntó él—. Sé sincera.

Eve era reacia a decir que sí, aunque aquella fuera la verdad, de modo que no dijo nada. Pero él comprendió lo que aquel silencio significaba.

—Entonces no me pidas que me vaya. Y deja de hablarme de mujeres como Noelle. Mi vida ya es suficientemente vacía.

Rex contuvo la respiración, esperando haber sido capaz de persuadirla. Necesitaba algo para combatir aquella sensación de llevar una vida sin rumbo. Eve podría ofrecerle un descanso. Lo sabía. Sentía con ella una conexión similar a la que había sentido con Laurel. Pero la hermana de Virgil había entrado en su vida demasiado pronto, cuando todavía era un desastre, cuando él también era un desastre que parecía incapaz de vencer sus demonios.

—¿Y bien? —le preguntó.

Eve continuaba de pie bajo la lluvia, mirándole con la boca abierta.

—No sé qué decir. Excepto ayer por la noche, yo nunca he... nunca he tenido una relación tan pasajera como esta. No estoy segura de que pueda... estar a la altura de tus expectativas.

—¿Qué expectativas? No pretendo que comiences a comportarte como una actriz porno. Lo único que quiero es un encuentro sincero. Eso es todo. Mañana haré lo que considero mejor para ambos y te dejaré en paz.

Eve se frotó los brazos, intentando alejar el frío.

—¿Por qué crees que es lo mejor?

—Tengo ciertas... consideraciones prácticas... Motivos que me obligan a moverme.

–¿Te busca la policía?

–No. Te prometo que no soy un delincuente.

Había llegado a estar en un programa de protección de testigos, pero lo había abandonado al descubrir que no podían ofrecerle la protección que necesitaba. Había descubierto que era mejor arreglárselas solo. No había nadie tan motivado a salvarle el pellejo como él mismo.

–¿Entonces cuál es el problema? –le preguntó.

–Llámalo espíritu viajero.

Tenía que decirle algo para que le creyera, para que dejara de cuestionarle o de interrogarse en silencio.

–En cualquier caso –continuó–, nunca seré la clase de hombre que necesitas.

Eve habría estado de acuerdo si hubiera conocido su pasado. Rex tenía que luchar cada día para superar todo lo que había hecho, todo lo que había sido. Aquello no le convertía en el candidato más adecuado para nadie, especialmente para una mujer tan buena. Eve se merecía a alguien tan inocente y sin complicaciones como ella, no un hombre con una mochila como la que él cargaba. No alguien que hacía años que no hablaba con su familia. No un expresidiario, un exdelincuente, un exadicto al OxyContin. Dudaba de que le dejara entrar siquiera en su casa si le contara su pasado. No tenía el aspecto de un hombre que guardara aquella clase de esqueletos en el armario, y era una suerte. Probablemente, no habría podido comenzar su negocio y haber tenido tanto éxito si hubiera sido de otra manera.

–¿Entonces qué dices? –le preguntó.

Cuando Eve asintió, Rex soltó el aire que había estado reteniendo. «Tengo una noche», se dijo a sí mismo. Una noche para fingir que era tan normal como cualquiera.

Lo estaba haciendo.

El corazón de Eve amenazaba con salírsele del pecho mientras Brent Taylor la levantaba en brazos para evitar que pisara las afiladas piedras y cruzaba con ella el jardín. Aquella era la mayor locura, y la más arriesgada, que había hecho en su vida. Sobre todo porque sus padres estaban durmiendo en su casa, a solo cien metros de allí. Pero también era muy emocionante. El olor de la piel de Brent, aquella fragancia a loción para después del afeitado, al desodorante o lo que quiera que fuera, revivió los recuerdos de la noche anterior. Y eran recuerdos condenadamente buenos.

Abrió la puerta mientras él la mantenía en brazos y él la empujó con el hombro. Pensó que la dejaría en el suelo una vez cruzado el vestíbulo, pero no lo hizo. La llevó directamente hasta el dormitorio.

—A lo mejor deberíamos abrir una botella de vino —sugirió Eve, esperando que el alcohol la ayudara a mitigar la ansiedad, como había ocurrido la noche anterior.

—No —contestó él—. Vas a tener que enfrentarte a tus propios nervios. Quiero sentirlo todo, y quiero que tú también lo sientas. Ya son más de las doce. No quiero seguir perdiendo el tiempo.

No parecía un hombre que estuviera buscando solamente un cuerpo caliente, para el que cualquiera mujer valdría. Eve no terminaba de creérselo, puesto que, en otros sentidos, encajaba con aquel estereotipo.

—¿Por qué? ¿Por qué esto significa tanto para ti, sin significar nada en absoluto? —le preguntó.

—Me recuerdas a alguien.

Por fin lo comprendía. Por eso no tenía interés en Noelle ni en ninguna otra mujer.

A Eve no la emocionó precisamente conocer la verdad, pero, por lo menos, estaba siendo sincero.

—Ya entiendo. ¿Cómo se llama?

—Preferiría no decírtelo.

—¿Y puedes decirme dónde vive?

La dejó en la cama.

—¿De verdad importa?

—Eres tú el que se comporta como si importara.

—En Montana.

—¿La dejaste tú o...?

—La relación no funcionó. Ahora está casada con otro.

De alguna manera, aquella declaración hacía que la situación le resultara menos amenazante que unos minutos antes. También le había resultado menos excitante saber que estaba pensando en otra mujer. Pero, Dios, aquel tipo sabía besar. Y en cuanto empezó a besarla, le resultó fácil olvidar que no era ella la mujer que deseaba.

Eve se parecía menos a Laurel de lo que Rex había pensado. Hablaba de forma diferente, se movía de forma diferente y reaccionaba de diferente manera a sus caricias. Al principio, temió haber inventado las similitudes entre las dos mujeres hasta el punto de que hacer el amor con Eve no le resultara tan satisfactorio como había esperado. Pero cuanto más la acariciaba, más se olvidaba de Laurel y más disfrutaba de la exploración de aquella mujer desconocida para él.

Físicamente, Eve no tenía el menor defecto, pero no era aquella la razón por la que la había elegido. Estaba buscando algo más y, aunque no fuera Laurel, Eve encerraba una cierta... promesa. Le gustaba que no hubiera ningún pasado entre ellos, ninguna de las turbulencias que habían terminando tiñendo su relación con Laurel. A pesar de las dudas que había despertado con sus silencios, Eve le había tratado como si fuera lo que parecía ser: un profesional, un exitoso hombre de negocios de treinta y tantos años. Aquello le daba una sensación de libertad que nunca había tenido con la hermana de su mejor amigo. Cuando estaba con Eve, era como si nunca hubiera sido Chico Guapo, como le llamaban los miembros de su pandilla. Como si nunca hubiera sido el chico que la liaba continuamente y había animado a su hermano pequeño a zambullirse desde lo alto de una roca, o el adolescente rabioso que se servía de las drogas para entumecer el dolor de saberse responsable de la pérdida de su hermano. Allí, en aquel pueblo, casi podía creerse la imagen que veía reflejada en los ojos de Eve. Se sentía casi como si fuera tan merecedor de cosas buenas como cualquiera.

—Creo que ni el diablo besa mejor que tú —le alabó Eve.

—Eso es porque el diablo me ha enseñado todo lo que sé —respondió.

Y estuvo a punto de echarse a reír al pensar que Eve no sabía hasta qué punto era cierto lo que acababa de decirle.

Deslizó los labios por su cuello, deleitándose en la suavidad de su piel.

—¿Qué es lo que te recuerda de mí a esa otra mujer? —le preguntó Eve.

—No hables de nadie más. Ha sido una estupidez mencionar eso. Estoy encantado de estar aquí contigo.

—Siento curiosidad.

—Hueles como ella. Debes de utilizar el mismo perfume.

A lo mejor esa era la razón por la que la había relacionado con ella. La noche anterior estaba demasiado borracho como para darse cuenta de que aquella fragancia le resultaba familiar.

—¿Y quieres que... diga algo de lo que esa mujer solía decir? ¿O que haga algo que ella hiciera?

Rex alzó la cabeza.

—No, sé tú misma —le quitó el sujetador y se apoderó de su seno—. Hasta ahora me gusta todo lo que estoy encontrando.

Eve cerró los ojos y jadeó suavemente cuando él inclinó la cabeza.

—En ese caso, me relajaré e intentaré disfrutar.

Él deslizó la mano por su vientre plano, buscando otro territorio más sensible todavía.

—Eso es lo único que tienes que hacer —le dijo.

Capítulo 8

Eve no estaba segura de por qué, a medida que aquel encuentro progresaba, crecía su determinación de hacer que Brent se olvidara de aquella otra mujer. No quería llenar el vacío de una antigua llama. Quería que la recordara mucho tiempo después de que aquella noche terminara. Pero eso implicaba lanzar todas las reservas e inhibiciones al viento, algo a lo que no era particularmente aficionada. Podría hacerlo en aquella ocasión porque Brent realmente no la conocía y aquella era una aventura de una sola noche. Tanto si la noche iba bien como si no, no volverían a estar juntos. Él se iría del hostal para dirigirse hacia donde quiera que pensara marcharse y aquello supondría el final de lo que había empezado en el bar.

Eve sospechaba que era aquel inmediato final lo que estaba haciendo que el sexo fuera tan espectacular. No estaba bebida, pero tampoco se sentía sobria. Y tenía la sensación de que tampoco para Brent era normal lo que estaba sintiendo. Cuanto más se excitaba ella, más se excitaba él y cuando alcanzaron por fin la cumbre del placer, aquella fue, con mucho, la mejor experiencia íntima que había tenido Eve en toda su vida.

—Supongo que no solo se te dan bien los besos —dijo cuando Brent se dejó caer contra la almohada, intentando recuperar la respiración.

–Ha sido increíble –se mostró de acuerdo él.

Brent no era un hombre que se excediera en los halagos, así que Eve asumió que podía creer lo que le estaba diciendo y sonrió cuando se acurrucó contra ella.

Se quedó dormido casi inmediatamente, pero ella no podía dormir. En lo único en lo que podía pensar era en que quizá llevara en su vientre un hijo de aquel hombre.

Eve esperaba que Brent se hubiera ido de casa para cuando llegara la mañana. Desde luego, la otra noche se había dado mucha prisa en marcharse. Pero aquella segunda noche parecía haber ido en busca de algo más que sexo. O a lo mejor era que no era capaz de saciarse, porque se habían despertado varias veces durante la noche y habían vuelto a hacer el amor una y otra vez. En aquel momento, por lo que marcaba el despertador digital, que fue lo primero que vio cuando abrió los ojos, eran más de las diez y alguien estaba aporreando la puerta.

–¿Eve? ¿Estás bien? Hay un Land Rover blanco que no conocemos en el camino de la entrada. ¿Sabes de quién es?

¡Su padre! El pánico la invadió y se incorporó de un salto. Pero todavía era de noche. ¿Entonces por qué el reloj marcaba las diez?

Lo recordó en aquel momento. Brent había bajado las persianas la noche anterior, algo que ella rara vez se molestaba en hacer. No tenía ningún vecino cerca, salvo sus padres, y la ventana de su dormitorio daba a varias hectáreas de tierra desierta.

–Maldita sea –musitó cuando volvieron a llamar.

–¿Qué pasa?

Brent ni siquiera abrió los ojos. Alargó la mano hacia su seno y la urgió a tumbarse otra vez.

–¿Eve? –llamó su madre.

–¿Quién es? –farfulló Brent, pero no parecía particularmente preocupado.

Eve le apartó el brazo para poder levantarse.

–Son Adele y Charlie.

–¿Quién?

–¡Mis padres!

Brent alzó la cabeza, inmediatamente en alerta.

–¿Los esperabas?

–No, pero viven enfrente. Vienen siempre que les apetece.

–¿Y no se te ocurrió comentármelo anoche?

–¿Para qué iba a decirte nada? –replicó–. ¡No se me ocurrió pensar que ibas a quedarte toda la noche!

–Ayer también me quedé toda la noche, ¿no?

–Sí, pero te fuiste al amanecer. Y ellos no suelen levantarse hasta dos horas después. Además, ayer no tenía por qué preocuparme por ellos. Estaban de viaje en la autocaravana que seguramente viste al aparcar.

–Sí, me preguntaba que de dónde había salido e imaginé que era de tus vecinos. Pero no se me ocurrió pensar que tus vecinos eran tus padres –se sentó inmediatamente y se pasó la mano por el pelo–. ¿Qué vas a hacer ahora?

–No estoy segura –estaba buscando en sus cajones, buscando un chándal–. No puedes esconderte. Ya han visto tu coche.

–Podemos fingir que solo somos amigos y que he dormido en el sofá.

–Mis padres conocen a todos mis amigos. En cuanto te vean, se darán cuenta de que eres el hombre que traje anoche a casa.

–Acabas de decirme que estaban fuera. ¿Cómo se han enterado de lo que pasó anoche?

–Tuve que contárselo.

–¿Por qué?

–Porque de todas formas iban a enterarse.

–¡Mierda! –apartó las sábanas de una patada–. A lo mejor debería vestirme y salir por la puerta de atrás.

–De ninguna manera. Eso solo empeoraría la situación.

Tú solo... compórtate como si de verdad tuviéramos interés el uno en el otro. Cuando te vayas del pueblo, les diré que me has dejado.

Brent estaba ya de pie, vistiéndose, pero se detuvo durante el tiempo suficiente como para mirarla con expresión dubitativa.

—¿Y si estás embarazada?

—Se alegrarán. Quieren tener nietos.

—¡Se enfadarán! —la corrigió—. Y querrán que me case contigo.

—Y les diré que me diste un número de teléfono inactivo, pero que me dejaste dinero.

—¡Oh, mierda!

Eve estuvo a punto de soltar una carcajada, a pesar de su apuro.

—¿Qué más te da lo que piensen? Después de hoy, no vas a volver a verles.

—Eve, ¿estás ahí? —preguntó su madre.

Su padre se unió rápidamente a ella.

—¡Vamos a entrar!

—¡No, esperad! —gritó en respuesta—. ¡Dadnos un minuto!

—¿Dadnos? —repitió Brent, claramente disgustado.

—Yo no tengo la culpa de que nos hayamos dormido.

—¿La tengo yo?

—Fuiste tú el que bajaste las persianas. Podrás soportar unos minutos con ellos. Lo único que tienes que hacer es ser educado para que no piensen que he sido una estúpida al dejar que te metas en mi cama —añadió, considerando la situación desde una perspectiva diferente—. Después podrán decirle a mi hijo, si es que termino teniendo uno, que te conocieron. A mí me gustaría y podría ser bueno para el bebé.

Brent la miró como si estuviera a punto de maldecir otra vez, pero ella le ignoró. Se miró en el espejo para asegurarse de que estaba correctamente vestida y corrió hacia la puerta.

–¡Eh! –le oyó gritar–. ¡Yo no estoy vestida!

Eve estaba a medio camino cuando se volvió y le vio saltando sobre una pierna, mientras se ponía los vaqueros.

–Cierra la puerta y sal cuando estés vestido.

–Dile a tu padre que no me merezco un tiro.

No lo había dicho completamente en serio, así que ella no respondió. Podía ver el rostro de sus padres a través del cristal oval de la puerta y estaba demasiado pendiente de lo que iba a ocurrir en los próximos minutos.

Asomó la cabeza con una sonrisa.

–¡Hola!

Sus padres se la quedaron mirando fijamente.

–¿Estás bien?

–Por supuesto.

Su padre, alias Charlie, señaló hacia el camino de la entrada.

–Entonces... ¿de quién es ese Land Rover?

–Es de Brent –bajó la voz para darle más énfasis a sus palabras–. El hombre al que conocí la otra noche.

Su madre abrió los ojos como platos.

–Yo pensaba que había sido una aventura de una noche –susurró–. ¿Pero ha vuelto? ¿Fue a San Francisco con vosotros?

Eve sintió el rubor trepando por su cuello.

–No, vino después.

Un crujido en el pasillo le indicó que Brent estaba saliendo del dormitorio, pero ella continuó hablando.

–Estábamos a punto de desayunar –abrió la puerta–. ¿Queréis desayunar con nosotros?

Esperaba que dijeran que no. Seguramente, la situación les resultaría embarazosa. Pero ella era su única hija y sentían demasiada curiosidad sobre el nuevo hombre de su vida como para quitarse de en medio tan pronto.

–Nos encantaría –contestó su padre.

Lo siguiente que supo Eve fue que estaba haciendo las presentaciones.

–Encantado de conocerles –Brent les estrechó la mano a los dos.

A continuación, se dirigieron todos a la cocina para que Eve pudiera comenzar a preparar el desayuno.

–¿Cómo te gustan los huevos? –le preguntó a Brent.

Brent arqueó las cejas. Aquel ligero cambio de expresión le indicó a Eve que le habría gustado estar en cualquier otro lugar, pero ella fingió que estaba encantado de que le incluyeran en el desayuno.

–¿Fritos? –sugirió en el mismo tono en el que podía estar diciendo «solo serán unos minutos».

–Con un café tengo suficiente –farfulló.

–Yo los tomaré revueltos –dijo su padre.

Eve se volvió hacia su madre.

–¿Y tú, mamá?

–Como tú prefieras, cariño.

Adele no era capaz de quitarle a Brent la mirada de encima. Eve pensó que podría servirle un huevo crudo y no se quejaría.

Su padre se sentó enfrente de su invitado.

–¿De dónde eres? –le preguntó.

Brent se aclaró la garganta.

–Soy originario de Los Ángeles.

–¿Y a qué te dedicas?

–Soy propietario de un negocio.

–¿Qué clase de negocio? –preguntó su madre.

Eve les dirigió a sus padres una mirada de advertencia para que se contuvieran, pero estaba convencida de que no se dieron ni cuenta. Aquella era una pregunta lógica para planteársela al hombre que estaba saliendo con su hija, de modo que comprendía que no tuvieran la sensación de estar haciendo nada malo.

–Es una empresa de jardinería.

Aquello le llamó la atención a Eve, a pesar de su ansiedad y su angustia. Brent no le parecía un hombre que se dedicara a la jardinería. No tenía las manos suficientemente callosas, se habría dado cuenta. Suponía que podía tener cuadrillas que se encargaran del trabajo físico, pero aun así...

–¿Tienes hermanos? –preguntó Adele.

–Un hermano que es cirujano y otro que es ingeniero químico.

La silla del padre de Eve arañó el suelo cuando este cambió de postura.

–¿Y qué te ha traído por esta zona?

–Estoy de vacaciones y se me ocurrió probar suerte buscando oro.

–¿No hace demasiado frío en esta época del año?

Eve se encogió por dentro mientras su padre continuaba con el interrogatorio, pero, por lo menos, el café ya estaba preparado. Sirvió café para todo el mundo, excepto para ella. Ya estaba demasiado nerviosa y alerta. Y prefería evitar el café por si estaba embarazada.

–La verdad es que no. El tiempo en esta zona es casi templado comparado con el de otros muchos lugares.

–Eso es cierto –admitió su madre, poniéndose del lado de Brent.

Pero su madre era una romántica, como Eve. Había visto que Brent era un hombre atractivo y que se expresaba correctamente. Eso le bastaba para pasar por alto ciertos vacíos en la información que suministraba. Al fin y al cabo, Adele quería ver a su hija casada. Pero su padre no iba a mostrarse tan dispuesto como ella a quitarles importancia.

–¿Has encontrado algo? –preguntó Charlie.

–Todavía no –contestó Brent–, pero no llevo mucho tiempo por aquí.

–Encontrarse con alguien como Eve es encontrar oro –insistió su madre–. No encontrarás una chica más dulce en ninguna otra parte.

Cuando Brent desvió la mirada hacia ella, Eve le suplicó con su expresión que les siguiera la corriente durante unos minutos más.

–En eso sale a su madre –contestó él.

La carcajada de Adele casi pareció una risita nerviosa.

–¡Qué amable!

Eve esperaba que la situación comenzara a normalizarse, pero Charlie intervino casi inmediatamente.

–¿Y dónde vives ahora?

El titubeo apenas fue perceptible, pero Eve lo notó y se temía que su padre también.

–En Bakersfield.

–Así que has decidido venir al norte a pasar unos días, ¿eh? –intervino de nuevo Adele, ofreciéndole apoyo.

Eve se sentía mal por estar engañándola, pero se dijo a sí misma que no tenía otra opción.

–Había oído que esta zona era muy bonita –contestó Brent.

–¿Y estás de acuerdo?

Brent no contestó. No tuvo oportunidad porque Charlie volvió a abordarle.

–¿Cuánto tiempo estarás en el pueblo?

Decidida a hacerse cargo de la conversación, y a poner fin a aquel interrogatorio, Eve contestó antes de que pudiera hacerlo Brent.

–Solo va a pasar unos días aquí, papá. Tiene que regresar a su casa y ocuparse de su negocio.

El vapor se elevó de la taza de Brent cuando la levantó. Al parecer, tomaba el café solo, una opción que encajaba con la aparente austeridad de su carácter.

–En realidad, mi hermana Scarlet va a venir a quedarse conmigo hasta después de las fiestas.

Eve se quedó boquiabierta. No había mencionado que tuviera una hermana cuando su padre le había preguntado si tenía hermanos unos minutos antes. Y no solo eso, sino que en todo momento había hablado con ella como si su salida del pueblo fuera inminente. El hecho de que continuara alojado en el hostal y hubiera pedido que le permitiera quedarse una noche más le había confirmado aquella impresión.

–¿Qué quieres decir?

–He alquilado dos habitaciones en casa de la señora Higgins. ¿La conocen?

–¡Por supuesto! –exclamó su madre–. Es una mujer maravillosa. Pero fue muy triste lo de Buck. Murió el año pasado. Sé que le echa mucho de menos.

–¿Entonces piensas quedarte hasta después de Navidad?

Por mucho que compadeciera Eve a la señora Higgins, le estaba costando asimilar aquella información, no solo por la repentina aparición de una hermana, sino por el hecho de que Brent fuera a quedarse en el pueblo varias semanas más. Para cuando terminara la Navidad, ella ya sabría si estaba embarazada, lo cual cambiaba definitivamente el escenario que había previsto. A lo mejor había decidido quedarse para poder reclamar su dinero en el caso de que no hubiera hijo alguno.

Brent bebió un sorbo de café.

–Eso parece.

–Me alegro mucho –exclamó su madre–. Así tendremos oportunidad de conocerte.

–¿Y qué me dices del trabajo?

Charlie le miraba con los ojos entrecerrados, como si le costara creer que un hombre pudiera dejar su negocio durante varias semanas para dedicarse a buscar oro en medio del invierno. O quizá fuera por la incoherencia de la información que había dado sobre sus hermanos.

–Estoy dirigiéndola a distancia y, al menos de momento, todo funciona bien –Brent se encogió de hombros–. Ya veremos cómo va yendo todo.

Eve permanecía con la espumadera en la mano y el corazón palpitándole con fuerza. ¿Por qué no le habría dicho que pensaba quedarse todo el mes? ¿Y qué significaba aquel cambio para ella?

Él no quería que continuaran viéndose. Si pensaba marcharse, Eve prefería no tener más relación con él. Pero, aunque no fuera ese el caso, había demasiadas incoherencias entre lo que había dicho y lo que no, por no hablar de sus evasivas.

—Me sorprende que no me hayas dicho nada.

Brent le sonrió radiante.

—Supongo que estaba distraído.

Eve tenía ganas de dirigirle una mirada asesina. Sin lugar a dudas, a él le parecía graciosa la alusión a lo que habían hecho. Era su venganza por haberle hecho soportar aquella farsa de desayuno. Pero estando Charlie y Adele en la cocina, sabía que cuestionar aquella excusa haría todavía más embarazosa la situación.

Después de dar un rápido sorbo a su café, Brent señaló la sartén.

—Creo que deberías echar un vistazo a esos huevos. Huele como si se estuvieran quemando.

Capítulo 9

Eve le había engatusado. No era una palabra que Rex hubiera utilizado nunca. Ni siquiera estaba seguro de cómo había llegado a formar parte de su vocabulario. Pero parecía apropiada para aquella situación en particular. ¿Qué otra cosa podía explicar su conducta? Ya había hecho el amor con ella un buen número de veces, incluyendo dos sin utilizar ningún tipo de protección. No debería haber vuelto a su casa la noche anterior, y, definitivamente, no debería haber desayunado con sus padres.

Mientras se alejaba, con la invitación a sumarse a una cena para celebrar el cumpleaños de Eve resonando todavía en su cabeza, no pudo evitar maldecir su propia debilidad. Sabía que era preferible no dar lugar a ningún tipo de escándalo en un pueblo tan pequeño como aquel. Sabía que era preferible no crear un escándalo en ninguna parte. Y lo mismo podía decir de establecer vínculos demasiado personales. Había estado escondiéndose desde que había sido expulsado de La Banda. Si alguien había aprendido la mejor manera de sobrevivir, ese era él.

Pero...

Suspiró mientras observaba los buzones de delante de la casa de Eve disminuyendo de tamaño en el espejo retrovisor. ¿Pero qué más daba que hubiera aprendido a sobrevivir? Ya no creía que pudiera continuar haciendo todo lo que había hecho hasta entonces para evitar a La Banda. Estaba llegando a la conclusión de que una vida vivida sin crear ningún vínculo con otro ser humano no merecía la pena.

Como había sido su cumpleaños, Eve había pensado en tomarse el sábado libre. Así que cuando Brent se fue, se dio una ducha y arregló el resto de la casa. Pero después decidió ir al hostal de todas formas. No quería seguir holgazaneando. Le daba demasiado tiempo para pensar. Y siempre había algo que hacer para mejorar el éxito del negocio.

Pero al dirigirse hacia el pueblo, vio una exclusiva tienda de bebés en la que generalmente intentaba no fijarse. The Cat and the Fiddle estaba a solo dos manzanas del hostal, pero a no ser que tuviera que hacer algún regalo, nunca pasaba por allí. Aquella tienda la hacía demasiado consciente de que continuaba soltera y sin hijos a los treinta y cinco años, cuando no era así como quería estar.

Sin embargo, aquel día, aparcó junto a la acera y entró.

–¡Oh, Dios mío! ¡Es precioso!

Eve estaba sujetando el vestido rosa más bonito que había visto en su vida cuando aquella voz la hizo volverse. Descubrió a Noelle Arnold tras ella. El corazón estuvo a punto de detenérsele en el pecho por miedo a que Noelle pudiera imaginar el motivo de su interés. Pero no fue así. Antes de que hubiera podido responder, la propia Noelle continuó hablando.

–¿Es para el hijo de Cheyenne?

Eve suspiró aliviada, agradeciendo al cielo aquella excusa.

–Estaba pensando que sería bonito que fuera niña –contestó, y dejó de nuevo el vestido en su lugar.

–No sabe lo que va a ser, ¿verdad?

–Todavía no. Ella quiere un niño y Dylan una niña. Esperarán hasta el día del parto para averiguarlo. Así que yo también tendré que esperar para comprar el vestido.

–Le organizarás tú la fiesta a Cheyenne, ¿verdad?

Por supuesto. Era su mejor amiga. ¿Pero esperaría Noelle una invitación?

Sería muy propio de ella. Jamás había asumido la responsabilidad por haberle quitado el novio a su hermana Olivia, nunca se había disculpado por ello. Había continuado inventando mentiras para que todo el mundo creyera que no había seducido intencionadamente a Kyle.

–Probablemente lo haré después de que nazca el bebé –contestó Eve.

–Tiene sentido –Noelle comenzó a mirar ropa–. Yo también quiero comprarle algo. Por eso he venido.

Sí, claro. Si Eve no se equivocaba, Noelle había visto su coche aparcado delante de la tienda y había decidido aprovechar aquella oportunidad para regodearse de lo que había visto la noche del jueves.

–¿Qué te parece?

Le enseñó un gorro de lana con unos cuernos de vikingo. Era tan gracioso que Eve se habría echado a reír si hubiera estado con cualquier otra persona.

Alargó la mano para palpar la suavidad de la lana.

–Como no sabemos si va a ser niño o niña, cuesta decidir.

–A veces lo mejor es comprar una bolsa de pañales. A cualquier madre le vienen bien. Pero yo nunca he sido una persona práctica –añadió Noelle con un dramático suspiro.

Eve miró hacia la puerta. Estaba intentando encontrar un modo educado de poner fin a la conversación para poder escapar cuando Noelle sacó el tema de la noche en cuestión.

–Sobre lo que pasó en el Sexy Sadie's...

Ya estaba.

–Me alegro de que tengamos oportunidad de hablar sobre ello –le dijo Eve–. Quería darte sinceramente las gracias, pero no estaba segura de por dónde empezar.

–No te preocupes. Estabas tan borracha que comprendí que tenía que hacer algo.

Eve se encogió por dentro.

–Exacto. Por supuesto, estoy terriblemente avergonzada por todo lo que ocurrió. Pero te agradezco que me llevaras a casa. Fue muy amable por tu parte.

–¡No tienes por qué avergonzarte! Una chica se merece divertirse de vez en cuando, ¿verdad? Y no se lo he contado a nadie, así que no tienes por qué preocuparte.

Aquella era una descarada mentira. Noelle ya se lo había contado a Kyle y, por lo menos, a otra persona más. Eso era lo que Kyle le había contado a Cheyenne.

–¿Ah, no? –Eve no pudo resistir la tentación de presionar para ver si conseguía sonsacarle la verdad, pero fue una pérdida de tiempo.

–No –respondió Noelle–. Así que si comienza a correr la noticia por el pueblo, no seré yo la culpable. En cualquier caso, yo no fui la única persona que te vio en actitud cariñosa con ese hombre.

Eve no había estado «en actitud cariñosa con ese hombre» dentro del bar. Y nadie más sabía que había llevado a Brent a su casa. Habían salido separados del bar. ¿Pero qué sentido tenía discutir?

–¿Pero quién es nadie para juzgarte? –continuó diciendo Noelle–. ¿Qué mujer en su sano juicio le habría dicho que no a un hombre como ese? ¡Dios mío, estaba buenísimo! Llevarte a alguien como él a la cama debe de compensar lo que te hizo Ted el año pasado.

¿También tenía que restregarle aquello?

Haciendo uso de toda su fuerza de voluntad, Eve consiguió esbozar una sonrisa.

–En el fondo, siempre supe que Ted y yo no estábamos hechos el uno para el otro, Noelle. Me alegro de que Sophia y él sean felices.

–Sí, claro –respondió ella en tono de incredulidad.

–Es cierto –insistió Eve.

–Muy bien, si eso es lo que quieres creer... Pero... –Noelle sonrió de oreja a oreja y le dio un codazo–, dime, ¿cuál es mejor en la cama?

Eve estaba deseando responderle violentamente. Noelle tenía aquel efecto en la mayoría de la gente. Pero no quería que fuera contando por el pueblo que habían terminado discutiendo por culpa de lo que había pasado el jueves por la noche.

–Había bebido tanto que no soy capaz de recordarlo –respondió en cambio.

–Es una lástima. A lo mejor deberías invitarle a salir en otra ocasión, en la que sí seas capaz de recordarlo.

Eve jugueteó incómoda con las manos, pero no respondió.

–O a lo mejor debería hacerlo yo –dijo Noelle, con una risa insinuante–. ¿Es nuevo en el pueblo?

Un sentimiento parecido a la posesión trepó por la nuca de Eve. No tenía ningún derecho sobre él, se recordó a sí misma. Pero no le gustaba la idea de que se acostara con Noelle, aunque ella misma se lo hubiera sugerido la noche anterior.

–Solo está de paso.

–¿Durante cuánto tiempo?

–Va a estar por aquí unos días.

La había sorprendido aquella mañana durante el desayuno, diciendo que pensaba pasar la Navidad en el pueblo, pero aquella era una información que Noelle no necesitaba.

–Es una lástima –dijo Noelle–. Pensaba que podría ser el hombre de tus sueños. Sé lo mucho que estás deseando casarte.

Al parecer, iban a seguir cayendo los golpes.

–¿Ah, sí?

–¿A quién más tenemos en el pueblo? –entornó la mirada–. Pero hazme caso, el matrimonio está sobrevalorado.

Eve no se podía creer lo que estaba oyendo. El ex de Noelle era uno de los mejores amigos de Eve y ella lo sabía. Y Eve sabía a su vez que Noelle le había hecho terriblemente desgraciado durante los seis meses que habían estado juntos.

—En realidad, me encantaría irme de este pueblo.

—¿Y por qué no te vas? —fue difícil formular la pregunta sin mostrar demasiado entusiasmo.

—Me encantaría, si tuviera dinero.

Después de haber pasado cuatro años pagándole una pensión exorbitantemente generosa, Kyle había acudido a los tribunales para intentar reducirla. Había ganado el caso el mes anterior y, probablemente, aquella era la razón por la que Noelle estaba trabajando de camarera además de fichar a diario en una tienda de ropa en la que llevaba años trabajando de manera intermitente. Noelle nunca había sido una persona ahorradora, ni que usara el dinero de forma responsable. Había invertido una gran cantidad en ropa, joyas y varias operaciones estéticas.

—Supongo que tendrás que empezar a ahorrar si lo estás pensando en serio.

—O casarme con un hombre rico —contestó riendo.

Pero Eve no fue capaz de reírle la gracia, sabiendo hasta qué punto se había aprovechado de Kyle.

—Será mejor que me vaya —contestó—. Tengo que volver al hostal.

Cecilia iba a sustituirla durante todo el día, pero Noelle no lo sabía. Normalmente, Eve solo libraba los domingos y los lunes.

—Antes de que te vayas... —Noelle alargó la mano hacia el bolso y sacó un trozo de papel—. El tipo con el que te fuiste se dejó esto en el asiento de atrás de mi coche. No le he visto desde entonces, así que he pensado que podrías devolvérselo.

Era una hoja de un bloc de notas de un motel de Placerville, otro pueblo del País del Oro situado a unos cuarenta y cinco minutos de distancia. Tenía un número de teléfono apuntado. Eve no reconoció el código, pero los teléfonos móviles no siempre estaban vinculados a una zona en particular, así que eso no significaba nada. Aunque la letra parecía la misma que la de los números que había visto en el bloc de notas de la habitación de Brent, no aparecía ningún nombre ni nada que indicara que pudiera ser algo importante.

—¿Qué te hace pensar que quiere que se lo devuelvas? —le preguntó.

Noelle tomó un par de botitas preciosas.

—A lo mejor no lo quiere, pero se me ocurrió devolvérselo como un gesto de amabilidad.

Noelle no hacía nada por amabilidad, lo cual llevó a Eve a preguntarse si no habría llamado ya a aquel número de teléfono y sabría que pertenecía a otra mujer. Pero consiguió contestar con un educado «gracias» mientras se guardaba la nota en el bolsillo.

—De nada. Es posible que te vea en la fiesta que le organicemos a Cheyenne, ¿verdad?

—A lo mejor —respondió Eve, y se volvió hacia la puerta.

Quince minutos después estaba sentada en su despacho, con la mirada fija en el número que Noelle le había dado. Brent se había marchado; Eve había subido a su dormitorio para comprobarlo. Había dicho que se alojaría en casa de la señora Higgins, de modo que podría pasarse por allí para entregarle aquella nota. Pero no quería que pensara que estaba inventando una excusa para volver a verle, de la misma forma que había hecho Noelle para acercarse a ella. Una vez se había ido, había terminado con él. Sería más fácil para ambos intentar olvidar lo que había ocurrido entre ellos. A no ser que estuviera embarazada y no pudiera hacerlo, por supuesto. En ese caso, tendrían que decidir qué hacer. Para él, el embarazo significaría tener que enviarle una cantidad mensual, suponía, si realmente estaba dispuesto a seguir hasta el final y se comprometía a pasarles algún dinero.

En cuanto a ella... Cambiaría su vida, pero, al fin y al cabo, ella siempre había querido ser madre.

Tiró el papel a la papelera y encendió el ordenador. Tenía un par de horas que llenar antes de ir a cenar con sus padres e imaginó que no le iría mal ponerse al día de todo lo ocurrido durante su ausencia.

Pero no podía dejar de pensar en Brent Taylor, y aquello azuzó su curiosidad por aquel número de teléfono...

En cuanto apareció su correo electrónico en la pantalla, se agachó para sacar el papel de la papelera.

¿Tendría alguna importancia?

Después de bloquear su propio número, marcó los diez dígitos. Quería saber quién contestaba. A lo mejor era el teléfono de una acompañante, o de algún negocio de alguna clase, y podía tirarlo sin preocuparse de tener una información que Brent podría necesitar. Si aquel papel era suyo, seguramente lo había llevado desde el hotel de Placerville por alguna razón...

Pero la persona que contestó el teléfono no era la empleada de ningún negocio. Eve dudaba de que fuera siquiera una joven. Contestó una mujer y por el sonido jadeante de su voz, parecía haber corrido a contestar el teléfono.

–¿Diga? ¿Diga? –repitió cuando Eve no dijo nada. Eve estaba a punto de colgar cuando oyó–: ¿Rex? ¿Eres tú? Si eres tú, no cuelgues, por favor. Háblame. Tu hermano está en el hospital. Tenía un paciente con un paro cardiaco, pero sé que le gustaría hablar contigo. La familia ya lleva demasiado tiempo distanciada, ¿no crees? Nadie te culpa de lo que le ocurrió a Logan. Nadie te culpa de nada. En cualquier caso, todo aquello ocurrió hace muchos años. Solo... si no quieres decirme nada a mí, por lo menos vuelve a llamar cuando esté Dennis, ¿quieres? Aunque quizá tu hermano no sea capaz de decírtelo, él te quiere. Él...

Eve colgó. No debería haber escuchado durante tanto tiempo, pero estaba sobrecogida por la voz suplicante de aquella mujer. Quienquiera que fuera había sonado sincera, dispuesta a solucionar la situación. Pero, seguramente, aquella mujer no tenía ninguna relación con Brent Taylor. Ella le estaba hablando a un hombre llamado Rex...

Volvió a tirar el papel. A lo mejor Noelle se había equivocado y era otro el que se había dejado el papel en el coche. O a lo mejor la mujer que había contestado era una compañera de trabajo de Brent que había dado por sentado que estaba recibiendo una llamada personal procedente de un número equivocado.

Excepto que... Brent había dicho que uno de sus hermanos era médico. La coincidencia era extraña. Y la letra era demasiado parecida a la que había encontrado en su dormitorio.

¿Sería todo una simple coincidencia?

Eve abrió la sección de notas de su teléfono. Allí había guardado el número que aparecía en la tarjeta de la maleta de Brent. Se alegró entonces de haberlo hecho. ¿Debería bloquear de nuevo el teléfono y amortiguar la voz para que no pudiera reconocerla si llamaba y preguntaba por Rex para ver lo que este decía?

Las mariposas revolotearon en su estómago mientras consideraba la idea. Había pasado dos noches con él y era posible que estuviera embarazada. Tenía derecho a saber si Brent era su verdadero nombre.

De modo que tomó aire, bloqueó su número, cubrió el teléfono con la mano y se preparó para hablar en un tono más agudo. Pero nadie contestó. Oyó una grabación indicando que el número había sido desconectado.

–¿De qué o de quién te escondes? –musitó mientras dejaba el teléfono a un lado.

Se llevó una mano al estómago. Los detalles sobre la vida de Brent no importaban. Para bien o para mal, habían hecho lo que habían hecho y lo único que podía hacer ya era aceptar lo que llegara.

Capítulo 10

Rita Higgins debía de rondar los setenta y cinco años y vivía sola en una casa de los años cincuenta. Era una casa de una sola planta, muy bien conservada y situada en las colinas que rodeaban Whiskey Creek. Estaba escuchando música navideña mientras decoraba el árbol cuando Rex entró por la puerta principal, utilizando la llave que le había dado cuando había firmado el contrato de las habitaciones que había alquilado por un mes. Podría haber llegado antes, pero había pasado las tres horas anteriores almorzando solo y disfrutando de un café en el Just Like Mom's mientras esperaba a que Scarlet se reuniera con él. Le había dicho que estaría allí a la una, pero eran más de las dos cuando por fin le había devuelto una de las muchas llamadas que le había hecho y había admitido que no podría llegar a Whiskey Creek hasta el lunes. Le estaba resultando muy difícil abandonar su vida habitual, parecía no querer creer que estaba corriendo un serio peligro.

Rex había tenido que enfrentarse a aquel tipo de negación en otras ocasiones, con otros clientes. Si algo tenían los seres humanos era una enorme capacidad de adaptación a las situaciones adversas. De alguna manera, una vez había tenido tiempo para recuperarse, Scarlet había sabido sobreponerse a la impresión de saber que habían invadido su casa y de convencerse de que quienquiera que le hubiera robado la ropa interior no le haría ningún daño.

Rex esperaba que tuviera razón, pero no estaba seguro. Había intentado decirle que ese tipo de conducta podía ir empeorando, que podría incluso ser mortal. Pero Scarlet quería compartir con sus amigos la fiesta navideña que habían organizado aquella noche y acompañar de compras a una joven que le había pedido consejo, y había insistido en que nadie tenía derecho a robarle aquel placer.

–No voy a permitir que nadie me asuste –había dicho cuando estaban discutiendo sobre su decisión.

Rex no creía que Scarlet tuviera otra opción que la de protegerse a sí misma. Pero no podía obligar a ningún cliente a hacer lo que él sugería. Lo único que podía hacer era aconsejarles con la esperanza de que, por su propia seguridad, le escucharan.

En cualquier caso, teniendo en cuenta las decisiones que había tomado él últimamente, tampoco podía criticarla por desoír su consejo. Desde que había llegado a Whiskey Creek, él mismo estaba ignorando sus propios consejos. No podía recordar una sola vez, al menos desde que había implementado en su vida algo parecido al orden, en la que hubiera actuado de forma tan imprudente. Desde que había conocido a Eve lo había hecho todo mal. Había llamado la atención sobre sí mismo y había despertado sospechas, y no se había marchado cuando debería haberse ido. Tenía la impresión de que solo era cuestión de tiempo el que terminara bajando definitivamente la guardia y decidiera vivir la vida que siempre había querido, aunque aquello significara arriesgarse a ser descubierto por su antigua banda. Pero, aunque últimamente estuviera avanzando en aquella dirección, no podía revelar su identidad, no podía permitir que se supiera todavía. No podía permitir que su antiguo pasado destrozara aquel lugar perfecto.

–¡Está usted aquí!

La señora Higgins era dura de oído y no se dio cuenta de su llegada hasta que le vio. Rex la encontró subida en una escalera tambaleante, intentando colocar el ángel en la rama más alta. Así que dejó el equipaje en el suelo, en aquella ocasión tras haberse acordado de quitar las etiquetas, e insistió en que le dejara a él.

—¡Fíjese! —dijo cuando Rex tardó apenas dos segundos en colocar el ángel donde ella quería que estuviera—. ¡Viene muy bien tener a un hombre a mano! —estiró el cuello para mirar por la ventana—. ¿Dónde está su hermana? Estaba deseando conocerla.

—Algo la ha retenido y no podrá venir hasta el lunes.

Sería mejor que viniera para entonces, se dijo a sí mismo.

—¡Oh, bueno! El lunes llegará antes de que se dé cuenta.

Él asintió.

—Está haciendo un gran trabajo con el árbol, por cierto —su madre siempre había encontrado una gran fuente de orgullo en aquel tipo de cosas.

El recuerdo del hogar de la infancia le hizo echar de menos a su madre tan profundamente que apenas podía respirar.

—El año pasado no puse el árbol —la señora Higgins casi gritaba—. No estaba de humor después de la muerte de mi marido, pero ahora que va a haber más gente en casa, he pensado que merecía la pena hacer el esfuerzo.

Si pensaba hacerlo por él y por Scarlet, no tenía por qué. Él no necesitaba decoraciones navideñas, no quería que le recordaran las navidades que había pasado con su familia. Pero a ella le parecía importante. Y, por lo que él sabía, seguramente el árbol y las medias en la chimenea también animarían a Scarlet. En cualquier caso, no podía dejar de pensar en su madre, ya fallecida, y menos en Navidad.

—Es muy amable al tomarse tantas molestias —agradeció.

—Si tiene tiempo, a lo mejor podría colgar unas luces de Navidad en la fachada de la casa —sugirió—. Hay una caja de luces en el garaje. Podría ponerlas yo, pero no sabría ni por dónde empezar. Buck siempre se ocupaba de la parte de fuera.

Buck. Había oído antes el nombre, lo había mencionado la madre de Eve. Buck era el difunto marido de la señora Higgins.

—¿Cuándo murió? —le preguntó.

—Justo después del Día de Acción de Gracias, hace un año. Estábamos sentados en el comedor y me miró como si algo le hubiera sobresaltado. Después, jadeó y se derrumbó.

—¿Entonces fue un ataque al corazón?

Deseó no haberlo preguntado al ver que la señora Higgins se echaba a llorar.

—La muerte se lo llevó así de rápido —dijo, chasqueando los dedos.

—Lo siento.

—A lo mejor lo habría llevado mejor si no hubiéramos perdido también a nuestro único hijo por culpa de un conductor borracho.

—¿Eso cuándo ocurrió?

—Hace veinte años. Buck y yo hemos pasado todos estos años juntos. Llevábamos cincuenta años casados.

—Eso es mucho tiempo compartido.

—La muerte es inevitable, pero... —suavizó la voz—, eso no significa que le eche menos de menos, ni a nuestro hijo.

—Estoy seguro.

La señora Higgins pareció controlar su emoción.

—¿Entonces qué me dice de las luces?

Rex miró el reloj. ¿Por qué no? Sabiendo que Scarlet no iba a llegar todavía, no tenía nada mejor que hacer aquella tarde. Hacía frío, pero el cielo estaba despejado, de modo que no había nada que dificultara el trabajo.

—Claro que las pondré —contestó—. Deje que me instale y veré qué puedo hacer.

—¡Qué maravilla! —su rostro lloroso se iluminó con una sonrisa de agradecimiento—. Cuando termine, tendré preparada sidra caliente y unas galletas. Hago las mejores galletas de jengibre que ha probado en toda su vida. Y también emboto mermelada y jalea, así que va a poder comerlas a placer mientras esté aquí.

Ligeramente alarmado por el hecho de que le hubiera incluido en su vida tan rápidamente, Rex estuvo a punto de decirle que no era necesario. No quería que aquella pobre mujer le tomara cariño, que pensara que, de alguna manera, podía sustituir al hijo que había perdido o llenar el vacío dejado por la pérdida de su marido. Si lo hacía, lo único que conseguiría sería llevar más dolor y desilusión a su vida cuando se marchara. Pero, con la música de *El tamborilero* como sonido de fondo y las luces parpadeantes del árbol, se sintió incapaz de desanimarla. En cualquier caso, ella no era la única a la que le sentarían bien unas fiestas más alegres.

Lo último que Eve esperaba era que Brent Taylor se presentara a cenar a casa de sus padres. Así que cuando regresó del hostal y vio el Land Rover, frenó bruscamente y se quedó mirando el vehículo boquiabierta.

—Te estás riendo de mí —musitó.

¿Qué había pasado con todas las excusas que había puesto cuando le habían invitado aquella mañana? Había dicho que estaba esperando a que Scarlet, su hermana, se reuniera con él, a lo que sus padres habían contestado diciendo que podía llevarla también a ella. Cuantos más, mejor. Después, había añadido que tenía trabajo pendiente en el ordenador, a lo que sus padres habían contestado que en algún momento tendría que cenar. Si quería pasarse por la casa aunque solo fuera un rato, por ellos no había ningún problema. Brent había terminado diciendo que, si podía, se uniría a la cena, pero Eve había dado por sentado que solo era un intento de quitárselos de encima. ¿Qué podían contestar sus padres a un «lo intentaré» aparte de un «esperamos verte pronto»?

Y aquella no fue la única sorpresa. El jeep de Dylan estaba aparcado no muy lejos del vehículo de Brent. Sus padres no le habían comentado que habían invitado también a Dylan y a Cheyenne. Por supuesto, eso significaba que su mejor amiga y su marido iban a conocer al hombre con el que se había estado acostando. Seguramente, sentirían curiosidad y estarían interesados en ver cómo la trataba.

Pero Eve no necesitaba aquel escrutinio añadido. Brent ya le había dejado suficientemente claro que no estaba abierto a una relación y ella había ajustado sus expectativas a aquella declaración. De modo que, ¿qué sentido tenía que Brent se relacionara con sus amigos y su familia? No quería que estos depositaran sus esperanzas en algo que no iba a ocurrir.

A lo mejor todo aquello tenía que ver con el dinero que le había dado. A lo mejor había decidido que era una suma suficientemente importante como para no alejarse demasiado hasta estar seguro de que realmente estaba dispuesto a devolvérsela.

—Deberías haberte puesto en contacto conmigo —gruñó, y pisó el acelerador.

Tenía miedo de que, si permanecía sentada allí durante mucho más tiempo, terminaran viéndola por la ventana y todo el mundo saliera a ver lo que le pasaba.

Después de meter el coche bajo techado, apagó el motor y salió. En un principio, había pensado en presentarse en la cena tal y como iba vestida en aquel momento, con las mallas, el jersey ancho y las botas. No tenía sentido arreglarse para cenar con sus padres, aunque aquella cena tuviera un cierto carácter de celebración. Pero había cambiado de idea en el instante en el que había visto el Land Rover de Brent. Si iba a estar allí, el orgullo le exigía aparecer con su mejor aspecto. Cuando Brent la abandonara, tal y como planeaba hacer, preferiría que nadie pensara que había sido porque no había hecho todo lo que debía para evitar perder a otro hombre. Tal y como iba su vida sentimental últimamente, comenzarían a preguntarse si tenía algún problema...

Agarrando el bolso contra su pecho, corrió al interior de su casa y buscó frenética en el armario. Al final, se decidió por unos pantalones ajustados de color negro, una blusa brillante y unos zapatos planos. Se puso después su abrigo de piel falsa y se dirigió a toda velocidad a casa de sus padres.

Tomó aire y abrió la puerta.

Mientras la envolvía el caos de la fiesta, aspiró la deliciosa fragancia de la comida de su madre. Si Brent se quedaba durante suficiente tiempo como para cenar, se alegraría, se dijo a sí misma.

–¡Eve! Ya estás aquí –su madre fue la primera en darle un abrazo–. Feliz cumpleaños, cariño.

Eve levantó la muñeca.

–Me encanta el reloj. Voy a llevarlo siempre puesto.

–Me alegro mucho –se volvió para señalar a Brent, que permanecía de pie entre Cheyenne y Dylan–. Mira quién ha conseguido dedicarte unos minutos de su muy ocupado tiempo.

Eve había decidido comportarse como si encontrarle allí no fuera una absoluta sorpresa, así que sonrió con cariño.

–Te prometo que no te arrepentirás –le dijo a Brent–. Nadie hace los tamales y las enchiladas tan bien como mi madre. Cualquiera diría que ha crecido en México.

–¡Oh, para! –se quejó su madre–. Lo único que hace falta es encontrar unas buenas recetas y practicar. Y eso es lo que he hecho yo.

Brent le devolvió a Eve la sonrisa. Ambos se comportaban como si todo fuera tan simple como parecía y no supieran que su relación estaba destinada a terminar desde el principio.

–Estoy deseando probarlos.

Cheyenne fue la siguiente en abrazarla.

–¡Estás guapísima!

–Gracias. Tú también.

–No hace falta que intentes ser amable. Estoy tan grande como una casa –respondió Cheyenne con una risa.

–Así es como hay que estar cuando se va a tener un hijo.

Cheyenne se frotó el vientre como si realmente no le importara y Dylan se interpuso entre ellas.

–Feliz cumpleaños, otra vez –le dijo.

–Parece que este cumpleaños no va a terminar nunca –susurró ella mientras le abrazaba.

Y fue recompensada con una sonrisa cómplice de Dylan mientras se separaban.

–¿Te apetece una copa de vino, cariño? –su padre alzó la botella y estuvo a punto de comenzar a servirle antes de que ella respondiera:

–No, gracias.

Su padre frunció el ceño, todavía en posición de comenzar a servir.

–¿Estás segura? He comprado tu chardonnay favorito.

A Eve le apetecía beber. Pero mientras hubiera alguna posibilidad de que estuviera embarazada, no iba a hacerlo.

–A lo mejor más tarde –respondió, para que así su padre no encontrara extraña su negativa.

En cambio, aceptó un vaso de agua con gas.

Mientras su madre se dirigía a la cocina para encargarse de los preparativos de último momento, ella continuó atendiendo a las visitas. Y pensó que estaba consiguiendo tomarse con una calma admirable la presencia de Brent. Pero si él estaba allí únicamente por salvar las apariencias, no parecía estar esforzándose mucho en encajar en aquel ambiente. Aunque la conversación giraba a menudo a su alrededor, puesto que era el nuevo, contestaba con monosílabos cuando podía y evitando cualquier tipo de detalles no pertinentes cuando no podía. En otras palabras, apenas hablaba. Eve se preguntó por qué se habría molestado en acercarse. Podría haberse dejado caer por su casa para hablar de su dinero más tarde....

Decidió que hablaría con él en privado y le sugeriría que hiciera precisamente eso. Se excusó diciendo que tenía que ir al cuarto de baño y después permaneció separada del grupo colocando un adorno que se había caído del árbol. Pero

Brent no se acercó a ella, como bien podría haber hecho. Fue Dylan el que se aproximó a hablar con ella. Mientras le hacía a Eve un gesto con la cabeza, ella miró a Brent, que estaba apoyado contra la pared con la cerveza que había pedido en vez de vino. Les estaba observando, la estaba observando, como había estado haciendo desde que había llegado. Pero Eve era incapaz de averiguar qué le estaba pasando por la cabeza. Algún sentimiento extraño parecía estar deslizándose bajo su piel, pero su mirada continuaba siendo inescrutable.

Cuando sus miradas se encontraron, él no sonrió, pero Eve pudo sentir la intensidad de su calor y un escalofrío le recorrió la espalda. Brent estaba allí porque todavía la deseaba, comprendió de pronto.

Aquello le resultó tan sorprendente como excitante. Pero si tanto la deseaba, ¿por qué intentaba guardar las distancias?

No tenía respuesta para ello. Lo único que sabía era que aquel era un hombre imposible de alcanzar, y al que le resultaba igualmente imposible resistirse.

Su padre se acercó a él, impidiéndole involuntariamente su vista, lo cual fue una suerte, porque Eve parecía incapaz de apartar la mirada. Había estado locamente enamorada de su novio cuando estaba en el instituto, y también había estado enamorada de Ted. Pero aquellas relaciones habían estado más basadas en la admiración y en la confianza que en el sexo. Lo que sentía por Brent era demasiado nuevo como para que pudiera ser algo más que química y puro deseo, pero aquel deseo era suficientemente sobrecogedor como para dejarla estremecida.

—¿Eve? —dijo Dylan.

Eve curvó los labios en una sonrisa mientras desviaba la atención, pero aquel inesperado intercambio entre Brent y ella había tenido lugar delante de Dylan y estaba convencida de que este lo había notado.

—Te gusta de verdad ese tipo, ¿eh?

Eve se aclaró la garganta, se volvió y comprobó que, aunque su padre cambiara de postura, Brent continuaría sin poder verla.

—Es guapo, supongo.

—¿Guapo? —repitió Dylan, como si le estuviera leyendo el pensamiento.

—De acuerdo, es el hombre más atractivo que he visto en mi vida. Pero si lo que vas a hacer es advertirme que tenga cuidado de que no me rompan el corazón, no te preocupes. No espero ningún compromiso permanente por parte de Brent. Va a estar muy poco tiempo en el pueblo.

Dylan bebió otro sorbo de cerveza mientras sopesaba su respuesta.

—¿De verdad? Porque si eso es cierto, es la mejor noticia que he tenido en toda la noche.

Eve y Dylan habían comenzado teniendo una relación complicada cuando este último había comenzado a salir con Cheyenne, pero, Eve había llegado a tener tan buena opinión sobre él que no pudo evitar sentirse decepcionada por lo que acababa de decir.

—¿Por qué no te gusta Brent?

—Yo no he dicho que no me guste. Y estoy seguro de que es genial en muchos sentidos...

—Pero hay algo que te preocupa.

—Todos los que te queremos deberíamos estar preocupados. Es completamente hermético. Está siempre a la defensiva. En permanente actitud de enfrentamiento o huida.

No era propio de Dylan el emitir juicios como aquel, y menos habiendo conocido a Brent desde hacía tan poco tiempo.

—¿Cómo lo sabes?

—Confía en mí. Me he pegado con suficientes tipos como para saber identificar a los que son peligrosos.

Se refería a la época en la que, después de que su padre hubiera ido a prisión, había sido luchador de artes marciales mixtas para poder mantener a sus cuatro hermanos pequeños. Su inteligencia y su vasta experiencia como luchador imprimían credibilidad a sus palabras. Pero Eve no podía creer que Brent fuera un hombre peligroso. La había acariciado con extrema delicadeza y en ningún momento se había sentido asustada.

El recuerdo del momento en el que se había despertado y la había tumbado bruscamente de espaldas volvió de pronto a su mente. Sí, en aquel momento la había asustado, ¿no? Le había parecido un hombre perfectamente capaz de cometer un acto violento. Incluso después, se había comportado con un recelo extraño, como si esperara que alguien saliera de pronto del armario y amenazara su vida.

—¿Qué te pasa? —la expresión de Dylan reflejaba preocupación.

—Nada —respondió—. Nada en absoluto. Brent ha tenido muchas oportunidades de hacerme daño y ha sido muy —le dirigió una sonrisa radiante, intentando quitarle la razón— complaciente.

—No te dejes engañar por una cara bonita, Eve. Ni por otros activos que tenga.

La última parte era la respuesta que Eve había estado buscando cuando había comenzado a bromear con él. Quería que le restara peso a la situación. Pero aquella ligereza desapareció rápidamente. Cuando volvió a hablar, estaba muy serio.

—Ese hombre es un tipo duro. No me sorprendería que hubiera estado en prisión.

—¡Eso es una locura!

Dylan se encogió de hombros.

—Es posible que me equivoque, pero está en alerta. Y eso me pone a mí en alerta.

A lo mejor Dylan tenía razón. ¿Pero eso significaba que deberían darle la espalda?

Eve estaba convencida de que Brent necesitaba a alguien y ella no podía evitar responder a esa necesidad. «Mi vida ya está suficientemente vacía», había respondido Brent cuando le había sugerido que saliera con alguien como Noelle.

Pero si se quedaba embarazada y él no era capaz de quererla o de ser un buen padre ni siquiera en la distancia...

—Ya te he dicho que va a estar durante muy poco tiempo en el pueblo —le dijo.

Su madre les llamó entonces para que se sentaran a la mesa, pero Dylan la agarró del brazo antes de que pudiera moverse.

—Mantén los ojos bien abiertos —le aconsejó—. Son muchas las cosas que pueden pasar en muy poco tiempo —le dijo.

Ojalá supiera Dylan lo que había pasado, se dijo Eve, y de qué manera podía afectar a su futuro.

—Tendré cuidado —le prometió.

Capítulo 11

Había caído en un globo de nieve de cristal, decidió Rex. Estaba en una de aquellas pequeñas escenas navideñas a las que tan a menudo se había asomado cuando de pequeño iba a visitar a su abuela. Lo único que faltaba era la nieve.

Se dijo un millón de veces que tenía que abandonar la casa de los padres de Eve. No tenía ningún derecho a estar allí. Ni siquiera entendía por qué había ido, salvo porque no quería dejar a Eve en mal lugar, demostrando no ser la clase de hombre que se esperaba que una mujer como ella llevara a su casa. Ya se había enfrentado a la desaprobación durante muchos años y no quería tener que enfrentarse a ella también allí, justo cuando su vida volvía a ser como una pizarra en blanco. Además, su conducta se reflejaba en Eve, era inevitable, de modo que había pensado hacer acto de presencia y quedarse allí durante el tiempo suficiente como para que no tuvieran que cuestionarse si Eve había perdido el juicio al permitir que aquel hombre tuviera una relación tan íntima con ella.

Sin embargo, ya llevaba más tiempo del que pretendía. La comida olía tan bien, la casa era tan cálida y acogedora y todos parecían tan felices que no había podido resistirse a las ganas de quedarse, de volver a pertenecer a algo tan mágico como aquello. Desde que había destrozado su propia familia, era lo más cercano que podría tener nunca a lo que en otro tiempo había disfrutado.

Casi todo el mundo le trataba como si fuera bienvenido en aquella casa. La única persona que parecía reconocer lo que era, un lobo vestido de oveja, era Dylan Amos. Cada vez que Dylan atrapaba su mirada, parecía estar lanzándole una silenciosa advertencia: «no te atrevas a hacerle daño a esta gente».

Pero aquello no le ofendía. Si hubiera estado en el pellejo de Dylan, él también habría hecho todo lo posible para proteger a aquellos a los que amaba. Aquel hombre tenía intuición.

—¿Y dónde vive tu familia? —preguntó Cheyenne mientras la madre de Eve iba rodeando la mesa sirviendo las enchiladas.

La amiga embarazada de Eve, la esposa de Dylan, se había sentado enfrente de él y le miraba con curiosidad.

—Casi todos ellos en Los Ángeles —contestó.

Cheyenne se colocó un mechón de pelo detrás de la oreja.

—¿Y pasarás la Navidad con ellos?

—No.

No tenía ningún motivo para volver. Mike, que era más mayor que él, se había mudado a San Diego hacía años. Estaba casado, tenía dos hijos y dirigía el departamento de ingeniería de una empresa de plásticos. Rex hablaba muy de vez en cuando con él. Mike no parecía culparle de lo que le había pasado a Logan tanto como Dennis, el primogénito, que trabajaba como cirujano en Los Ángeles. Dennis también estaba casado, y tenía tres hijos. Dean, su padre, también vivía en Los Ángeles, a una hora de distancia de Dennis. Por lo que Mike le había contado unos meses atrás, su padre por fin estaba superando la muerte de su madre e incluso estaba comenzando a salir con otras mujeres.

Rex se alegraba por él, la idea de que Dean pudiera salir con otras mujeres le resultaba tan extraña que ni siquiera era capaz de imaginárselo. A quien más echaba de menos era a su padre. A pesar de lo profundamente que había decepcionado a su madre, de lo mucho que lamentaba que hubiera muerto sin que él hubiera tenido la oportunidad de pedirle perdón, era la relación con su padre, o la falta de relación con su padre, lo que le causaba más dolor. Pero Logan era el hijo favorito de su padre. Cada vez que se ponía en contacto con Dean, algo que había hecho en contadas ocasiones desde que se había marchado, recordaba cómo y por qué había perdido al más pequeño de sus hijos, y todo lo que Rex le había hecho pasar.

—Su hermana vendrá por aquí un día de estos —aportó la madre de Eve.

Rex casi se había olvidado de Scarlet. Con el pelo tan oscuro y esos ojos tan grandes y luminosos, no se parecía nada a él. Pero imaginaba que eso no importaba en una época de familias mixtas.

Cheyenne le dirigió una delicada sonrisa.

—Seguro que será muy agradable. A veces, los grupos pequeños resultan mucho menos estresantes que los grandes. No todas las familias son el paraíso que deberían.

Aquel comentario le pilló por sorpresa. No esperaba que Cheyenne fuera una mujer tan desconfiada como su marido, o tan recelosa como el padre de Eve durante su primer encuentro. Por lo menos, el hecho de haber ido allí le había ayudado a limar algunas asperezas.

—¿Hablas por experiencia propia? —le preguntó.

Cheyenne se echó a reír.

—Sí. No actualmente, pero... he tenido una infancia interesante.

Rex pensó que era muy amable por su parte el intentar que se sintiera tan cómodo. Jamás habría imaginado que el mundo de Cheyenne no hubiera sido siempre perfecto porque, ciertamente, lo parecía en aquel momento. Su marido se comportaba como si ella lo fuera todo para él.

—Afortunadamente, no hay que juzgar a las personas por la familia a la que pertenecen —dijo el padre de Eve, cubriendo la mano de Cheyenne con la suya.

Cheyenne le dirigió a Charlie una sonrisa de agradecimiento. Rex pudo apreciar el evidente cariño paternal de Charlie hacia quien, en realidad, no era su hija, y admiró a Cheyenne por ser tan generosa. Pero él no estaba en la situación que ella parecía haber asumido. Su familia no tenía nada malo, excepto él.

–¿Tienes más hermanos, Brent? –preguntó Cheyenne.

Rex estaba tan distraído con la comida, con el hecho de poder disfrutar de una auténtica comida casera, que no contestó. No se dio cuenta de que se estaba dirigiendo a él hasta que todo el mundo se quedó en silencio, mirándole expectante. Aunque se había acostumbrado a utilizar diferentes nombres desde que había abandonado su banda, todavía tenía que utilizar apellidos falsos. En aquel momento su apellido oficial era Taylor, pero había recuperado el Rex tres años atrás y ya no estaba acostumbrado a contestar a ningún otro nombre a menos que estuviera prestando mucha atención. «Brent» era un nombre que podía confundirle.

–Lo siento, ¿qué has dicho?

La tensión se redujo en cuanto pensaron que no había oído bien.

–Te preguntaba si, además de una hermana, tenías también hermanos.

–Tiene otros dos hermanos –contestó Eve con tal rapidez que Rex tuvo la impresión de que tenía tan pocas ganas como él de ahondar en aquella pregunta–. Uno es ingeniero químico y el otro médico.

Añadió aquellos detalles antes de que su amiga pudiera preguntar nada más. Parecía pensar que aquello pondría punto final a la conversación, pero no fue así. Cheyenne tenía demasiadas ganas de saber más cosas sobre él.

–¿Y dices que los dos están en Los Ángeles?

–Solo Dennis, el médico.

Cuando Eve se tensó a su lado y le miró, Rex tuvo la sensación de que la había sorprendido con su respuesta, o que tenía algún significado para ella, pero no era capaz de comprender por qué. Eve ni siquiera sabía su verdadero nombre. Era imposible que pudiera relacionarle con alguno de los numerosos médicos de Los Ángeles.

–¿Conoces a algún Dennis en Los Ángeles? –le preguntó.

Eve bebió un sorbo de agua. Después sonrió, aunque parecía tensa, y negó con la cabeza.

–No, pero tenemos una amiga que vive allí. Está casada con Simon O'Neal, el actor. Probablemente habrás oído hablar de él.

–¿No estarás hablando de una de las estrellas de cine más importantes de América?

–En realidad, sí.

–Eso es como si de pronto me comentaras como si no tuviera ninguna importancia que sois amigos de Brad Pitt.

Cheyenne se echó a reír.

–En realidad somos amigos de Simon a través de Gail. Nos criamos con ella. Después de ir a la universidad, ella se fue al sur y abrió una agencia de relaciones públicas. Fue así como le conoció, era su representante.

–En cuanto tiene unos días libres, Gail nos reúne a todo el grupo de amigos –le explicó Eve.

–Este verano quiere llevarnos a todos a Italia –contó Cheyenne–. Simon estará filmando una película allí, aunque yo no sé si podré ir. El bebé será demasiado pequeño como para hacer un viaje tan largo y no estoy segura de que quiera dejarle. O dejarla.

Rex se preguntó si también Eve estaría demasiado embarazada como para ir. Esperaba que no, por el bien de ambos.

–Probablemente, el padre de tu bebé podrá arreglárselas sin ti durante una semana –se ofreció Dylan–. Y no estoy diciendo que vaya a ser fácil.

Afortunadamente, a partir de aquel momento, la conversación giró alrededor de Simon, de cómo manejaba Gail las excentricidades de su exesposa, de lo felices que estaban juntos y de los hijos tan encantadores que tenían. Eve le prometió enseñarle la enorme casa de madera que tenían en el pueblo, con vistas al río Stanislaus, cerca del lago New Melones.

Rex no sabía si la invitación era sincera o, simplemente, estaba representando el papel de amable anfitriona, pero, casi sin darse cuenta, comenzó a relajarse y a disfrutar de los amigos y la familia de Eve mucho más de lo que había imaginado. Incluso estuvo jugando con ellos a las cartas. Hasta que no dieron las once de la noche, que fue cuando Cheyenne y Dylan comenzaron a prepararse para irse, no dijo que también él tenía que marcharse.

–¿Puedes acompañarme antes a casa? –le pidió Eve mientras se ponía el abrigo.

La madre de Eve estaba en la cocina, llenando el lavavajillas después de haber estado jugando con ellos a las cartas. Su padre le había llevado los platos, pero en aquel momento estaba con el mando del televisor, intentando encontrar el canal Sports Center.

–Ha sido una velada muy agradable. Gracias por la cena –les dijo a los padres de Eve cuando el padre se levantó y la madre se acercó a despedirse.

–Eres un hombre encantador –le alabó Adele.

No eran muchas las personas que tenían una opinión tan favorable sobre él. La gente que le conocía solía decir que él era su peor enemigo. Y había dado buenas razones para ello. Pero, en aquella ocasión, parecía estar siendo capaz de sanar las viejas heridas, por lo menos hasta cierto punto, y aquello hacía que le resultara más fácil comportarse bien.

El padre de Eve le estrechó la mano.

–Me alegro de que Eve tenga un buen amigo.

–Gracias, señor.

–No me llames señor –respondió con una risa–. En Whiskey Creek somos demasiado informales para eso.

–Y, como no vas a poder estar con tu familia, nos encantaría que tu hermana y tú vinierais a comer con nosotros en Navidad –le invitó Adele.

No debería haber potenciado su relación con ellos, pensó Rex, sobre todo porque aquella invitación le resultaba mucho más atractiva de lo que debería.

—Te lo agradezco —contestó—. Se lo consultaré a Scarlet y ya os diré algo.

—De acuerdo.

Sus padres les acompañaron a la entrada y se despidieron de ellos con la mano mientras Eve y Rex se alejaban. Eve le agarró del brazo.

—Tienes unos padres encantadores —dijo Rex.

—Sí.

La puerta se cerró tras ellos y se apagó la luz del porche, pero la luna llena y un cielo plagado de estrellas iluminaban el camino,

—Entiendo que te guste vivir aquí.

—¿En Whiskey Creek? —Eve le dirigió una sonrisa traviesa—. Ten cuidado. Si te quedas aquí durante mucho tiempo más, es posible que no quieras marcharte cuando llegue el momento.

En cierto modo, ya no le apetecía marcharse. Pero no podía quedarse allí indefinidamente. Porque el pasado le seguiría adonde quiera que fuera.

Cuando llegaron a la puerta, Eve se dijo a sí misma que debía dejarle marchar. Pero no estaba preparada, a pesar de las advertencias de Dylan. Y Dylan ni siquiera estaba al tanto del momento de pánico en el que Brent la había tumbado bruscamente contra la cama. Ni sabía que Brent le había dicho en un primer momento que se llamaba Jared. Ni que no había mencionado a su hermana cuando les había dicho a sus padres que tenía dos hermanos. Imaginó que, si le preguntaba el por qué, le contestaría que Scarlet era adoptada o algo parecido, ¿pero sería cierto?

Ni siquiera sabía qué creer. Era posible que ni siquiera Brent Taylor fuera su verdadero nombre. Aquella noche, había dicho que el hermano que vivía en Los Ángeles se llamaba Dennis y aquello le había llamado poderosamente la atención. Cuando había llamado al número de teléfono que había dejado Brent en el coche de Noelle, había oído a la que parecía ser la mujer de Dennis suplicándole a su cuñado, un tal Rex. De modo que, si el otro hermano de Brent no se llamaba Rex, era posible que aquel fuera su verdadero nombre. Desde luego, el hecho de que se paseara con aquel número de teléfono en el bolsillo y pareciera estar tan alejado de su familia sugería que era posible.

Y aun así, por verdadero y misterioso que resultara todo aquello, aquel hombre ejercía una auténtica fascinación en ella. Cada vez que la había mirado a los ojos en casa de sus padres, había sentido una oleada de placer, y por su forma de seguirla con la mirada, tenía la sensación de que él estaba experimentando la misma vertiginosa atracción.

¿Sería solo porque le recordaba a aquella otra mujer?

Eve odiaba pensarlo.

—El deseo es algo curioso —le dijo.

Él la agarró por las solapas del abrigo, la hizo volverse y la presionó contra la puerta.

—Ese sí que es un tema del que no hemos hablado durante la cena —esbozó una sonrisa—. ¿Por qué no me hablas de ello?

Eve se humedeció los labios al tiempo que observaba aquellos labios perfectos.

—Es mucho más poderoso de lo que jamás me habría imaginado.

—¿Ah, sí? —sonrió de soslayo.

—Para serte sincera, no estoy segura de haberlo sentido realmente hasta ahora.

Él le mordisqueó el labio.

—Me gusta el rumbo que está tomando esto.

—Pensar en ti, o pensar en lo que puedes llegar a hacerme, me vuelve loca —admitió.

Brent deslizó las manos en el interior del abrigo, las posó

sobre sus nalgas y la estrechó contra él, como si tuviera derecho a hacer todo lo que le apeteciera.

—¿Eso significa lo que creo que significa?

Eve se sentía como si fuera una persona diferente, mucho más atrevida, cuando acercó la boca a su oído y bajó la voz.

—Significa que quiero volver a sentirte dentro de mí una y otra vez —susurró—, durante toda la noche.

Brent gimió.

—Si estás intentando excitarme, ya estoy duro como una piedra.

Eve le miró a los ojos con una seductora sonrisa al tiempo que buscaba con la mano la prueba de aquella afirmación.

—Solo tengo una pregunta que hacerte.

Rex contuvo la respiración cuando le acarició.

—¿Cuál?

—¿Esto es por mí o por esa otra mujer?

—¿Qué otra mujer?

—La que se casó con otro. La mujer que querías. La otra noche me dijiste que te recordaba a ella.

—No —sacudió la cabeza—. Eso solo fue al principio.

Eve le miró a los ojos, buscando un posible engaño.

—¿Lo dices en serio?

Él asintió.

—Es agradable oírlo —contestó Eve.

Cuando la boca de Brent descendió sobre la suya, cálida y demandante, ella le rodeó el cuello con los brazos. Si no tenían cuidado, ni siquiera iban a meterse en casa, pensó mientras crecía la pasión. Pero él se apartó.

—¿Y tus padres?

—No creo que les sorprenda que te quedes a pasar la noche, teniendo en cuenta lo a punto que han estado de pillarnos esta mañana.

Pero él no parecía muy convencido.

—¿Qué pasa? —le preguntó Eve al ver que fruncía el ceño.

—No me parece... demasiado respetuoso por mi parte.

Aquella respuesta la sorprendió. ¿Le importaba la opinión de sus padres? Fuera quien fuera, no podía ser del todo malo.

—Te diría que fuéramos al hostal, pero este fin de semana no hay habitaciones vacías —le dijo.

—Jackson no está lejos.

—¿Quieres que nos vayamos al pueblo de al lado? Estás de broma.

—En absoluto.

—Pero aquí podemos quedarnos gratis.

—¿Y pasarme toda la noche cohibido? No, gracias, no quiero que nada me reprima.

Después de darle otro apasionado beso, la agarró del codo y la urgió a seguirle mientras, amortiguando ambos la risa, pasaron por delante de las ventanas de la casa de los padres de Eve y corrieron hacia el todoterreno.

Cuando Eve se despertó en medio de la oscuridad, se descubrió en una habitación extraña... y estaba sola. ¿La habría abandonado Brent después de haber hecho el amor con ella? ¿Se habría marchado, dejándola sola en un hostal desconocido, en otro pueblo y sin coche?

Se sentó en la cama y fijó la mirada en la oscuridad, con el corazón latiéndole en los oídos mientras todas las dudas que había albergado sobre él, todas las cosas que había preferido apartar al fondo de su mente la bombardeaban.

Brent le había dicho que vivía en Bakersfield y tenía una empresa de jardinería, pero no estaba segura de que debiera creérselo. En ningún momento había mencionado el nombre de su empresa.

No conocía ningún detalle sobre su pasado. ¿Había ido al instituto? ¿Había estudiado en la universidad? Si así era, ¿qué título tenía?

Ella siempre había tenido el teléfono móvil de todos los hombres con los que había intimado. Pero el teléfono que había encontrado en la tarjeta de su equipaje estaba inactivo y no le había dado ningún otro número. Aparte de saber que se estaba quedando temporalmente con la señora Higgins, no tenía ninguna otra manera de conectar con él.

Y, ya lo había pensado en otras ocasiones, pero aquella era la cuestión más importante, ¿sabía siquiera su nombre real? ¿Se llamaba Jared, Brent o Rex?

Lo único que suponía podía ser cierto era el número de teléfono de su hermano en Los Ángeles. Y no se lo había dado él. Estaba convencida de que no querría que lo tuviera si lo supiera, así que no lo llevaba encima. No quería espantarle. Pero lo más preocupante era su propia vacilación a la hora de poner fin a aquella relación. ¿Por qué estaba ignorando tantas señales de peligro?

Porque deseaba estar con Brent más de lo que había deseado nunca estar con un hombre. Y, sorprendentemente, aquello tenía poco que ver con el hecho de que estuviera disfrutando de la mejor experiencia sexual de su vida. Brent no podría llenarla físicamente si no hubiera algo más. Ella no era una mujer a la que pudiera satisfacerse con un encuentro sin ningún significado. En la oscuridad, cuando estaban los dos a solas y él se dejaba llevar por lo que sentía, se mostraba sorprendentemente vulnerable y Eve no podía evitar responder a aquella vulnerabilidad.

Podría haber pensado que estaba loca por creer ver tanta sensibilidad en un hombre tan distante como Brent, un hombre que podría rechazar el cariño que él mismo demandaba. Pero la reverencia con la que la había acariciado, especialmente la última vez que habían hecho el amor, la convencía de que había algo mucho más profundo en él de lo que el miedo la urgía a creer. Brent necesitaba contacto humano, necesitaba amor, y aquel era el elemento emocional que socavaba su prudencia. La había hecho sentirse cerca de él de la forma que realmente importaba, a pesar de las muchas cosas que desconocía.

Incluso en aquel momento, pensar en él despertaba su

anhelo. Pero si Brent no podía acompañarla durante el día, si solo podía estar con ella por la noche y en la intimidad del dormitorio, nunca sería feliz manteniendo una relación con él. Eso en el caso de que estuviera dispuesto a mantener algo que pudiera parecerse a una relación. Porque ya había rechazado aquella posibilidad en términos muy claros.

Y, aun así, ella estaba empezando a albergar esperanzas. ¡Maldita fuera! Sabía que no debería involucrarse con un hombre como Brent. Pero había intentado estar con un hombre que era todo lo contrario cuando había salido con Ted, un hombre estable, un profesional de éxito y digno de confianza al que conocía de toda la vida, y tampoco aquella relación había funcionado.

Estaba a punto de apartar las sábanas para levantarse de la cama, vestirse, buscar el teléfono móvil y pedirle a alguien que fuera a buscarla, algo que no le hacía ninguna gracia, cuando oyó girar el pomo de la puerta. Se quedó muy quieta mientras Brent entraba. Habría pensado que había ido al cuarto de baño si no fuera porque aquel hostal era como el suyo, en el que habían remodelado todas las habitaciones para incluir las comodidades que la mayor parte de la gente prefería cuando viajaba.

Aquello significaba que había estado fuera. Lo que no podía imaginarse era qué había salido a hacer. Tenían que ser las tres o las cuatro de la madrugada. Pero, gracias a la tenue luz de su teléfono móvil, pudo ver que estaba completamente vestido.

—¿Dónde has ido? —le preguntó.

—He recibido una llamada.

—¿De?

—De mi hermana.

—Estamos en medio de la noche.

—Está teniendo problemas con un ex.

—Está bien, ¿verdad?

—Sí… Sí, está bien. Ya lo tengo todo controlado. No tienes por qué preocuparte.

Cuando se desnudó y volvió a la cama, Eve se apartó de él y se tumbó boca abajo. No le gustaba que sus brazos ansiaran abrazarle. Estaba sintiendo demasiado y demasiado pronto. Si volvía a enamorarse del hombre que no debía, a lo mejor, cuando llegara el hombre de su vida, lo pasaba por alto.

El problema era que no podía imaginar a nadie que le gustara más que Brent. Lo único que no le gustaba era su reluctancia a la hora de devolverle su amor... Y tampoco le gustaban sus secretos.

Cerró los ojos e intentó serenar su respiración. Dormiría hasta la mañana siguiente y después se alejaría para siempre de él, se dijo a sí misma, como debería haber hecho desde el principio. Pero no habían pasado ni diez segundos cuando sintió las manos de Brent sobre su cuerpo.

Comenzó a acariciarle la espalda. Ella le ignoró, pensando que, a la larga, se dormiría. Pero Brent no parecía necesitar su participación. Se comportaba como si le bastara con acariciarla, y así, lentamente, fue rompiendo su resistencia, haciéndola alegrarse de que comenzara a acariciarle otras partes de su cuerpo.

Para cuando sintió su boca en el lóbulo de su oreja y su mano entre los muslos, había perdido todas las ganas de rechazarle. Y apenas habían pasado varios segundos cuando él ya estaba susurrando que era la mujer más atractiva que había visto en su vida mientras tomaba sus senos y hacía el amor con ella.

Capítulo 12

Cuando Rex abrió los ojos, descubrió a Eve tumbada a su lado, estudiándolo mientras la luz del sol se filtraba por una rendija de la persiana.

—Buenos días —musitó.

—Buenos días.

Rex alargó la mano para apartarle un mechón de pelo de la cara.

—¿Has dormido bien?

—Yo sí, ¿y tú?

—He dormido genial.

Había dormido profundamente por primera vez desde... ni siquiera era capaz de recordar desde cuándo. Se había quedado completamente dormido, y dormir tan plácidamente le había gustado casi tanto como hacer el amor con ella.

—¿Qué ha pasado con tu hermana? —le preguntó.

Rex se estiró, preguntándose si alguna vez había estado tan relajado. La respuesta fue no, al menos que él pudiera recordar. Pero normalmente no se permitía la clase de intimidad que había compartido con Eve.

—¿Qué pasa con mi hermana?

—Dijiste que le había pasado algo durante la noche.

—Está bien —respondió.

Pero el hecho de haber olvidado una llamada cuando él mismo se había obligado a levantarse en medio de la noche para asegurarse de que todo iba bien, le asustó. Había pensado que Scarlet podría tener problemas. Pero la había despertado cuando la había llamado y ella se había disculpado por no haberle dejado ningún mensaje. Scarlet le había explicado que estaba utilizando el teléfono para buscar algo por Internet justo cuando había entrado su llamada. Había pensado en devolvérsela, pero había ido a casa de una amiga y no había vuelto a acordarse hasta que había llegado el momento de acostarse, y entonces le había parecido que ya era demasiado tarde.

—Quería que supiera que iba a dormir en casa de una amiga —algo que a él le había parecido de lo más sensato.

Eve asintió muy seria mientras continuaban mirándose el uno al otro durante varios segundos.

—¿No tienes una sonrisa para mí esta mañana? —le preguntó él.

—Estoy pensando.

—¿En qué? —casi tenía miedo de preguntárselo.

Estaba seguro de que era algo que no quería saber.

—Esta noche ha sido más increíble que la anterior.

Rex no se esperaba un cumplido. Se habría sentido aliviado si no hubiera sido porque ella no parecía ni remotamente complacida.

Sonrió, esperando que mejorara su humor.

—Has estado a punto de despertar a todo el hostal con tus gritos. A la mayoría de la gente le encantaría tener orgasmos tan intensos.

No había gritado tanto. Estaba bromeando, esperando evitar el rumbo que, muy probablemente, iba a tomar la conversación. Pero ella no le siguió.

—Quizá me sintiera mejor si no estuviera tan confundida —le dijo.

La sensación de bienestar con la que se había despertado se disipó y regresó la habitual inquietud.

—No deberías estar confundida. Ya te dije lo que te esperaba —respondió él.

—Básicamente, nada.

Rex se movió incómodo.

—¿Lo de esta noche no ha sido nada?

Eve se recostó contra el cabecero de la cama.

—No es eso lo que pretendía decir y lo sabes.

Rex suponía que era inevitable. No podía esperar que una persona como Eve se acostara repetidas veces con él sin tener que contestar a ninguna pregunta.

—¿Entonces a qué te refieres?

Eve se cruzó de brazos, manteniendo la sábana por encima de sus senos.

—¿Por qué no dijiste que tenías una hermana cuando les hablaste a mis padres de tus hermanos?

Aquel había sido un enorme descuido por su parte.

—Porque mi hermana no formaba parte del cuadro original.

—¿Me estás diciendo que es adoptada?

Odiaba mentir a Eve, sobre todo cuando lo que habían compartido le había hecho sentirse tan refrescantemente sincero. Su deseo era real. ¿Y la respuesta de Eve a su deseo? Inconfundiblemente inocente y espontánea. Aunque tenía algún momento de arrepentimiento cuando la presencia de Eve le hacía pensar en el hombre que podía haber sido si su vida hubiera tomado un rumbo diferente, aquella mujer le había proporcionado un gran consuelo.

Pero la verdad podía matarle, y también a ella. Tenía que hacer todo lo posible para protegerles a los dos.

—Al principio la tuvieron en acogida. Después la adoptaron.

Eve no parecía convencida del todo, pero lo dejó pasar.

—¿Y todo lo que me has contado de que vives en Bakersfield y tienes una empresa de jardinería? ¿Eso también es verdad?

Rex esbozó una mueca. No había preparado con detalle su coartada porque no tenía voluntad de engañarla, pero, en aquel momento, aquella reluctancia y las medias verdades que le había dicho regresaban a darle caza.

—¿Qué importancia puede tener todo eso?

Eve abrió los ojos indignada.

–Espero que estés de broma.

Rex se sentó en la cama.

–No vamos a casarnos, Eve. Eso quedó claro desde el principio.

–¿Y qué me dices de la sinceridad? Si no vamos a ser sinceros el uno con el otro, ¿qué sentido tiene todo esto?

Rex se levantó y se puso los pantalones.

–Estamos disfrutando y divirtiéndonos mientras dure.

–¿Y eso es suficiente para ti?

Tenía que serlo. Porque era lo único que podría tener.

–Por lo que a mí concierne, es mejor que nada. Pero si no estás de acuerdo, te llevaré a casa.

La brusquedad de sus palabras le dolió. Rex lo supo cuando vio que se levantaba y comenzaba a vestirse. Pero tenía que entender sus limitaciones, porque, en caso contrario, podría hacerle mucho daño más adelante.

–Vale. Llévame a casa –le pidió–. En algún momento habrá que ponerle fin a esto.

Rex se sintió indefenso allí de pie, sosteniendo la camisa entre las manos mientras la miraba.

Cuando terminó de vestirse, Eve fue a buscar el bolso que había dejado en la silla, pero él tiró la camisa al suelo y avanzó hacia ella.

–No dejes que esto termine así –le rodeó la cintura con las manos, la estrechó contra él y posó la frente en la suya–. Eres todo lo que quiero, aunque solo pueda ser durante muy poco tiempo.

Eve le apartó, pero él la agarró con fuerza y le besó las mejillas, la frente y los labios antes de susurrar:

–Vamos, ¿qué son tres semanas? Puedes darme eso, ¿verdad?

Al final, la tensión abandonó su cuerpo y dejó de resistirse. Pero cuando alzó la cabeza, Rex reconoció la duda en su mirada.

–¿Tres semanas? –repitió Eve.

–Sí, eso es todo –le dijo–. Después de Navidad, me iré.

—¿Y por qué yo? Está Noelle, y hay muchas más mujeres en Whiskey Creek.

Rex volvió a darle un beso en la frente.

—Ya te lo dije. Te quiero a ti. Estamos bien juntos. Me haces sentirme completo.

Eve negó con la cabeza.

—¿Lo ves? Esas son las cosas que no entiendo. ¿Por qué no vas a sentirte completo? ¿Qué te ha pasado?

—La vida. Solo la vida —contestó.

Rex la soltó y comenzó a volverse, pero ella le agarró del brazo.

—¿Eres peligroso, Brent?

Aquella era la pregunta más difícil que le había hecho hasta entonces. Había habido momentos en el pasado en los que había tenido que hacer cosas que no quería. Si su antigua banda se enfrentaba a él, a lo mejor tenía que volver a matar. Pero jamás había hecho daño a nadie si no había sido para salvar su propia vida o la de otro.

—Nunca he hecho daño a un inocente.

En la frente de Eve aparecieron arrugas de preocupación. No estaba haciendo mucho para aliviar sus temores. Seguramente, Eve nunca había conocido a nadie que hubiera matado, excepto quizá a un soldado, y ese tipo de muertes nunca tenían lugar en suelo americano. El nombre, el trabajo. Todo eso eran detalles externos. Describían la máscara de una persona, no eran representativos de su corazón, así que no tenían demasiada importancia. Pero no podía mentirle sobre la clase de hombre que era. Aquello sería ir demasiado lejos.

—¿A un inocente? —repitió—. A lo mejor no eres consciente de ello, pero la mayoría de los hombres no hablan de esa forma.

—Yo no soy como la mayoría de los hombres, Eve. Yo no puedo darte la casa y la familia que te mereces. No puedo darte nada, excepto, quizá, las próximas tres semanas —le enmarcó el rostro con las manos—. Pero espero que eso sea suficiente. Que podamos disfrutar del tiempo que vamos a estar juntos. Y espero que sepas que no soy un hombre peligroso, al menos cuando estoy contigo.

Eve se frotó las sienes como si no pudiera decidir, como si supiera que tenía que decirle que se marchara, pero estuviera desgarrada por dentro.

Rex alzó la barbilla.

—¿Qué contestas?

Una vez más, Eve permaneció en silencio, pero, tras otra breve vacilación, suspiró y presionó los labios contra su pecho desnudo, su cuello, su barbilla y, al final, su boca.

Se despertaron demasiado tarde como para poder desayunar en el hostal en el que habían dormido, así que fueron a comer a un restaurante barato de Jackson. Estaban estudiando la carta cuando Rex recibió una llamada que, por el código, debía de ser del Este.

—Vete pidiendo —le dijo a Eve mientras se levantaba de la mesa—. Yo quiero unos huevos Benedict. Tengo que atender esta llamada.

Después de descolgar, salió a grandes zancadas del restaurante para poder hablar sin que nadie le oyera.

—¿Virgil?

—Por fin te encuentro —dijo su amigo—. ¿Dónde demonios has estado? Me tenías muy asustado.

—¿Por qué? ¿Has intentado ponerte en contacto conmigo?

Tenían el mínimo contacto posible por cuestiones de seguridad. Virgil no quería que Rex volviera a California. Pensaba que aquello era buscarse problemas. De modo que lo último que quería Rex era arriesgarse a que La Banda pudiera localizar a través de él a Virgil o su familia. Virgil era más hermano para él que sus verdaderos hermanos.

—Te he llamado a la oficina varias veces esta semana —se quejó Virgil.

—¿Para qué?

—Para ver cómo estabas. Marilyn Burrows solo me decía que estabas ilocalizable.

—¿Por qué no me has dejado un mensaje? Me lo habría hecho llegar.

—El hecho de que confíes en ella no significa que tenga que confiar yo. Yo no confío en nadie, en nadie absolutamente. Por eso seguimos vivos, ¿recuerdas? Así que no voy a decir nada que pueda indicarle que tienes un amigo en Nueva York.

—Ella no sabe nada sobre nuestro pasado.

—Pero si surge algo sobre ti o sobre tu trabajo que llame la atención, eso no significa que no vayan a ponerse en contacto con ella.

Era cierto. En el caso de Virgil y él, las precauciones nunca eran excesivas.

—En ese caso, me alegro de que por fin hayas podido ponerte en contacto conmigo.

—Yo también. Ya estaba preparándome para comprar un billete de avión e ir a buscarte.

Virgil habría sido capaz de dejarlo todo para ayudarle.

—No hace falta que dejes a tu familia. Estoy bien —contestó Rex—. Pero no sabes cuánto me alegro de oír tu voz.

No había muchas cosas que echara de menos del tiempo que había pasado en prisión, pero la camaradería que había compartido con Virgil Skinner era una de ellas. Virgil había sido encarcelado a los dieciocho años por haber matado a su padrastro. Aunque había sido exonerado cuando algunas pruebas cruciales habían salido a la luz, había pasado catorce años entre rejas por un crimen que no había cometido.

Rex no podía ni imaginar lo furioso que habría estado él. Por lo menos él era culpable de los cargos por venta de drogas que le habían llevado a prisión pocos años después de que hubiera entrado Virgil.

—¿Cómo están Peyton y los niños?

—Genial. Brady y Anna crecen como la mala hierba. Estamos pensando en tener otro.

–¿Por qué no? –preguntó Rex–. Sois la clase de padres que deberían tener varios hijos.

–¿Cómo va el negocio?

–No puedo quejarme. Hay mucha gente fuera de aquí que necesita a alguien fuerte y están dispuestos a pagar por ello. ¿Y el tuyo?

–He contratado a tres guardaespaldas más el mes pasado –contestó Virgil.

–Entonces ya tienes diez, ¿no es cierto?

–Hasta ahora. ¿Has sabido algo de tu familia?

–¿De mi familia? –repitió Rex.

–Sí, tu padre, tus hermanos. ¿Te acuerdas de ellos?

Rex dio una patada a una piedra y comenzó a caminar por la acera.

–Ya sabes que apenas tengo contacto con ellos.

–Sé que son ellos la razón por la que volviste a California. ¿Por qué entonces no pasas más tiempo con ellos?

No había sido capaz de encontrar la manera de salvar aquella brecha. Todavía no se sentía seguro.

–Es complicado. Y ellos no son la razón por la que he vuelto.

En el fondo, sabía que no era cierto lo que estaba diciendo, pero el orgullo le obligaba a decirlo, aunque parte de él no deseara otra cosa que sanar aquellas viejas heridas.

–¿Entonces por qué lo hiciste? Desde luego, allí no vas a estar más seguro que aquí.

–Me gusta este estado. Aquí me siento como en casa. Y el clima es mucho mejor que el de esa nevera en la que vives.

Además, odiaba que La Banda dictara dónde tenía que vivir, así que quizá había varias razones.

Virgil soltó una carcajada.

–Me gusta Nueva York, pero no puedo negar lo fríos que son los inviernos. En cualquier caso, ¿qué ha pasado? En tu correo decías que habías tenido noticias de una antigua amiga.

—Mona.

—¿Livingston?

Rex dio media vuelta y se dirigió hacia el restaurante.

—Exacto.

—¿Todavía está con La Banda?

—Sí, y ahora mismo, no creo que vaya a ser capaz de dejarla. Ni de dejar las drogas.

Si dejar el crank era la mitad de difícil que dejar el Oxy-Contin, Rex difícilmente podía culparla. Jamás había olvidado los días terribles que había pasado solo, sudando y vomitando en la bañera en una pensión de mala muerte, en la peor zona de Los Ángeles. Había sido el precio a pagar por estar limpio. Volvería a pagarlo, pero no le desearía aquel sufrimiento ni a su peor enemigo. Recordarlo era suficiente para evitar una recaída, pero, incluso después de cuatro años de sobriedad, la antigua compulsión rebrotaba de vez en cuando, especialmente cuando estaba en una situación de estrés o se sentía particularmente solo.

—Siempre ha sido una amiga decente, a pesar de sus problemas —recordó Virgil—. Yo no estaría vivo si no fuera por ella. Y por ti.

Gracias a Mona, Rex había llegado a tiempo de salvarle la vida a su mejor amigo justo después de que hubiera renunciado a las drogas. Ambos le debían mucho.

—Bueno, el caso es que tenía nuevas noticias.

—Por el tono de tu voz, no eran buenas. Pero todavía forma parte del grupo, ¿crees que es seguro permanecer en contacto con ella?

—Después de que nos ayudara, le dejé un número de teléfono para que pudiera dejarme un mensaje en el caso de que tuviera algún problema. Es un número de Google conectado a mi correo electrónico, es imposible rastrear mi localización. De todas formas, hacía mucho tiempo que no tenía noticias de ella. Incluso me había olvidado de que le había dejado aquel número. Hasta hace dos semanas. Entonces vi que tenía un mensaje esperándome.

–De Mona.

–Exacto. Pero no me pedía ayuda. Era un mensaje para advertirme de que ciertos miembros de La Banda decían tener información sobre mi paradero. No me dijo nada de ti, pero quería avisarte, por si han empezado de nuevo la cacería.

–No pueden encontrarme.

–Vamos, Virgil, no es imposible. Saben que nos dedicamos al negocio de la seguridad porque fue así como nos encontraron en D.C. ¿Y a qué otra cosa vamos a dedicarnos? ¿Para qué otro trabajo estamos cualificados?

Se produjo un largo silencio. Después, Virgil dijo:

–Sí, ya te entiendo. Justo cuando pensábamos que todo estaba superado, ¿eh?

–Esos canallas no renunciarán. Ojalá hubiéramos sabido lo mucho que desearíamos dejarlos cuando nos unimos a ellos.

–No te castigues con eso –respondió Virgil–. No teníamos otra opción. No, si queríamos sobrevivir. Recuerda lo que era estar en prisión.

Lo recordaba. Demasiado bien. Sin La Banda, no hubiera sobrevivido a aquellos años sin haber estado al servicio de muchos hombres. A determinados tipos duros en prisión, su aspecto les gustaba casi tanto como el de las mujeres con las que habían estado fuera. Aquella era la razón por la que en La Banda, y todos los demás en Corcoran, le habían bautizado como Chico Guapo.

–Por lo menos yo me merezco esto. Era culpable del delito por el que me condenaron. Me había dedicado a traficar con drogas. Era la única manera de costearme el vicio. ¿Pero tú? Tú ni siquiera deberías haber ido a prisión.

–La vida no siempre es justa, si no, tú tampoco habrías terminado así. La cárcel no es la respuesta para alguien como tú. Pero podemos hablar de toda esa mierda en otro momento. ¿Qué piensas hacer después de las últimas noticias?

–Lo estoy haciendo ya.

Se levantó el viento. Rex sostuvo el teléfono sujetándolo con el hombro mientras se subía la cremallera de la cazadora.

—Voy a mantener un perfil bajo durante algún tiempo —continuó diciendo—, para ver si hay algo de lo que preocuparse.

—¿Y cómo lo sabrás?

—Si han descubierto mi casa o mi negocio, aparecerán en algún momento. Tengo un sistema de seguridad en ambos que me permite controlarlos por ordenador. Y Marilyn me llamará en cuanto ocurra algo extraño que le llame la atención.

—¿Es ella la que se encarga de llevar la empresa cuando tú no estás?

—Me está ayudando. Yo voy dirigiéndolo a distancia, así que puedo hacerme cargo de cualquier cosa que ella necesite que haga.

—Si eso es cierto, eres vulnerable.

—¿Y?

—¿Y? —repitió Virgil—. ¿Te gusta la idea de que te peguen un tiro?

—No, pero estoy cansado de huir. Estoy cansado de esconderme.

—No hables así. Hacemos lo que hacemos porque no tenemos otra opción.

Rex protegió el teléfono del estruendo de un enorme camión.

—Eres tú el que no tiene otra opción. Tú tienes que cuidar de Peyton y de los niños. ¿Pero yo? Algunos días me entran ganas de entrar en su maldito escondrijo solo para mandarles a paseo.

—Inténtalo y te caerá una lluvia de balas.

—Pero por lo menos podría poner fin a todo esto.

—No dejes que ganen ellos, Rex. Hagas lo que hagas, no les permitas ganar.

Rex dio media vuelta y comenzó a caminar en otra dirección.

–No lo haré –contestó, pero, a veces, cuando permitía que le dominara la impaciencia, era una visión seductora.

–¿Lo dices en serio? –preguntó Virgil, claramente preocupado.

Con un suspiro, Rex desvió la mirada hacia la ventana del restaurante, en cuyo interior vio a Eve hablando con la camarera. ¿Cómo era posible que hubiera tomado una de las decisiones más importantes de su vida antes de saber incluso lo que estaba eligiendo? ¿Antes de ser incluso consciente de aquello a lo que se vería obligado a renunciar?

–Sí, lo digo en serio –contestó–. ¿Cómo está Laurel?

Se produjo un largo silencio.

–¿No vas a contestar?

–Han pasado años desde que estuvisteis juntos, Rex. No me digas que sigues pensando en ella.

–Siempre la apreciaré. Eso no cambiará.

–Apreciarla es una cosa, pero... –Virgil exhaló un suspiro perfectamente audible–. No importa. Está bien. Miles y ella son felices, si esa era la pregunta que pensabas hacerme a continuación. Así que, si estás esperando a que se separen...

–No, jamás desearía una cosa así –contestó Rex, y lo decía en serio–. Sé que él la ha hecho más feliz de lo que la habría hecho yo nunca.

–A ella también le costó mucho superarlo. No creas que para Laurel fue fácil.

–No tienes por qué justificar lo que hizo. Lo comprendo. Cualquier mujer en su sano juicio habría elegido a Miles. El bueno de la película siempre implica menos... complicaciones.

–Ella también ha tenido una vida bastante complicada –dijo Virgil–. Entre tú y ella había demasiados problemas que minaron la relación. Pero algún día conocerás a la mujer de tu vida.

–¿Una buena chica a la que pueda contarle que me persigue mi antigua banda? ¿Qué hay un grupo de duros criminales que no dudarían a la hora de pegarme un tiro? ¿A la que pueda contarle que soy un exdrogadicto y un expresidiario, y que estar conmigo la pondrá a ella en peligro? Sí, soy un gran partido, ¿no crees?

Estaba de broma, pero Virgil no veía el menor rastro de humor en lo que había dicho.

—Peyton y yo estamos consiguiendo que nuestra relación funcione.

—Si por funcionar entiendes vivir con miedo a que puedan encontrarte en cualquier momento.

—Si les ocurre algo a Peyton o a los niños, esto será la guerra —replicó—. Y espero que esos canallas lo sepan.

No les importaría. Para ellos, la violencia siempre era bienvenida. Vivían contando el número de cadáveres que habían dejado atrás.

—Puedes contar conmigo —respondió Rex.

La guerra era algo que podía manejar. Después de todo lo que había vivido, era casi un alivio poder enfrentarse al enemigo. Si creyera que de aquella manera podría poner fin al control que ejercían sobre su vida y la de Virgil, ya habría ido a Los Ángeles y hubiera irrumpido en cualquiera de los miserables agujeros que estuvieran ocupando los líderes de aquella banda. Pero Virgil y él se habían enfrentado a La Banda en otras ocasiones. Incluso habían tenido que llegar a matar para defenderse. Y no había cambiado nada. Nuevos mafiosos habían ocupado el lugar de los que habían desaparecido.

—Te conozco, Rex —dijo Virgil—. Siempre he sabido que podía contar contigo.

Aún conservaban la amistad que les había permitido sobrevivir a muchas cosas, pero...

Rex miró de nuevo hacia Eve. No iba a arrastrar a una mujer en medio de aquel fuego cruzado. Ya había perdido a demasiada gente que le importaba a lo largo de los años. No podía arriesgarse a perder a nadie más.

Capítulo 13

Mientras Eve esperaba a Brent y a que llegara la comida que había pedido, recibió un mensaje de Cheyenne. Cheyenne había estado intentando llamarla, pero Eve no había contestado el teléfono. No quería hablar con su mejor amiga delante de Brent. Ni siquiera estaba segura de que tuviera que responder en aquel momento en el que contaba con cierta privacidad. Sabía que era muy probable que estuviera cometiendo un error al salir con él. Todas las señales estaban ahí. Incluso Dylan, que jamás anunciaba la llegada del lobo a no ser que percibiera una verdadera amenaza, había intentado advertírselo.

Se sentía como si estuviera precipitándose hacia el sol, atrapada por su fuerza gravitacional, y fuera incapaz de cambiar de rumbo.

Por lo menos estaba siendo un viaje cósmico, se dijo a sí misma. Algo particularmente emocionante para una chica de un pueblo pequeño que conocía a todo el mundo desde hacía años y años. Un hombre atractivo, enigmático y que tan pronto había aparecido como pensaba desaparecer, era toda una novedad. Y la posibilidad de estar embarazada intensificaba los riesgos y las recompensas. Pero aquella misma posibilidad de tener un hijo suyo estaba comenzando a cobrar una especial relevancia. Era una prueba más de que estaba enganchada a un hombre que ya le había dejado muy claro que solo formaría parte de su vida durante unas cuantas semanas.

—*¿Qué tal te fue anoche?* —le había preguntado Cheyenne.

Después de mirar hacia la puerta del restaurante para asegurarse de que Brent no estaba entrando, contestó:

—*Me he subido a una altísima montaña rusa.*

—*Esa respuesta me inquieta un poco. ¿Quieres explicármelo?*

—*La presencia de Brent en mi vida es emocionante y aterradora al mismo tiempo.*

—*Lo de aterradora no suena muy tranquilizador. ¿Se quedó contigo ayer por la noche?*

—*Sí, y fue una maravillosa locura.*

—*Eso está bien. ¿Y a qué hora se fue?*

—*No se fue. Estamos en Jackson, a punto de desayunar en Jemima's Kitchen.*

—*¿Está contigo?*

—*Acaba de salir a hacer una llamada.*

En aquella ocasión, se produjo una ligera pausa antes de que Cheyenne respondiera, una pausa suficientemente larga como para que Eve bebiera un sorbo de zumo de naranja y sonriera educadamente a la camarera mientras esta pasó a su lado. Al final, un sonido de alerta le indicó la llegada de otro mensaje.

—*No hay ninguna garantía de que Dylan tenga razón, Eve.*

Así que Dylan le había expresado su preocupación a su esposa, y eso significaba que Cheyenne también estaba preocupada e intentando compensarlo. A lo mejor estaba intentando que Eve se abriera para poder volver a advertirla.

—*Definitivamente, tengo motivos para estar preocupada* —admitió.

—*Especifica algo más.*

—*No sé nada sobre él.*

—*Eso es normal cuando acabas de conocer a alguien.*

Y esa era la razón por la que había sido una locura acostarse con él la primera noche.

—Y es tan reservado como Dylan dice.

—En otro momento tú también estuviste preocupada por la clase de hombre que era Dylan, por culpa de su mala fama, ¿te acuerdas? Y mira lo bien que nos ha ido a nosotros. Tú relación con Brent no tiene por qué terminar mal.

«Pero va a terminar», escribió. E inmediatamente lo borró.

—Tienes razón. Habrá que esperar a ver lo que pasa.

—Tómate tu tiempo. Y no pierdas la cabeza.

Brent entró antes de que pudiera responder. Como no quería que viera que había estado escribiendo mensajes, guardó el teléfono en el bolso.

—Siento haber tardado tanto —se disculpó él mientras se sentaba.

—No te preocupes. ¿Era tu hermana otra vez?

—No.

—Supongo que eso debe de ser un alivio. ¿Era algo relacionado con el trabajo, entonces?

—No, tampoco era nada relacionado con el trabajo. Solo eran noticias de un viejo amigo.

Eve no siguió preguntando. Por su tono distante, era evidente que no pensaba darle más explicaciones. Y si ella no se equivocaba, estaba afectado por algo, no sabía si frustrado o enfadado.

—¿Ya has pedido la comida? —preguntó Brent antes de dar un sorbo a su café.

—Sí —Eve tomó sus cubiertos—. Debe de estar a punto de llegar.

—Estupendo, estoy hambriento —cambió varias veces de postura y comenzó a mover nervioso la rodilla.

—¿Estás bien?

Eve estaba a punto de decirle que no tenían por qué desayunar, que podían cancelar el pedido, cuando él preguntó:

—¿Cuándo podrás saber si estás embarazada?

–Dentro de una semana o dos. Por lo menos, eso es lo que he leído en Internet.

Brent asintió.

–¿Por qué? –preguntó Eve.

–Solo por curiosidad.

Eve agarró el sobre vacío del azúcar y comenzó a retorcerlo con los dedos.

–¿Te disgustaría mucho que lo estuviera?

–Sí –contestó, inmediata e inequívocamente–. Me disgustaría mucho.

El desayuno se convirtió en una situación muy incómoda. Terminaron de desayunar y pagaron la cuenta. Después, Brent la llevó a su casa sin hacer nada más que algún que otro comentario ocasional durante todo el trayecto.

En cuanto aparcó, Eve comenzó a salir del coche, pero él la detuvo, posando la mano en el cierre del coche. La persona que había sido la noche anterior era una persona a la que resultaba fácil querer, una persona con la que resultaba fácil conectar. Ella estaba enamorada de ese hombre. Pero aquel otro... Aquel otro siempre sería un desconocido para ella, porque no permitiría que nadie fuera más que eso...

–Eres una persona difícil de interpretar. Supongo que lo sabes.

Un músculo se movió en la mejilla de Brent.

–No tienes por qué interpretar nada. He sido muy claro.

–Sobre...

Brent ni siquiera la miró.

–Sobre que no quería ningún tipo de ataduras.

Eve se le quedó mirando fijamente durante varios segundos.

–¿Y eso es todo? ¿No quieres ataduras? ¿Después de haber hecho el amor conmigo tantas veces? Nunca he estado con un hombre que se comportara como si me deseara con tanta intensidad. Es casi como... como si me necesitaras. Como si fuera una reacción que no pudieras controlar. Y yo no puedo evitar responder de la misma forma –era demasiado potente–. Cuando te comportas así, haces que me sienta valiosa y deseable. Pero después, llega la mañana y...

–¿Y qué? –le espetó él–. ¡Voy a marcharme dentro de tres semanas, Eve!

Eve se le quedó mirando boquiabierta.

–¡Ya lo sé! No estoy intentando retenerte. Pero pensaba que llegaría un momento en el que los días que teníamos por delante serían... diferentes. ¿O tú solo estás pasando el tiempo, intentando distraerte de tu vida habitual, sea cual sea?

Cuando vio que Brent no contestaba, que se limitaba a dejar caer la cabeza y se presionaba la nariz con el pulgar y el índice, soltó una carcajada completamente carente de alegría.

–No importa. Olvídalo. No puedo soportar tantas contradicciones. Ni siquiera entiendo lo que quieres.

En cuanto terminó de hablar, salió del coche y cerró de un portazo. Quería que Brent saliera tras ella, esperaba que volviera a convertirse en el hombre sensible de la noche anterior. Aquel Brent era un hombre especial, un hombre por el que merecía la pena luchar. Por muchas respuestas que quedaran todavía sin contestar, Eve todavía creía que tenía mucho potencial.

Pero Brent no salió tras ella. Permaneció sentado en el asiento del conductor durante varios minutos. Eve siguió oyendo el motor del coche desde la entrada de su casa. Después el coche se alejó.

Eve se frotó los brazos para protegerse del frío mientras acompañaba a Ted al sótano. Había llamado poco después de que Brent la hubiera dejado para ver si podían quedar en el hostal. Quería pasar algún tiempo estudiando el escenario del crimen. Eve estaba tan enfadada por cómo había acabado su noche con Brent que había aceptado inmediatamente, deseando olvidarse de su frustración y su desilusión.

—Ahora entiendo por qué no querías bajar aquí. Es aterrador, es cierto.

Ted estuvo curioseando la antigua caldera, que no habían vuelto a utilizar desde que el propietario anterior había instalado un calentador de aire central.

—Cualquier sótano de una casa tan antigua como esta sería un lugar poco atractivo —dijo Eve—. Pero el hecho de que en este haya sido asesinada una niña lo convierte en un lugar absolutamente inquietante.

Dejó a Eve al pie de la escalera y estuvo curioseando entre las docenas de muebles antiguos allí almacenados, la mayor parte de ellos cubiertos con sábanas, hasta llegar a una mesa de trabajo que había utilizado su padre cuando era el encargado del mantenimiento del hostal.

—No todo es antiguo —señaló Ted mientras examinaba las herramientas.

—No cambiamos prácticamente nada, solo ese rincón. Mi padre organizó esa zona de trabajo para tener sitio para las herramientas, los cables y ese tipo de cosas. Y sigue utilizándolo cuando necesito que arregle algo y está en el pueblo. Pero últimamente sale tanto que terminé contratando a James Reed.

—Conozco a James. Me ayudó a construir la casa para los invitados que tengo detrás de mi casa —miró a su alrededor—. ¿Qué piensas hacer con todos estos muebles?

—Nada, de momento. Los guardo por si puedo llegar a necesitarlos en alguna ocasión.

—¿Dónde encontraron a Mary?

Eve señaló el armario que tenía tras ella, debajo de las escaleras.

—Ahí.

—¿Y por qué vendría su padre a buscarla aquí? —se preguntó Ted mientras se acercaba al armario y abría la puerta para buscar en su interior–. ¿Mary venía aquí muy a menudo? Porque yo diría que un sótano como este asustaría hasta a una niña de la época victoriana, sobre todo si tenía seis años.

Eve pretendía haberle dado toda la colección de periódicos y artículos que el equipo de investigadores había sacado a la luz para *Misterios sin resolver*. Allí podría encontrar mucho más de lo que ella podía contarle, pues era de allí de donde había sacado la información. Pero había estado demasiado preocupada con Brent durante los dos días anteriores como para buscar en el desván, que era donde los había guardado.

–Le dijo a la policía que era porque a la niña le gustaba jugar con un tren que él guardaba aquí para alejarlo de cualquier posible daño.

–¿Alejarlo de cualquier posible daño?

–Por lo visto, el tren no era para que jugara la niña con él. Y, estando aquí la caldera… Este no era un lugar seguro para que una niña jugara.

–¿Crees que podría haberla matado por haber tocado algo que él consideraba que tenía vedado?

–Eso podría haber desatado su furia. Por los informes que he leído, eso es lo que alguna gente pensaba. Él mismo había tallado algunas de las piezas del tren y eran bastante complicadas. Hay una fotografía de una de ellas en un periódico. Bueno, en realidad, es un dibujo.

–¿Ha sobrevivido alguna pieza del tren?

–No, después de que él muriera, su mujer lanzó el tren y todos los papeles a la chimenea y los quemó.

–Seguro que a muchos les parecería algo simbólico.

–Ya me imagino.

Ted estiró el cuello.

–¿Cuándo y cómo murió John Hatfield?

–Se cayó por las escaleras y se rompió la cadera poco después de que empezara la Primera Guerra Mundial. Desde entonces no volvió a ser el mismo.

—Si Mary murió en mil ochocientos setenta y uno, ya debía de ser muy viejo para entonces.

—Tenía setenta y algo. Estoy segura de que su edad no ayudó a la recuperación.

—¿Harriett se quedó aquí después de que él muriera?

Eve se inclinó bajo las escaleras para ver qué estaba haciendo Ted. No había vuelto a abrir aquella puerta desde que el equipo de *Misterios sin resolver* había estado trabajando en el sótano.

—No, pero nadie sabe exactamente a dónde fue.

La puerta que había al final de las escaleras se cerró bruscamente. Eve, petrificada, miró a Ted.

—¿Entiendes ahora lo que quiero decir?

—Puede haber sido una corriente de aire.

—¿Para cerrarla con tanta fuerza?

Ted tampoco parecía muy convencido, pero se encogió de hombros, como si fuera posible. Esperaron para ver si pasaba algo más, pero como no fue así, Eve continuó con lo que estaba contando de Harriett.

—El caso es que el sobrino de John, Willard, y su joven esposa, Betsy, vinieron desde Boston para el entierro y decidieron quedarse aquí de forma indefinida para ayudar a Harriett con la casa. Pero antes de que hubieran podido enterrar a John, ella se fugó. Fue hasta Sacramento, donde pudo tomar un tren, y desapareció.

—¿Sin hablar con nadie?

—Si lo que me estás preguntando es cómo pudo comprar un billete de tren si no podía hablar, no lo sé. A lo mejor solo hablaba cuando se sentía obligada a hacerlo.

—¿Nadie sabe adónde fue?

—La mayoría de la gente cree que se fue a vivir a Carolina del Sur, que es de donde era ella.

Ted tomó la linterna que había bajado Eve e iluminó con ella los rincones del armario en el que habían encontrado el cuerpo de Mary.

—¿La estrangularon?

–Y también la golpearon.

Ted esbozó una mueca, sin lugar a dudas, sintiendo la misma repugnancia que ella.

–¿Y qué pasó con este lugar cuando Harriett se fue?

–John y Betsy intentaron quedarse. Se habían traído todas sus pertenencias. Pero no tardaron mucho tiempo en marcharse. A Betsy no le gustaba estar aquí.

–¿Sabemos por qué?

–La gente del pueblo culpaba al fantasma de Mary. Decían que no les daba tregua porque tanto su marido como ella eran firmes defensores de John. Pusieron la casa en venta, pero no recibieron ninguna oferta. Nadie quería vivir en una casa encantada, así que permaneció vacía durante varios años. La casa se fue deteriorando, hasta que la compró por la mitad de su valor una viuda excéntrica de Portland llamada Luddy Lewis. Vivió aquí, completamente sola, hasta mil novecientos veinticinco.

–¿A Luddy no le importaba vivir con un fantasma?

–La razón por la que compró esta casa fue que quería ayudar a descansar al fantasma de Mary. Decía que ella podía ser la voz de la niña y revelar quién la había asesinado.

Ted apagó la linterna y el sótano pareció más oscuro incluso que cuando habían entrado.

–¿Y cómo pensaba hacerlo?

–Decía que podía hablar con los muertos.

–¿Era una adivina o algo así?

–No, solo una persona bastante excéntrica, como te he dicho.

–¿De dónde sacó el dinero? –preguntó Ted.

–Eso no puedo decírtelo. Supongo que de la que había sido la casa de su marido, que estaba muerto.

–¿Y averiguó algo sobre Mary después de trasladarse aquí?

–No puedes estar hablando en serio.

–Siento curiosidad por lo que dijo.

–Al principio, no señaló a nadie directamente. Pero al

cabo de unos meses, cuando un periodista la abordó, le contó que había sido un vecino. Que la había violado y la había matado.

Ted se enderezó.

—¿De verdad? ¿Y qué contestó el vecino, asumiendo que todavía estuviera vivo en aquel entonces?

—Los diarios no dan suficiente información como para saber quién era el chico al que se refería. Durante la época en la que Mary vivió aquí, había niños y chicos a ambos lados de la calle, así que aquella solo era una respuesta que podía encajar en el rompecabezas, una forma de proponer algo original sin que nadie pudiera demostrar lo contrario.

Ted encendió la linterna y volvió a iluminar los rincones del armario.

—¿Harriett acusó en alguna ocasión a su marido? Abiertamente, quiero decir.

—No, que nadie dijera.

—¿Y tampoco lo hizo después de su muerte?

—Tampoco.

—¿No crees que le habría acusado si de verdad creyera que era el responsable de la muerte de su hija? Si él era la razón por la que no hablaba, ¿por qué no confesar la verdad una vez sabía que ya no estaba y no podía volver a pegarla?

—A lo mejor pensó que ya era demasiado tarde. O se culpaba a sí misma. A lo mejor se culpaba por no haberle dejado en cuanto supo lo peligroso que era, o por haber sido incapaz de proteger a su hija.

—Supongo que también es posible que lo sospechara, pero que, en realidad, no lo supiera —reflexionó Ted.

—Es cierto.

—¿Alguien ha intentado averiguar exactamente a dónde fue? ¿Ha hablado alguien con su familia? ¿Se ha intentado averiguar la identidad de todos los chicos que vivían aquí en aquella época para tratar de demostrar la hipótesis de Luddy?

—¿Por qué iba a molestarse nadie? Luddy basó su acusación en algo que, supuestamente, le había oído decir a un fantasma. No creerás que puede tener razón, ¿verdad?

–Por supuesto que no. Pero merecería la pena hablar con cualquiera que tenga algún recuerdo del incidente, o, mejor dicho, que haya conocido a alguien que lo tuviera.

–No creo que el equipo de *Misterios sin resolver* fuera tan lejos. Para ellos, el tiempo es dinero. Estaban interesados en sacar adelante un buen programa, principalmente, porque eso significaba que podrían hacer aparecer a Simon, que era lo que realmente les interesaba.

–Y consiguieron la subida de audiencia que buscaban.

–Y nosotros conseguimos la poca información que encontraron, que, desde luego, no contesta a todas nuestras preguntas –se lamentó Eve.

–Eso no significa que las respuestas que buscamos no estén aquí.

Eve esperaba que tuviera razón. Desde hacía algunos años, había renunciado a la posibilidad de resolver aquel misterio, pero el interés de Ted había renovado sus esperanzas. Todo lo que él tocaba parecía convertirse en oro. A lo mejor también tenía suerte con aquello y descubrían al asesino de Mary después de tanto tiempo.

–Salgamos de aquí –propuso Ted.

Eve le condujo encantada escaleras arriba.

Cuando llegaron al primer piso, Eve esperaba que Ted le dijera adiós y se fuera para que así ella pudiera ir a buscar los documentos del desván, pero no fue así. Se detuvo antes de que hubieran llegado a la puerta y la escrutó con la mirada

–¿Qué pasa? –le preguntó Eve.

–Sophia ha oído algo en la peluquería cuando ha ido a cortarse el pelo que nos tiene preocupados.

Eve se cruzó de brazos, poniéndose inmediatamente a la defensiva.

–¿Y?

–¿No vas a preguntarme lo que es?

–Ya sé lo que es.

Noelle había estado hablando, Eve se lo imaginaba. Pero era un tanto inquietante que los rumores hubieran llegado a Shearwood Fores, la peluquería, en la que estarían regurgitándolos durante semanas.

–No creo que nada de eso sea asunto vuestro.

Ted se tensó.

–A lo mejor no como ex, pero era tu amigo antes de ser otra cosa, y espero continuar siéndolo.

–Déjalo –le pidió Eve–. Por supuesto que somos amigos. Siempre seremos amigos. Es solo que estoy pasando por un momento complicado.

–Y estás pasando un momento complicado por ese tipo que conociste en el Sexy Sadie's, ¿verdad?

–¡No! Estoy pasando un momento complicado porque tengo treinta y cinco años y no sé qué voy a hacer con el resto de mi vida.

–Hasta ahora nunca te habías mostrado confundida.

Eve no sabía qué contestar a eso. No entendía por qué de pronto se sentía tan triste e insatisfecha. A lo mejor era porque Brent le había demostrado lo que podía llegar a sentir. Y lo que sentía con él era algo intenso, maravilloso y mucho más gratificante que todo lo que había experimentado hasta entonces.

–¿Es ese tipo que estaba en el hostal? –preguntó Ted–. ¿El que llegó y te susurró algo al oído cuando estábamos hablando en el salón?

–¿Qué más te da?

–Es solo curiosidad –la miró con el ceño fruncido–. Dios mío, estás completamente a la defensiva.

–Lo siento –hundió las manos en los bolsillos–. Sí, es ese tipo.

–¿Y qué está haciendo en el pueblo?

–Va a pasar aquí las fiestas.

–¿Él solo?

–Mañana vendrá su hermana, ¿por qué?

–Pensé que estaba aquí por motivos de trabajo, ya sabes, para proteger a alguien, y no conseguía imaginarme quién podía ser.

–¿De qué estás hablando?

–Es un guardaespaldas, ¿no?

Eve sintió un presentimiento que la inquietó. Inmediatamente pensó en las extrañas cicatrices que cubrían su cuerpo.

–No, es propietario de una empresa de jardinería en Bakersfield.

Ted arqueó las cejas.

–¿Estás segura?

No, no lo estaba. En lo que a Brent concernía, no estaba segura de nada.

–Creo que sí, ¿por qué?

–Al parecer, Noelle le preguntó que si era sensato dejarte a solas con él y él le contestó que no se preocupara, que estarías completamente a salvo. Y fue entonces cuando le contó que trabajaba de guardaespaldas.

–Estaba borracho, seguramente ni siquiera sabía lo que decía.

Además, aquella parecía la típica estrategia de seducción de Noelle. Si realmente hubiera estado preocupada por la seguridad de Eve, no les habría dejado a los dos en su casa, hubiera dicho Brent lo que hubiera dicho, sobre todo estando él tan bebido. ¿Que asesino admitiría ante su próxima víctima que con él no estaba segura?

Pero había un punto de autenticidad en todo aquello que la inquietaba. Brent no era particularmente corpulento, pero su aspecto parecía más de guardaespaldas que de jardinero. Además, Dylan había reconocido su actitud recelosa. Y su manera de clavarla contra la cama al despertar después de la primera noche que habían pasado juntos la había llevado a pensar que era un hombre acostumbrado a los enfrentamientos físicos. Y también su forma de escrutar constantemente las habitaciones en las que se encontraba, como si estuviera sopesando cualquier posible amenaza.

–Si estuviera bebido, ¿por qué iba a mentir? Personalmente, creo que es cuando uno es más propenso a decir la verdad –repuso Ted.

–A lo mejor estaba fanfarroneando.

–Sí, claro, es lo más lógico –contestó como si no tuviera ningún sentido en absoluto.

Pero Eve podía imaginarse perfectamente a un hombre presumiendo de aquella manera: «yo cuidaré de ella. Soy guardaespaldas».

Sin embargo, Ted continuó:

–¿Y cuánto tiempo piensa quedarse en Whiskey Creek?

–Hasta después de Navidad.

–¿Y vas a volver a verle?

Por si no hubiera tenido suficientes advertencias, Brent le acababa de hacer otra aquella mañana. No quería ataduras.

–No –decidió–. No voy a volver a verle.

Capítulo 14

Rex no había podido localizar a Scarlet. Lo había intentado varias veces. Scarlet no había contestado a sus llamadas el día anterior, cuando había estado esperando noticias de ella en un restaurante de Whiskey Creek. Pero entonces tenía un motivo para ello. No quería que la forzara a abandonar Bay Area, para ir a un pueblo que desconocía, no quería enfrentarse a la realidad del peligro que corría. Pero una vez sabía que no la esperaba hasta el día siguiente, debería saber que solo estaba intentando comprobar cómo estaba, y que se preocuparía si no contestaba.

¿Qué demonios estaba pasando entonces?

Soltó una maldición y lo intentó por décima vez. Después, llamó a Marilyn a su casa.

—¿Sabes algo de Scarlet? —le preguntó sin saludarla siquiera.

—No, pero es domingo, por si no lo has notado. No trabajo los domingos.

—Pero recibes llamadas de emergencia —normalmente era él el que las recibía, pero le había pedido que se ocupara de ello y le avisara si ocurría algo importante—. Esta clase de trabajo no puede tener un horario de oficina. Creo que lo dejé claro cuando te contraté, y cuando te pedí que asumieras algunas tareas adicionales cuando me fui.

—Lo sé. Es solo que... he estado muy estresada desde que

te fuiste y esta noche no he dormido muy bien. Ayer estuve en el veterinario con el perro. Se hizo un corte con la verja de atrás.

—Espero que esté bien. No te lo pediría si estuviera más cerca, pero la vida de Scarlet está en peligro. Necesito que vayas a su casa y compruebes si hay algo que indique que está allí. Mientras tanto, llamaré a la policía y a diferentes hospitales.

Hubo un momento de vacilación, pero cuando Marilyn respondió, parecía casi tan preocupada como él.

—Estás realmente preocupado.

—Sí, mierda, estoy preocupado.

Oyó el tintineo de unas llaves.

—Te cuelgo. Te llamaré cuanto llegue a su casa.

—Gracias.

La señora Higgins continuaba escuchando villancicos y horneando en la cocina. Rex percibió el olor de las galletas de jengibre y deseó que Scarlet hubiera seguido su consejo y hubiera llegado hasta aquel refugio seguro cuando todavía tenía oportunidad.

No había muerto nadie en el desván, pero el lugar resultaba tan inquietante como el sótano, con el olor a moho, el polvo y las telarañas, por no mencionar la enorme cantidad de objetos viejos. Hasta la propia cuna de Eve estaba allí, junto a otras cajas llenas de ropa y juguetes. Sus padres también guardaban allí las pertenencias de sus hermanos, esperando que algún día pudieran disfrutarlas sus nietos.

Eve se preguntó si por fin tendrían para el próximo agosto aquel nieto que con tantas ganas esperaban, pero prefirió no ahondar en aquella posibilidad. Porque si lo hacía, pensaría en Brent, y pensar en él debilitaba su resolución de no volver a verle.

A lo mejor le resultaría más fácil cuando él se fuera.

—Mira todo lo que hay aquí —musitó en voz alta.

Ni siquiera estaba segura de que sus padres fueran conscientes de todo lo que tenían almacenado en el desván, pero le habían dicho que parte de aquellos objetos se remontaban a la época en la que la casa había sido construida. Harriett Hatfield, una de las propietarias originales, no se había llevado mucho más que una maleta de ropa. El sobrino de John y su esposa, Betsy, habían vendido todos los muebles de la casa antes de irse y probablemente no habían querido arrastrar con ellos aquellas cajas enormes llenas, seguramente, de objetos sin valor. Había sido entonces cuando había comenzado el proceso de acumulación. Después, Luddy había comprado la casa, había vuelto a amueblarla y había apilado allí sus propios objetos, encima de los que el sobrino de John y Betsy habían abandonado. Hacia el final de su vida, probablemente no había tenido fuerzas suficientes para seguir cargando cajas por las estrechas escaleras que eran el único acceso al desván.

Tras la muerte de Luddy, en mil novecientos cincuenta, si Eve no recordaba mal, su único hijo había llegado desde San Francisco. Había intentado abrir una floristería en Whiskey Creek, pero no había conseguido levantar el negocio. Por lo que los padres de Eve habían oído, se había dedicado a vender las antigüedades que había encontrado en el desván, además de otras posesiones de su madre, antes de volver a la ciudad. Pero ni siquiera él había revisado todas las cajas de periódicos y fotografías. Y si lo había hecho, no había sabido qué hacer con ellas y las había dejado en el desván, como habían hecho todos los demás.

La casa había cambiado de manos unas cuantas veces hasta que, en mil novecientos ochenta y cuatro, los padres de Eve la habían comprado y la habían convertido en un hostal. Seguramente, una gran parte de lo que había almacenado había sido vendido o tirado en el espacio de tiempo que había pasado desde que Luddy era propietaria de la casa hasta que la habían comprado sus padres, pero el desván nunca había terminado de vaciarse por completo. Eve imaginaba que nadie quería tirar cosas que podrían tener algún valor histórico. Por lo menos, aquella era la razón por la que sus padres no se habían deshecho de ello.

Tenía la sensación de que había llegado el momento de poner orden en el desván, pero no tenía ninguna prisa. Una limpieza a conciencia requería mucho trabajo y mucho tiempo, algo que no podía permitirse durante la temporada navideña. Además, el desván no era un lugar en el que resultara cómodo estar. No tenía ni calefacción ni aire acondicionado y alguna gente del pueblo comentaba que, tras la muerte de Mary, habían visto una figura asomada a la ventana en momentos en los que nadie había reconocido haber estado allí. Dos años atrás, la propietaria de la tienda de ropa del pueblo había declarado a la *Gold Country Gazette,* para el artículo de Haloween que el semanario dedicaba cada año al hostal, que el verano anterior había visto a una persona asomada a la ventana y sosteniendo una vela a última hora de la noche.

Aunque Eve siempre había contemplado la posibilidad de estar compartiendo el hostal con un fantasma, no tenía muchas ganas de pasar demasiado tiempo ni en el sótano ni en el desván, y menos sola. No creía que pudiera acostumbrarse nunca a aquella inquietud que la hacía sentir un frío constante. Y tampoco esperaba que retirar los materiales de *Misterios sin resolver* le llevara tanto tiempo. Estaba segura de que los había dejado al lado de la puerta, pero llevaba cerca de media hora buscando y no había sido capaz de localizarlos.

—¿Qué demonios hice con todo eso? —musitó mientras se abría camino entre montañas de recuerdos, juguetes viejos, objetos de bebés, álbumes de fotografías y adornos para las diferentes estaciones, salvo para la Navidad.

Eve y Deb habían sacado todos los adornos navideños y, para ello, habían tenido que mover todo lo demás. Seguramente aquella era la razón por la que la caja no estaba en el lugar que esperaba encontrarla.

Al ver el ataúd y el esqueleto que había comprado para Halloween unos años atrás, se sobresaltó.

–Vamos, Eve –se regañó, riendo ante su propia reacción.

Pero no pudo evitar dirigir una mirada nerviosa hacia la ventana en la que la gente decía ver aparecer al misterioso fantasma. ¿De verdad habrían visto algo aquellas personas que fuera indicio de una actividad paranormal? ¿O sería todo producto de su imaginación?

Eve prefería creer lo último. Ella era una persona pragmática de corazón. Si no podía confiar en lo que ella había visto y oído, ¿cómo podían hacerlo otros? Pero resultaba un poco inquietante que nadie pudiera acercarse a aquella ventana sin tener que apartar un montón de objetos que parecían llevar décadas allí.

Eve decidió abrirse camino en aquel momento. ¿Por qué no? Con un poco de suerte, encontraría la información que buscaba. Y si se asomaba, quizá pudiera comprender lo que veía realmente la gente cuando decía estar viendo el fantasma de Mary.

Una vez llegó a la ventana, no pudo menos que sonreír al pensar que alguien podría verla y asegurar después que había visto un fantasma. Pero en cuanto miró hacia el pueblo, se olvidó de Mary, de los periódicos e incluso de la ansiedad que le provocaba todo aquel misterio inexplicado, porque vio el Land Rover de Brent cruzando la calle a toda velocidad. Iba más rápido de lo que debería y aceleró de pronto para saltarse un semáforo en amarillo. Después, giró en una esquina y desapareció. ¿Adónde iba?

Eve tuvo la sensación de que se estaba yendo del pueblo.

Así que, a lo mejor, había cambiado de opinión sobre lo de quedarse a pasar las fiestas. A lo mejor se estaba yendo antes de lo que pensaba.

No le importaba, se dijo a sí misma. De hecho, ella misma había estado pensando que sería lo mejor.

Pero si aquello era cierto, ¿por qué sintió de pronto que

se le hundía el corazón cuando retomó la búsqueda de aquellos documentos?

Cuando Scarlet abrió los ojos, Rex estaba sentado junto a su cama en el hospital. Sus padres habían estado antes que él, habían ido a recibirla cuando había salido del quirófano. En aquel momento habían salido a buscar algo de comer. Rex se había comprometido a quedarse con ella, y se alegraba de haberlo hecho. Aquello les permitiría pasar unos minutos a solas.

—Eh —musitó, acercándose a la cama cuando se dio cuenta de que estaba consciente—. Nos has dado un buen susto.

A Scarlet se le llenaron los ojos de lágrimas.

—Debería haberte hecho caso. Cuando llegué a casa para cambiarme y e ir a buscar mis cosas... esa mujer estaba allí —se atragantó—. Me... apuñaló... y estuvo a punto de matarme.

Rex sabía, por lo que le habían contado la policía y los padres de Scarlet, que la persona que la había estado acosando era una mujer llamada Tara Wilson. Era la novia de un chico con el que Scarlet había salido, además de una mujer muy celosa. Tara no tenía una trayectoria violenta y no había ninguna denuncia contra ella, de modo que la policía no había sospechado en ningún momento de ella.

Rex tenía que admitir que, al igual que la policía, él también estaba cien por cien seguro de que el acosador era un hombre. Tara había sido suficientemente inteligente como para hacerlo parecer de ese modo al enviarle a Tara la fotografía de un pene y robarle la ropa interior. El contenido sexual de ambos hechos les había empujado en la dirección equivocada. De modo que, ¿quién sabía durante cuánto tiempo podría haberse prolongado aquella locura si Scarlet no hubiera sorprendido a Tara en casa?

—La buena noticia es que ya no puede seguir acosándote —dijo él—. Y que no se va a ir de rositas después de lo que ha hecho. Está detenida. Todo ha terminado. Irá a la cárcel por agresión con arma blanca y, en cuanto te quiten los puntos, tú te pondrás bien.

–¿Pero por qué me ha apuñalado? ¿Qué le he hecho yo? ¡Nada! Solo la he visto una vez en mi vida, cuando estuvieron los dos en la fiesta de cumpleaños de un amigo que tenemos en común.

–A lo mejor le entró el pánico y pensó que tenía que matarte para que no la identificaras.

–Pero ni siquiera entiendo que se haya fijado en mí. Yo ya no tengo relación con Tom. Me llama de vez en cuando, pero hace años que no estamos juntos.

–Es posible que él nunca te haya olvidado.

–¿Eso ha dicho ella?

–Le ha dicho a la policía que Tom tenía fotografías tuyas por toda la casa y que cada vez que discutían, le echaba en cara que tú eras la mujer de su vida. Tara se resiente de haber tenido que vivir bajo tu sombra.

–No tiene ningún sentido –insistió Scarlet–. Tom me asustó un poco cuando rompimos. Nunca había visto a un hombre llorar y suplicar de aquella manera. Pero desde entones hemos estado bien. Cuando me llama, ni siquiera hablamos de cuestiones íntimas. Me limito a preguntarle cómo le va la vida y él me pregunta por la mía. Nada importante.

–Probablemente, no habrías aceptado sus llamadas si hubiera sido de otra forma.

–¿Entonces estaba fingiendo?

Rex le secó una lágrima.

–Hay muchas situaciones como esta que no tienen ningún sentido. Por lo menos, ahora estás a salvo y podrás pasar las fiestas con tu familia sin tener que estar constantemente preocupada por lo que puedes encontrarte al llegar a casa.

Scarlet miró alrededor de la habitación del hospital.

–¿Quieres decir que podré disfrutar de las vacaciones cuando salga de aquí?

—No creo que tengas que estar mucho tiempo aquí. Ha sido un milagro, pero la navaja no te ha tocado ningún órgano vital. Te recuperarás rápidamente.

Scarlet sorbió por la nariz.

—Nada de esto me habría pasado si me hubiera ido contigo a Whiskey Creek.

—Es cierto. No me gustó que ignoraras mi consejo, pero si no lo hubieras hecho, no la habrían detenido. Me alegro de que todo esto haya terminado para ti.

Scarlet se ajustó el tubo que iba conectado a la vía para poder quitarse el pelo de la cara.

—¿Cómo has sabido que estaba aquí?

—Llevaba todo el día llamándote, intentando saber cómo estabas. Como no contestabas las llamadas, le he pedido a la mujer que dirige la oficina que fuera a tu casa.

—A Marilyn.

—Sí. Ella ha visto los coches de la policía, me ha llamado y he venido hasta aquí.

—Es un viaje de casi dos horas.

—Lo sé.

Scarlet alargó la mano hacia él.

—Has sido muy amable al venir desde tan lejos.

Rex entrelazó los dedos con los suyos.

—Lamento no haber estado aquí cuando me has necesitado.

—Fui yo la que decidí quedarme un par de días más —consiguió esbozar algo parecido a una sonrisa—. Así que no voy a pedir que me devuelvan el dinero.

Rex se echó a reír ante aquella broma.

—Tengo otra pregunta que hacerte.

—¿Cuál es?

—¿Cuánto tiempo lleva Tom con Tara?

—Un año más o menos.

¿Un año? No podía ser.

—¿Y desde cuándo se conocían, antes de que empezaran a salir?

–Una semana o así después de que nos encontráramos, me llamó para saludarme y decirme que había conocido a una mujer en el trabajo. Eso fue varias semanas antes de que empezaran a salir.

–¿Entonces quién te estuvo acosando antes de que ella apareciera?

Scarlet le miró confundida y cuando comprendió lo que quería decir, se quedó boquiabierta.

–¡Dios mío! Todavía debo de estar dormida por la anestesia, porque tienes razón. No puede haber sido ella. Por lo menos la vez anterior. Ni siquiera me conocía cuando empezaron a aterrorizarme.

–Mierda –se lamentó Rex–. Ella no es la persona que te acosa.

–¿Estás seguro?

–Hay muy pocas posibilidades de que te estén acosando dos personas a la vez con una conducta similar.

–Pero estaba en mi casa. Y me atacó con un cuchillo.

–A lo mejor estaba buscando alguna prueba de que Tom y tú habíais estado juntos recientemente. Yo apuesto a que es él el acosador –dijo, y llamó a la policía.

–Los he encontrado.

Aquella noche, Eve estaba sentada en el despacho del hostal con la caja de *Misterios sin resolver* a los pies. Debería haber llamado a Ted para darle la noticia en cuanto había bajado la caja del desván, pero se había pasado varias horas leyendo lo que contenía. Si no hubiera sido tan tarde, habría acabado con la caja entera, pero sabía que Ted esperaba que le llamara antes de la hora de acostarse.

–¡Genial! –exclamó–. ¿Dónde estaba la caja?

–En el desván, como me imaginaba. Pero me ha llevado tiempo localizarla. No sabía que la habían metido tan adentro.

–Gracias por tomarte tantas molestias. Estoy seguro de

que la Sociedad Histórica te lo agradecerá cuando termine el libro.

–Ya tienen copias de muchos de esos documentos, pero he pensado que seguramente les interesará revisar todo esto para ver si les falta algo.

–Claro, podremos hacerlo en algún momento. ¿Voy a buscarlos a tu casa o...?

–No, ven al hostal, todavía estoy aquí.

–Cuando me he ido, pensaba que no tenías intención de quedarte mucho más. ¿El domingo no es uno de tus días libres?

Normalmente sí, pero aquel día, Eve no tenía ganas de volver a casa. Temía ponerse a llorar por los rincones, pensando en Brent, y se negaba a sufrir por un hombre al que había conocido solo unos días atrás. Con Ted, la relación había sido más larga y había habido incluso algún tipo de compromiso, de modo que entonces sí que había tenido motivos para llorar.

En cualquier caso, había decidido terminar los menús de diciembre que Cheyenne había comenzado a organizar, revisar la despensa y hacer por Internet los pedidos de todo aquello que podrían necesitar. ¿Por qué no comenzar pronto en vez de dejar que el hostal sufriera los habituales retrasos provocados por la típica congestión navideña?

–Ya sabes lo que es un negocio –le dijo Eve–. El tuyo es distinto que el mío, pero también requiere un montón de esfuerzo y energía. No se trata solo de escribir libros.

–Has puesto el alma y el corazón en ese hostal –dijo Ted, ignorando lo que acababa de decirle sobre su propio negocio–. ¿Todavía estás pensando en dejarlo?

–No.

Por lo menos, no podría hacerlo si estaba embarazada. Si iba a tener un bebé, quería quedarse allí y proporcionarle a su hijo una vida maravillosa. Ser madre no era lo único que quería, ella preferiría tener también un marido. Pero había hecho todo lo posible para encontrarlo y no había tenido suerte.

—Me alegro de oírlo –dijo.

Ted llegó al hostal cincuenta minutos después, cuando ella todavía estaba organizando la caja. Pamela, que se dividía con Cecilia los turnos de noche y los días que Eve libraba, condujo a Ted al despacho.

—¡Ni siquiera sabía que estaba aquí! –la oyó exclamar Eve.

—Teniendo en cuenta lo mucho que trabaja, no me sorprende.

—No –respondió ella con una risa–. A lo mejor por eso no la he visto entrar.

Tampoco ella había visto a Pam por ninguna parte, pero Eve no lo comentó. Se limitó a alzar la mirada hacia Ted.

—Estás aquí –fue el saludo de Ted.

—Y aquí está lo que estabas buscando –tras dirigirle una sonrisa de agradecimiento a su empleada, Eve empujó la caja en dirección a Ted–. Espero que te ayude. He leído la mayor parte de lo que hay en esta caja y no he encontrado nada nuevo, pero te ayudará a documentar algunos hechos. Hay escrituras, descripciones legales, certificados de defunción y de nacimiento, ejemplares de periódicos, artículos y fotografías antiguas. Así que, hasta que termines y no vuelvas a necesitarlo, es todo tuyo. Después, me gustaría revisar todo este material con la Sociedad Histórica, como ya te dije.

—Por supuesto. Pero antes de irme, tengo algo para ti –le tendió un sobre por encima del escritorio.

—¿Qué es esto? –preguntó Eve mientras lo agarraba.

—Le pedí a Bennett que me hiciera un favor.

—¿Al jefe de policía? ¿Qué clase de favor?

—Le pedí que investigara la matrícula del Land Rover de tu amigo.

—¿Sin ningún motivo? ¿Eso no es ilegal?

—No le hemos registrado la habitación, Eve. Probablemente Bennett no necesita que se presente una denuncia para investigar una matrícula. Es algo que hace de forma rutinaria cuando está patrullando. Casi todos los policías lo hacen.

—Pero Brent no ha hecho nada malo. ¿Por qué iba a aceptar Bennett hacer algo así?

—Porque yo no se lo pediría a no ser que estuviera sinceramente preocupado.

Eve le fulminó con la mirada.

—¿Cómo sabes siquiera que Brent tiene un Land Rover? Cuando te hablé de él, me diste a entender que solo le habías visto cuando nos habías encontrado hablando en el salón.

—Esa es la única vez que le he visto. Pero las contradicciones entre lo que te dijo a ti y lo que le había dicho a Noelle me preocupaban, así que llamé a Cheyenne para saber qué opinaba ella de esta situación.

—¿Qué situación?

—Hay un hombre desconocido en el pueblo que parece estar aprovechándose de una persona a la que los dos apreciamos. Si se tratara de otra mujer, de cualquier miembro del grupo, ¿no esperarías que cuidáramos de ella? ¿Por qué no vamos a hacer lo mismo por ti? El caso es que Dylan se puso al teléfono y me dijo que le gustaría que investigáramos su pasado. Tenía la matrícula del coche de Brent. Pero él no tiene una relación tan cercana con Bennett como para pedirle que entrara en la base de datos del Departamento de Vehículos de Motor, así que me ofrecí a pedírselo yo.

—Ya entiendo —Eve se levantó—. ¿Y cómo es que tú tienes relación con Bennett? No lleva mucho tiempo en Whiskey Creek. ¿Cuándo llegó? ¿Hace un año?

—Es de Jackson, que está muy cerca de aquí, así que vivía en un entorno parecido —sonrió de oreja a oreja—. Y es un gran admirador de mis libros.

—Qué halagador —replicó ella—. Supongo que estarás muy orgulloso. ¿Pero no se te ocurrió pensar en ningún momento que Dylan y tú os estabais entrometiendo en algo que no era asunto vuestro?

Ted frunció el ceño, pero el gesto terminante de su boca le indicó a Eve que estaba perfectamente conforme con lo que había hecho. Por supuesto, Ted, siendo Ted, había considerado hasta el último detalle.

–Sí –contestó–. Ninguno quería hacer esto. Pero, por lo que sabíamos, ese tipo podría haber sido un asesino en serie. No hay nada malo en asegurarse de que es un tipo legal, ¿no? No queremos que te haga ningún daño, ni a ti, ni a nadie del pueblo.

En realidad, aquello era algo bastante habitual. Eran muchas las mujeres que pedían investigar el pasado de los hombres con los que salían. Se consideraba sensato ser precavido. Pero investigar a Brent sin que él lo supiera, sobre todo involucrando a la policía, le parecía... una intromisión. Un gesto desleal. Y también la hizo temer por él, preocuparse de que pudieran detenerle. Lo cual, era una locura. Si Brent era quien decía ser, ninguno de ellos tendría nada que temer.

–Jamás en mi vida he investigado a escondidas la vida de nadie –gruñó.

Ted inclinó la cabeza, como si Eve estuviera siendo terca al no darle la razón.

–Yo tampoco. Porque no ha sido necesario. Aquí, en Whiskey Creek, todos conocemos el pasado de todo el mundo. Pero él es nuevo en el pueblo, y no puede decirse que sea precisamente un libro abierto.

Eve suspiró mientras giraba el sobre entre sus manos.

–Mierda.

–¿Qué pasa? ¿De verdad estás enfadada con nosotros?

–No. Comprendo que vuestra intención era buena –sabía también que tenían motivos para preocuparse–. Es solo que me siento una hipócrita mirando lo que hay dentro de este sobre.

–No te sientas mal –respondió Ted–. No dice gran cosa, excepto que te ha estado mintiendo.

La sangre se le heló en las venas, aunque, en realidad, había sospechado desde el principio que Brent no le estaba diciendo la verdad.

—¿Sobre?

—Dylan me contó que en casa de tus padres, Brent le dijo a todo el mundo que tenía una empresa de jardinería en Bakersfield.

—¿Y no es verdad?

—Es posible que la tenga. Pero el Land Rover está registrado a nombre de una empresa de seguridad llamada All About Security, Inc, que tiene el código postal de Bay Area.

Eve pensó inmediatamente en los números de teléfono que Brent había apuntado en la libreta que tenía al lado del ordenador. Todos tenían los prefijos de Bay Area.

Pero unos cuantos números de teléfono no eran una prueba incriminatoria de nada.

—Eso no quiere decir nada —insistió con cabezonería.

—Échale un vistazo a la web de All About Security, Eve. Esa página nos dice que es mucho más probable que sea guardaespaldas que el que sea jardinero.

Tras decir aquellas palabras, levantó la caja con los documentos y salió.

Capítulo 15

Después de que Ted se fuera, Eve buscó el sitio web de All About Security y revisó todas y cada una de las páginas. Evidentemente, era una empresa de seguridad. Pero la información que encontró no le dijo gran cosa. No se mencionaba ningún nombre, ni siquiera el de los propietarios. Había información genérica sobre la manera de ponerse en contacto, el tipo de servicios que ofrecían, los precios y los trabajos habituales, además de un vínculo que el visitante podía utilizar para solicitar un presupuesto por un servicio de protección a tiempo completo. También leyó una nota de publicidad sobre la fiabilidad de los guardaespaldas de AAS y los elogios de algunos políticos y funcionarios que habían contratado a la empresa para garantizar la seguridad de algunos eventos.

—¿Y por qué no te limitaste a decirme que eras guardaespaldas? —preguntó, a pesar de que Brent no estaba allí para contestar.

No estaba segura de si había vuelto, o de si, cuando le había visto salir del pueblo, había sido para siempre. Había intentado esperar a ver lo que pasaba, no quería obsesionarse con el hecho de que la hubiera dejado, de la misma forma que no quería estar más triste y decepcionada de lo que ya estaba. Pero la curiosidad no le permitía relajarse. Así que consiguió el número de teléfono de la señora Higgins a través de su madre y llamó.

—Soy Eve, de Little Mary's —dijo cuando contestó la anciana mujer.

—¡Ah, sí! La hija de Adele. ¿Qué puedo hacer por ti?

—El señor Taylor se dejó algo en el hostal cuando estuvo aquí y... le está alquilando una habitación, ¿verdad?

—Te refieres a Brent. Sí. Es un hombre muy bueno.

Eso esperaba Eve.

—¿Está ahí?

—No, cariño. Me temo que ha salido. Ha dicho que volvería tarde.

—¿Pero ha dejado sus cosas allí?

—¿Sus qué? —preguntó la señora Higgins.

Eve elevó la voz.

—Su equipaje. ¿Todavía lo tiene allí?

—Supongo que sí, no se ha llevado nada. Pero espera un momento.

Se produjo una larga pausa antes de que la señora Higgins se pusiera de nuevo al teléfono.

—Sí, su maleta está en la esquina, donde la deja siempre. ¿Ha dicho que se iba para siempre?

—No, no lo sé. Es que le he visto salir del pueblo y he pensado que a lo mejor se había ido.

—No, todavía no. No se irá hasta después de Navidad.

—Perfecto.

—¿Quieres que le diga que has llamado?

Eve no quería que se lo dijera, pero sabía que sonaría extraño que, tras decirle que se había dejado algo en el hostal, no le diera su número de teléfono para que fuera a buscarlo. No tenía otra opción.

—Si no le importa.

—En absoluto.

Afortunadamente, la señora Higgins no parecía haber oído los rumores que corrían por el pueblo. A lo mejor no sabía nada. Pero era posible que se hubiera enterado. Iba a la misma peluquería que casi todo el mundo, compraba en el mismo supermercado y repostaba en la misma gasolinera.

A lo mejor, sencillamente, no había relacionado a Brent con el desconocido con el que Eve se había ido del Sexy Sadie's.

–Gracias –le dijo, y colgó el teléfono.

Eve continuaba conectada a Internet, buscando cualquier información que pudiera aparecer sobre Brent, su hermano y la empresa de seguridad, cuando sonó el teléfono.

Estaba tan enfrascada en lo que estaba haciendo que estuvo a punto de ignorarlo. Pero entonces vio que era Cheyenne, y estaba suficientemente molesta por lo que habían hecho Dylan y Ted como para contestar.

–¿Sabías que tu marido y nuestro querido amigo Ted le habían pedido a Bennett que investigara la matrícula de Brent? –le preguntó.

–Sí, lo sabía –contestó Cheyenne–. Lo siento. No estaba segura de si debía, pero... Dylan y Ted me convencieron de que teníamos que hacerlo.

–¿Es una venganza?

–¿Una venganza? –repitió Cheyenne.

–Por lo preocupada que estuve yo cuando empezaste a salir con Dylan.

Cheyenne soltó una carcajada.

–No, en absoluto. La verdad es que ninguno de nosotros quiere verte sufrir. Y si eso significa que tenemos que vigilarte... bueno, supongo que es preferible equivocarse por ese lado. Y si Brent no ha sido sincero contigo, tampoco siento que le debamos nada.

Aquella era la cuestión. ¿Por qué mentía? ¿Había algo en su pasado que quería esconder? Incluso, en el caso de que así fuera, no parecía que estuviera aprovechándose de ella cuando, desde el primer momento, le había advertido sus limitaciones. También le había entregado cinco mil dólares por si acaso estuviera embarazada.

–Es posible que esté siendo sincero en lo que realmente importa –respondió, expresando sus pensamientos en voz alta.

–¿Y decirte que es un jardinero de Bakersfield cuando

todo indica que trabaja como guardaespaldas en Bay Area no importa?

Eve se estaba refiriendo a la honestidad de sus sentimientos.

—No, si no pretende hacerme daño.

—¿Cómo puedes basar una relación en la mentira?

Cheyenne tenía razón. Pero lo que Cheyenne, Dylan y Ted no comprendían era que Brent no había mostrado ningún interés en el tipo de cosas que un aprovechado o un estafador podría intentar obtener. No iba detrás de su dinero. No había intentado hacer nada parecido, no estaba intentando relacionarse con ella para poder vivir a su costa. Le había dicho repetidas veces que no esperara una relación estable. Tampoco iba detrás del sexo, por lo menos no exclusivamente. El sexo podría conseguirlo fácilmente a través de otras mujeres sin las obligaciones, como tener que cenar con sus padres, que entrañaba el salir repetidamente con la misma mujer.

Pero entonces, ¿qué quería?

Por lo que ella podía decir, buscaba algo de amabilidad, una oportunidad para perderse y ser él mismo en algo que disfrutaba y deseaba, buscaba a alguien que le ofreciera paz y un breve respiro en medio de lo que quiera que estuviera pasando. Había descrito su vida como una vida vacía. Eve tenía la impresión de que estaba intentando llenarla, aunque el alivio que buscaba tuviera corta vida.

—No estoy segura —le dijo a Cheyenne.

No creía que fuera peligroso a la manera en la que lo pensaban sus amigos, pero eso no significaba que pudiera confiarle su corazón.

Para cuando regresó a Whiskey Creek, Rex estaba agotado. No quería molestar a la señora Higgins llegando tan tarde. Al igual que él, tenía problemas para dormir. Lo sabía porque había visto las pastillas para dormir en el mostrador.

No era una medicación que la gente dejara a la vista, a no ser que la necesitara diariamente.

Regresar a casa también significaba que pasaría horas dando vueltas en su habitación sin dormir, sufriendo la tentación de tomar algo que le ayudara a conciliar el sueño, pero lo tenía prohibido después de su adicción al OxyContin. Temía que una sola pastilla pudiera arrastrarle nuevamente por el mal camino.

Pero no tenía ningún otro lugar al que ir. No quería presentarse en casa de Eve. Aunque quería estar con ella, aquella noche más que nunca, puesto que no se habían despedido bien, no podía justificar el continuar entrometiéndose en su vida. No podía darle lo que ella quería, y no había manera de sortear aquel obstáculo. De modo que entró todo lo sigilosamente que pudo y se sentó en el salón de la señora Higgins, observando las luces de árbol parpadear y pensando en la noche anterior, sobre todo en las horas que habían seguido a la llamada a Scarlet. Su último encuentro con Eve había sido especialmente tierno. Le gustaba recordar la lentitud y la suavidad con la que le había besado y cómo se habían quedado dormidos abrazados después. La delicada intimidad de aquel recuerdo comenzó a adormecerle, pero, aun así, todavía había demasiada energía, demasiados nervios, recorriendo su cuerpo.

Normalmente, aquel era el problema. Aquellos condenados nervios. Le asaltaban recuerdos desagradables. La sangre del pasado...

Desenchufó el árbol, fue al dormitorio y abrió el ordenador para comprobar cómo estaba su casa. Después de lo que le había pasado a Scarlett, medio esperaba encontrar pruebas de que habían entrado en su propia casa. Pero las cámaras que había instalado mostraban las habitaciones tal y como las había dejado, los pilotos de todos los sensores de las puertas y ventanas estaban de color verde.

¿Qué demonios estaba haciendo entonces en aquel pueblo al que no pertenecía? ¿Había dejado que Mona le asustara, sacándole de su vida habitual, para nada?

Las cosas le estaban yendo bien. Mejor que nunca.

Y después, aquello.

Dejó su casa, abrió el correo electrónico y el buzón de voz y contestó a todos los mensajes. Ya no le quedaba nada por hacer, salvo intentar dormir algo. Y fue entonces cuando vio una nota escrita por la temblorosa mano de la señora Higgins en la mesilla de noche: *Eve Harmon ha llamado a las ocho y media.*

Rex se quedó mirando aquellas palabras durante varios segundos. ¿Qué significaban? ¿Eve quería verle?

Podía llamar para preguntarle por qué le había pedido a la señora Higgins que anotara su número de teléfono.

Rex se rascó la cabeza e intentó convencerse de que no debía despertar a Eve. Eran casi las dos de la madrugada. Pero perdió aquella discusión interna. Quedándole tan pocos días en Whiskey Creek, no quería desperdiciar ninguno de ellos.

—¿Diga? —contestó Eve cuando descolgó el teléfono al cabo de varios timbrazos.

Tenía la voz más ronca de lo habitual, una prueba de que no estaba sentada al lado del teléfono, esperando su llamada.

—Eve, soy yo.

—¿Brent?

Rex esbozó una mueca al oír aquel nombre, pero tenía que contestar.

—Sí.

—¿Dónde estás?

—En casa.

—¿Estás bien?

—Sí, estoy bien.

—Estamos en medio de la noche, ¿verdad?

—Me temo que sí.

—¿Por qué me llamas tan tarde?

Rex se aferró al teléfono con fuerza.

—Quería verte —admitió—. No tenemos por qué hacer el

amor. Yo solo... Me gustaría abrazarte, si te parece bien. Necesito... necesito dormir.

No pretendía que se le escapara la última frase, pero era cierto. Había descubierto que descansaba mejor cuando tenía a Eve a su lado. Se produjo una larga pausa, suficientemente larga como para hacerle darse cuenta de que estaba pidiendo más de lo que se merecía.

—No importa —dijo—. Lo siento. Ha sido una falta de consideración por mi parte molestarte a estas horas.

Comenzó a colgar, pero ella le detuvo.

—¿Brent?

—¿Qué?

—Voy a quitar el cerrojo.

Brent le había dicho que no hacía falta que hicieran el amor, pero fue lo primero que hicieron. Eve lo instigó. Cuando él se metió en la cama con los bóxers puestos, probablemente para asegurarle que pensaba ser fiel a su palabra, ella se los quitó, y su necesidad de sentirle, de acariciarle, encendió dentro de él un deseo frenético, desesperado. Le quitó a Eve el camisón en el instante en el que ella le quitó los pantalones y estuvo a punto de rasgarle las bragas al intentar bajárselas. Era como si hubieran estado separados durante mucho tiempo, pensó Eve distante, y acabaran de reencontrarse otra vez.

—Cómo me gusta —jadeó Eve cuando Brent se hundió en ella tras ponerse el preservativo.

Él no respondió a sus palabras. Pero sus caricias fueron instintivas, no calculadas, y aquello marcó un cambio respecto a sus encuentros previos. Siempre se había asegurado de que Eve llegara al orgasmo antes que él y aunque ella apreciaba aquella generosidad, lo que estaba haciendo en aquel momento le pareció, de alguna manera, más significativo. Por una vez, se estaba dejando llevar completamente por el momento. Un momento que le arrastraba más allá de cualquier pensamiento racional, más allá de nada que no fuera lo que estaba sintiendo. A Eve le encantó ser consciente de que podía empujarle más allá de sus límites habituales. Y también le encantó que aquel hombre que insistía en recordarle que no forjara ataduras, como si fuera fácil darle órdenes al corazón, de pronto no fuera capaz de contenerse.

Cuando pronunció su nombre, Eve no pudo decir si estaba pidiéndole permiso para seguir adelante y terminar o disculpándose por lo rápido que estaba siendo todo. Apenas había habido preliminares. Pero Eve no tenía ninguna queja. No quería que se retirara. Así que le clavó las uñas en los rígidos músculos de la espalda y se arqueó para salir a su encuentro. Cuando Brent oyó su gemido de placer, fue sacudido por un orgasmo tan intenso que Eve sintió temblar todo su cuerpo.

Después de que se derrumbara sobre ella, permanecieron sin hablar durante varios minutos. Eve sintió el pecho de Brent elevarse y descender sobre el suyo, oyó el susurro de su respiración, pues su boca estaba muy cerca de la suya, y sonrió. Brent estaba agotado, era evidente. Pero, aun así, intentó despertarse.

—Deja… deja que lo hagamos otra vez antes de quedarnos dormidos —le dijo.

—Mañana —respondió ella, y le besó la sien mientras se retiraba hacia un lado, de manera que continuaran abrazados, pero no tuviera que soportar su peso.

—De acuerdo, mañana.

Brent pareció sentirse aliviado de poder entregarse al cansancio sin tener que sentirse culpable por ello.

Eve enterró el rostro en su cuello, Brent la estrechó contra él y se quedó dormido a los pocos segundos.

Brent todavía estaba dormido cuando Eve se despertó. Se alegró de que hubiera podido descansar. Había visto cuánto lo necesitaba. Tenía la sensación de que era un alma atormentada y no era capaz de encontrar la paz. Eve no estaba segura de qué estaba haciendo distrayendo a un hombre con problemas tan evidentes.

Fijó la mirada en el techo durante varios segundos, repitiéndose la pregunta, pero, al final, decidió dejarla a un lado. Tres semanas. El día anterior, en el restaurante, habían acordado tres semanas. Se había permitido a sí misma pasar la Navidad con él. ¿Por qué no? No iban a ser capaces de mantenerse a distancia mientras él estuviera en el pueblo. Se sentían demasiado atraídos el uno por el otro.

Pero no podía tomarse aquella relación seriamente. Porque no quería sufrir una gran decepción cuando Brent se fuera. Todo era cuestión de expectativas, se dijo a sí misma, y él le había dejado muy claro desde el principio dónde deberían acabar las suyas.

Teniendo cuidado de no despertarle, se levantó de la cama para dirigirse al cuarto de baño. Pero en cuanto acabó de lavarse las manos, oyó que llamaban a la puerta.

—¡Eve! No te vas a creer lo que he encontrado.

En aquella ocasión no eran sus padres. Gracias a Dios. Pero tampoco le hacía ninguna gracia ver aparecer a Ted por su casa en aquel preciso momento, estando Brent en su cama. Y menos después de saber que le había pedido al jefe de policía que investigara la matrícula de su Land Rover. No creía que a este último le gustara la intromisión de Ted. Y no quería que Ted supiera que había ignorado sus advertencias sobre Brent. Aquello solo serviría para alimentar las dudas y las especulaciones de sus amigos.

—No me digas que son tus padres —farfulló Brent mientras ella agarraba la bata.

—No, es un amigo. Vuelve a dormirte.

—¡Un momento! —le dijo a Ted.

Se conocían suficientemente bien como para que a ella le preocupara que su amigo buscara la llave bajo el felpudo y entrara en la casa antes de que estuviera preparada para recibirle. Como se había quedado muchas veces a dormir con ella, sabía dónde estaba. Debería haber buscado un nuevo escondite, aunque solo fuera para salvar su intimidad, se dijo Eve. Cuando al final abrió la puerta, Ted la miró con el ceño fruncido.

—¿Todavía no estás vestida? ¡Son más de las diez!

—La última vez que lo comprobé, los lunes son mi día libre. El domingo y el lunes, ¿recuerdas?

—¡Ah, es verdad! Pero, incluso cuando no tienes que ir a trabajar, normalmente te levantas muy pronto.

Eso era cuando todavía podía dormir. Últimamente, había estado demasiado ocupada con Brent. Pero Ted no parecía haberse dado cuenta de que tenía compañía y cuando Eve miró hacia el camino de la entrada, entendió por qué. El Land Rover de Brent no se veía por ningún lado. Probablemente no había querido que sus padres lo vieran, así que habría aparcado a varios metros de allí y habría ido andando a su casa.

—¿Qué has encontrado? —le preguntó a Ted.

Ted le mostró un sobre.

—Esto.

—¿Qué es?

Ted frunció el ceño al ver que no abría la puerta para invitarle a entrar, como habría hecho normalmente.

—Si me invitas a un café, te lo enseñaré.

Eve se cerró el cinturón de la bata. Habría preferido ocuparse de aquello más tarde, pero sabía que parecería raro que lo sugiriera. Ted pensaría que no estaba mostrando la curiosidad que debía, teniendo en cuenta lo interesada que había estado durante años en resolver el asesinato de Mary.

Pero su vacilación no tenía nada que ver con la falta de interés. Sencillamente, había decidido que sería preferible que aquella aventura temporal no se cruzara con la vida que hacía normalmente en Whiskey Creek. De ese modo, podría retomarla allí donde la había dejado cuando Brent se fuera.

Sin embargo, aquello significaba mantener a sus amigos

al margen de su vida sentimental y procurar un nivel de intimidad que nunca se había molestado en cultivar.

–Claro. Pero solo tengo un momento. Esta mañana tengo que ir a ver a Cheyenne.

Ted la siguió y se sentó a la mesa de la cocina mientras ella preparaba el café.

–¿A qué viene tanta emoción?

Aunque estaba de espaldas a él, oyó el susurro del papel e imaginó que estaba alisando lo que fuera que hubiera sacado del sobre.

–Échale un vistazo.

Repentinamente temerosa de que hubiera algún signo que delatara que acababa de estar con un hombre, Eve se inclinó hacia él, teniendo cuidado de no acercarse demasiado.

–¿Ves eso? –le dijo–. Es una carta de un hombre llamado Dough Hatfield a la productora de *Misterios sin resolver.*

Eve no había visto aquella carta cuando había estado rebuscando en la caja. Debía de estar entre los papeles que no había tenido tiempo de revisar.

–¿Y? ¿Es un descendiente de John?

–Sí.

–¿Y qué dice Doug?

–Puedes leer la carta. No contiene mucha información, pero señala que su madre ha estado estudiando en profundidad la genealogía de la familia durante años y tiene información que nos permitiría ponernos en contacto con la tataranieta de la hermana de Harriett.

–¿Harriett tenía una hermana?

–Sí, una mujer llamada Mabel Cummings. Siempre vivió en Carolina del Sur, nunca estuvo en California, y esa es la razón por la que nadie sabía nada de ella.

–¿Había alguna información sobre esa tataranieta en la documentación que te di?

–No, y la he revisado a conciencia. Pero mira –le señaló la fecha de la carta de Doug–, está fechada un mes antes de que el programa terminara la grabación. Supongo que, o bien no dieron seguimiento a toda la información, o bien enviaron una carta a la tataranieta, esperando que confirmara los hechos, y ella nunca respondió.

–O a lo mejor recibieron la carta después de haber terminado de rodar, y esa es la razón por la que no hay nada de ella en las grabaciones que me dejaron.

–Exactamente. Es probable que para entonces ya no fuera una cuestión prioritaria y ni siquiera se molestaran en enviártela.

–¿Y dónde vive esta mujer?

–En Carolina del Sur.

Eve leyó por encima la carta de Doug Hatfield.

–Eres consciente de que es posible que no sepa nada.

–Quizá pueda decirme dónde puedo encontrar al resto de la familia. O, por lo menos, a algunos miembros. Tengo la esperanza de que conserven alguna información relacionada con la vida de Harriett. Fotografías que no han sido publicadas, su diario... Cualquier cosa que pudiera incluir en mi libro. Y a lo mejor Harriet habló con alguien de la familia, a lo mejor contó en su lecho de muerte, si no antes, que John mató a Mary.

–Es posible que, después de la muerte de John, comenzara a hablar otra vez. Pero si de verdad llegó a acusarle, me extraña que no se haya sabido nada.

–En aquella época, las comunicaciones no eran como ahora –respondió Ted, encogiéndose de hombros.

–Eso es cierto. Y supongo que Harriett no tenía muchos amigos en Whiskey Creek. Vivió aislada durante mucho tiempo –jugueteó con los extremos del cinturón de la bata–. Me alegro de que tengas una pista nueva. Es más de lo que esperaba cuando decidiste escribir sobre Mary.

–Yo también –se recostó en la silla con una sonrisa de satisfacción. Sin embargo, al cabo de varios segundos de silencio, se enderezó–. ¿Entonces... estás bien?

–Claro que estoy bien.

Ted la miró con atención.

—Te noto... distante. Como si estuvieras enfadada conmigo. Sé que te gusta ese tal Brent. Y entiendo por qué. Hasta Sophia dice que es un hombre atractivo. Pero espero que me hagas caso y te mantengas alejada de él.

Hasta aquel momento, Eve había intentado albergar la esperanza de que Brent no pudiera oírles. Pero, en el fondo, estaba bastante segura de que podía hacerlo. La casa no era demasiado grande.

—Soy una mujer adulta, Ted. Puedo cuidar de misma. Déjame servirte un café.

Se levantó para sacar una taza del armario, pero el café todavía no había terminado de salir.

—Lo único que quiero es que no creas que estoy siendo demasiado duro con él. Estuve haciendo una búsqueda sobre empresas de jardinería en Bakersfield ayer por la noche —le dijo Ted—. Su nombre no aparece relacionado con ninguna de ellas.

Eve bajó la voz.

—Eso no significa nada. A lo mejor no tienen una web.

—He llamado a algunas de las empresas que encontré en Internet justo antes de venir aquí. Nadie ha oído hablar de Brent Taylor. ¿No crees que alguna de ellas tendría que haber competido con su empresa en algún momento?

—No necesariamente. Bakersfield no es como Whiskey Creek. Allí viven más de doscientas cincuenta mil personas. En cualquier caso, aprecio tu interés, pero tengo que pedirte que no te metas en mis asuntos, ¿de acuerdo?

Ted la miró con el ceño fruncido.

—Eve, por favor, escúchame. Sé que estás enfadada conmigo por lo que sucedió el año pasado. Siento que no funcionáramos como pareja. Fui un estúpido por empezar lo que empecé, pero por lo menos cometí ese error de manera sincera. No te mentí en ningún momento. No te utilicé, como lo está haciendo ese tipo. Intenté enamorarme de una persona a la que admiraba y que sabía que podía ser buena para mí.

–Pero no lo conseguiste –elevó los ojos al cielo–. Gracias. Me siento mucho mejor.

–Vamos, Eve. Sabes que tienes muchas cosas que ofrecer, pero yo estaba enamorado de otra persona. En cualquier caso, siempre te he querido y ahora estoy preocupado por ti. Te oigo decir cosas que normalmente no dirías, como todo eso de que vas a dejar Whiskey Creek para averiguar lo que quieres hacer con tu vida. ¿Desde cuándo te sientes tan mal aquí? Desde luego, no estabas tan mal antes de empezar a acostarte con ese tipo que...

El sonido de la puerta del dormitorio golpeando la pared le interrumpió. Ted abrió los ojos como platos y arqueó las cejas cuando se dio cuenta de que no estaban solos.

Brent entró en la cocina arrastrando los pies. Llevaba puestos solamente un par de vaqueros desgastados.

–Buenos días –le dirigió a Eve una sonrisa somnolienta antes de pasarle el brazo por el cuello y darle un muy intencionado beso en los labios–. ¡Qué bien huele ese café! –la soltó y se volvió hacia Ted–. Tú debes de ser ese buen amigo de Eve del que tanto he oído hablar. Eres un escritor de éxito, ¿verdad?

Ted desvió la mirada de Brent a Eve para después volver a mirar al primero. Eve no estaba segura de qué hacer. En condiciones normales, jamás habría pensado que un enfrentamiento como aquel pudiera terminar en una pelea. Ted era un hombre de palabra, no un luchador. Pero, definitivamente, Brent quería dejarle claro a Ted que se metiera en sus asuntos y Eve nunca había visto a nadie desafiar a Ted. En Whiskey Creek todo el mundo le tenía mucho respeto.

Ted se levantó.

–Por lo menos yo soy quien digo ser –replicó, y salió.

El perezoso encanto de Brent desapareció en el instante en el que se cerró la puerta. Descendió el mal humor sobre él y se volvió para fijar la mirada en la ventana. Aparentemente, para ver a Ted alejarse.

–Lo siento –farfulló.

A pesar de sus disculpas, continuaba tenso y a la defensiva.

—Debería de haberme quedado en el dormitorio —se disculpó—. Pero le he oído decir todas esas tonterías sobre que te estaba arruinando la vida y no he podido contenerme.

Eve le sirvió un café.

—Voy a meterme en la ducha. Cheyenne está organizando una fiesta de Navidad y le he prometido que haríamos hoy las invitaciones. Si tienes hambre, abre la nevera y sírvete lo que te apetezca.

—¿No quieres comentar lo que le he dicho a tu ex? —preguntó Brent mientras ella se dirigía hacia el dormitorio.

—Hubiera preferido que mis amigos no supieran que continuamos viéndonos. De esa forma me habría resultado mucho más fácil recuperar mi vida de siempre cuando te vayas.

Brent se frotó la cara.

—Y yo acabo de arruinar esa posibilidad.

—No te preocupes. Supongo que tratar de ocultar que me estoy acostando con alguien en un pueblo de este tamaño es muy poco realista.

—Por si te sirve de algo, no te estoy utilizando —le dijo él—. No estoy completamente seguro de por qué estoy aquí cuando sé que estarías mejor sin mí, pero... —metió las manos en los bolsillos del pantalón—, no es por lo que tus amigos parecen pensar.

—Ayer por la noche fui yo la que tomó la decisión —le dijo—. No es algo que vaya a cargar a tu cuenta. Y no es por parecer egocéntrica, pero creo que pocos tipos en tu situación habrían rechazado esa oportunidad.

—No busco el sexo por el sexo, Eve. He estado con otras mujeres en mi vida después de Laurel. A veces necesito algo intensamente físico para poder olvidarme de otras cosas. Pero nunca he estado con la misma mujer más de una vez. Después de Laurel, nunca lo había querido. Hasta ahora.

Eve podría haber señalado que acababa de mencionar el nombre de la mujer de la que había estado enamorado, algo que no había querido decirle hasta entonces. Pero estaba intentando conservar cierta perspectiva y la única manera de hacerlo era no tomarse nada de aquello demasiado seriamente. Ya se lo había explicado a sí misma. Era una mujer disponible, conveniente, y estaba sola. Eve sabía que sería estúpido emocionarse por el hecho de que Brent hubiera querido estar con ella más de una vez.

—¿Entonces ya has superado lo de esa mujer? —preguntó, ignorando intencionadamente las implicaciones más personales de lo que acababa de decir.

—Creo que sí. Pero no es solo eso. Tengo motivos para mantener las distancias. No quiero verte sufrir. Lo que quiero es todo lo contrario.

Eve hizo un gesto con la mano, restándole importancia.

—No te preocupes. No vas a hacerme daño. Me dijiste que no me creara falsas expectativas y no lo estoy haciendo. Así que no tienes nada de lo que preocuparte. Y tampoco mis amigos.

—¿Lo dices en serio?

Sí, lo decía en serio. Había intentado convertir su relación con Brent en algo importante porque ella deseaba lo mismo que Cheyenne y el resto de sus amigos tenían. Pero rebajar las expectativas y aceptar lo que él podía ofrecerle le había proporcionado cierto alivio. De modo que podía dejar de cuestionarse los sentimientos de Brent y los suyos, dejar de esperar nada y limitarse a disfrutar de las tres semanas de las que disponía.

—Completamente —le dijo—. Lo único que pretendemos es disfrutar durante un corto periodo de tiempo, ¿verdad? Tres semanas. Una Navidad. Con eso tengo suficiente. No es necesario darle demasiadas vueltas a una atracción sexual. Al final, no es nada más que una manera agradable de pasar el tiempo.

La posibilidad de estar embarazada no abandonó en ningún momento sus pensamientos, pero, de momento, prefirió dejarla de lado.

Dejó a Brent de pie en la cocina, mirándola fijamente mientras ella corría al dormitorio. La noche anterior había significado mucho para ella. Pero las mejores cosas que la vida podía ofrecer a menudo apenas duraban. Y una vez había tomado una decisión, Eve no quería arruinar el tiempo del que disponían preocupándose por el que no tenían.

Capítulo 16

—¿De verdad vas a ponernos a hacer galletas de jengibre en la fiesta? —le preguntó Eve a Cheyenne.

Estaban sentadas en la mesa del comedor de esta última, preparando las invitaciones para la fiesta. Dylan estaba en el taller de chapa y pintura del que era propietario junto a sus cuatro hermanos, así que tenían toda la casa para ellas solas.

—Pero eso implicará mucho tiempo de preparación.

—La fiesta es dos días antes de Navidad, ¿y qué puede haber más navideño que eso? —se colocó un mechón de pelo detrás de la oreja—. A lo mejor podemos ofrecer un premio para la más creativa.

—¿Qué clase de premio?

—Una media llena de nueces, frutas y dulces, o una caja de bombones. O un jersey feísimo de Navidad que será como un distintivo que el ganador tendrá que ponerse en todas las futuras fiestas de Navidad. ¿Qué premio te parece el mejor?

—Cualquiera que elijas me parecerá bien.

Cheyenne se inclinó hacia delante.

—Eh, ¿has oído la parte de un jersey feísimo con motivos navideños?

Eve alzó la mirada.

—¿Qué jersey feísimo?

—Te he pillado —Cheyenne se echó a reír—. Se te ve muy preocupada, ¿estás bien?

Cheyenne comenzaba a hablar como Ted.

—Estoy bien, ¿por qué?

—Últimamente no pareces tú misma. ¿Qué te está pasando? —bajó la voz, como si quisiera dar más énfasis a sus palabras—. ¿Estabas pensando en Brent, por casualidad?

La verdad era que sí. No podía olvidar cómo se había levantado aquella mañana, la naturalidad con la que la había besado delante de Ted. Estaba tan sexy recién levantado, sin nada, salvo aquellos pantalones vaqueros, que se le había acelerado el corazón. Y, tanto si quería admitirlo como si no, le había gustado aquel gesto de posesión. Le había gustado que fuera suficiente atrevido como para levantarse y mostrar su interés delante de sus amigos.

Solo esperaba que aquello no hiciera que Ted soliviantara a todo el grupo y les indujera a protegerla de forma casi histérica. Eve no quería que le contara a todo el mundo esa historia de que, en realidad, Brent era guardaespaldas y trabajaba en Bay Area y no un jardinero de Bakersfield. Definitivamente, algo le pasaba a Brent, pero ella no iba a presionarle pidiendo respuestas. Ya había tomado la decisión de continuar cabalgando sobre aquella ola hasta que la dejara en la orilla, y la orilla era el momento en el que Brent dejara Whiskey Creek para siempre. Sí, terminaría estrellándose junto a la espuma de la ola. Pero él ya no estaría allí para verlo, y lo importante no era el choque final. Lo importante era tener el valor suficiente como para permanecer sobre la tabla.

Eve miró el reloj.

—Me sorprende que llevemos casi una hora haciendo esto y no hayas mencionado a Brent hasta este momento.

—Imaginé que hablarías de él cuando estuvieras lista. Estaba intentando darte tiempo para sacar el tema.

—Gracias, pero no hay mucho que decir.

—¿Sigues saliendo con él?

¿Saliendo con él? Desde luego, no en el sentido tradicional. Le veía por las noches. Pero no habían tenido una sola cita, a no ser que contara como tal el desayuno que habían compartido en Jackson.

Eve añadió la invitación que acababa de terminar a la pila que tenía a su lado.

—¿Ted no te ha llamado en cuanto ha salido de mi casa esta mañana?

Cheyenne la miró confundida.

—¿Ted ha estado en tu casa? ¿Qué quería?

—Está escribiendo un libro sobre el asesinato de la pequeña Mary. Ahora mismo está recopilando información.

—¡Por fin! Lleva años queriendo investigar ese caso.

—Exacto. Pero me encantaría que no hubiera elegido este momento para hacerlo.

—No te gusta tenerle a tu alrededor, ¿verdad? Pero tú has sentido curiosidad por ese caso desde que tus padres compraron la casa. Y yo también. A lo mejor por fin descubre algo.

—Eso espero. Pero ahora mismo no le necesito como espectador de primera fila de todo lo que está pasando en mi vida.

—Quieres decir que no lo aprueba.

Eve se desplomó en su asiento.

—Nadie lo aprueba.

—A lo mejor no nos gustan los riesgos.

—Es posible que la situación no sea tan mala como parece. A lo mejor Brent era guardaespaldas y ahora está pensando en montar una empresa de jardinería en Bakersfield.

—Esa es una interpretación muy generosa.

—Pero es posible —insistió Eve.

—Mira, Brent me cae bien. Es una persona reservada, pero, en cierto modo, me recuerda a Dylan, así que podría estar predispuesta a concederle el beneficio de la duda. Su actitud distante me hace pensar que es un hombre que ha sufrido mucho. En cualquier caso, ¿le has preguntado a Brent que si es guardaespaldas?

–No.

–Porque...

–Porque si él quisiera que supiera cuál es su situación, me lo habría dicho.

Cheyenne arqueó las cejas.

–¿No te importa que la mantenga en secreto?

–Claro que me importa. Es solo que... nos sentimos atraído el uno por el otro. Eso es todo. No estamos pensando en casarnos.

Cheyenne enderezó la pila de sobres.

–Creía que querías casarte.

–Y quiero. Cuando encuentre al hombre adecuado. Pero creo que las dos estaremos de acuerdo en que un hombre que no puede decirme cómo se gana realmente la vida no es el hombre adecuado.

–Me alegro de oírtelo decir. Pero todavía tengo otra pregunta.

–Y es...

–¿Estás segura de que puedes arriesgar tu corazón con alguien que no puede o no quiere ofrecerte el tipo de relación estable que estás esperando?

Eve fijó la mirada en la abultada barriga de su amiga.

–A lo mejor no es el candidato ideal para el matrimonio, pero puede darme... otras cosas.

Cheyenne se detuvo cuando estaba a punto de pegar un botón con forma de baya roja en la tarjeta que estaba haciendo.

–¿Sexo?

Eve tomó aire.

–Es posible que esté embarazada, Cheyenne.

–¡No!

–Sí.

Cheyenne dejó caer el botón y se limpió el pegamento de los dedos.

—Criar sola a un hijo no es fácil, Eve.

—¿Y crees que no lo sé? No era un riesgo que pretendiera correr.

—Así que fue un accidente.

—Si consideras que estar demasiado borracha como para tomar las medidas oportunas es un accidente, sí.

—Es horrible —musitó Cheyenne.

—¿Por qué tiene que ser tan horrible? —preguntó Eve—. Sé que no es así como se hacen las cosas habitualmente. Pero si tú puedes utilizar a tu cuñado para tener un hijo, supongo que yo puedo tener un hijo sin casarme y criarlo yo misma.

El rubor cubrió las mejillas de Cheyenne.

—Por favor, no vuelvas a mencionarlo... ni a aludir a ello en ningún sentido. Por lo que a mí concierne, y también por lo que concierne a Aaron, este hijo es de Dylan.

—¿Y Dylan también lo sentiría así si supiera que, en realidad, es hijo de su hermano?

—Eso espero —respondió Cheyenne quedamente. Eve sintió que tenía miedo de dar voz a la verdad—. Pero no sé por qué tendría que enterarse, y esa es la razón por la que no quiero hablar sobre ello. Ya ha pasado por suficientes cosas en su vida, ha dado mucho, ha protegido a todos aquellos que quiere. ¿Por qué hacerle sufrir por esto también? ¿Qué importancia puede tener que, en esta ocasión, haya sido yo la que haya intentado protegerle para variar? Lo único que quería era asegurarme de que consiguiera lo que quería sin que tuviera que sentirse menos hombre por no ser capaz de dejar embarazada a su esposa. No me acosté con Aaron. Fue un proceso de inseminación artificial llevado a cabo ante mi hermana. Fue todo perfectamente legal. Excepto el hecho de que Dylan no sabe que ha sido necesario recurrir al material genético de otra persona. Para mí, eso no tiene ninguna importancia. Somos nosotros los que querremos y cuidaremos de ese bebé. Aaron ni siquiera quiere que le recordemos el tema de su... donación.

Eve se sintió fatal por haberlo sacado a la luz. No estaba segura de por qué lo había hecho, salvo por sentirse mejor respecto a su propia situación.

—Lo siento —le dijo—. No volveré a mencionarlo.

Cheyenne le apretó cariñosamente la mano.

—Eve, sé que te has sentido un poco perdida desde que no funcionó tu relación con Ted. No tiene que haber sido fácil verle casarse como si fueras una amiga más cuando esperabas disfrutar de un papel protagonista en esa boda. Pero tú conseguiste superarlo. Permaneciste erguida y sonriente durante toda la ceremonia. Me siento muy orgullosa de ti, por tu capacidad de sobreponerte a esa decepción. Pero no permitiré que lo ocurrido te lleve a arruinarte la vida.

—¿Crees que tener un hijo me arruinará la vida?

—Creo que enamorarte del hombre equivocado lo hará. Y, si tienes un hijo con él, te resultará mucho más difícil olvidarle.

—No estoy enamorada de Brent —se defendió.

Cheyenne no respondió. Permaneció sentada donde estaba, mirándola en silencio.

—¿Qué pasa? —le espetó Eve.

—¿Entonces por qué estás haciendo tantas concesiones?

Rex estaba esperando una llamada de Eddie, un amigo sargento del Departamento de Policía de San Francisco, con el que quería hablar del caso de Scarlet. Sentado tras el pequeño escritorio que tenía en la habitación de la señora Higgins, consultó las páginas desde las que podía ver las imágenes de su casa. No se había producido ningún cambio desde la última vez que las había revisado, lo cual era una suerte, pero también le hacía pensar que se había escondido en Whiskey Creek sin motivo alguno. Cuanto más tiempo pasaba sin que hubiera nada que indicara que La Banda estaba intentando irrumpir de nuevo en su vida, más se preguntaba si Mona no estaría equivocada. Le había enviado un correo de respuesta, esperando una confirmación, pero, hasta entonces, no había encontrado nada.

Probablemente se estaría dando otro festín de drogas.

—¡Maldita sea, Mona! —musitó.

¿Debería dejar de jugar al escondite y volver al trabajo?

La tentación era fuerte. No podía salir asustado cada vez que hubiera una falsa alarma. Su pasado ya le estaba afectando más de lo que quería. Pero vivir en California requería una precaución añadida, especialmente cuando la persona que le había advertido lo había hecho también en otra ocasión y había acertado en un cien por cien al alertarle del peligro que corría.

Sonó el teléfono.

—Por fin —susurró.

Contestó ansioso por saber lo que había encontrado la policía al registrar el piso del antiguo novio de Scarlet.

—Estaban allí sus bragas —confirmó Eddie—. Escondidas entre el somier y el colchón de la cama.

Rex tamborileó con los dedos sobre el escritorio mientras continuaba viendo en directo el salón de su casa.

—¿Pero quién se las llevó? ¿Tom o Tara?

—No creo que lo hiciera ella. Estaba consumida por los celos.

—¿Eso lo ha dicho ella?

—Como ya sabes, no soy el responsable del caso. Y, por lo que he oído, ella solicitó rápidamente un abogado. Pero el detective Rollins me comentó que había dado muestras de sus celos de muchas maneras antes de comenzar a hablar. Al igual que tú, él cree que Tom es nuestro hombre. Pero todavía tenemos que hacer los deberes y asegurarnos que es su ADN el que está en las cartas, y no el de Tara. Eso cerraría el caso.

—¿Y si Tom usó guantes?

—Rollins encontrará pruebas de cualquier otra forma. Todavía no han podido acceder al ordenador de ese canalla. Pero también cuentan con ello. Si la fotografía de ese pene fue enviada desde una cuenta creada por él, ya tendremos un caso sólido.

–No olvides la sábana en la que orinó. Le dije a Scarlet que la guardara.

–Lo sé. Ya la ha entregado.

–Seguro que allí se encontrará también alguna muestra de ADN.

–Seguramente será el suyo. ¿Has oído que alguna vez una mujer haya hecho una cosa así? Necesitaría una buena ducha después –dijo entre risas.

–No pretendía llegar tan lejos, pero tienes razón.

El sargento soltó una carcajada.

Por lo que Rex veía, Scarlet estaba en buenas manos. Por lo menos podía estar tranquilo sobre su bienestar.

–Por cierto, ¿alguien ha aclarado por qué pasó tanto tiempo entre el momento en el que comenzaron a atormentarla y esta segunda vez?

–Hasta que ese miserable no admita lo que hizo y nos lo cuente, algo que es posible que no llegue a hacer nunca, no podremos explicarnos los motivos de ese lapsus. Pero quien quiera que lo estuviera haciendo antes, tiene que ser la misma persona que ha estado haciéndolo recientemente.

–Estoy de acuerdo. Aun así, estaría bien poder confiar en algo más que en nuestra intuición.

–Sabemos que estuvo yendo a una psicóloga durante todo ese tiempo –dijo su amigo–. Eso podría contar. A lo mejor eso tiene algo que ver. Es posible que ella le estuviera ayudando a controlar su conducta y sus obsesiones.

–¿Dejó de acudir a la psicóloga?

–Sí. Dejó de ir a la psicóloga unas semanas antes de que comenzaran a acosar a Scarlet otra vez.

–¿Por qué?

–La psicóloga dice que su novia le aguijoneaba constantemente por ese gasto. Le estaba presionando para que se casaran, quería comprar una casa y formar una familia. Es posible que haya sido la presión la que le ha hecho desbocarse. Alrededor de esa misma época, perdió el trabajo por hacerle insinuaciones sexuales a una compañera y se peleó con su hermana por culpa de un mueble que pensaba que debería haberse quedado él tras la muerte de sus abuelos. Supongo que todo forma parte de lo mismo.

—Sí, parece bastante probable. Espero que todo vaya bien. Ve contándome cómo va todo.

—Por supuesto.

Se oyó una suave llamada a la puerta en el momento en el que Rex estaba colgando el teléfono.

—¿Sí?

La señora Higgins asomó la cabeza en la habitación.

—Se está quemando algo. Me temo que puede haber habido un cortocircuito en las luces del árbol. Con todas esas agujas tan secas, puede ser peligroso, ¿verdad?

—Compró el árbol hace tres semanas, ¿no?

—Sí, pero últimamente los cortan tan pronto que antes de traértelo a casa ya está muerto y dejando caer las agujas. En cualquier caso, ¿te importaría ir a ver si también a ti te huele a quemado?

Cuando Rex había alquilado aquella habitación, no imaginaba que terminaría ayudando a su casera a decorar el árbol de Navidad. Tampoco pensaba en terminar comiendo galletas de jengibre junto a ella para que se sintiera valorada. Y mucho menos, terminar haciendo de chico para todo, siempre dispuesto a arreglar cuanto fuera necesario. Pero aquella mujer no tenía a nadie. Y a él, aquel papel le proporcionaba una suerte de extraño bienestar.

—Claro. Ahora mismo voy —contestó.

Ella pareció sinceramente aliviada.

—¡Oh! También quería saber si vas a quedarte a cenar. Estoy preparando un pollo y pastelitos salados con salsa de champiñones. ¿Hay alguna posibilidad de que pueda compartir la cena contigo?

Probablemente, le resultaba duro tener que cenar sola cada día.

–Por supuesto. Suena delicioso.

La señora Higgins sonrió mientras él pasaba por delante de ella. Después, le siguió hasta el salón.

–¿Huele a quemado?

–Me parece que no –contestó Rex.

–¿Estás seguro?

Rex se inclinó para volver a asegurarse de que no había un cortocircuito.

–Del todo. Las luces están perfectamente. Pero podemos desenchufarlas un rato si está preocupada.

–No, no pasa nada. Supongo que han sido imaginaciones mías.

O las ganas de tener una buena razón para interrumpirle.

–Cenaremos dentro de un par de horas –le dijo, y le palmeó el hombro.

–Magnífico. Tengo algunas cosas que hacer en el ordenador, así que llámeme cuando esté la cena preparada.

–De acuerdo. Termina el trabajo para así poder relajarte después.

Parecía tan agradecida por poder contar con su compañía que Rex no pudo evitar alegrarse de haber aceptado. Regresó de nuevo a su habitación para así no tener que estar con ella durante mucho más tiempo que la hora aproximada que dedicarían a cenar. No quería crear demasiadas relaciones personales en aquel pueblo. Pero la verdad era que tampoco tenía mucho que hacer. Como no podía asumir tareas de protección, ni entrenar a los nuevos guardaespaldas, ni dirigir a los otros, de lo único que podía ocuparse era del papeleo de All About Security, y llevaba más de una semana haciéndolo.

La buena noticia era que nunca había estado más al día. La mala era que estaba comenzando a aburrirse tanto como Marilyn había predicho. Mantenerse ocupado era lo único que le permitía seguir adelante.

Pero quería llamar a Scarlet, y también quería tomar una decisión sobre la información que le había pasado Mona.

¿Se estaría escondiendo de nada? Sabiendo ya que Scarlet no iba a ir a Whiskey Creek, tenía la sensación de que era una pérdida de tiempo seguir allí.

Lo primero que hizo fue llamar a Scarlet. Parecía estar recuperándose rápidamente, pero no podía hablar mucho. Los médicos querían que descansara. Así que colgó el teléfono rápidamente y volvió a conectarse con su casa, aunque acababa de comprobar que todo estaba en orden unos minutos antes.

No había cambiado nada. Se quedó mirando fijamente las imágenes durante algún tiempo. Después, buscó el mensaje que le había enviado Mona y lo escuchó probablemente por centésima vez.

Debía de estar colocada cuando lo había enviado, decidió. Ya le había dado demasiadas vueltas. Al día siguiente, volvería a su casa, aunque solo fuera para evitar estar demasiado cerca de Eve. No podía repetir lo que había vivido con Laurel. No, otra vez no. No después de todo el sufrimiento al que había tenido que enfrentarse. Su corazón no soportaba más rupturas.

«No te encariñes con nadie», era su mantra.

Como todavía estaba esperando a que llegara la hora de la cena, metió el nombre de Mona en el buscador, solo para ver si podía encontrar alguna información que le permitiera ponerse en contacto con ella. Si podía, quería hablar con ella. Ver hasta qué punto era convincente lo que había oído. Enterarse del contexto. Preguntar si conocía suficientemente bien a los miembros del grupo que lo habían dicho como para estar segura de que estaban realmente decididos a asesinarle, y si tenían la manera de hacerlo.

También quería convencerla de que buscara un buen centro de rehabilitación, aunque no había tenido mucho éxito cuando lo había intentado en otras ocasiones en el pasado.

Aparecieron algunos vínculos. Sin embargo, no tuvo oportunidad de buscar la manera de ponerse en contacto con ella. Lo que vio le causó un tremendo impacto, e hizo que intentar hablar con ella resultara del todo inútil.

–¡Oh, Dios mío! –farfulló mientras leía.

Mona Livingston, de treinta y dos años, fue encontrada muerta en Los Ángeles. Recibió dos disparos en la cabeza.

No podía creer lo que estaba leyendo; la habían matado. No había abandonado aquel mundo cuando él le había pedido que lo hiciera, cuando le había ofrecido su ayuda, y aquello había terminado costándole la vida a aquella pobre mujer, como temía que pudiera pasar.

«Maldita sea, Mona». Dio un clic en aquel extracto de información para leer el resto. La policía decía que había sido ejecutada el viernes anterior por un asaltante desconocido.

Rex estaba dispuesto a apostar que aquel asaltante no era completamente desconocido para él. Pero Mona había muerto cuatro días atrás y la fecha de su muerte le inquietaba tanto como el hecho de que estuviera muerta. ¿Por qué en aquel momento? ¿Por qué la habían matado precisamente entonces, cuando había conseguido sobrevivir durante tantos años a pesar de sus socios y su adicción?

La respuesta más obvia le provocó un nudo en el estómago. ¿Sería porque algún miembro de La Banda había averiguado que le había puesto sobre aviso?

Capítulo 17

¿Estaría Scarlet en el pueblo?

Eve no había tenido noticias de Brent durante todo el día, así que asumió que estaba preocupado por la visita de su hermana. Tuvo la tentación de llamar a la señora Higgins para ver si Scarlet y él habían hecho algún plan para la cena. Gracias a los años de experiencia en el hostal, donde había trabajado con diferentes chefs y ayudado en la cocina, tenía la impresión de que se había convertido en una cocinera bastante buena. Además, estaba deseando conocer a alguien que hubiera formado parte de la vida de Brent durante más tiempo que ella. A lo mejor Scarlet se mostraba más comunicativa a la hora de contar detalles de su vida que él se negaba a compartir. Lo que había oído cuando había hecho aquella llamada a Los Ángeles era tremendamente inquietante porque se temía muy mucho que aquella mujer que le había suplicado por teléfono conocía realmente a Brent. Y eso la hacía desear que todo lo que había habido en su vida se solucionara y que pudiera volver con su familia.

Pero vaciló a la hora de invitar a Scarlet y a Brent tan pronto. Acababa de estar con él aquella misma mañana. No quería parecer invasiva o demasiado entusiasta.

Al final, decidió que era mejor darle tiempo para que se estableciera con su hermana. Ya llamaría él si quería verla.

Sin embargo, una vez sola y con toda la noche por delante, se encontró a sí misma sin tener nada que hacer. ¿Qué solía hacer antes de que Brent apareciera en escena?

Muchas veces se quedaba trabajando en el hostal hasta tarde si no tenía planes con ninguno de sus amigos, y, a medida que habían ido haciéndose mayores, los planes eran cada vez menos frecuentes. De modo que, normalmente, era el trabajo el que llenaba aquellas horas. Pero el trabajo le pareció un pobre sustituto del placer y la intensa emoción que sentía cuando estaba con Brent.

Al día siguiente todavía estaría a tiempo de encargarse de los asuntos que había dejado pendientes en sus días libres. Volvió a entrar en la web de All About Security y en aquella ocasión apuntó el número que figuraba como teléfono de contacto. Eran más de las cinco, así que no creía que contestara nadie. Pero llamando a la empresa, quizá pudiera conectar con un buzón de voz que le permitiera acceder al directorio de empleados.

En el caso de que así fuera, ¿figuraría en él Brent Taylor?

Decidió averiguarlo.

Después de marcar, el teléfono sonó tres veces. A continuación, se oyó la voz grabada de una mujer.

—Acaba de llamar a All About Security, una empresa en la que le ofrecemos profesionales entrenados en labores de protección y disponibles las veinticuatro horas del día para proporcionarle cuantos servicios de seguridad necesite. Si se trata de una emergencia y desea hablar con alguno de nuestros especialistas después de nuestro horario de oficina, por favor, marque uno y deje su número de teléfono. Recibirá una llamada de teléfono dentro de treinta minutos. Si prefiere hablar mañana durante el horario de trabajo habitual, marque dos. Si quiere más información sobre All About Security, puede seguir visitando nuestra web.

Eve ya había visitado la web. Y no había encontrado lo que buscaba.

Se echó hacia atrás en la silla mientras desconectaba.

¿Qué estaba haciendo? Ella no quería ser la típica mujer

que se dedicaba a controlar a su amante a sus espaldas. Le parecía... mal. Desde luego, nunca había hecho nada parecido. Aun así, sentía suficiente curiosidad por Brent como para preguntarse cómo respondería aquella mujer de Los Ángeles si llamaba otra vez y preguntaba por Scarlet. Si el número correspondía a la casa del hermano de Brent y la mujer que había contestado era la esposa de su hermano, seguramente conocería a Scarlet. Aquello confirmaría su relación con Dennis y haría que Eve sintiera que tenía una pieza más del rompecabezas que era la vida de Brent.

Al cabo de varios minutos de luchar contra su propia renuencia, bloqueó su número y volvió a llamar.

—¿Diga?

En aquella ocasión, fue un hombre el que contestó. Y, a juzgar pos su tono autoritario, era el propio Dennis.

—¿Doctor? —preguntó Eve para asegurarse.

—¿Sí?

Advirtió cierto grado de vacilación en la respuesta. Probablemente se estaba preguntando cómo era posible que uno de sus pacientes hubiera conseguido el teléfono de su casa.

—¿Está Scarlet?

—¿Quién?

—Scarlet. Su hermana.

—No tengo ninguna hermana.

—Es curioso. Usted tiene un hermano que es ingeniero, ¿verdad?

—Sí, pero su mujer no se llama Scarlet. En cualquier caso, ¿de qué conoce a Mike? ¿Quién es usted?

Eve dijo el primer nombre que se le pasó por la cabeza.

—Soy Jessica.

—¿Jessica qué? —insistió—. ¿Cómo ha conseguido mi número de teléfono? Ni siquiera aparece en la guía telefónica.

Parecía sorprendido y ligeramente enfadado. Y no podía culparle.

—Siento haberle molestado —musitó, y colgó el teléfono.

Después, se levantó para poder moverse y dar una salida a los nervios que revoloteaban dentro de ella.

–¡Mierda!

Lo último que había conseguido al llamar a Dennis había sido tranquilizarse. Estaba más confundida que antes. Aquel tenía que ser, por fuerza, el hermano de Brent. Respondía a su nombre, era médico, vivía en Los Ángeles y su número de teléfono había aparecido en un pedazo de papel en el asiento trasero del coche de Noelle después de que Brent hubiera estado allí.

Pero si era el hermano de Brent, ¿por qué no conocía a Scarlet? Y si Mike era el ingeniero de la familia, ¿quién era Rex?

Rex no podía dormir. Le resultaba imposible después de lo que había sabido de Mona. No podía dejar de pensar en el día en que había visto a uno de los miserables miembros de La Banda utilizar sus servicios como prostituta y arrojarla después a la calle como si fuera basura. Había ido a buscarla y la había encontrado llorando, cubierta de heridas y arañazos. Era una imagen patética. Pero su propia situación era bastante dura en aquel entonces. Había comprendido lo que era caer realmente bajo. Le bastaba recordar aquella época para agradecer el haber sido capaz de encontrar las fuerzas necesarias para construir una vida mejor, para alejarse del lugar en el que se había instalado en aquel período en el que tanto se odiaba a sí mismo. Tenía que darle las gracias a Virgil por haberse convertido en alguien a quien apreciar y por haberle animado. Habían salido juntos del agujero.

Por un momento, le sobrecogió un sentimiento de inmensa gratitud hacia su amigo. Todo el mundo necesitaba que le echaran una mano de vez en cuando. Y él se temía no haber sido suficientemente insistente a la hora de ofrecérsela a Mona. Peor aún, se temía que no la habrían matado si no hubiera intentado advertirle. Que hubiera muerto en aquel momento era demasiada coincidencia.

¿Pero qué otra cosa podría haber hecho? El día que la había encontrado en la calle ocho años atrás, la había llevado a casa de su hermana con la esperanza de que esta pudiera ofrecerle un lugar en el que vivir hasta que dejara de consumir y se rehabilitara. Él no había podido quedarse con ella. Su propia vida estaba en peligro. Pero esperaba estar dándole la oportunidad de empezar de nuevo al alejarla de la calle en un momento tan crucial.

Desgraciadamente, no había sido así. Mona todavía no estaba preparada. O, a lo mejor, no había sido capaz. En cualquier caso, no podía culparla. Por muchas batallas que hubiera librado en prisión, en su familia, en La Banda, e, incluso con Laurel cuando estaba luchando por sacar adelante su relación, jamás había batallado tan duramente como contra el OxyContin.

Con un suspiro, revisó las habitaciones de su casa, como hacía todas las noches. Se sentía enfermo estando allí sentado, pensando en Mona y en la trágica pérdida de su muerte con la mirada fija en el ordenador, preguntándose cuándo volvería a aparecer La Banda en su propia vida. Porque estaba convencido de que aparecería.

Le había enviado un mensaje a Virgil para hacerle saber lo de Mona, pero cuando abrió el buzón de voz para ver si su amigo había contestado, el mensaje que le estaba esperando no era de su mejor amigo.

Era de su hermano Dennis. Decía:

—¿Estás bien?

—Sí, estoy bien —contestó.

Pensó que allí acabaría todo. Normalmente, sus mensajes eran así de breves e impersonales. Pero Dennis continuó escribiendo.

—¿Conoces a una tal Jessica?

—¿Jessica qué?

—No lo ha dicho.

–No, ¿por qué?

–Ha llamado una mujer esta noche preguntando por una mujer llamada Scarlet. Ha dicho que Scarlet era mi hermana.

Eve. Tenía que haber sido ella. ¿Quién si no iba a pensar que tenía una hermana llamada Scarlet? Tenía que ser alguien que estuviera suficientemente preocupado, o interesado, como para investigarle. ¿Pero cómo demonios habría conseguido aquel número de teléfono?

Echó la silla hacia atrás, se levantó y rebuscó en los bolsillos del pantalón. Había escrito el número de Dennis cuando estaba en Placerville. Mike le había enviado un teléfono con ese número y le había pedido que llamara. Rex no lo había hecho, pero se había guardado el número en el bolsillo de aquel pantalón. ¿Se lo habría quitado Eve?

Al no encontrarlo, solo podía asumir que había sido así.

Mierda. Estaba ocurriendo. La vida real estaba cercándole antes de que hubiera podido disfrutar de aquellas tres semanas. Había sido absurdo pensar que podía robar aquellos días, encontrar un breve refugio de aquello en lo que su vida se había convertido.

La idea de no volver a verla otra vez le hizo sentirse peor. Pero sabía cuáles eran sus limitaciones. Jamás debería haberse permitido esperar nada más.

Cuando volvió al ordenador, encontró otro mensaje de Dennis.

–No le habría dado la menor importancia, mencionó también a Mike, así que le he llamado. Él no tiene ni idea de quién es Scarlet y no conoce a ninguna Jessica tampoco. Ha sido una conversación extraña. Y en cuanto he presionado para que me dijera cómo había conseguido mi número, ha colgado. Todo ello me hace pensar que tienes problemas, una vez más.

«Una vez más». No podía dejar de añadirlo. Su hermano pensaba que era un experto en buscarse problemas y le culpaba de todo lo que le había ocurrido.

Él sería el primero en admitir que se lo merecía, pero la actitud inflexible de su hermano y su comportamiento moralista no iban a contribuir a salvar su relación. Dennis no confiaba en que realmente hubiera cambiado. Había dado por sentado que todos los problemas desaparecerían en cuanto él lo hiciera. Pero no comprendía lo que era La Banda, ni la posición que había ocupado dentro de aquella organización criminal, ni por qué sus miembros tenían un deseo tan fuerte de venganza. Las pandillas, las bandas, nunca habían formado parte de su privilegiada existencia, salvo por lo que había visto en los informativos de televisión, y le molestaba que él no hubiera llevado la misma clase de existencia intachable y sin complicaciones. A diferencia de Dennis, él había hecho sufrir a sus padres, algo de lo que su hermano se resentía.

Quizá Dennis lo hubiera comprendido, al menos en parte, si Rex se hubiera molestado en describirle la cadena de reacciones que se había activado tantos años atrás. Pero ni siquiera podía hablar de ello, porque no era capaz de hablar de Logan con nadie, y allí era donde había empezado todo.

De todas formas, era imposible acercarse a sus hermanos sin poner sus vidas en peligro, de modo que no tenía ningún sentido esforzarse en hacerles cambiar la opinión que tenían sobre él. Imaginaba que les hacía un favor manteniéndose a distancia, y eso era lo que pretendía hacer.

Pero eso no significaba que no echara de menos a Dennis y a Mike, o que le resultara fácil pasar tanto tiempo solo, especialmente en Navidad, cuando los recuerdos de lo que en otro tiempo había sido su vida le acorralaban, recordándole todo lo que había perdido. Eve había sido un respiro muy bien recibido, un regalo. Ansiaba sus caricias, su calor, su estabilidad.

Ojalá pudiera volver a perderse en ella una vez más...

Pero no podía pasar tres semanas con ella y continuar manteniendo el misterio. Eve estaba intentando averiguar quién era realmente él. Y cuanto más presionara, más peligrosa se tornaría la situación para ambos.

–No tengo problemas –le escribió a Dennis.

Pero la verdad era que estaba comenzando a pensar que sus problemas no iban a acabarse nunca.

Un ruido en la puerta le alertó de que la señora Higgins se había levantado. Al parecer, el somnífero no había cumplido su función.

Lo lamentó por ella. Algunas noches parecían durar una eternidad. Pero él no podía hacerle compañía.

Tras cerrar el ordenador, comenzó a hacer el equipaje.

Capítulo 18

Se había ido. Tenía que haberse ido. Eve había pasado por delante de la casa de la señora Higgins un buen número de veces, dos a última hora de la noche, y no había visto el Land Rover de Brent. Tampoco había tenido noticias suyas en toda la semana, lo cual significaba que los últimos siete días habían pasado para ella más lentamente que cualquier día que pudiera recordar. Brent le había dicho que no esperara pasar más de tres semanas con él, pero no le había advertido de que podía ser mucho menos tiempo.

¿Le habría pasado algo a su hermana? ¿Habría sufrido un altercado con su ex? ¿O habría surgido alguna otra cosa?

Eve esperaba que no hubiera sido el hecho de que hubiera llamado a Dennis y de que Dennis le hubiera alertado. Pero el momento de su desaparición lo sugería. Si hubiera sido cualquier otra cosa, Brent habría llamado para despedirse, ¿no? La última vez que le había visto, le había dicho que era la primera mujer con la que de verdad había querido estar después de Laurel. Un tipo no desaparecía después de algo así sin algún motivo.

A lo mejor, como el día que habían estado hablando en la cocina, ella se había tomado tan a la ligera su futura marcha, imaginaba que no le importaría. Pero había reaccionado así porque pensaba que dispondría de más tiempo para hacer frente a su partida, porque en aquel momento ni siquiera quería pensar en ello.

—Esto es horrible —musitó, sentada en una de las mesas del Just Like Mom's.

Ni siquiera estaba segura de lo que estaba haciendo en el restaurante. Eran casi las diez de la noche, que era la hora a la que cerraban los fines de semana, y tenía cena en casa. Pero sabía que a Brent le gustaba aquel restaurante. Se lo había dicho el día que habían desayunado en Jackson, incluso le había preguntado que si quería que fueran allí. De modo que tenía la impresión de que Just Like Mom's era un lugar al que Brent podría acercarse si decidía volver. En ese caso, podría verle y, posiblemente, enterarse también de por qué no había tenido noticias suyas.

—Esto es una locura, Eve —se dijo a sí misma—. ¿Tú qué te crees? ¿Que va a cruzar esa puerta en cualquier momento?

Quizá en un mundo perfecto. Pero no ocurrió. Tampoco apareció la camarera, aunque Eve ya llevaba unos diez minutos esperando a pagar el café y la infusión.

Abrió la cartera para ver si tenía dinero suficiente para dejarlo en la mesa y así poder marcharse. Pero no tenía dinero suelto.

—Maldita sea —gruñó.

Y deseó soltar un juramento al ver a Noelle Arnold entrar. Noelle iba con una amiga. Las dos iban vestidas con los minúsculos uniformes que llevaban en el Sexy Sadie's, así que imaginó que su turno acababa de terminar.

En el instante en el que Noelle la vio, Eve deseó poder esconderse debajo de la mesa, o desaparecer de alguna manera. Pero era imposible, puesto que la camarera todavía no se había llevado su tarjeta de crédito.

—¡Eh! —Noelle se acercó con su amiga medio paso tras ella—. ¿Qué tal estás?

Eve consiguió sonreír. Fue, sin lugar a dudas, una pésima imitación de su sonrisa habitual, pero no fue capaz de nada mejor en aquellas circunstancias. No había estado tan deprimida desde hacía décadas.

—Bien, gracias.

—¿Sigues saliendo con ese hombre con el que te fuiste a tu casa hace un par de semanas? ¡Dios mío, estaba buenísimo! Creo que no he visto a nadie más guapo en mi vida.

Eve apretó los dientes, intentando dominarse antes de hablar.

—No. En realidad, nunca estuvimos juntos. Él solo estaba de paso.

Pero era posible que estuviera embarazada de él. Todavía no se había hecho la prueba. Había estado esperando hasta estar segura de que podía confiar en los resultados. Pero había ido hasta Walnut Creek para comprar una prueba. La tenía en casa, esperándola debajo del lavabo.

—¡Qué pena! —exclamó Noelle—. Lo siento mucho. Pensaba que estabas saliendo con él.

Últimamente estás teniendo muy mala suerte con los hombres, ¿verdad?

—No me importa estar soltera —mintió Eve—. La verdad es que ahora mismo apenas le echo de menos. Ya sabes cómo es la Navidad en el hostal. Es la época del año que más me gusta.

Noelle debió notar las lágrimas que empañaban su voz, porque inclinó la cabeza hacia un lado, como si aquel cambio de tono la sorprendiera. Pero antes de que pudiera continuar, su amiga la agarró de la mano y tiró de ella hacia una mesa.

—Ya está bien de socializar. ¡Vamos! Me muero de hambre.

—Vale, vale —Noelle permitió que la llevara y se volvió para decir su última palabra—. Por lo menos, tú te acostaste con él cuando estuvo aquí. Las demás solo podemos soñar con ello.

¿A eso había terminado reducida?, se preguntó Eve, ¿a tener que alegrarse por haberse acostado con un tipo al que no le importaba lo suficiente como para hacerle saber que pensaba irse del pueblo?

–Es patético –musitó, y aquella frase iba destinada tanto a ella como a Noelle.

Estaba a punto de levantarse e ir a buscar a la camarera, que seguramente estaba limpiando en la parte de atrás, cuando sonó la campanilla de la puerta por segunda vez, un sonido más perceptible en medio del restaurante vacío.

Cuando Eve se dio cuenta de que eran Ted y su esposa, estuvo a punto de gemir en voz alta. Si había una persona a la que no quería ver, aparte de Noelle, esa era Ted. El hecho de que fuera con Sophia empeoraba la situación.

«No puedo tener ni un respiro».

–¡Estás aquí! –dijo Ted mientras conducía a la mujer que la había sustituido en su vida hacia la mesa.

–¿Estabas buscándome? –preguntó Eve, como si no hubiera estado ignorando sus llamadas.

Había estado evitando a todos sus amigos, excepto a Cheyenne. No podía evitar a una persona con la que trabajaba. Por supuesto, Cheyenne había intentado preguntar sobre Brent, pero ella había conseguido correr un tupido velo sobre su repentina ausencia, haciendo ver que continuaban en contacto telefónico, y no le había dado oportunidad de hablar del tema. Por segunda semana consecutiva, no había ido a la cafetería el viernes y, cuando había recibido algunos mensajes de texto preguntándole dónde estaba, a todo el mundo le había contestado lo mismo: en aquella época del año estaba tan ocupada que, sencillamente, no había podido ir.

Nadie sabía que se pasaba la noche dando vueltas, anhelando y esperando una llamada de Brent.

Los mensajes de texto eran una bendición en una situación como aquella. Le permitían tranquilizar a sus amigos sin tener que encontrarse con ellos cara a cara. Pero a Ted no le había enviado el mismo mensaje que a los demás. Ted le había enviado un mensaje diciéndole que tenía noticias que compartir sobre la pequeña Mary y quería hablar con ella. Aquello sugería que tenía más que decir de lo que estaba dispuesto a teclear por teléfono. Ella había retrasado la respuesta. Se había visto obligada a ello. Tenía miedo de que la llamara en cuanto le enviara un mensaje, porque entonces sabría que llevaba el teléfono encima y lo tenía encendido.

—¿Has revisado los mensajes últimamente? —la miró disgustado—. He estado intentando hablar contigo.

—Lo siento. Pretendía llamarte, pero he estado muy ocupada.

—Ha sido una suerte que haya visto tu coche aquí aparcado.

Sí, una suerte, pensó Eve con ironía. Tenía interés en saber lo que había averiguado sobre la pequeña Mary. Pero sabía que, incluso una conversación que empezara hablando de otro tema, terminaría dando lugar a preguntas sobre Brent. Y no quería hablar de él. No quería reconocer que se había ido y ella había sido una estúpida al salir con él, tal y como Ted y todos los demás le habían dicho.

—¿Qué pasa?

Sophia le dirigió una mirada compasiva, como si pudiera ver a través de ella, algo que no la ayudó. No quería que la compadecieran, al igual que no quería darles el gusto de saber que tenían razón.

—Me puse en contacto con la tataranieta de Mabel Cumming —anunció Ted, evidentemente orgulloso y emocionado. Le hizo un gesto a su esposa para que se sentara y se sentó después él—. Se llama Emma Wright y vive en Virginia.

Eve miró de nuevo hacia la cocina, maldiciendo una vez más a la camarera. Estaba segura de que se había olvidado de ella. Tampoco había salido nadie a recibir a Noelle y a su amiga, y menos aún a tomar nota de lo que iban a tomar. Las dos amigas estaban impacientándose y vociferando de tal manera que Eve imaginaba que el ruido pronto atraería a alguien, pero no con la suficiente celeridad como para que pudiera escapar de aquella reunión con Ted y Sophia.

Eve hizo girar el agua que tenía en el vaso.

—¡Genial! Es una suerte que hayas conseguido localizarla. ¿Y qué te dijo?

—Que la hermana de su tatarabuela, Harriett, nunca dijo que el crimen lo hubiera cometido John.

—¿Entonces volvió a hablar?

—Aparentemente sí. Por lo menos, una vez estuvo de nuevo con su familia en Carolina del Sur. Le dijo a su hermana que su marido era inocente y una de las personas más incomprendidas que había conocido nunca.

—¿Entonces por qué le quemó el tren?

—¿Quién sabe? Mabel no tenía respuesta para ello, pero ni siquiera recordaba haber oído hablar de un tren de juguete. Lo que sí me dijo fue que su bisabuela le había contado a su abuela que John no era culpable.

A pesar de todo lo que le estaba pasando por la cabeza y por el corazón, aquello llamó la atención de Eve.

—¿Entonces quién fue?

—No tiene ni idea.

—¿Y su mujer decía que era un incomprendido? Es una forma curiosa de describir a alguien que desagradaba a todo el pueblo.

—Desde luego, no me conduce a creer que le culpara de la muerte de su hija.

—No, pero no parece que sugiriera otros posibles culpables. Y, culpable o no, es posible que esa fuera solo su opinión. No significa que fuera inocente. A lo mejor le quería tanto que ni siquiera era capaz de considerar la posibilidad de que hubiera asesinado a su hija.

—Comprendo que una mujer pueda estar así de ciega —intervino Sophia.

Por el gran amor que sentía por Ted, por supuesto. Eve estuvo a punto de hacer una mueca.

—¿Emma sabía que su tatarabuela se encerró en casa después de la muerte de Mary? —preguntó Eve, más por distraerse que por cualquier otra cosa.

–Supongo que sí –contestó Ted–. Me dijo que Harriett vivió retirada hasta el día de su muerte.

–¿En Carolina del Sur?

–Sí.

–¿Y mencionaste la hipótesis del vecino?

–Sí. A Mabel le gustó la idea. Prefería pensar que el marido de Harriett no había tenido nada que ver con aquella muerte. Pero ella no ha oído nunca nada que implique que los vecinos estuvieran involucrados. Así que, en el caso de que se pudiera culpar a alguno de ellos, es posible que Harriet no lo supiera.

–¿Vas a investigar los nombres de los chicos que vivían cerca del hostal? ¿Quieres localizar a sus familias?

Ted apretó los labios.

–Terminaré haciéndolo. Pero antes voy a investigar el área que me parece más fértil. Todavía quedan muchos parientes de Harriett a los que entrevistar. Emma me ha dado una lista en la que incluye a otra de las sobrinas de Harriett que tiene casi cien años. Creo que es preferible que le dedique mi tiempo a ella, para averiguar lo que sabe.

–¡Caramba! ¡Una mujer centenaria! ¿Y conserva la memoria?

–Según Emma, está tan lúcida como siempre.

–¡Eso es fabuloso!

Eve sintió una emoción sincera. Nadie había conseguido nunca tanta información. ¡Ted iba a poder hablar con gente que había vivido cuando Harriett todavía estaba viva!

–Ahora entiendo por qué estás tan contento. ¿Cuándo hablarás con ella?

–Está en una vivienda asistida. Emma va a concertar una cita para que la vea.

–¿Y dónde vive?

–En Alabama.

–¿Piensas cruzarte el país para ir a verla? ¿No puedes hablar por Skype ni nada parecido?

–No tiene ordenador y para mí será más fácil hablar con

ella en persona. De esa forma, también podré ver alguno de sus recuerdos, en el caso de que los conserve.

Eve asintió.

–¿Te gustaría venir conmigo?

–Sí, pero ahora no puedo dejar el hostal. En Navidad es imposible. Y estoy segura de que tú no quieres retrasar la visita.

–Preferiría no postergarla.

–En ese caso, ve. Estás haciendo un trabajo muy exhaustivo. Ya me pondrás al día cuando vuelvas.

–Si contestas el teléfono.

Eve sonrió avergonzada y Ted le guiñó el ojo.

–No ha sido tan difícil, ¿verdad?

–Ya basta, Ted –le regañó Sophia.

Pero Ted conocía a Eve de toda la vida y no iba a dejar que su esposa le dijera cómo tenía que relacionarse con ella.

–No, no ha sido demasiado doloroso –contestó Eve–, siempre y cuando la cosa termine aquí.

Ted arqueó las cejas.

–¿Entonces no quieres que te cuente lo que sé sobre Brent?

La camarera apareció en aquel momento, parecía azorada.

–Lo siento –se disculpó.

Alzó un dedo para indicar que volvería inmediatamente y fue a atender a Noelle, una sabia decisión, teniendo en cuenta que Noelle estaba ya a punto de estallar.

–Tú no sabes nada sobre Brent –replicó Eve.

–En ese caso, habré seguido a otro cuando se ha ido del pueblo.

Aquello la pilló de sorpresa.

–¿Le has seguido? ¿Por qué?

–Porque eran las tres de la mañana y me pareció extraño que estuviera fuera de casa.

Eve se cruzó de brazos.

–No más extraño que el que estuvieras tú.

—Excepto que yo tengo una hija que estaba teniendo unos dolores menstruales tan fuertes que la hacían llorar y necesitaba un ibuprofeno.

—Pero, aun así, te dedicaste a seguir a Brent.

—Pensé que me lo agradecerías.

Eve no podía negar que sentía curiosidad.

—¿Qué noche fue esa?

—La del lunes.

—¿Y adónde fue?

—Yo le seguí hasta Jackson. De todas formas, tenía que ir hasta allí para encontrar una farmacia abierta.

—¿Y después?

—Me pareció que alquilaba una habitación en un hostal que hay al final del pueblo. No recuerdo su nombre —miró a Sophia, buscando su ayuda.

—Me dijiste que era uno pintado de azul —le recordó ella.

Eve intervino para que no se entretuvieran en aquel pequeño detalle.

—Sé cuál es.

¿Cómo no iba a saberlo? Era el mismo en el que habían dormido la noche que habían ido juntos a Jackson.

—Exacto. El caso es que su coche estaba allí cuando pasé un cuarto de hora después, así que supongo que se quedó a pasar la noche —dijo Ted.

¿Seguiría todavía allí?, se preguntó Eve, ¿tan cerca?

Pero sabía que las posibilidades de que estuviera en Jackson eran escasas.

—¿Por qué no me lo has dicho antes?

Ante la impaciencia de su voz, Ted se llevó la mano al pecho.

—Estás de broma, ¿verdad? ¿Cuántos mensajes míos has ignorado?

Al ver que la camarera se dirigía hacia allí, Eve agarró el bolso y se levantó para tenderle la tarjeta de crédito.

—Ya sabes dónde trabajo.

–Para serte sincero, no tenía muchas ganas de darte esa información.

–¿Entonces por qué me la das ahora?

–Porque Cheyenne tiene la sensación de que entre vosotros han quedado cosas por cerrar. Me comentó que se había ido sin despedirse. Por lo que a mí concierne, creo que te mereces la oportunidad de hablar con él, sobre todo con la actitud tan posesiva que mostró cuando me encontró en tu cocina. Se comportó como si no tuviera derecho, siendo uno de tus mejores amigos, a advertirte sobre él.

–¿Así que esto es un concurso para ver quién puede más?

–Lo único que pretendo es hacerle responder de sus palabras y sus actos.

Se levantó también él y Sophia le imitó, pero hubo algo, probablemente la determinación de Eve, que le hizo mirarla con los ojos entrecerrados.

–¿Adónde vas? –le preguntó.

–A mi casa –contestó.

Pero era mentira y estaba segura de que los dos lo sabían. Se dirigía a Jackson. Era muy poco probable que Brent estuviera allí al cabo de toda una semana, pero en el caso de que estuviera, quería saber si su hermana estaba bien o si había sido ella la que le había alejado al llamar a su hermano.

Capítulo 19

Un trueno retumbó en el cielo con tanta fuerza que hizo temblar las paredes. Rex llevaba una semana en casa, pero su casa ya no le parecía el mismo lugar que cuando la había dejado. Quizá fuera porque su criterio en cuanto a mobiliario y decoración, de pronto se inclinaba más hacia objetos que pudieran proporcionar seguridad y confort. Especialmente cuando comparaba aquel espacio con el acogedor bungaló de Eve, el hostal o el resto de Whiskey Creek. Y también era estresante tener que vigilar su espalda con mucho más cuidado estando allí, donde La Banda podía encontrarle. Se sentía como en los viejos tiempos.

—¿Cuándo terminará esto? —susurró para sí mientras se acercaba a la ventana y miraba a través de una rendija de las persianas la tormenta que se estaba desatando en el pequeño patio trasero de su casa.

Si La Banda había descubierto su dirección, aquella sería la noche perfecta para dar el golpe. Si disponían de miembros suficientes, podrían asaltar la casa entrando desde diferentes puntos y sus vecinos no oirían ni un disparo.

Se preguntó cuánto tiempo tardaría Marilyn o cualquier otra persona en encontrar su cadáver. ¿Un día? ¿Dos? Odiaba la idea de que tuviera que encontrarse con una escena tan sórdida. Además, no sabría cómo localizar a su familia, comprendió, y sacó el teléfono del bolsillo para dejarle un mensaje.

–Marilyn, soy yo –dijo cuando se activó el buzón de voz–. Te llamo para decirte que si me ocurriera algo, tendrías que ponerte en contacto con mis hermanos. Nunca te he hablado de ellos, pero tengo dos. Encontrarás mi testamento en la caja de seguridad de la oficina. Todo se repartirá entre ellos.

Se había ocupado de ese asunto en cuanto había regresado a California. Había cosas que cambiaría si pudiera. Si Eve estaba embarazada, le gustaría dejarle algo más que los cinco mil dólares que le había entregado. Y querría dejarles algo a sus empleados. Pero cuando había organizado su herencia, todavía no les conocía ni a ella ni a ellos.

Tras dejarle a Marilyn el número de teléfono de sus hermanos, pensó en darle también el de Virgil. Quería que supiera de su muerte lo antes posible. Pero no se atrevía a dejar más pistas, ni siquiera verbales, que pudieran ayudar a localizarle en Nueva York. Una vez estuviera muerto, La Banda no se molestaría en hacer ningún daño a su familia. No tendría sentido. Pero continuarían buscando a Virgil. Los correos electrónicos que habían intercambiado Virgil y él sobre la ejecución de Mona eran lo único que podían permitirse en aquel momento.

Tardó un minuto en escribirle una carta a Dennis, dándole el nombre de una mujer llamada Eve Harmon que vivía en Whiskey Creek y diciéndole que le diera todo el dinero que pudiera necesitar. Esperaba que su hermano cumpliera su deseo. Pensando en enviársela por correo al día siguiente, guardó la carta en el bolsillo. Después, fue del estudio al cuarto de estar para revisar la parte delantera de la casa y el jardín.

Había luces de Navidad en las casas de enfrente y sus colores se difuminaban a través de la lluvia. La mayoría de la gente andaba muy ocupada durante las fiestas navideñas, comprando regalos, organizando fiestas y preparándose para el fin de año, mientras él se estaba preparando para el final de su vida.

Mierda. Estaba cansado de estar mirando por las ventanas y pendiente de las cámaras a través del ordenador. Si iban a matarle, esperaba que llegaran cuanto antes para acabar con todo aquello. Llevaba la pistola a la cintura, así que no iba a morir sin luchar. No era que quisiera morir, pero aquella no era forma de vivir.

Cuando vibró su teléfono y lo sacó del bolsillo, se preguntó si sería alguno de sus clientes, que le llamaba en medio de una emergencia. Pero no era ninguno de sus guardaespaldas. Era Marilyn. Debía de haber recibido el mensaje mucho antes de lo que él pretendía. Había imaginado que estaría dormida. El día que había llegado, había reprogramado todo el sistema telefónico de la oficina para ser él el que recibiera los avisos, en vez de ella, fuera del horario de oficina. Si llegaba pronto por la mañana, cosa que habitualmente hacía, Marilyn salía a las cuatro.

—¿Diga?

Creyó detectar un movimiento en el jardín y estuvo a punto de sacar la pistola. Pero cuando miró con atención, vio que era la rama de un árbol siendo sacudida por el viento.

—¿Qué pasa? —preguntó Marilyn.

—Nada —contestó él, sin dejar de vigilar el movimiento de las sombras causado por las ramas de los árboles.

—¿Entonces por qué me has dado los contactos de tu familia?

—Solo por si acaso.

—¿Por si acaso qué?

—Ya te lo he dicho. Por si me ocurriera algo.

—Eso me asusta.

—Lo siento. No tengo a nadie más a quien dejarle esa información.

Marilyn se aclaró la garganta.

—Eso también me hace preguntarme si no debería decirte que... esta mañana hemos recibido un mensaje extraño.

La tensión de sus hombros aumentó. ¿Sería aquel mensaje extraño el principio del fin? Había estado esperando a que pasara algo extraordinario, algo que le indicara que La Banda se estaba acercando.

—¿Por qué no me lo has dicho? Has salido del trabajo antes que yo y a partir de entonces me he estado ocupando yo de los teléfonos.

—La llamada se ha recibido alrededor de las tres, cuando yo estaba hablando por otra línea y tú estabas en el banco, pero he pensado que era alguien que se había confundido de número.

—¿Por quién preguntaban?

—Por alguien llamado Brent.

La mente de Rex conjuró el rostro de Eve, haciéndole esperar, con la misma intensidad con la que debería esperar lo contrario, que estuviera intentando ponerse en contacto con él.

—¿Era una mujer?

—No.

—¿Y qué te ha hecho pensar en esa llamada ahora?

—Cuando me has llamado hace unos minutos, me he acordado. Por alguna razón, esa llamada me ha dejado una sensación extraña. Me ha hecho preguntarme si quizá no habías estado utilizando ese nombre por alguna razón.

Irritado por el hecho de que hubiera asumido que no tenía por qué informarle de aquella llamada, por la razón que fuera, se apartó de la ventana y se concentró en la conversación.

—Marilyn, no puedes ocultarme ninguna clase de información. No me importa quién llame o por quién pregunte.

—¿Por qué? Eso es lo que no entiendo.

—Porque podrían terminar matándome.

Se produjo un largo silencio.

—¿Lo ves? Gracias a comentarios como ese, esta noche no voy a poder dormir.

Rex no quería asustarla, pero tenía que conseguir que comprendiera la importancia de que le contara todo. ¿Quién podía saber si algo sin aparente importancia no podría advertirle de la presencia de su antigua banda?

—Trabajamos en una empresa de seguridad. Eso pone a mucha gente peligrosa contra nosotros y alguna de esa gente puede estar buscando venganza.

—¿Eso es lo que está pasando? Porque hasta ahora, nunca te habías ido de la ciudad durante más de dos semanas y media, ni me habías hecho encontrarme contigo en secreto para firmar cheques. Ni siquiera te habías tomado unas vacaciones. Y nunca habías tenido que utilizar un nombre falso.

Marilyn no sabía que el nombre que utilizaba con ella no era su verdadero nombre o, al menos, no era su verdadero apellido. Había pasado por diferentes cambios de identidad. Al principio, cuando Peyton, Virgil, Laurel y sus dos hijos habían entrado en un programa de protección de testigos y se habían trasladado a Washington D.C., había sido Perry Smith. Había llegado a odiar aquel nombre. Nunca se había adaptado a él, siempre le había hecho sentirse como si le hubieran arrebatado algo importante. Pero había tenido otros cinco nombres desde entonces y ninguno de ellos le había hecho sentirse mejor. Aquella era la razón por la que, cuando había vuelto a California, había vuelto a recuperar su nombre. Habiendo tanta gente en aquel estado, un Rex más no destacaría. Echaba de menos ser quien realmente era. Y, en aquel entonces, no había vuelto a tener noticias de La Banda ni de Mona desde que un tipo llamado Hiel había encontrado a Laurel en Montana un año antes.

—Hay alguien que me busca, Marilyn.

—¿Quién?

—Alguien a quien me enfrenté en el pasado. Eso es lo único que necesitas saber. Y, ahora, háblame de ese mensaje tan misterioso.

Sabía que a Marilyn no le gustaba que la mantuviera en la ignorancia. Parecía creer que su negativa a darle detalles sobre el peligro que corría significaba que no confiaba en ella. Y era verdad, hasta cierto punto. Pero solo porque no podía esperar que no le diera a un miembro de La Banda su dirección en el caso de que le pusieran una pistola en la cabeza. Y, seguramente, confesaría mucho más rápido si fuera su marido el que estuviera en peligro.

Marilyn era una empleada leal, pero La Banda hacía todo lo posible por sacar provecho de los puntos vulnerables. Y no podía pedirle que diera la vida por él.

—¿Y bien? —la urgió.

—El que llamaba era un hombre llamado Dylan.

El único Dylan que le conocía con el nombre de Brent era el que había conocido a través de Eve.

—¿Y dijo su apellido? —preguntó, solo para confirmar sus sospechas.

—No, lo único que dijo fue: «Brent, eres un cabrón. No tenías que haberlo fastidiado todo demostrando que yo tenía razón».

Definitivamente, aquel mensaje era del marido de Cheyenne. Con la ayuda de Ted, el amigo de Eve, Dylan había averiguado dónde trabajaba. Pero lo que Marilyn había dicho no encajaba con la imagen de un tipo duro como Dylan.

—¿De verdad dijo «fastidiado»?

Marilyn bajó la voz.

—No he querido repetirlo literalmente. Mi suegra está durmiendo en la habitación de al lado y lo de cabrón ya ha sonado suficientemente fuerte.

En otras circunstancias, Rex se habría echado a reír. A Marilyn no le importaba utilizar palabras fuertes en el trabajo. Pero suponía que él tampoco soltaría una palabra como aquella si pudiera oírla su suegra, en el caso de que la tuviera. Jamás había utilizado aquella clase de vocabulario delante de su propia madre, ni siquiera en sus peores días. Toda la rabia la llevaba por dentro.

—¿No ha dejado ningún número de teléfono?

—No. No me dio la impresión de que esperara que le devolvieras la llamada. Pero el número desde el que estaba llamando apareció en la pantalla, así que lo apunté.

Rex sabía que tenía que dejarlo pasar. Responder era una estupidez. Si llamaba a Dylan, Dylan avisaría a Ted y los dos sabrían de su relación con All About Security. Pero tampoco se habían tragado el cuento de que era jardinero en Bakersfield. La inquietud que últimamente se había apoderado de él se reafirmó, y también lo hizo el deseo de revelarse contra las restricciones a las que había tenido que someter su vida. «¡Vamos!», pensó mientras imaginaba, por millonésima vez, la confrontación con su antigua banda.

–Dame el número –le pidió a Marilyn, y se dirigió a su despacho para buscar lápiz y papel.

Dos minutos después, bloqueó su número de teléfono y llamó a Dylan.

Contestó Cheyenne.

–¿Diga?

–¿Está por ahí tu marido? –preguntó Rex.

–¿Quién le llama?

Rex vaciló un instante. Habría preferido no identificarse, pero dudaba de que le pasara a Dylan si no lo hacía.

–Brent.

–¡Ah! Brent. Muy bien. Espera un momento.

Parecía nerviosa, pero no le preguntó por qué se había marchado de forma tan precipitada cuando se suponía que tenía que haberse quedado a pasar allí la Navidad. Tampoco mencionó el hecho de que su hermana no hubiera aparecido en ningún momento, ni el que se hubiera ido sin despedirse de Eve. Corrió a buscar a su marido; Rex la oyó llamando a Dylan.

Unos segundos después, llegó hasta él la voz de Dylan.

–¿Brent?

–¿Crees que debería haberme quedado? –preguntó Rex sin ninguna clase de preámbulo–. ¿Es eso lo que piensas?

Se produjo un largo silencio. Después, en vez de empezar a despotricar contra él como Rex esperaba, Dylan dijo quedamente, con calma:

–No, lo que creo es que habrías preferido quedarte, porque si no, no habrías hecho esta llamada.

–Quizá tengas razón.

¿Por qué negarlo? ¿Quién no querría estar en un lugar que parecía seguro, acogedor, y protegido de todos los peligros que le amenazaban? Whiskey Creek era un lugar fuera del tiempo e ir allí casi había sido como disfrutar de una segunda oportunidad.

–¿Entonces por qué te has ido?

–Porque para mí era imposible hacer ninguna otra cosa. Al marcharme, le he hecho un favor a Eve. Os lo he hecho a todos.

Estuvo a punto de poner fin a la llamada. Acababa de hacerle saber a Dylan que no había utilizado a Eve, que no era tan miserable. O, a lo mejor, había buscado una salida para su frustración y su enfado, una pelea que no le costara la vida de nadie. Si así era, aquel deseo había sido sofocado por la perspicaz respuesta de Dylan.

Dylan habló antes de que pudiera hacerlo él.

–¿En qué clase de problemas andas metido? ¿Todo esto tiene algo que ver con tu hermana?

Rex se pasó la mano por el pelo, que tenía ya revuelto por la cantidad de veces que había repetido aquel gesto.

–No, no tengo ninguna hermana. Scarlet era una clienta. Iba a llevarla a Whiskey Creek para poder protegerla, pero la situación se resolvió.

Se produjo un largo silencio. Después, Dylan preguntó:

–¿Sobre qué más has mentido?

–Prácticamente en todo –admitió–. Pero lo que está ocurriendo ahora mismo en mi vida no tiene nada que ver con la policía, si es ahí a donde quieres llegar.

–Entonces eso significa que tiene que ver con gente que no es de la policía, lo que significa que la policía puede ayudarte.

–Ya lo intenté, pero no pueden hacer nada. Prefiero defenderme solo.

–¿De qué se trata entonces? ¿Testificaste contra alguien? O...

—Algo así —le interrumpió.

Rex estaba seguro de que Dylan estaba sorprendido de que estuvieran manteniendo aquella conversación. También él lo estaba. Apenas se conocían el uno al otro y, hasta entonces, nunca se había abierto con nadie, ni buscando su comprensión ni ninguna otra cosa. No podía explicar por qué con los amigos de Eve todo era diferente, pero le importaba que tuvieran una buena opinión sobre él. Seguía queriendo ver a Eve, quería explorar lo que sentía cuando estaba con ella.

—Sea lo que sea a lo que te estás enfrentando, tendrás que dejar de huir en algún momento —dijo Dylan.

Rex rio sin alegría. Si no hubiera llegado a tomar aquella decisión por sí mismo, no habría dejado Whiskey Creek.

—Exactamente. Pero confía en mí, estoy seguro de que no te gustaría que dejara de huir quedándome en tu pueblo —respondió, y desconectó.

No podía seguir hablando aunque quisiera hacerlo. No había visto a nadie aparcando en el camino de su casa. Pero una figura se estaba acercando a su puerta.

Contuvo la respiración como si estuviera a punto de recibir un golpe. Quizá aquel fuera el final de todo.

Capítulo 20

Brent había abandonado el hostal de Jackson el mismo día que se había registrado. Aquella era una información que, probablemente, la directora de Blue Bell no debería haberle dado a Eve, teniendo en cuenta la legislación sobre el derecho a la intimidad, pero la mujer se acordaba de que había pasado allí una noche y no sacó a colación ninguna cuestión legal. Eve agradeció que le hubiera proporcionado aquella información tan fácilmente. Y saber que no habría podido localizarle había mitigado su enfado con Ted por haber esperado tanto tiempo para decírselo.

Pero teniendo tan pocas pistas para continuar, jamás podría encontrar a Brent. Por lo que había averiguado, se había registrado en Blue Bell a última hora de la noche, había dormido unas cuantas horas y se había marchado... solo Dios sabía a dónde. ¿Por qué no habría pasado en casa de la señora Higgins aquellas últimas horas? A lo mejor pensaba que la señora Higgins intentaría convencerle de que no se marchara si le veía con el equipaje. Eso era lo que ella imaginaba, pero también era posible que hubiera emprendido el viaje, se hubiera dado cuenta de que estaba demasiado cansado y hubiera decidido dormir en el único lugar de la zona que le resultaba familiar al margen de Whiskey Creek.

Pero si su hermana había sido herida, si aquella era la razón por la que se había marchado en medio de la noche, era raro que hubiera parado tan pronto. Podría haber tomado un café, o un par de pastillas de cafeína para que le ayudaran a mantenerse despierto y así ir directamente con ella.

Eve suspiró. ¿Qué podía decir? No era ningún secreto que la relación de Brent con su familia era tensa. A lo mejor no se sentía cómodo corriendo al lado de su hermana porque otros miembros de su familia habían llegado antes que él y, al mismo tiempo, estaba demasiado afectado como para quedarse en Whiskey Creek.

El único problema de la teoría de la hermana en peligro era que, a aquellas alturas, Eve ya estaba convencida de que Dennis era el hermano de Brent, de que el verdadero nombre de Brent era Rex y de que Scarlet no era su hermana. Dennis había reaccionado como si ni siquiera conociera a Scarlet.

Y Dios no quisiera que fuera la novia de Brent, o de Rex.

—Dijiste que no eras un mentiroso —musitó en voz alta mientras se acercaba a Whiskey Creek.

¿Pero cómo se lo podía creer?

Comenzó a nevar cuando estaba llegando a las afueras del pueblo. El invierno había llegado tarde aquel año. Había llovido mucho, pero aquellas eran las primeras nieves. En circunstancias normales, se habría emocionado ante la perspectiva de disfrutar de una Navidad blanca. No había nada más maravilloso que su pintoresco pueblito descansando bajo un manto de nieve. Pero aquel año no tenía un gran espíritu navideño.

En aquel momento, lo único que le apetecía era meterse en la cama, de modo que no le hizo ninguna gracia ver el jeep de Dylan al girar en el camino de su casa. Las luces traseras estaban encendidas, como si hubiera ido a verla y estuviera yéndose al no haberla encontrado.

¿Estaría Cheyenne con él?

Estaba demasiado oscuro como para saberlo.

En el instante en el que la vio, Dylan volvió a aparcar, aunque le estaba bloqueando la entrada al garaje. Normalmente, a Eve no le habría importado. Pero no quería hablar sobre Brent. Ni con Ted, ni con Sophia, ni con Cheyenne ni con Dylan. No quería hablar con nadie. Tenía el corazón destrozado, tanto si tenía derecho a ello como si no, y necesitaba tiempo para enfrentarse a aquella decepción. Continuaba temiendo lo que la prueba de embarazo que tenía en casa podía llegar a revelar, por supuesto. Sus sentimientos estaban en tal estado de agitación que no estaba segura de lo que sentía ante la perspectiva de tener un hijo. Lo único que sabía era que no estaba preparada para renunciar a Brent cuando se había marchado, que no pensaba tener que hacerlo hasta tres semanas después.

La puerta del pasajero y la del conductor se abrieron al mismo tiempo, lo que contestó su pregunta sobre si Cheyenne había acompañado a Dylan.

A lo mejor Ted la había llamado al ver que se iba tan alterada del restaurante y habían ido para asegurarse de que estaba bien.

—¿Qué hacéis aquí a estas horas? —les preguntó.

Había aparcado en un lateral y Dylan tuvo que rodearla antes de entrar en casa.

Las llaves del coche tintinearon en las manos de Dylan mientras se acercaba a ella.

—He estado intentando localizarte.

Eve se acercó de nuevo a su coche para sacar el bolso y poder mirar el teléfono. Se había quedado sin batería.

—¡Ah! Supongo que me he quedado sin batería.

¿Tan absorta estaba en su objetivo de encontrar a Brent, o a Rex, que ni siquiera se había dado cuenta?

—Las luces estaban encendidas, así que pensábamos que estabas en casa y, a lo mejor, le habías dejado el coche a alguien.

Cheyenne sabía que Pam, una de las empleadas del hostal, tenía un coche más viejo incluso que el de Eve. Cada vez que tenía un problema en el motor, le pedía prestado el coche a Eve, en el caso de que esta no lo necesitara.

–No, hoy no.

Había dejado las luces encendidas cuando había ido al Just Like Mom's porque no pensaba tardar mucho tiempo y, como mujer soltera, se sentía más segura regresando a una casa que no estaba tan completamente a oscuras.

–Pero todavía no me habéis dicho qué estáis haciendo aquí.

–Brent ha llamado a Dylan –anunció Cheyenne.

A Eve le dio un vuelco el corazón.

–¿De verdad? ¿Por qué? ¿Y cómo ha conseguido tu número?

Se produjo una ligera pausa. Cheyenne estaba esperando a que su marido contestara la pregunta.

Dylan le dirigió a Eve una mirada que sugería que no le haría ninguna gracia la respuesta.

–He llamado a su empresa esta tarde y le he dejado un mensaje.

–¿Que tú qué? –preguntó Eve.

–Sabía que estaba mintiendo cuando dijo que era propietario de una empresa de jardinería y quería que lo supiera –le explicó–. A mí también me ha fastidiado que irrumpiera de esa forma en tu vida para irse después como si no hubiera pasado nada. Te mereces algo mejor.

Como estaba enfadada con Brent, con Rex, por esa misma razón, Eve apreciaba que Dylan se alzara en su defensa. Pero aquel sentimiento llegó un segundo después que la curiosidad que aquella noticia había despertado.

–Así que llamaste a All About Security.

–Sí.

–Y él te devolvió la llamada.

–Lo cual es una forma de admitir que teníamos razón –dijo Cheyenne, señalando algo obvio.

Estaban mojándose, así que Eve señaló hacia la puerta.

–Seguro que él era consciente de ello.

Dylan asintió mientras entraban rápidamente en la casa.

–Sí.

Eve les condujo a la cocina.

–¿Te lo ha dicho él?

–Me ha dicho que tuvo que marcharse porque no le quedaba otro remedio. Eso era lo que quería decirte. He pensado que podría ayudarte a enfrentarte a... a esa marcha tan repentina.

–¿Ha tenido que marcharse por los problemas que tenía su hermana con su ex? –preguntó–. ¿Es eso lo que te ha dicho?

–No. No tiene ninguna hermana –respondió Dylan–. Scarlet era una clienta que había contratado los servicios de su empresa, pero, según él, la situación se ha resuelto por sí misma.

Eve dejó escapar un suspiro de alivio al comprender por fin quién era Scarlet. Así que no era ni la hermana ni la novia de Rex. El hecho de que Dennis no hubiera reconocido su nombre tenía sentido. Le habría gustado que aquello no la complaciera tanto, pero...

–Sea cual sea el problema al que se esté enfrentando ahora, es cosa suya, no de Scarlet –añadió Dylan–. Pero dice que es un problema que no tiene que ver con la policía.

–A mí me dijo lo mismo –Eve dejó el bolso a un lado y se quitó el abrigo–. ¿Tú le crees?

–Sí –contestó Dylan.

–¿Por qué, si ha dicho tantas mentiras? –le preguntó desafiante.

–Si no recuerdas mal, no las dijo de forma voluntaria. En realidad, él no quería decir nada. Le forzamos a contestar. Y no habría contestado a mi llamada para volver a mentirme. Si quieres saber la verdad, parecía... resignado.

Eve deseó haber podido hablar con él.

–¿Ha dicho algo de mí?

–No directamente. Pero toda la llamada estaba relacionada contigo.

–Pero ni siquiera me ha mencionado –dijo Eve mientras se sentaba en la silla de la cocina.

Dylan ayudó a Cheyenne a quitarse el abrigo y lo colocó encima del suyo.

–Por eso hemos venido. No creo que él quisiera dejar Whiskey Creek y he pensado que deberías saberlo.

Las palabras de Dylan aliviaban el dolor del orgullo herido, pero también le hacían desear que Rex volviera.

–¿Está a salvo?

Dylan frunció el ceño.

–Tengo la impresión de que él cree que no.

Sintiendo de pronto tanto frío como si estuviera bajo la nieve, Eve entrelazó las manos en el regazo.

–Él es el más indicado para saberlo, ¿verdad?

–Supongo que sí –la respuesta de Dylan fue apenas un gruñido.

Eve supuso que no quería ni pensar en ello.

–¿Y podemos hacer algo por él? –preguntó.

Dylan se sentó en frente de ella y estiró las piernas.

–Mantenernos lejos de la línea de fuego, supongo. Él no quiere traer el peligro que le acecha a Whiskey Creek. Y yo tampoco puedo decir que sea algo que quisiera ver yo.

Pero si Brent no estaba a salvo, ¿quién podía ayudarle?

–Me estás diciendo que lo deje pasar. Que se enfrente él solo a lo que quiera que le pase.

Dylan se encogió de hombros.

–Lo siento, pero no sé qué otra cosa se podría hacer.

Estando allí, mirando a Cheyenne y su abultado vientre, Eve comprendía que Dylan optara por mantenerse a salvo. Eve sabía que también ella podía estar embarazada. No quería que nadie más saliera herido, pero eso incluía a Rex.

Rex había estado a punto de disparar a su vecina. Jamás habría imaginado que Leigh Dresden, que vivía en la puerta de al lado, pudiera aparecer en la puerta de su casa a la una de la madrugada en medio de la peor tormenta que había sacudido San Francisco aquel invierno. Y no habría estado tan cerca de hacerlo si ella no hubiera tapado la mirilla con un dedo, a modo de broma. Pero comprendía que no fuera consciente de que algo así pudiera ponerla en peligro. Y estaba convencido de que Leigh no sabía qué demonios estaba haciendo. Por su risita tonta y por su forma de tambalearse, era evidente que había bebido demasiado. Quizá fuera aquella la razón por la que había desafiado al viento y a la lluvia para presentarse delante de su casa con una fuente de galletas decoradas con azúcar. Las había cubierto con un plástico, lo cual revelaba cierta lucidez, pero ni siquiera se había puesto un abrigo. Y aquella conducta no era propia de ella. Tenía dos hijos, dos hijos pequeños, y siempre le había parecido una mujer seria y entregada a su familia.

–Te he hecho... esto –dijo, arrastrando las palabras lo suficiente como para añadir más evidencias al hecho de que estaba bebida.

Rex podía sentir el peso de la pistola en su mano derecha. Había encendido la luz del porche, pero no la de la entrada, de modo que su vecina permanecía entre sombras. Por lo que él podía decir, no se había fijado en la pistola. Estaba demasiado ocupada mirándole a la cara y sonriendo.

–Has sido muy amable –escondió la pistola en la espalda–. ¿Pero cómo se te ha ocurrido venir en medio de la noche?

Leigh se puso de puntillas y miró por encima del hombro de Rex hacia el interior de la casa.

–He pensado que te gustaría. Parece que estás muy solo, ¿verdad? Nunca te he visto traer a nadie a casa. Nunca vienen amigos ni... ni nada.

–¿Has estado vigilándome?

Su risa sonó un poco nerviosa, como si aquella pregunta hubiera provocado un momento de lucidez.

–Las cosas han cambiado desde que Marcus y yo nos separamos.

Aquella ruptura era una novedad para él.

–¿Tu marido y tú ya no estáis juntos?

Ella le dirigió una mirada extraña.

—No. Nos separamos hace seis meses. Marcus decidió que prefería a la Barbie de dieciocho años que conoció en el gimnasio.

Rex se frotó la barbilla con la mano libre.

—Lo siento mucho. Supongo que no estoy muy al tanto de los chismes del barrio.

—No, supongo que no —contestó ella—. Pensaba que no había nadie que no se hubiera enterado de esa historia.

Se echó a reír, pero una repentina tristeza borró la alegría de su rostro.

—La estaba trayendo a casa. Fue Ben, el vecino de enfrente, el que me contó lo que estaba pasando.

—Vaya.

Leigh parecía deprimida, pero consiguió esbozar una sonrisa.

—En cualquier caso, he visto que tenías las luces encendidas. Sé que normalmente te acuestas tarde y... —hizo un gesto desgarbado—, no podía dormir, así que... se me ha ocurrido venir a verte para ver si te apetecía una galleta —pareció fijar la mirada en su boca—. O... a lo mejor prefieres venir a casa a tomar una copa y después comerte las galletas. Vivimos a diez metros de distancia y apenas nos conocemos.

¿Y pensaba que aquel era un buen momento para conocerse?

—¿Dónde están tus hijos?

—En casa, durmiendo —bajó la voz y batió las pestañas—. No nos molestarán.

Evidentemente, quería algo más que conversación. Rex no tenía ningún interés, pero no podía enviarla a su casa y dejar que terminara cayéndose o tropezando con algún miembro de La Banda. Así que empujó la pistola hacia el interior de la cintura y se sacó la camisa, ocultando aquel gesto con el tronco.

—Me temo que estaba a punto de acostarme, así que tendremos que dejar la copa para otro momento –dijo mientras tomaba la fuente de las galletas y la dejaba a un lado–. Pero déjame acompañarte a tu casa.

Leigh deslizó el brazo alrededor del suyo y posó la cabeza en su hombro casi en el mismo instante en el que Rex salió de casa. No agarró ningún abrigo. Aunque hacía frío, estaba demasiado nervioso por el hecho de que hubiera una mujer delante de su casa en un momento en el que estaba esperando un ataque. Lo único que quería era dejarla en su casa sana y salva, pero Leigh estaba tan borracha que apenas podía caminar. Su falta de coordinación y el viento contra el que tenían que luchar a cada paso hacía que avanzaran más lentamente de lo que había planeado.

–¿Nunca te sientes solo? –preguntó ella nostálgica, parpadeando mientras alzaba el rostro hacia el suyo.

Rex pensó en Eve. La única vez que no se había sentido solo desde hacía mucho tiempo había sido con ella.

–Sí –contestó.

Leigh ensanchó la sonrisa y volvió a fijar la mirada en sus labios.

–¿Entonces por qué no eres más sociable?

–Estoy muy ocupado.

–Todo el mundo tiene que darse un respiro de vez en cuando. Tiene que comer, dormir… y hacer… otras cosas de vez en cuando.

Por fin habían llegado a su casa. Leigh no parecía preocupada por la tormenta, pero a él no le gustaba estar empapándose.

–Ya hemos llegado. Será mejor que entres antes de que te resfríes.

–Ven conmigo –le pidió ella con un puchero.

Abrió la puerta y tiró de él.

–Leigh, lo siento –permitió que le arrastrara hasta dentro, pero permaneció en la entrada–, tengo que volver.

Leigh cerró la puerta tras él, le tomó la mano y la posó en su pecho.

–¿Por qué? En tu casa no vas a encontrar lo que puedes encontrar aquí.

–Lo siento, Leigh –repitió él, apartando la mano–, pero tengo una relación con otra persona.

Apenas podía creer que hubieran salido aquellas palabras de su boca. Eve y él no tenían una relación. Él no podía ofrecerle nada. Y, aun así, era posible que llevara en su vientre un hijo suyo.

Su vecina le rodeó el cuello con los brazos.

–Nunca llevas a nadie a tu casa –respondió, sacando el labio inferior con un puchero–. Lo sé. Te he estado observando desde que se fue mi marido.

–No vive aquí.

–¿Vive en otro estado?

–No tienes ninguna necesidad de preocuparte por eso.

Se desasió de sus brazos con delicadeza. Era evidente que Leigh estaba pasando por un mal momento. Probablemente la Navidad había revivido muchos recuerdos de cuando estaba con su marido y, aun así, tenía que obligarse a mostrarse feliz por el bien de sus hijos.

Comprendía los motivos que la llevaban a beber y a buscar consuelo y placer allí donde pudiera encontrarlos.

Pero justo cuando se estaba apartando y empezaba a abrir la puerta, vio que un coche se acercaba lentamente y se detenía delante de su casa.

Cerró rápidamente la puerta y echó el cerrojo.

–¿Qué pasa? –preguntó Leigh.

Rex no contestó. Corrió a la ventana y vio a cuatro hombres saliendo del coche. Por la determinación con la que caminaban hacia su casa, ocultando algo bajo las chaquetas, imaginó que llevaban armas.

Capítulo 21

Unos golpes en la puerta arrancaron a Eve de un sueño agitado. Se sentó en la cama, preguntándose si habría imaginado aquel ruido o lo habría confundido en alguna de las muchas secuencias de sueños que había tenido.

Pero volvieron a aporrear la puerta. Fue un sonido consistente e inconfundible. Alguien quería despertarla. No podían ser sus padres, ¿no? ¡Ni siquiera eran las seis de la mañana!

Ligeramente nerviosa, pues ya había pasado una mala noche, agarró la bata y el teléfono móvil y salió asustada al cuarto de estar. El sol todavía no había aparecido. No parecía que fuera a ser un día muy soleado. A juzgar por el viento que aullaba entre los aleros del tejado, el tiempo no había mejorado desde la noche anterior, cuando Dylan y Cheyenne habían ido a hacerle la visita. No estaba segura de que siguiera nevando, pero, desde luego, la tormenta no había terminado.

Se acercó a la ventana y se asomó. Había dejado de nevar, pero no vio ningún coche en el camino de la entrada.

—¿Quién es? —preguntó, a punto ya de pulsar una tecla del teléfono para llamar a la policía.

—Soy yo —respondió Rex.

El corazón estuvo a punto de caérsele a los pies. ¡Brent! No. Rex. Tenía que acostumbrarse a utilizar su verdadero nombre. Pero antes tenía que confirmarlo.

–¿Rex?

–Sí.

Eve consiguió esbozar una sonrisa después de abrir la puerta.

–Es agradable saber por fin quién eres realmente.

–Lo siento, Eve. He intentado mantenerme al margen de tu vida.

Estaba pálido y demacrado, mucho más pálido de lo que le había visto nunca. Eve se preguntó si estaría enfermo, pero imaginó que era agotamiento. El viento le había revuelto el pelo y lo tenía notablemente enredado. Llevaba la barba más crecida de lo habitual y tenía los ojos irritados.

–No quiero que desaparezcas de mi vida –dijo Eve, agarrándole para que entrara en su casa, donde hacía más calor.

–No puedo quedarme –le advirtió él.

Pero ella le ignoró. Necesitaba dormir, una buena comida y un poco de cariño y cuidados antes de pensar en ninguna otra cosa.

–Parece que no has dormido bien.

–Todavía no he dormido.

–¿Todavía no has dormido? ¡Pero si ya está a punto de amanecer!

Comenzó a dirigirle hacia el dormitorio, pero él retrocedió.

–Lo más inteligente sería que me echaras. Ahora mismo sería mucho más seguro para ti, para los dos, de hecho, que ninguno de nosotros estuviera aquí. Pero en algún momento volverán a encontrarme.

¿Quién? Eve no sabía a quién se refería. Y tampoco sabía qué podría haber hecho Rex, en el caso de que hubiera hecho algo, para provocar el peligro en el que se encontraba. Pero no se atrevió a preguntárselo en aquel momento. Su aspecto cansado y aquella actitud vigilante y a la defensiva le desgarraban el corazón.

–Hablaremos más tarde –le propuso–, cuando hayas tenido oportunidad de descansar.

—¿A qué hora tienes que ir al trabajo?

—Tengo que estar allí a las nueve, así que, si para cuando te despiertes ya me he ido, date una ducha y desayuna lo que te apetezca. ¿Necesitas mi coche?

—No. He alquilado un coche. Lo he aparcado a medio kilómetro de tu casa. No quería que lo vieran tus padres y se preguntaran si estaba pasando algo.

—¿Y el equipaje?

—No llevo gran cosa, pero lo tengo en el coche.

Eve se puso a quitarle la camisa, pero cuando empezó a desabrocharle los botones, Rex la detuvo y ella se dio cuenta de que era porque llevaba una pistola.

Se quedó paralizada cuando Rex sacó el arma, pero él no la dejó inmediatamente a un lado. Se detuvo como si temiera que la visión de aquella pistola pudiera afectarla lo suficiente como para no permitirle quedarse en su casa.

—Es para defenderme, Eve —le dijo—. Pero jamás te haría ningún daño. Me crees, ¿verdad?

Eve le creía. No se sentía amenazada por aquella pistola. Pero había motivos por los que Rex tenía que llevar un arma y eso sí que la asustaba.

—¿Has tenido que utilizarla alguna vez?

Eve sabía que tenía problemas, problemas serios, ¿pero una pistola? Aquello la hizo enfrentarse a la realidad: ¡Rex estaba hablando de un asunto de vida o muerte!

En vez de contestar, Rex volvió a deslizar la pistola en la cintura del pantalón.

—No debería haber venido aquí. No debería estar involucrándote en mis problemas.

Parte de ella, la parte que repetía lo que sus padres y la mayoría de sus amigos probablemente le habrían dicho, le decía que debería dejarle marchar. La otra parte, aquella que se preocupaba por él y sentía su agotamiento y su dolor, no podía soportar la idea de que se fuera sin ofrecerle el descanso y el confort que necesitaba.

—No te vayas —le dijo—. Admito que tengo que darte un

voto de confianza para tener una pistola en mi casa, pero... déjala y acuéstate. Quiero tenerte a mi lado. Quiero oír tu corazón latiendo y saber que estás conmigo, seguro y a salvo.

Al verle titubear, Eve alargó la mano hacia la pistola, pero Rex le apartó la mano y colocó él mismo la pistola en la mesilla de noche. Después, Eve se quitó el camisón. Y no porque quisiera hacer el amor. No creía que Rex estuviera emocionalmente preparado en aquel momento. Ni siquiera estaba segura de que lo estuviera ella. Pero ansiaba sentir su piel contra la suya, y cuando se tumbó a su lado, él también pareció ansioso por estar cerca.

—Me encanta como hueles —musitó Rex cuando la atrajo hacia él.

Eran muchas las cosas que a Eve le gustaban de él. No podía decir por qué. No lo conocía demasiado bien, por no hablar de que al principio él ni siquiera le había dicho la verdad. Pero cuando estaba con él, se sentía satisfecha como no se había sentido nunca. Era como si hubiera estado echando de menos algo en su vida y él se lo hubiera proporcionado.

—Me alegro de que hayas vuelto —le dijo, y se movió para posar los labios en su sien.

Rex se durmió casi al instante, pero Eve no. No quería dormir. Sabía que tenían los minutos contados. Con un poco de suerte, Rex se quedaría con ella un día a dos. Así que permaneció despierta, escuchando su respiración y memorizando los rasgos de aquel maravilloso rostro mientras salía el sol. Quería conservar hasta el último detalle en su memoria porque, probablemente, lo único que le quedaría de Rex serían los recuerdos.

A no ser que estuviera embarazada...

Cuando Rex se despertó, la casa estaba en silencio. Eve debía estar en el trabajo. Alzó la cabeza para mirar alrededor del dormitorio vacío y repleto de detalles femeninos. Después, volvió a tumbarse y recordó cómo habían tiroteado su casa y su Land Rover la noche anterior. La Banda había dado por sentado que estaba en casa.

Necesitaba darse una ducha para ponerse a hacer gestiones. Cuando Eve volviera del trabajo, le pediría que le llevara al aeropuerto. Tenía que salir de California cuanto antes. También necesitaba averiguar cómo iba a vender su empresa, su casa y reconstruir después su vida. Sabía que debería agradecer el haber sobrevivido aquella noche gracias a que su vecina le había dado un motivo para abandonar su casa en ese preciso instante. Pero le resultaba difícil enfrentarse a la destrucción de todo lo que había construido, sobre todo cuando creía haber llegado a un punto en el que aquello no volvería a ocurrir. Hasta que había recibido el mensaje de Mona, pensaba que, siempre y cuando tuviera cuidado, había dejado atrás el pasado.

No debería haber asumido que se había liberado de él. Así no habría sido tan amarga la decepción. Jamás escaparía por completo a La Banda. Y aquella era la razón por la que no podía quedarse en Whiskey Creek.

Un ruido en la puerta le hizo incorporarse. Aunque era imposible que le hubieran seguido hasta Whiskey Creek, estaba suficientemente nervioso después de lo que había pasado la noche anterior como para agarrar su pistola.

—¡No te asustes, soy yo! —le avisó Eve—. ¡Te he traído algo de almorzar!

Rex comprendió que había tenido la precaución de avisarle porque sabía que iba armado.

—Todavía estoy en la cama —respondió.

Dejó la pistola en el último cajón de la mesilla de Eve para que no tuviera que verla nada más entrar en la habitación.

Eve apareció en el marco de la puerta, tan guapa como siempre, con un vestido ajustado de color gris con un ribete negro y unas medias negras.

—Estupendo. Espero que hayas dormido bien. Lo necesitabas —le sonrió—. ¿Tienes hambre?

—Me muero de hambre.

La recorrió con la mirada, empezando por su pelo oscuro y sus ojos azules y continuando después por su esbelta figura.

—Pero quizá deberíamos empezar por el postre.

En vez de capitular, Eve arqueó una ceja.

—Me temo que con esa propuesta estás intentando evitar algo. Una vez más, diría yo.

Rex esbozó una mueca.

—¿Eso significa que quieres que hablemos?

—¿A ti qué te parece?

—Tenemos poco tiempo. ¿Por qué desperdiciarlo?

—Enterarme de lo que está pasando para mí no será una pérdida de tiempo —se acercó a la cama y se sentó a su lado—. ¿Vas a confiar lo suficiente en mí como para contármelo?

Rex estaba tan acostumbrado a ocultar su pasado, su verdadera identidad, y todos los acontecimientos que le habían convertido en lo que era, que le resultaba extraño considerar siquiera la posibilidad de abrirse. Aun así, todos aquellos secretos se habían convertido en una pesada carga. Eve era la primera mujer, después de Laurel, que sabía algo de su vida, por poco que fuera.

—¿Qué sentido tiene mantenerme en la ignorancia? —insistió Eve, como si comprendiera la batalla que se estaba librando en su cabeza—. ¿Por qué no me dejas conocer al hombre que eres realmente?

Con un suspiro, Rex colocó la almohada contra el cabecero para apoyar la espalda.

—Mi verdadero nombre es Rex McCready. Ese es el nombre con el que nací. Desde entonces, he sido Perry Smith, Jackson Perry, Taylor Jackson... —había comenzado a contar los nombres con los dedos, pero ella le interrumpió.

—Y Brent Taylor. Creo que ya he descubierto el patrón de la serie —dijo Eve con una sonrisa irónica.

—Imaginé que sería más fácil recordar mi nombre si por lo menos parte de él me resultaba familiar.

Eve asintió, animándole a continuar. Rex esbozó una mueca.

–A veces ni siquiera sé quién soy.

–Eso es más profundo que un nombre.

–Quizá.

–Lo que necesito saber es por qué –le dijo–. ¿Por qué todas esas identidades?

Aquella era la parte más dura. La parte que habría preferido evitar.

–Hice algo cuando era adolescente, Eve, algo de lo que siempre me arrepentiré –todavía era incapaz de hablar en detalle del accidente de Logan–. Le costó a mi familia un gran dolor, abrió una brecha entre nosotros y me llenó de desprecio por mí mismo. Fue algo a lo que no supe enfrentarme. No podía asumir el hecho de ser responsable de algo tan trágico. Había momentos en los que me devoraba por dentro –bajó la voz angustiado–. Daría cualquier cosa por dar marcha atrás en el tiempo, pero...

–Eso es imposible –dijo suavemente Eve.

–Sí.

Esperaba que sus respuestas hubieran parecido reflexivas. Resignadas. Se estaba esforzando por que fuera así. Pero, de alguna manera, Eve comprendía lo que era él en realidad, y aquello hacía que le resultara más difícil mantener la verdad oculta en el compartimiento con el letrero de *No abrir* de su cerebro.

Eve escrutó su rostro con la mirada.

–¿No vas a contarme cuál fue ese acontecimiento tan trágico?

Rex volvió a ponerse la máscara con la que normalmente escondía sus sentimientos más profundos.

–Eso no importa. No está relacionado con el resto de la historia.

Eve debió advertir la determinación que encerraba aquella frase porque no siguió presionando.

–Así que ese desprecio que sentías por ti mismo fue el que te impulsó a actuar.

Rex asintió.

—¿En qué sentido? —quiso saber ella.

—Comencé a meterme en peleas, a faltar al instituto y a consumir drogas. Al principio solo marihuana. Después pasé a drogas más duras. Muy pronto tuve que comenzar a traficar para financiarme el vicio. Y poco después de cumplir dieciocho años, me detuvieron.

—Y cumpliste condena.

Rex se pasó la mano por la cara.

—Sí.

—Dylan se lo imaginó. Dijo que eras... un hombre receloso.

—Eso es evidente, ¿no? —Rex rio sin alegría—. La prisión es un infierno para un joven furioso y autodestructivo como era yo, porque lo único que consigue es aumentar tu rabia y las ganas de destruirte. Probablemente me habrían matado si no me hubiera unido a un banda llamada, precisamente, La Banda —por eso resultaba casi irónico que se hubieran convertido en una amenaza para su vida años después.

—¿Una banda? —repitió Eve.

Rex intentó dominar algunos mechones de pelo con los dedos.

—Puedo imaginar que supongo un gran impacto para alguien como tú, alguien que nunca se ha encontrado con lo que me he encontrado yo. Pero la prisión... es un mundo aparte, Eve. Cuando estás dentro, o te unes a otros o tienes que enfrentarte tú solo a cuanto te ocurra, y es posible que no dures mucho estando solo.

Eve no necesitaba saber todas las razones por las que se había unido a aquel grupo, pero no era la menos importante el hecho de que en aquel entonces no tenía ninguna esperanza de alcanzar la treintena. Si no iba a sobrevivir, el futuro no importaba. No tenía ningún motivo para no sumarse a aquel grupo y ocupar, aunque solo fuera durante algún tiempo, el punto más alto de aquella particular cadena trófica.

—Quieres decir que necesariamente tenías que ser malo.

–En aquel momento lo sentía de aquella manera. Esos hombres, los miembros de cualquier banda, se convertían en tus hermanos. Lo que vivías podía ser terrible, pero les querías tanto que estabas dispuesto a dar la vida por ellos. Yo sentía que para mi familia no tenía ningún valor, pero podía contar con la fiera lealtad de unos hermanos que estaban dispuestos a aceptarme y tampoco eran mejores que yo. Era la primera vez desde hacía años que sentía que pertenecía a algo importante, que era alguien que importaba. No estaba dispuesto a perder algo así.

–Pero...

–Entonces conocí a Virgil.

–¿Otro interno?

–Sí. Al cabo de unos meses se convirtió en mi compañero de celda.

–¿Y él también estaba en esa banda?

–Al cabo de un tiempo, también se metió –apoyó la cabeza contra el cabecero mientras hablaba–. Estaba en prisión por haber matado a su padrastro, que era un maltratador.

Eve palideció.

–Ese amigo tuyo... ¿mató a alguien?

–No, pero tardaron catorce años en descubrir al verdadero asesino. Fue una chapuza –sintió que se le tensaban los músculos–. Todavía siento rabia contra la institución cuando pienso en lo que tuvo que pasar Virgil sin ningún motivo. Él llevaba más tiempo en prisión que yo. Era algunos años mayor. Pero era diferente, una buena persona, y llegamos a hacernos muy amigos. Después le liberaron.

–Y salió antes que tú.

–No mucho antes. Yo salí unas semanas después. Pero había un problema.

–¿Cuál?

Rex le tomó la mano. Sabía que ninguna mujer querría oír algo así.

–Cuando te unes a una banda, tienes que seguir en ella mientras vivas. No te dejan abandonarla.

–¿Quisiste dejar La Banda cuando saliste de prisión?

–No, al principio no. Como ya te he dicho, esos tipos eran la única familia que tenía. Mi propia familia, básicamente, me había repudiado. Pero Virgil se encontró con una nueva oportunidad. Quería empezar de cero y sabía que no podía hacerlo a no ser que encontrara la manera de proteger a su hermana.

Eve bajó la mirada hacia sus manos entrelazadas.

–¿De qué manera se vio ella involucrada con esa banda?

–Cuando la banda no puede retenerte, se encargan de la gente a la que quieres. Buscan hacerte daño de cualquier forma.

Cuando Eve retrocedió, Rex temió haber ido demasiado lejos. Pero nunca le había contado a nadie todo aquello y tenía que terminar. No quería sentir que había mentido contando solo parte de la verdad. Era importante saber si Eve sería capaz de mirarle de la misma manera una vez supiera todo lo que se escondía tras aquel rostro atractivo.

Aunque le parecía imposible que pudiera.

–No era solo su hermana –le dijo–. Ella tenía dos hijos. Estaba divorciada y estaba luchando para salir adelante, no tenía un marido que pudiera protegerla, que la cuidara.

–Y toda mujer necesita un hombre.

–¿Estás siendo sarcástica?

Eve se echó a reír.

–Por supuesto. Actualmente, la mayoría de las mujeres somos capaces de cuidar de nosotras mismas. Pero tu pasado pone ese comentario en otro contexto, así que supongo que no puedo esgrimirlo en tu contra.

–¿Crees que serías capaz de disparar a un hombre? –le preguntó Rex.

–Probablemente no –admitió–. Y no creo que fueran capaces de hacerlo la mayor parte de los hombres con los que he salido. En cualquier caso, ¿qué hizo Virgil?

–Llegó a un acuerdo con el Departamento de Corrección de California. Aceptó infiltrarse para intentar acabar con una banda incluso peor en una prisión diferente a cambio de que incluyeran a Laurel en un programa de protección de testigos.

—Así que Laurel era la hermana de Virgil —dijo Eve al reconocer el nombre.

—Fue así como la conocí.

—Tiene sentido —cambió de postura en la cama—. Pero me sorprende que permitieran que Virgil pusiera su vida en peligro de aquella manera.

—Un miembro de esa banda acababa de matar a un juez, así que pensaron que, al final, salvaría muchas vidas. Y no iban a encontrar a nadie más convincente que Virgil. Era un hombre duro. Tenía experiencia en la vida en prisión. Había pertenecido a una banda y no olía a policía. Pensaron que era perfecto para el trabajo.

—¿Y consiguió hacer lo que querían y seguir vivo?

—Sí y no. Hubo cosas que salieron mal. La Banda encontró a su hermana y estuvieron a punto de matarlos a ella y a sus hijos. Y lo habrían hecho si yo no hubiera estado allí para impedirlo.

No le contó que aquel había sido el momento en el que había tomado su propia decisión. Había tenido que elegir entre el camino que Virgil había tomado y el que él había dejado detrás. Aquel día había cambiado todo.

Eve le miró recelosa.

—¿Cómo conseguiste impedírselo?

Rex abrió el cajón de la mesilla de noche y Eve abrió los ojos como platos al comprender lo que le estaba queriendo decir cuando vio la pistola.

—Ya ves, tuve que disparar a alguien.

¿Eve le pediría que se marchara cuando terminara aquella conversación? No podría culparla si lo hiciera. Sabía lo mal que sonaba todo aquello, sobre todo para alguien que vivía en un lugar como Whiskey Creek.

—No tuve otra opción, Eve. Deberías haber visto lo que estaba intentando hacerle.

Eve tragó saliva.

–¿Y después?

–Después tuvimos que meternos todos en un programa de protección de testigos. Virgil había ayudado a desmantelar la Furia del Infierno, una banda de Pelican Bay.

–¡Pelican Bay es una prisión muy famosa!

–Y por buenas razones.

–Y él sobrevivió a todo eso.

–Sí, pero aquello estuvo a punto de costarnos la vida, de ahí que decidiéramos meternos en un programa de protección de testigos. Lo último que necesitábamos era que La Banda comenzara a perseguirnos otra vez.

–Y supongo que lo hicieron, de lo contrario, no estaríamos manteniendo esta conversación.

–Sí, nos encontraron en D.C. Escapamos por segunda vez, pero a duras penas. Después, dejamos el programa, pensando que estaríamos más seguros defendiéndonos por nuestra cuenta. Fue entonces cuando Laurel se mudó a Montana para comenzar una nueva vida sin nosotros.

–¿Y dónde fuiste tú?

–Más hacia el norte. Me quedé para ayudar a Virgil a reconstruir la empresa de seguridad que habíamos abierto en el área de D.C.

–¿No estabas entonces con Laurel?

–No, ya no. Habíamos roto. Esa fue parte de la razón por la que se fue.

Eve alisó la sábana antes de mirarle a los ojos.

–¿Por qué no funcionó vuestra relación? Es evidente que la querías mucho.

Rex no sabía hasta qué punto quería contestar sinceramente a aquella pregunta. Pero ya había habido suficientes mentiras.

–Fue culpa mía –dijo–. No estaba preparado para el tipo de relación que ambos queríamos tener. Cuando mi madre murió, volví a fastidiarlo todo otra vez, aunque le había prometido que no lo haría.

–¿En que sentido?

Rex advirtió la sutil tensión que acababa de aparecer alrededor de los ojos y la boca de Eve.

–Comencé a consumir otra vez.

–Te refieres a consumir drogas.

–Sí.

–¿Qué tipo de drogas?

–OxyContin. Es un analgésico que recetan los médicos. Esa porquería es adictiva. Estuve consumiéndola durante un buen número de años.

Eve vaciló un instante.

–¿Y ahora?

–Llevo limpio casi cuatro años. Ni siquiera me acuerdo de la última vez que me emborraché antes del día del Sexy Sadie's.

–¿También tienes que tener cuidado con el alcohol?

–Tengo que tener cuidado con todo tipo de desencadenantes. No quiero volver a pasar por eso.

Eve se cruzó de brazos.

–Lo entiendo. Así que ninguno de vosotros estaba casado cuando Laurel se fue a vivir a Montana.

–Solo Virgil.

Revelar tanta información probablemente cambiaría los sentimientos de Eve hacia él, pero Rex no pudo menos que sonreír al pensar en la mujer de Virgil, una mujer muy sensata. Siempre le había gustado Peyton.

–Se casó con la subdirectora de Pelican Bay, la conoció cuando estaba allí infiltrado, por increíble que te parezca.

Eve rio sorprendida.

–¿Qué?

–Es cierto. Tienen dos hijos y son felices, realmente felices, algo de lo que me alegro profundamente. El único problema es que ambos viven pendientes de cualquier posible amenaza, como yo.

–¿Dónde viven?

–No viven en California.

Eve le miró con atención.

—Esa no es una respuesta.

Rex pensó en Mona, pero decidió no hacer cargar a Eve con aquella parte de la historia.

—Es mejor que no sepas ciertas cosas.

—¿Tienes miedo de que pueda contarlas?

—La Banda podría torturarte si alguna vez te encontraran y podrían sonsacarte información. Estoy intentando protegeros tanto a ti como a Virgil.

El color abandonó el rostro de Eve.

—¿De qué estás hablando? Todo esto me resulta tan... ajeno. Lo que quiero decir es que el mayor problema al que me he enfrentado en mi vida ha sido el de cómo encontrar al hombre adecuado para comenzar a formar una familia.

Rex no pudo evitarlo. Fijó la mirada en su vientre.

—¿Y qué tal va esa familia?

—Si me estás preguntando que si estoy embarazada, todavía no me he hecho la prueba. Cuando me la haga, quiero estar segura de que es el momento adecuado.

—Me dijiste que podrías hacértela al cabo de una semana. Así que ya es el momento adecuado.

Eve asintió.

—Compré la prueba hace unos días. Me la haré pronto.

El silencio se alargó durante un par de minutos. Al darse cuenta de que debía de estar asustada, Rex lo interrumpió, intentando tranquilizarla.

—Así que ahora ya sabes por qué te mentí, por qué me fui y por qué tengo que irme otra vez. No quiero que mi pasado me atrape, y menos aquí. No quiero que te hagan daño.

Eve se levantó y comenzó a caminar.

—Es imposible que sigan buscándote. Llevas fuera de prisión, ¿cuánto? ¿Cinco años?

—Ocho.

—¡Esto es una locura! —Eve se interrumpió para volverse hacia él—. Seguramente a estas alturas ya te habrán olvidado.

Rex rio con amargura.

—No, no me han olvidado, Eve. Y no creo que me olviden nunca.

—¿Por qué? ¿Por qué les importa tanto?

—Tienes que comprender lo que en su mundo es importante. Se juegan su propio crédito en las calles al dejarnos escapar a Virgil y a mí. Acabamos con varios de sus líderes y conseguimos escapar. No pueden dejar algo así sin castigo. Aquel que nos meta una bala será un héroe, y eso es un incentivo para todos los imbéciles del club. Después de lo que pasó, Virgil y yo somos como... como dos conejos gigantes que varios cazadores han visto, pero que ninguno ha sido capaz de atrapar. Hablan de nosotros, sueñan con nosotros, hacen planes pensando que serán ellos los que podrán reclamar la presa...

Eve comenzó de nuevo a pasear nerviosa.

—Aun así. ¿Cómo sabes que han vuelto a encontrarte?

—Ayer por la noche tirotearon mi casa y mi coche, Eve. Por eso lo sé.

Eve se tapó la boca con la mano.

—No.

—Sí.

—¿Y dónde estabas tú cuando eso ocurrió?

—En casa de unos amigos, al final de la calle.

No veía ninguna razón para hacerla pensar que se había acostado con otra mujer si le decía que, en realidad, estaba en casa de una vecina que se había divorciado recientemente.

—Así que estaba tu coche en casa.

—Sí. Como era tarde y las luces estaban encendidas, pensaron que estaba en casa. Probablemente, no habrían parado y habrían disparado si hubiera sido de otra manera. Deberías haber visto cómo quedó mi cama y todo lo demás cuando se dieron cuenta de que no estaba en casa.

—¡Es preferible que destrocen tu casa y tu coche a que te disparen a ti! ¿Y si no hubiera estado allí tu coche? Habrían esperado a que llegaras, ¿verdad?

—Probablemente.

—No parece aliviarte que no te hayan matado —se quejó.

—Llevo ya mucho tiempo con esto, Eve. Estoy cansado. No sé durante cuánto tiempo más voy a poder seguir librando esta batalla.

Eve se volvió a los pies de la cama.

—¡No tienes otra opción!

—Sí, tengo otra opción. Pero no es la que la mayoría de la gente espera que elija.

Eve se frotó los brazos como si se le hubiera puesto el vello de punta.

—Eso suena a suicidio.

—No soy un suicida. Tengo tantas ganas de vivir como todo el mundo. Pero cuanto más huyo, más ganas tienen ellos de perseguirme —se encogió de hombros—. El problema es que... he intentado plantar cara y luchar. Pero eso tampoco me ha llevado a ninguna parte. Cuantos más mate, más enviarán a por mí.

—Cuantos más mates... —repitió Eve.

Rex no dijo nada.

—¿Has llamado a la policía?

—Ha llamado alguien, pero no me he quedado a esperarles. No pueden hacer nada por mí, Eve. Eso es lo que estoy intentando decirte.

—Tienen que tener alguna manera de ayudarte —insistió—. Tiene que haber alguien a quien puedas recurrir.

—No, a no ser que vuelva a formar parte del programa de protección de testigos y, en este momento, no creo que el gobierno esté dispuesto a gastarse ese dinero. La última vez fuimos nosotros los que abandonamos el programa. Y, de todas formas, no me interesa volver.

—¿Y qué pasará ahora?

—Tendré que desaparecer, volver a organizar mi vida en cualquier otra parte. Empezaré comprándome un ordenador nuevo y ropa esta misma tarde. Lo he perdido todo. Afortunadamente, tenía dinero para pagarlo. Había sacado todo su dinero del banco cuando había vuelto a San Francisco, y La Banda no lo había encontrado. Ellos no buscaban dinero, lo único que pretendían era hacerle todo el daño posible. Probablemente, podría haber recuperado parte de su ropa y de sus pertenencias mientras estaba allí, pero había oído las sirenas y había comprendido que tenía que marcharse cuanto antes. No podía permitirse el lujo de retrasar su huida contestando preguntas cuando aquellas preguntas no le iban a servir de ninguna ayuda.

–¿Y tu empresa?

Aquel era otro tema complicado. All About Security era lo único que tenía. Le había dado algo en lo que centrarse, le había reportado un cierto éxito que le había permitido establecerse al margen de Virgil, le había ayudado a sentirse alguien. Todo aquello le había ayudado a recuperarse. Pero tendría que despedirse de todos sus guardaespaldas y de Marilyn, no volvería a hablar con ellos nunca más. Había tenido cuidado de no intimar demasiado con ninguno por si al final todo acababa como había acabado, pero era imposible no conectar a cierto nivel.

–Tendré que venderla, cortar las ataduras.

La expresión compasiva de Eve le indicó que comprendía lo mucho que le iba a costar empezar de nuevo.

–No se pueden cortar esa clase de ataduras de la noche a la mañana.

–Lo único que espero es poder arreglarlo todo cuanto antes, y eso significa que tendré que vender barato.

Eve se frotó la frente mientras se acercaba de nuevo a él.

–¿Cuánto tiempo puedes quedarte aquí?

–No me seguirán inmediatamente –contestó él–. No hay nada ni en mi casa ni en la oficina que pueda conducirles hasta Whiskey Creek. Mi asistente sabe que he estado aquí, pero también he estado en otros pueblos. Y esta mañana le he dejado un mensaje diciéndole que iba de camino a Arizona. No creo que espere que vuelva al País del Oro sin decírselo antes.

¿Por qué iba a pensarlo? Por lo que Marilyn sabía, Whiskey Creek solo era un lugar de paso, un punto en el mapa en el que había encontrado refugio durante unos días. No sabía que había conocido a Eve, no sabía lo mucho que le gustaba aquel pueblo, porque el día que se habían encontrado para que firmara las nóminas, Eve todavía no significaba tanto para él.

Se alegró de ello en aquel momento. En caso contrario, no habría podido permitirse aquel respiro antes de tener que enfrentarse, inevitablemente, a un nombre nuevo, a una ciudad nueva, a una nueva empresa.

—Por lo menos ahora lo comprendo —dijo Eve.

—Siento que la verdad sea tan dura.

—No puedo decir que no me lo hayas advertido.

Consiguió esbozar una sonrisa, pero fue demasiado nerviosa y vacilante, como si acabara de enterarse de que el gato al que había estado cuidando durante varios días tuviera la rabia.

—Vamos a comer algo —propuso, dirigiéndole hacia la cocina—. Después tengo que volver al trabajo.

Rex habría preferido que se metiera en la cama con él, para así tener la oportunidad de volver a abrazarla. Quizá no tuvieran futuro, pero todavía podían contar con el presente.

¿O estaría dando pasos sin sentido, intentando encontrar algo o alguien a lo que aferrarse? Aquella sería una reacción natural. Nadie se sentía bien sintiéndose aislado, o expulsado, bajo ninguna circunstancia. Él ya llevaba tiempo suficiente caminando por aquella selva como para saber lo solo que podía llegar a sentirse. Pero no quería ser la clase de canalla que arrastraba a una mujer a hundirse con él. Y menos a Eve.

—Sí, vamos a comer algo.

Capítulo 22

–¿Así que ahora está en tu casa?

Cheyenne había llegado al trabajo veinte minutos antes. Los martes solo trabajaba cuatro horas, pero había pasado ya veinte minutos hablando de Rex.

–Si es que no se ha ido –Eve volvió a colocar los objetos que tenía en el escritorio mientras Cheyenne se quitaba por fin el abrigo y la bufanda–. Estaba allí cuando he ido a llevarle el almuerzo, pero es posible que se haya ido para la hora de la cena. No sé qué puedo esperar y me ha dado miedo preguntar. Después de todo lo que ha confesado, no estaba segura de que quisiera oír la respuesta.

–Es comprensible –Cheyenne se apoyó en la mesa al tiempo que se inclinaba para dejar el abrigo y la bufanda encima del archivador.

–Apenas puedo creer todo lo que me ha contado –dijo Eve–. Sé que últimamente he estado muy preocupada, obsesionada incluso, por conocer a alguien. Y ligar en un bar no fue la mejor manera de hacerlo, pero...

–Cualquier mujer se habría fijado en un hombre como él –respondió Cheyenne.

–En mi caso, no es solo su aspecto. Hay algo especial en él, en su forma de hablar, en su manera de mirarme... Cuando me acaricia, lo que siento no se parece a nada de lo que he experimentado antes –Eve sacó un bálsamo de labios de su cajón y lo extendió sobre sus labios–. ¿Crees que esto es mi karma por haber intentado forzar algo que deseaba? ¿Por haber rebajado mis requisitos de tal manera que terminé acostándome con un desconocido?

–No, en absoluto. Piensa en todas las cosas buenas que haces, y que siempre has hecho. Eso debería traerte un buen karma, no uno malo.

–Pero no puedo tener peor suerte. El año pasado me enamoré de un hombre que estaba enamorado de otra mujer y ahora me he humillado delante de todo nuestro grupo de amigos, delante de todo el pueblo.

–Eso no es verdad –replicó Cheyenne.

–Claro que es verdad. Y Noelle me lo recuerda cada vez que empiezo a olvidarlo.

–Noelle está celosa. Te mereces encontrar a un hombre genial. Y no me gusta decirlo, pero, con esa mujer, cualquier persona decente terminaría dándose a la bebida. Y Kyle puede hablarte de ello.

Eve alzó la mano para hacerle saber a Cheyenne que no había pretendido que cambiaran de tema.

–Probablemente Noelle volverá a casarse por segunda vez antes de que me haya casado yo la primera.

–Con el historial que tiene, no tardará tampoco en divorciarse.

–Por lo menos ella no se ha enamorado de un hombre que tiene detrás a una banda de delincuentes armados intentando matarle. Eso parece más propio de una serie de televisión... como *Breaking Bad*, o *Sons of Anarchy*.

Cheyenne se echó a reír.

–El protagonista de *Sons of Anarchy* también está muy bien.

–Pero ese tipo de cosas no deberían ocurrir en la vida real –le discutió Eve–. Y menos a mí. Y, además, aquí.

–Aquí también suceden cosas. Si en este momento fueras capaz de pensar con claridad, te acordarías de algunas de ellas. En cualquier caso, lamento que Rex esté metido en este lío. Me cayó bien cuando le conocí en casa de tus padres, de verdad. Pero no puedes permitir que lo que está destrozando su vida te destroce también la tuya.

—Estás diciendo que tengo que dejar que se vaya.

—¿Qué otra opción tienes?

—¿Y él? —preguntó Eve, comenzando a levantarse.

—¿Y él, qué?—repitió Cheyenne, mirándola con el ceño fruncido—. No quiero juzgar a nadie, pero hay personas que se ponen a sí mismas en situaciones complicadas.

Eve puso los brazos en jarras.

—¡Cuando era un adolescente, Cheyenne! ¿Quién de nosotros no ha cometido un error cuando era joven?

—Tú. Por eso te mereces algo mejor. Y estamos hablando de algo más que de un error estúpido. Traficó con drogas, le pillaron y entró en prisión. Se unió a una banda, tuvo que matar para salir de ella y como no quieren dejarle en paz, puede haber otras... repercusiones. ¡Todo esto es muy serio!

Pero había habido un desencadenante de todo aquello, algo que le había sucedido cuando era adolescente y le había afectado tan profundamente que ni siquiera quería compartirlo con ella.

—¿Me estás oyendo? —le preguntó Cheyenne—. No puedes tener la vida que tú quieres con un hombre así.

Eve tomó el bolígrafo que había dejado caer antes.

—¿Y si estoy embarazada?

Cheyenne se reclinó hacia atrás en la silla.

—Pensaba que, si estuvieras embarazada, a estas alturas ya me lo habrías dicho.

—No me lo has preguntado.

—¡Porque no me he atrevido!

—Así que esperabas que ya no fuera un problema.

—Todavía lo espero. Imagino que un embarazo solo serviría para complicar una situación ya suficientemente complicada.

—Todavía no me he hecho la prueba —reconoció—. Pensé que era más inteligente esperar hasta estar segura de si Rex iba a desaparecer de mi vida para siempre antes de enfrentarme a las consecuencias de haberle conocido y... y de haberme comportado como lo hice.

Cheyenne se aferró a los brazos de la silla mientras se inclinaba hacia delante, repentinamente seria. Después de lo mucho que había sufrido durante la infancia, odiaba menospreciar a nadie. Aquella era una de las cosas que Eve adoraba de ella. También sabía que Cheyenne estaba realmente preocupada cuando se posicionaba en contra de Rex.

—¿Qué duda puedes tener? Él mismo te ha dicho que tiene que comenzar de nuevo otra vez.

—No puedo olvidarme de él tan fácilmente, ni limitarme a dejar que se convierta en una víctima de su propio pasado. Si yo fuera él, no me gustaría que me trataran así —alzó ligeramente la voz, adoptando un tono burlón—. ¡Todo esto es culpa tuya y ya está!

Cheyenne inclinó la cabeza.

—Pero ni tú ni él tenéis ningún control sobre la situación. Ese es el problema.

—Eso no significa que no sea algo por lo que merezca la pena luchar.

—¿Quieres decir que es algo por lo que merece la pena arriesgar la vida?

Eve pensó en lo que le había contado Rex sobre su amigo Virgil.

—El otro tipo, el que fue exonerado, está casado. Y tiene hijos.

—¿Y tú quieres asumir los mismos problemas que tiene su esposa?

Eve no podía decir con seguridad qué clase de sacrificios estaba dispuesta a asumir. No conocía a Rex suficientemente bien como para decidirlo. Pero se negaba a dejar que las amenazas a las que Rex se enfrentaba les impidieran explorar lo que ambos sentían.

—Para serte sincera, no lo sé. Pero estoy dispuesta a hacer muchas cosas por amor.

Cheyenne esbozó una mueca.

—No utilices esa palabra todavía. Solo lleváis juntos un par de semanas.

A lo mejor era demasiado pronto para hablar de amor. Pero lo que sentía era suficientemente cautivador como para hacerla desear estar con él a pesar de todo. Se había sentido muy desgraciada cuando se había ido. Y no había sido capaz de rechazarle cuando había aparecido en la puerta de su casa la noche anterior. Aquel habría sido el momento de hacerlo.

—No quiero que desaparezca de mi vida.

Cheyenne suspiró.

—Lo comprendo. Para algunas parejas, el flechazo es algo innegable, y es algo que ocurre muy rápidamente.

—¿Eso es lo que os pasó a Dylan y a ti?

—Algo así.

—Supongo que Dylan tenía razón sobre Brent. Sobre su pasado.

—Dylan nunca va a decirte «ya te lo dije».

Pero no era Dylan el que la preocupaba.

—De lo único que me alegro es de que Ted no esté en el pueblo.

—¿No vas a contarle lo que me has contado a mí?

—¡Claro que no! Y tú tampoco. No te atrevas a contárselo a nadie.

—Pero Ted sabe que ocurre algo. Y no es propio de ti el esconder nada.

Eve negó con la cabeza.

—Me resultaría demasiado difícil enfrentarme a su desaprobación.

—Ni siquiera sabía que estaba fuera —dijo Cheyenne—. ¿Adónde ha ido?

—A Carolina del Sur, siguiendo una pista sobre el asesinato de Mary.

—¿Cuándo se fue?

—Hace un par de días.

—Un buen momento. Aunque, si estuviera aquí, sabes que él solo quiere lo mejor para ti.

Eve no podía discutirlo. A pesar de su breve romance con Ted y la posterior decepción, siempre había sido su gran defensor. Él era un buen ejemplo de lo que había estado intentando señalar antes: todo el mundo cometía errores. Hasta el mismísimo Ted Dixon, en su desesperación por no enamorarse de la mujer que no debía, la había hecho sufrir cuando, de otra manera, ella podría haber permanecido como una inocente espectadora.

–Quizá, lo que es aparentemente mejor para mí, no es lo que parece –reflexionó.

Cheyenne se mordió el labio.

–¿Esa es una ilusión?

Aquella no era la respuesta que Eve estaba buscando.

–A lo mejor, pero, pienses lo que pienses, no le cuentes a nadie la situación de Rex, ¿de acuerdo? Él no está en condiciones de soportar los cotilleos que corren por el pueblo, no puede arriesgarse a que alguien revele cuál es su paradero. El rumor podría llegar a su antigua banda, o a alguien que conoce a un miembro de La Banda. Esa es la razón por la que en un primer momento no quiso decirme la verdad. No quería que ninguno de nosotros se viera... envuelto en esa situación.

–¿Eso te ha dicho?

–Básicamente.

A Cheyenne pareció gustarle que se preocupara por Eve.

–Por supuesto, si no quieres que lo haga, no se lo contaré a nadie. Pero ninguno de nuestros amigos le delataría.

Eve recordó entonces el comentario de Rex sobre su antigua banda y los métodos que utilizaban para sacar información. Aquello le había producido tal impacto que prefirió no repetirlo.

–Es mejor que nadie lo sepa.

–Excepto a Dylan, no diré una palabra. Te lo juro –Cheyenne posó los brazos sobre su abultado vientre–. Pero quiero que hagas algo por mí.

–¿Qué es?

—Averiguarlo.

—¿El qué...?

—Si estás o no embarazada.

Eve sintió un hormigueo de ansiedad. No estaba segura de si se debía a la emoción o al miedo. Había estado retrasando el momento de la verdad.

¿Y si estaba embarazada? Y si por alguna suerte de milagro Rex se quedaba en Whiskey Creek, ¿sería ella la que terminaría pidiéndole que se fuera por el bien de su hijo? ¿Y si de pronto aparecía La Banda sin previa advertencia? ¿Y si Rex y ella tenían que ir cambiando de residencia una y otra vez?

Eve no quería dejar a un niño sin arraigo, de la misma forma que no estaba dispuesta a renunciar a relacionarse con sus amigos y su familia, con todos aquellos que formaban parte de su vida. ¿Cómo se sentirían sus padres si por fin tenían un nieto y no podían verle nunca? Y tendría que ser así. Rex le había contado que había tenido que empezar desde cero numerosas veces. ¿De verdad quería colocarse en la situación de tener que elegir a un hombre por encima de todas las personas a las que amaba?

—¿No crees que ya están pasando suficientes cosas en mi vida? —le preguntó a Cheyenne.

—Creo que ese niño debería figurar en cualquier decisión que tomes.

Eve asintió con desgana.

—Entonces...

—Me haré la prueba esta noche —le prometió.

Cheyenne se levantó de la silla y agarró el abrigo que se había quitado.

—Voy a ir a la farmacia a comprarte una prueba para que te la hagas ahora mismo.

—No —Eve señaló la obvia condición de su amiga—. Mírate. Cualquiera que te viera sabría que no la estás comprando para ti. Con los rumores que han corrido sobre Rex y sobre mí y lo unidas que hemos estado siempre, la verdad sería más que evidente.

–Si estás embarazada, no vas a poder disimularlo. Por lo menos no durante mucho tiempo.

–Pero si no estoy embarazada, no hace falta que dé motivos para hablar. Durante estas últimas semanas ya han hablado de mí más que suficiente.

–¡Un momento! –exclamó Cheyenne–. Tengo una en mi casa. Tengo varias, de hecho, de la época en la que me las hacía tan a menudo. Comprobaré la fecha de caducidad, pero estoy bastante segura de que duran bastante tiempo.

–Yo también tengo una en mi casa –dijo Eve–. Podría esperar y utilizar esa.

–¿Y si Rex está allí cuando vuelvas? –preguntó Cheyenne en tono desafiante.

Eve no podía evitar desear que estuviera, pero no iba a hacerse la prueba estando él allí. Si estaba embarazada, tendría que analizar la situación desde una perspectiva diferente, y sabía que, probablemente, aquello incluiría negarse lo que más deseaba.

–Muy bien –contestó–. Trae una de esas pruebas de tu casa –tragó con fuerza–, y ya veremos lo que me depara el futuro.

Capítulo 23

Eve estaba temblando de tal manera que apenas podía abrir la caja.

—De verdad, me gustaría que me dejaras retrasar todo esto —le dijo a Cheyenne, que estaba esperando en la puerta del cuarto de baño.

—Retrasarlo no va a servir de nada —respondió su amiga, hablando en voz muy baja para que nadie pudiera preguntarse en el hostal que estaban haciendo juntas en el cuarto de baño—. Es mejor saberlo.

—No estoy tan segura.

Si no estaba embarazada, Rex podía quedarse tranquilo. Y también ella se quedaría más tranquila. Después, podría disfrutar de las fiestas con él sin tener que preocuparse del impacto que podría tener todo aquello en otra vida. Pero, ¿y si estaba embarazada?

—¿Ya lo tienes? —preguntó Cheyenne.

—¡Deja de meterme prisa! —le espetó ella.

—¡Solo quiero saber si necesitas ayuda! —Cheyenne parecía igualmente nerviosa.

—Puedo averiguar perfectamente cómo se hace... ya sabes, lo que queremos hacer.

Se sentó en la tapa del inodoro y leyó una y otra vez las instrucciones. Los pasos a dar parecían bastante simples. Pero el resultado...

–Estás retrasando el momento –la acusó Cheyenne–. Lo sé.

–Es evidente que no vas a dejarme descansar hasta que lo haga, así que...

Tomó aire, dejó las instrucciones a un lado, sacó el dispositivo de plástico para analizar la orina e hizo lo que había que hacer.

–¿Y? –preguntó Cheyenne cuando terminó.

En vez de contestar, Eve dejó el indicador encima del tocador, se alisó el vestido y abrió la puerta del cuarto de baño.

–Ven a verlo por ti misma.

Cheyenne entró tan nerviosa como la propia Eve.

–No recuerdo cuánto tiempo hay que esperar exactamente.

–Dos minutos. Si sale una línea significa que estoy embarazada.

–Dios mío, Eve. Qué locura –Cheyenne tenía los ojos fijos en el indicador, pero Eve no se atrevía a mirar.

De hecho, no decía nada. Contuvo la respiración y contó hasta sesenta antes de atreverse a comprobar el resultado. Después, se sentó sobre la tapa del inodoro.

–¡Oh, no!

–Hay una línea –confirmó Cheyenne.

Dejando caer la cabeza entre las manos, Eve intentó asimilar el hecho de que iba a tener un hijo. Un hijo de Rex. Y aquel era un motivo más para que no pudieran estar juntos.

Aquella noche, cuando Rex oyó que se acercaba un coche al camino de la casa, se asomó para asegurarse de que era Eve. Después, permaneció junto a la ventana, viéndola sacar las bolsas de la compra del asiento de atrás. Por un segundo, se permitió imaginarse lo que sería salir a recibirla como si fuera un hombre normal con problemas normales, problemas que podrían superar si de verdad querían hacerlo.

Después, desvió la mirada hacia el ordenador que se había comprado en una tienda de electrónica que estaba a cerca de una hora de distancia, casi en Bay Area, cuando Eve se había ido a trabajar. También había comprado algunas prendas de ropa, zapatos y artículos de afeitado en un centro comercial que no estaba mucho más lejos. Al regresar a casa, había vuelto a cargar los programas y a recuperar sus archivos. Acababa de descargar todo lo que las cámaras habían grabado mientras La Banda le había destrozado la casa. Aquellas imágenes habían sido suficientes para disipar sus ilusiones. El pasado siempre apartaba de su alcance aquello que quería.

No estaba seguro de que Eve fuera a alegrarse de que continuaba por allí. No, después de haber tenido tiempo para pensar en todo lo que le había contado. Seguramente, comprendería que lo más sensato era deshacerse de él lo antes posible.

Salió para ayudarla a pesar de todo.

—¡Eh!

La sonrisa de Eve parecía tensa.

—Pensaba que te habrías ido.

Rex vaciló.

—¿Era eso lo que querías?

Eve le miró durante varios segundos. Después, sacudió la cabeza.

—No, no puedo decir que quisiera que te fueras.

Él le quitó las bolsas de los brazos y ella se volvió para sacar una caja del asiento de atrás.

—¿Estás bien? —preguntó Rex—. Pareces un poco... estresada.

—Estoy bien —alzó la caja y se dirigió hacia la casa—, solo un poco cansada.

—¿Por qué no me dejas hacer a mí la cena? Después me iré a casa de la señora Higgins para que puedas descansar.

Eve no le ofreció quedarse, como él secretamente esperaba. Una vez que estaba allí y que retomar la vida en San Francisco no era una opción, quería estar con ella todo el tiempo que pudiera. Comprendía que aquello podría hacer las cosas más difíciles para ambos cuando tuviera que irse, pero estaba harto de tener que librar la misma batalla una y otra vez. Necesitaba un respiro, una razón para volver a distanciarse de La Banda. Si tenía que marcharse para proteger a Eve, estaba dispuesto a ello. Pero salvar su propio pellejo ya no significaba tanto para él, no si lo único que le esperaba era lo mismo que había tenido que soportar durante los últimos ocho años.

–Voy a hacerte yo la cena –se ofreció Eve.

–Pero si he sido yo el que se ha pasado la tarde durmiendo.

Eve le miró con cansancio mientras él se apoyaba contra la puerta para mantenerla abierta.

–Porque no habías dormido en toda la noche.

Rex dejó las bolsas en la mesa de la cocina mientras ella dejaba la caja en el mostrador. Empezaron a sacar la comida. Rex no sabía dónde guardar la mayoría de los productos, así que se encargó de lo más obvio, de guardar la comida que necesitaba estar en la nevera.

Eve señaló con la cabeza el portátil. Rex lo había dejado al final de la mesa que no estaban usando.

–Parece que has ido de compras.

–Nunca es fácil perder un ordenador.

–Espero que tuvieras toda la información almacenada.

–Sí.

–Gracias a Dios. Pero supongo que lleva tiempo recuperar tanta información.

–No es ninguna broma. Probablemente me llevará la mayor parte de la noche.

–Tienes que estar muy cansado.

Estaba agotado, pero no por la falta de sueño. Estaba soportando una carga emocional mucho más pesada que la que había tenido que arrastrar hasta entonces, excepto cuando Laurel y él habían roto. Pero en aquel entonces se había permitido adormecer el dolor con OxyContin.

No había alivio para el dolor del presente, excepto las

caricias de Eve, su sonrisa, y el calor de su cuerpo bajo el suyo en la cama.

—¿Has informado de lo ocurrido a la policía? —le preguntó Eve.

—No. No servirá de nada.

—Es posible que les pillen y les pongan tras las rejas.

Odiaba destruir sus esperanzas, pero por una parte estaba el delito y por otra el lado práctico de la situación.

—¿Cuánto tiempo crees que les caería por haber disparado a unas cuantas paredes y a unas lámparas cuando un violador pasa normalmente en la cárcel cinco o seis años? Y no puedo darle a la policía mi contacto, así que...

—¿Por qué no les das el mío? —propuso ella.

—Eso es lo último que haría.

Eve pareció sorprendida por lo tajante de su respuesta.

—No creerás que...

—No voy a correr el riesgo.

—¿Ni siquiera confías en la policía?

—La Banda tiene esposas, novias, hermanas, tíos, primos, por no mencionar padres, amigos, antiguos profesores y todo lo demás. No viven en el vacío.

—Eso quiere decir...

Eve sacó unos cuantos ajos y unos tomates para empezar a preparar la cena.

—Tienen una red muy extensa, Eve. Y toda la gente que les aprecia sienten cierto grado de lealtad hacia ellos. Tienen trabajos normales y es posible que incluso algunos sean policías, o administrativos u oficinistas en cualquier agencia del gobierno. Te sorprendería la cantidad de información que maneja La Banda. Yo he formado parte de ese grupo, ¿recuerdas? Sé cómo funciona. Si he sobrevivido ha sido evitando arriesgarme.

—Pero la policía...

—Fue un infiltrado el que nos traicionó cuando estábamos en el programa de protección de testigos. Aprendí a no confiar en nadie de la forma más dura.

Aparecieron arrugas en la frente de Eve.

—Es frustrante que no puedas conseguir la ayuda que necesitas.

—Todo el mundo sabe que la violencia de las pandillas y de este tipo de bandas es difícil de parar. Míralo con cierta perspectiva: un detective normal se encuentra con delitos mucho peores cada día, asesinatos, por ejemplo. Y las víctimas tienen familiares que están reclamando justicia constantemente. A la policía le importan una mierda las ventanas de mi casa cuando nadie ha resultado herido.

—Podrían haberte herido a ti —terminó de cortar el ajo y alzó la mirada hacia él antes de agarrar la sartén que necesitaba—. Podrían haberte matado. Es posible que a alguien le importe.

—No, cuando he sido yo el que se ha metido en este lío.

—No sabías lo que estabas haciendo cuando lo hiciste.

—Eso no importa —contestó.

Pero no quería continuar con aquella conversación. Había pasado ocho años pensando en La Banda y maldiciendo su situación. Ya había tenido suficiente. Prefería pasar el resto de la noche pensando en aquella mujer tan atractiva que le estaba preparando la cena, así que cambió de tema.

—¿Cómo puedo ayudarte con la cena?

Eve señaló la caja que había en el mostrador, que todavía no habían vaciado.

—Si pones agua a hervir para la pasta, yo puedo hacer la salsa.

—Ahora mismo.

La comida ya estaba comenzando a oler bien. Rex dobló las bolsas y las levantó para preguntarle dónde debería colocarlas.

Eve miró hacia él.

—Allí —señaló una pequeña despensa—. Espero que te gusten las alcachofas.

—¿Vas a ponerlas en la salsa? —preguntó.

—No, empezaremos con una salsa de alcachofas para untar con galletas. Después una ensalada verde y pasta con ajo, tomate y aceite de oliva. Pam ha preparado ya la crema y la ensalada. El resto no tardará mucho.

–¿Y de postre?

–He comprado una tarta de chocolate, y hay helado en la nevera.

Rex sonrió.

–¿Tarta de chocolate y helado? Parece que estamos celebrando tu cumpleaños otra vez.

–No, definitivamente no.

Parecía preocupada y angustiada cuando Rex se colocó tras ella.

–¿Podrías hacerme un favor? –le preguntó, deslizando los brazos por su cintura y estrechándola contra su pecho.

Al principio, Eve permaneció muy tensa, como si pretendiera resistirse a la caricia. Pero cuando Rex le acarició el cuello, se ablandó y se reclinó contra él.

–Casi me da miedo preguntar qué es.

–Esta noche no quiero hablar de mis problemas. No quiero hablar de mi pasado, ni de mi familia, ni de lo que voy a hacer en el futuro. Solo quiero estar contigo como... como si todo fuera normal. ¿Es mucho pedir?

Eve dejó la espátula que había estado utilizando para freír el ajo y se volvió en sus brazos. Al principio no dijo nada, se limitó a mirarle fijamente. De modo que él insistió.

–¿Es mucho pedir?

–No –respondió rotunda–. No es mucho pedir. Afortunadamente, los Días Victorianos no son hasta mañana, así que estoy disponible.

–¿Los Días Victorianos?

Eve le rodeó el cuello con los brazos.

–Es una celebración navideña que se organiza todos los años en el pueblo. Cantamos villancicos en el parque y alguien lee la historia del nacimiento de Jesús. Durante algunos días, abro el hostal y vendo sidra caliente y galletas, además de los adornos de uno de mis árboles. Todo el dinero que saco es para comprar juguetes para niños de familias necesitadas. Después, envuelvo los regalos, mi amigo Kyle se disfraza de Santa Claus y los lleva a cada casa unos días antes de Navidad. Hay otros vendedores que venden objetos artesanales y otras cosas. Contribuye un buen número de gente. Es muy divertido, y una fiesta que espero con ganas cada año.

–Y parece que lo merece.

–Pero esta noche no tengo nada que hacer, a no ser que te apetezca ir al Sexy Sadie's a tomar una copa.

–No estoy buscando ese tipo de diversión –fijó la mirada en su boca–. Solo quiero pasar una noche tranquila contigo.

Eve le miraba con expresión intensa. Le estaba pasando por la cabeza algo importante, pero él no sabía exactamente lo que era y tampoco iba a preguntárselo. Él mismo había pedido que aquella noche no la estropearan los aspectos más sórdidos de su vida.

–¿Qué dices?

Tenía el corazón en la garganta, por miedo a ser rechazado. Pero Eve no le rechazó. Tomó su rostro entre las manos, se puso de puntillas y presionó su boca contra la suya.

Capítulo 24

Eve había pensado en dejar que Rex fuera a pasar la noche a casa de la señora Higgins. Con la noticia del embarazo, tenía demasiadas cosas en la cabeza; no podía permitir que sus sentimientos hacia él complicaran la decisión que debía tomar. Así que besarle había sido un error.

Debería haber sabido que no sería capaz de detenerse ahí. Cualquier contacto con él era algo potente, tan potente, de hecho, que, en prácticamente nada de tiempo, cualquier pensamiento sobre lo que le convenía o no a su hijo, la abandonó.

El bebé llegaría al cabo de nueve meses. Para entonces, ya sabría lo que quería hacer. Lo que estaban haciendo era inevitable. No habían sido capaces de dejar de acariciarse desde la noche que se habían conocido. Y aquella atracción no iba a desaparecer por el mero hecho de que supiera que Rex había tenido un pasado complicado. Le deseaba a pesar de todo, y sospechaba que el momento del año en el que se encontraban tenía mucho que ver con ello. En Navidad todo parecía posible, todas las transgresiones eran mágicamente perdonables, por lo menos si uno quería ser perdonado, si uno quería cambiar.

O a lo mejor todo era una excusa. En cualquier caso, había sentido el deseo ardiendo por sus venas desde el momento en el que Rex había salido a ayudarla a bajar la compra del coche.

Intentando olvidar la prueba de embarazo, pues ya tendría tiempo de pensar en ella más adelante, se permitió concentrarse en lo maleables que eran los labios de Rex y en lo bien que utilizaba la lengua.

—Es una suerte que no besen como tú todos los hombres —dijo.

—¿Lo único que te gusta de mí son mis besos? Y yo que he estado intentando impresionarte con todos mis talentos.

Le gustaban muchas cosas sobre él. Su aspecto era una de ellas. Pero cualquier mujer admiraría una belleza tan poco común. Sobre todo, le gustaba cómo la hacía sentirse, como si todo fuera a ir bien siempre y cuando estuviera con ella.

—Me impresiona el paquete completo.

—Me encanta que digas cosas sucias.

—¿Eso es decir cosas sucias? —le preguntó sorprendida.

—Has dicho que te gusta también mi paquete.

Eve se echó a reír, lo que erosionó todavía más su capacidad de resistencia.

—Haces que me resulte imposible hasta pensar.

—Entonces no pienses. Yo tampoco pensaré.

Le había pedido que aquella noche se dedicaran a disfrutar el uno del otro y ella no veía motivo para no hacerlo.

—La cena —musitó, recordando vagamente que tenía algo al fuego y que se iba a quemar si no lo retiraba.

Él alargó la mano y apagó el fuego.

—¿Tienes mucha hambre? —susurró contra sus labios—. ¿Puedes esperar quince o veinte minutos?

—Te deseo a ti más que a ninguna otra cosa —le sintió tensar los brazos a su alrededor, sintió su beso hacerse cada vez más decidido e intenso.

—Hueles maravillosamente.

—Huelo a ajo.

—Exactamente.

—Parece que estás demasiado hambriento como para esperar.

Rex posó la boca en su cuello mientras buscaba el cierre del sujetador.

–A lo mejor decido cenarte a ti.

–Eso suena muy prometedor.

–En ese caso, ayúdame a quitarte la ropa.

Estaba haciendo rápidos progresos por sí mismo. La blusa ya se había convertido en un charco de tela a sus pies.

–Deberíamos ir al dormitorio –le dijo–. Estas ventanas no tienen persianas. ¿Qué pasará si aparecen mis padres en el camino de la entrada?

–¿Se dejan caer por aquí muy a menudo?

–En realidad, no. No les gustan todos los surcos que hay entre las dos casas. Pero aun así...

–Déjame buscar antes un poco de tarta.

Rebuscó en la caja hasta encontrar la tarta y sacó un puñado de cobertura. Después, condujo a Eve hacia una esquina, fuera de la vista de las ventanas, y la extendió sobre sus senos.

–Maldita sea, esto va a estar riquísimo –dijo.

Eve dejó caer la cabeza hacia atrás mientras él cerraba su boca sobre ella. Sí, la sensación también fue riquísima.

Rex había utilizado un preservativo. No le había preguntado que si estaba embarazada. Había abierto el paquete de un preservativo y se lo había puesto antes de hundirse dentro de ella. Aquello bastó para indicarle a Eve que estaba asumiendo que no lo estaba.

De modo que no le contó que se había hecho la prueba en el hostal, con Cheyenne esperando nerviosa en la puerta del cuarto de baño. Y tampoco le contó que la prueba había sido positiva.

Tras dormitar durante algunos minutos, Rex se movió a su lado.

–¿Estás despierto?

Eve estaba tan calentita y relajada acurrucada contra él

que no quería moverse. Deseó que no tuvieran que levantarse nunca de la cama.

—Sí.

—¿Lo preguntas porque tienes hambre?

—En realidad, no.

—¿En qué estás pensando entonces?

—Esa es una pregunta complicada, teniendo en cuenta todos los temas que son tabú esta noche.

—A lo mejor. Pero estás demasiado pensativa para ser una mujer que debería estar satisfecha y relajada. No puedo evitar sentir curiosidad.

—No creo que te apetezca hablar de ello.

—Si es sobre ciertas partes de mi vida, es muy probable.

Eve había estado pensando en su hijo, y en que Rex había dicho en una ocasión que le disgustaría que estuviera embarazada. Pero como también había temas que ella prefería evitar, acarició una de las cicatrices que Rex tenía en el pecho.

—¿Y esto cómo te lo hiciste?

—Haciendo un trabajo de seguridad que nunca debería haber aceptado.

Cambió de postura para que Eve se pusiera más cómoda y le acarició el pelo mientras hablaba.

—Aunque te cueste creerlo, no he recibido un solo disparo de mi antigua banda. Han intentado hacerme daño, pero nunca lo han conseguido. Todas estas cicatrices son de la época en la que estaba empezando a montar la empresa.

—¿Eso significa que son heridas recientes?

—Si consideras que heridas de hace tres años son recientes...

—¿Te las hicieron todas al mismo tiempo?

—Sí. Justo después de trasladarme a San Francisco y montar All About Security.

Eve se incorporó, apoyándose sobre los codos.

—Parecen heridas serias. ¿Cómo es que sobreviviste a ellas?

—Estuve a punto de morir. Pasé un mes en el hospital.

Eve odiaba pensar que hubiera estado tan cerca de la muerte, y también odiaba que todavía estuviera en peligro.

—¿Y había alguien en San Francisco para apoyarte?

—¿Apoyarme cómo?

Lo preguntaba como si le resultara algo extraño. Eve ya había imaginado que había pasado demasiado tiempo solo, pero aquella respuesta se lo confirmó.

—Alguien que fuera a verte, alguien que te diera ánimos durante el proceso de recuperación.

—Qué comentario tan femenino.

Eve le dio un fuerte codazo.

—¿Cómo puedes ser tan machista?

—Tranquilízate. El lado bueno es que es eso lo que me gusta de ti.

—¿Entonces por qué te parece tan gracioso?

—Si me contaras que estuviste a punto de morir, en lo primero que pensaría no sería en quién te apoyó —le pellizcó la barbilla—. Así que borra esa expresión ofendida de tu rostro. En realidad, no tenía a nadie en quien confiar, aparte de Marilyn, mi asistente, y los dos guardaespaldas que había contratado hasta entonces. Se pasaron por el hospital un par de veces. Virgil estaba dispuesto a ir a verme, pero yo no quería ni oír hablar de ello.

—De todas formas, debería haber ido.

—Tiene hijos. No le resulta fácil dejarlos. Y Peyton se preocupa mucho cada vez que se va. Y con motivo.

—¿Y tu familia? ¿Y Dennis y Mike?

Rex se puso serio.

—Ellos no lo sabían. Nunca lo han sabido.

—¿No se lo has contado nunca?

No podía imaginarse pasando ella sola por algo así. Su familia y sus amigos siempre habían sido muy importantes para ella, una parte fundamental de su vida.

—No. Saben lo más básico, pero no están al tanto de los detalles.

–¿Por qué?

–Es complicado.

–Puesto que pronto te vas a ir, no tienes nada que esconder. Conmigo puedes ser como un libro abierto.

–Nunca voy a ser como un libro abierto.

Eve soltó un suspiro de exasperación.

–Muy bien. No te gusta hablar de tu familia. ¿Entonces me vas a contar por qué elegiste ese trabajo? ¿Un trabajo en el que podías salir herido? ¿Estabas desesperado por trabajar o...?

–No. Sencillamente, necesitaba el dinero. Acepté un contrato con una persona con la que no debería haberme involucrado nunca. Me dijo que debía bastante dinero a gente muy peligrosa, que tenía el dinero y pretendía pagarles, pero quería que fuera con él para asegurarse de que todo iba bien.

–Casi me da miedo oír lo demás.

–La cosa no fue bien. Lo que me había contado no era cierto. El problema había sido un trato respecto a una enorme cantidad de drogas que había ido mal. En cuanto llegamos al lugar en el que habíamos quedado, aparcaron varios coches a nuestro alrededor y nos asaltaron un montón de tipos. Conseguí que el miserable al que estaba protegiendo volviera al coche antes de que pudieran hacerle daño o quedarse con su dinero, y el chófer se marchó inmediatamente, tal y como le habían ordenado.

Eve se mordió el labio nerviosa a pesar de que aquello era algo que había ocurrido en el pasado.

–¿Te abandonaron? ¿Llamaron por lo menos a la policía para que pudieran prestarte alguna ayuda?

–¿Estás de broma? ¿Qué podían decir sin explicarles los motivos por los que estábamos allí? Y el hecho de que yo hubiera salvado el dinero hizo que los tipos que todavía estaban allí se enfadaran todavía más.

–¿Cuántos eran?

–Unos ocho –dio media vuelta en la cama para enseñarle las otras cicatrices, como si no se hubiera fijado ya en ellas–. Me dispararon tres veces y recibí dos puñaladas.

–¡Espero que el miserable que te enredó se esté pudriendo en alguna prisión!

–No tengo ni idea de dónde está. Lo peor de todo es que ni siquiera me pagó. Cuando intenté localizarle después, tenía el teléfono desconectado. No he sido capaz de seguirle la pista desde entonces.

–Probablemente se sorprendería si se enterara de que todavía estás buscándole, de que no estás muerto.

–Fue un milagro que sobreviviera. Si no hubiera sido por un vagabundo que me encontró cuando estaba buscando un lugar en el que dormir, me habría desangrado, de eso no tengo la menor duda. Habrían bastado con cinco o diez minutos más.

–¿Dónde te dejaron?

–En el patio de un almacén.

–¿Y el vagabundo fue a buscar ayuda?

–Eso es lo que me contó después la policía. Yo solo me acuerdo de que alguien me dio la vuelta, se dio cuenta de que estaba vivo y se fue. Cuando volví a abrir los ojos, estaba en la cama de un hospital.

El peligro que entrañaba su trabajo había palidecido frente a la amenaza de su antigua banda, pero Eve sabía que ya solo aquel trabajo sería una dificultad para cualquier mujer.

–No sé si me gusta tu manera de ganarte la vida.

Rex la estrechó contra él.

–Normalmente, no es tan terrible. Ahora que ya sé que no soy invencible, tengo más cuidado con los trabajos que acepto.

–¿Y no puedes enviar a otros guardaespaldas?

–Sí, lo hago. Pero cuando hay otros guardaespaldas involucrados tengo que tener más cuidado.

–Por supuesto.

No le gustaba la idea de que fuera él el que asumiera los

trabajos más peligrosos, pero comprendía que no quisiera ser el responsable de que otras personas resultaran muertas o heridas.

–¿Alguna vez han hecho daño a alguno de tus hombres?

–Cuando estaba con Virgil y teníamos juntos la empresa, uno de los guardaespaldas recibió una paliza terrible. Y, más recientemente, uno de los míos fue apuñalado cuando estaba intentando sacar a un cliente de un bar. Tuvieron que recurrir a la cirugía plástica para reconstruirle el hombro. Su esposa le obligó a renunciar al trabajo.

–No me extraña.

–Para este trabajo son mejores los tipos solteros. Eso es lo que he decidido.

–Tipos solteros como tú.

Rex dio media vuelta en la cama y se la quedó mirando con aquel verde intenso de sus ojos.

–¿Qué pasa? –preguntó Eve.

–Creo que no había hablado tanto desde hacía años. Estoy seguro de que he sobrepasado mi cuota anual. Será mejor que comamos.

Eve sonrió, pero le agarró del brazo antes de que hubiera podido incorporarse.

–¿No vas a contarme nunca por qué estás tan distanciado de tu familia?

Aquel estado de ánimo abierto y comunicativo pareció evaporarse.

–No íbamos a hablar de nada de eso esta noche, ¿te acuerdas?

–Tiene que haber sido algo terrible, Rex.

Por un instante, vio la expresión desolada de su rostro y se arrepintió de haber sacado el tema.

–Lo es –respondió Rex, con la mente a miles de kilómetros de distancia. Probablemente, reviviendo lo ocurrido.

–Tengo algo que decirte –dijo entonces Eve, arrastrándole de nuevo al presente.

Rex volvió a mirarla.

–¿Qué es?

–La primera vez que llamé a casa de tu hermano...

–¿La primera vez? –la interrumpió.

–Llame dos veces.

–Porque...

–Por simple curiosidad. ¿Por qué otro motivo iba a llamar? Sabía que no me estabas contando la verdad.

–Para empezar, lo que no entiendo es cómo conseguiste el teléfono de mi hermano. ¿Me revisaste los bolsillos?

Eve esbozó una mueca.

–No. Jamás te he revisado los bolsillos.

–Pero estuviste revisando mi habitación en el hotel.

–Te limpié la habitación. Hay una ligera diferencia. Además, te había pedido que te marcharas. Si lo hubieras hecho, no habrían estado allí tus cosas.

La sonrisa traviesa que tanto le gustaba a Eve apareció en su rostro.

–¿Entonces la culpa fue mía?

Eve sintió el calor del rubor.

–No rebusqué entre tus cosas ni nada parecido.

–Hay ciertas líneas que nunca cruzarías ¿eh?

Deshaciéndose de la vergüenza, Eve le estrechó contra ella para darle otro beso.

–A lo mejor ya no.

Aquel gesto tan impulsivo pareció sorprenderle.

–¿Qué pasa? ¿No querías que te besara? –preguntó Eve.

–La verdad es que me ha gustado. Me ha gustado mucho.

–Estupendo –le miró fijamente, atrapada por una profundidad que no acertaba del todo a comprender.

–Si estás intentando distraerme, está funcionando –le dijo.

–¿Distraerte de qué? ¿De la cena?

–¿Cómo conseguiste el número de mi hermano?

Eve suspiró y se separó ligeramente de él.

–Se te debió caer del bolsillo en el coche de Noelle. Se encontró conmigo varios días después de habernos llevado a casa y habérselo contado a todo el mundo y me lo dio. Me dijo que era tuyo.

Rex se colocó las sábanas, que tenía enredadas alrededor de las piernas.

–¿Y por qué no me lo devolviste?

–Ya te lo he dicho. Sentía curiosidad sobre tu verdadera identidad –no estaba segura de si debía contarle lo que tenía en la cabeza, pero pensó que, de alguna manera, quizá encontrara algún consuelo al enterarse de lo que había oído aquel día–. Y mi curiosidad creció cuando hablé con alguien que creo que era tu cuñada.

Rex se tensó.

–¿Por qué? ¿Qué te dijo Connie?

–Que Dennis quería hablar contigo, que te quiere. Te suplicaba que le devolvieras la llamada cuando no estuviera en el quirófano. Parecía querer unir de nuevo a la familia.

Rex se sentó.

–¿Creyó que era yo el que llamaba?

–La primera vez no dije nada.

–¿Pero por qué iba a llamar yo para no decir nada?

–¿Porque podías sentirte solo?

Un músculo se movió en la mejilla de Rex.

–Tengo hambre –dijo–. Vamos a comer algo. No quiero que la señora Higgins se quede despierta hasta tarde. Le cuesta dormir desde que su marido murió.

Eve le vio levantarse y comenzar a vestirse. Aquellas cicatrices eran la prueba de lo que había sufrido físicamente y sospechaba que había sido mucho más profundamente herido por dentro, pero Rex no mostraba la menor compasión hacia sí mismo.

–Connie también dijo que nadie te culpaba de lo que le había pasado a Logan –añadió.

Durante un instante, Rex se quedó paralizado. Después dijo:

–Soy yo el que se siente responsable.

Su voz, ligeramente quebrada, le rompió a Eve el corazón. Quería decirle que quizá ya fuera siendo hora de que se perdonara a sí mismo por lo que había hecho, que la Navidad pronto llegaría, y también el Año Nuevo, una época perfecta para empezar desde cero. Pero Rex se mostró de pronto tan distante que no estaba segura de que pudiera acceder a él. Y tenía miedo de alejarle todavía más si presionaba.

De modo que se levantó, se vistió y fue a terminar de preparar la cena.

Compartieron la cena en un cómodo silencio. Cuando Eve se levantaba a por más pan, o a servirle otro refresco, a menudo le tocaba. En una ocasión, se colocó tras él, le pasó los brazos por los hombros y presionó la mejilla contra la suya durante varios segundos antes de tomar la fuente y servirle más pasta en el plato. La noche fue... perfecta, decidió Rex. Eve era una persona tranquila, serena como pocas. Y aquello aliviaba a Rex de la obligación que a menudo sentía de intentar mejorar las vidas de aquellos que le rodeaban. Sin tener que soportar aquella carga, le resultaba más fácil refugiarse en sus propios pensamientos, en sus propios sentimientos.

Ni siquiera Laurel, a pesar de lo mucho que la había querido, había podido ofrecerle aquella estabilidad emocional. Ella misma había sufrido mucho. Eve le hacía sentirse en un terreno seguro, le daba la oportunidad de respirar, de aclarar sus ideas, de poder, por fin... descansar.

—¿Cómo crees que te localizó La Banda? —preguntó Eve cuando ya casi habían terminado la cena.

Rex se lo había preguntado muchas veces.

—Lo único que se me ocurre es que hayan investigado todas las empresas de seguridad privada de los Estados Unidos, buscándonos a Virgil y a mí.

Eve partió un pedazo de pan de ajo.

—¿Y cómo sabían que estabais metidos en ese negocio?

—Teníamos el mismo tipo de empresa en D.C. Parece lógico pensar que seguiríamos haciendo algo con lo que estábamos familiarizados. Los dos fuimos a prisión antes de haber terminado el instituto. Yo conseguí el título de bachiller estando en prisión, pero no hemos ido a la universidad ni tenemos más experiencia laboral. De alguna manera tenemos que ganarnos la vida.

Eve lo miró preocupada mientras decía:

—Eso significa que tampoco estarías a salvo aunque dejaras Whiskey Creek. O el estado.

Le tomó la mano, le encantaba que sus dedos encajaran tan cómodamente con los suyos.

—Si cambio de identidad, todo saldrá bien. Las bandas también tienen en cuenta consideraciones prácticas. No tienen gente para seguir a todos los guardaespaldas del país. Eso les costaría una fortuna. No debería haber recuperado mi nombre de pila. Supongo que eso les puso tras la pista.

—¿Por qué lo hiciste? —le preguntó—. Rex no es un nombre especialmente habitual.

—Uno termina cansándose de no poder ser uno mismo —contestó, encogiéndose de hombros.

El rebelde que llevaba dentro había decidido tentar al destino. Era una conducta muy propia de él.

Eve agarró el vaso de agua con su mano libre.

—Entonces te cambiarás el nombre y después, ¿adónde irás a vivir?

—Todavía no lo sé. Adonde quiera que aterrice. Volver a California ha sido otro error. Virgil intentó convencerme de que no lo hiciera, pero... no le escuché. Supongo que estaba intentando reclamar lo que era mío. Mi nombre. Mi casa. Viniendo al norte supuse que estaría poniendo suficiente distancia entre La Banda y yo.

—¿Y por qué no fue así? ¿Qué salió mal?

—¿Quién sabe? Lo único que se me ocurre es que me descubrieron a través de algún recluso.

—¿Cómo?

–La Banda tiene miembros en todas las prisiones de California. Probablemente, incluso como funcionarios de prisión, pero esa no es la cuestión –quitó algunas migas de la mesa–. En cualquier caso, se dice que tienen a alguien en San Quentin, muy cerca de San Francisco. Pueden haber conseguido que alguien que estaba visitando a ese tipo se enterara de si el propietario de All About Security era el mismo Rex que ellos recordaban.

–Pero en tu web no aparece ninguna dirección, ni siquiera figura tu nombre. Y tendrían que haber empezado por ahí, ¿no?

–Probablemente lo hicieron. Seguramente investigaron al azar diferentes empresas, esperando tener suerte. A lo mejor, por algún motivo, All About Security entró en la lista de posibilidades. Lo único que habrían tenido que hacer es llamar y hacerse pasar por un cliente. No es raro que a un cliente le llegue mi nombre. Quizá, incluso algún conocido suyo llegó a contratar mis servicios, me hizo una fotografía y así pudieron compararla con mi foto policial. Y ya está, así pueden haberme identificado.

–Pero, aun así, no podían encontrar tu dirección.

–Es posible que ese cliente haya seguido trabajando conmigo. Que alguna noche yo no haya podido ocuparme de su seguridad y haya asignado a algunos de mis guardaespaldas el trabajo. Se hacen amigos y el guardaespaldas termina mencionando por casualidad el lugar en el que está ubicada la oficina.

–Entonces ellos te esperan fuera y te siguen un día a tu casa.

–Ahí lo tienes.

–Pero fueron a tu casa en medio de la noche, cuando tú ya estabas allí.

–Es posible que lo hayan intentado en alguna otra ocasión y hayan tenido que retirarse porque había demasiada gente alrededor. Tengo vecinos que tienen hijos. Así que probablemente decidieron que era preferible hacerlo de noche. Habría menos testigos y en la oscuridad les resultaría más fácil retirarse.

—Y después te fuiste y viniste aquí.

—No sabían que yo tenía mi propio infiltrado. Me dijeron que andaban detrás de mí, así que me fui.

—De modo que una vez averiguaron dónde vivías, se limitaron a esperar.

—Dieron por sentado que terminaría regresando, sí. No sabían a dónde me había ido, así que lo único que podían hacer era esperar.

—¿Quién te avisó?

—Tenía una amiga que continuaba con ellos. Me envió un mensaje para avisarme.

—¿Tenías?

Rex hizo un gesto con la mano.

—No creo que quieras que te lo explique.

Eve volvió a quedarse en silencio.

—No hay nada que pueda conducirles hasta aquí.

—Ahora mismo, no. No estaría aquí si lo hubiera. Jamás te pondría en peligro.

—Lo que estoy diciendo es que, si quisieras, podrías quedarte. ¿Cómo van a encontrarte?

—El dinero no me durará eternamente, Eve. ¿Cómo voy a poder trabajar?

Eve no tuvo oportunidad de contestar. El teléfono sonó, distrayendo su atención. Lo ignoró y se levantó para empezar a recoger los platos. Pero entonces llegó un mensaje de texto, lo leyó y Rex la oyó soltar una exclamación.

—¿Qué pasa? —preguntó.

—¡Cheyenne está de parto!

Rex acababa de comenzar a llevar los platos al mostrador. Al oírla, vaciló.

—¿Todo va bien? Lo que quiero decir es si va todo dentro de la fecha prevista, ¿verdad?

—Salía de cuentas el día veintiocho, así que ha llegado con diez días de adelanto. No creo que haya nada de lo que preocuparse. Espero que tanto ella como el bebé estén bien.

—¿Dónde lo va a tener? ¿Hay algún hospital en la ciudad?

—El Stutter Amador, en Jackson.

—¿Espera que tú vayas?

—Por supuesto. Y yo también quiero estar allí. Estoy segura de que todos queremos estar allí para apoyarla.

—¿Quiénes sois todos?

—Nuestro grupo de amigos. El mensaje era de Dylan. Iba a avisar a Kyle, a Riley a Callie y a todos los demás.

—¿Pretendéis entrar todos en la sala de partos?

—No. Solo puede haber dos personas, Dylan y otra más. En cualquier caso, tampoco queremos entrar todos en tropel. Su madre pensaba acompañarla, pero vive en Colorado y no llegará hasta después de Navidad. Así que ahora...

Rex dejó los platos en el fregadero.

—Parece que queda un puesto vacante.

—Aun así, su hermana Presley ha vuelto al pueblo hace poco tiempo. Ella se encargará de acompañarla. Yo esperaré en el vestíbulo con el resto de los amigos.

Rex la detuvo cuando Eve salió corriendo a buscar el abrigo y el bolso.

—¿Quieres que te acompañe?

Sí, porque en caso contrario, temía que desapareciera para cuando volviera a casa. Odiaba aquella sensación de no saber nunca cuándo podría decidir marcharse. Pero también estaba nerviosa por su amiga, temía que algo pudiera revelar el secreto de Cheyenne: una marca de nacimiento que solo Aaron poseía o cualquier otro detalle que pudiera despertar las sospechas de Dylan. No estaba segura de lo que haría Cheyenne si la verdad saliera a la luz, y tampoco podía imaginar lo que estaba pensando una vez había llegado el gran día. ¿Estaría preocupada por la mentira, una mentira bienintencionada, que estaba viviendo? En el caso de que así fuera, Eve no podía hacer nada para aliviar sus temores. Cheyenne la había hecho prometer que no volvería a sacar el tema de la paternidad de su hijo nunca más y Eve pretendía cumplir aquella promesa.

–Si no te importa –le dijo–. Estoy tan nerviosa que no sé si voy a poder conducir.

El hecho de estar ella embarazada probablemente tenía algo que ver con ello. Ella misma tendría que pasar por algo parecido durante el verano siguiente, pero ella tendría que hacerlo sola.

–No, no me importa –contestó–. Cheyenne me cae bien. ¿Tienes todo lo que necesitas?

–Creo que sí.

–Muy bien, yo te llevaré.

Capítulo 25

Ted fue el único miembro del grupo que se reunía todas las semanas en la cafetería que no apareció en el hospital. Nadie parecía saber dónde estaba y no había contestado al teléfono, de modo que cuando Sophia y su hija Alexa entraron en la sala de espera, Eve corrió hacia ellas.

–¿Ted no viene?

–Va a lamentar el perderse esto, pero me temo que está fuera del pueblo.

–Yo pensaba que iba a ser un viaje rápido –dijo Eve sorprendida. Ya llevaba cuatro días fuera.

–No. Está averiguando muchas cosas, pero para ello está teniendo que recorrerse los Estados Unidos.

Eve sonrió para tranquilizar a Sophia. Sophia siempre se mostraba un tanto vacilante con ella, pero a Eve le había costado más perdonar a Ted que perdonarla a ella. Nunca habían sido amigas íntimas y Sophia lo había pasado tan mal con su primer marido que no podía culparla por desear estar con alguien como Ted. Lo que había hecho Skip al intentar desaparecer y cargar a Sophia con todas las deudas que él había contraído era imperdonable. A Eve le costaba creer que un hombre pudiera llegar a ser tan egoísta con su esposa y su hija. Se alegraba de que Sophia hubiera encontrado por fin la paz y la tranquilidad aunque, hasta cierto punto, lo hubiera hecho a sus expensas.

–Solo Ted es capaz de hacer un trabajo tan concienzudo.

El brillo de los ojos de Sophia le indicó a Eve lo orgullosa que estaba de él.

–Sí.

–Espero que consiga averiguar la verdad –añadió Alexa–. Siempre me he preguntado qué le pasó a Mary. Todas estas historias sobre su fantasma... la verdad es que me dan mucho miedo.

–A mí también –admitió Eve, y miró el reloj.

Cheyenne llevaba dos horas de parto.

–¿Alguien ha llamado a Gail? –preguntó Callie mientras se acercaba a ellas–. ¿O a Baxter?

–La verdad es que he dado por sentado que les habría avisado Dylan, al igual que nos avisó a nosotros.

De todas formas, le envió un mensaje para asegurarse y Baxter llamó inmediatamente por teléfono.

–Así que esta es la gran noche –dijo en cuanto Eve contestó.

–Podría ser mañana. Un parto puede demorarse mucho, sobre todo con el primer hijo.

–Eso es lo que decía Dylan en su mensaje, así que estaba pensando en acercarme mañana. ¿Crees que me lo perderé si espero hasta entonces?

–No puedo decírtelo.

Eve vio movimiento en la puerta y miró hacia allí, esperando que fuera la enfermera con alguna noticia.

Era Aaron. Entró llevando en brazos a su hijo de tres años. Su prometida, Presley, debía de estar en la sala de partos con su hermana. Los tres hermanos Amos más pequeños le seguían. Y también su padre, la mujer de su padre y la hija de esta.

Todo el mundo saludó e intentó dejar hueco a los recién llegados, pero no había más asientos, así que Rex se levantó con la excusa de ir a comprar algo a la máquina expendedora del pasillo. Varios pares de ojos le siguieron y se dirigieron después hacia Eve con expresión interrogante, pero ella ignoró aquel repentino interés, y agradeció el estar hablando por teléfono.

—La familia de Dylan acaba de llegar —le contó a Baxter.

—¿Y también su padre y la bruja de su mujer?

A Eve le costó no echarse a reír. Baxter rara vez se contenía y su franqueza solía resultar divertida, porque casi siempre tenía razón.

Eve se volvió y bajó la voz.

—Toda la banda.

Si Baxter supiera que el verdadero padre del hijo de Cheyenne estaba en la sala de espera y no en la de partos, se moriría del susto.

—Estoy seguro de que Dylan estará encantado de contar con su apoyo.

En aquella ocasión, Eve se permitió reír ante su sarcasmo. Pero se puso seria en el instante en el que alzó la mirada y sus ojos se cruzaron con los de Aaron.

¿Había inquietud en ellos? Así se lo pareció. Después, la expresión de Aaron se tornó estoica. Tras saludar con la cabeza, desvió la mirada. Eve imaginó que debía estar tan nervioso como Cheyenne por lo menos. Por lo que su amiga le había confiado, se había mostrado reacio a participar en aquel proceso de inseminación artificial. Al final, había aceptado por lo mucho que le debía a su hermano.

No había nada de lo que preocuparse, se dijo a sí misma. Nada iba a salir mal. Aaron se parecía mucho a Dylan. Todos los argumentos que había utilizado Cheyenne para justificar sus acciones acudieron a su mente.

—¿Hola? ¿Sigues ahí? —preguntó Baxter.

Eve ni siquiera se había dado cuenta de que había interrumpido la conversación. Tenía el teléfono en la oreja, pero no había oído ni una sola palabra de lo que Baxter había dicho.

Se aclaró la garganta.

—Sí, lo siento. Estaba distraída.

—No será porque ha nacido ya el bebé.

–No, por lo menos que yo sepa.

–En ese caso, voy para allá. No me atrevo a esperar más.

–Me alegro –dijo Eve–. Me encantará que estés aquí con nosotros.

Se produjo una ligera pausa.

–¿Addy y Noah están ahí?

–Sí, pero eso no importa, porque tú ya has superado lo de Noah, ¿verdad?

–Por supuesto, lo superé hace mucho tiempo.

Eve lo dudaba muy seriamente. Baxter había estado enamorado de Noah durante la mayor parte de su vida. Un sentimiento que había durado tantos años no desaparecía de la noche a la mañana.

–¿Vas a traer a Scott?

–No creo. No quiero que me esté molestando todo el tiempo, pidiéndome que nos vayamos antes de que a mí me apetezca.

Aquello planteaba una nueva cuestión: la preocupación de Eve por Scott y por el hecho de que este mostrara tan poco interés en los amigos de Baxter de toda la vida, pero no podía ahondar en ello en aquel momento. Hasta que no viera al hijo de Cheyenne, iba a continuar con aquel nudo en el estómago, e imaginaba que Aaron, Presley y Cheyenne estaban tan asustados como ella.

Rex se mantenía en la periferia de aquel grupo que se había reunido para apoyar a Cheyenne. No podía imaginar lo que era tener a tantos amigos tan interesados por su vida que estaban dispuestos a pasar toda una noche en la sala de espera de un hospital. Como le había dicho a Eve, cuando le habían apuñalado y disparado, había estado luchando por su vida durante semanas y solo se habían dejado caer por el hospital un par de empleados y en un par de ocasiones.

Él se había visto obligado a limitar sus relaciones sociales, había tenido que convertirse en un solitario. Y, en general, así le iba bien. Pero cuando veía el contraste entre su mundo y el de Eve, cuando era consciente de lo plena que podía estar una vida, se avivaba la envidia. Entonces se preguntaba cómo habría sido su vida si no hubiera llevado a Logan al río aquel día.

Él tenía entonces dieciséis años y era joven y arrogante.

«Yo salté desde ahí la semana pasada».

Se encogía por dentro cada vez que se recordaba diciendo aquella frase, cada vez que recordaba la admiración y la determinación en el rostro de su hermano. Él había hecho aquel salto en más de una ocasión, pero no importó. Logan debió de girar a la izquierda o a la derecha, o quizá cayó de forma extraña, y aquel único error le costó todo. A veces, el arrepentimiento era tan tangible que le entraban ganas de vomitar.

—¿Qué haces?

Eve se había acercado a él, que estaba apoyado contra la pared.

—Esperar, como tú —le ofreció su vaso de café—. ¿Necesitas un poco de café?

—No, estoy demasiado nerviosa para tomar cafeína. Y, de todas formas, no me gusta solo.

—Puedo conseguirte un café a tu gusto.

—No te preocupes. Ya estoy suficientemente histérica.

Rex estudió sus delicadas facciones, la largura de sus pobladas pestañas, aquel pelo oscuro con un pico marcado sobre la frente.

—No te preocupes, las mujeres tienen hijos cada día.

Eve miró por encima del hombro hacia alguien que estaba en la sala de espera. Pareció a punto de decir algo, pero cambió de opinión.

—Siempre puede salir algo mal. Pero tú tienes que estar agotado después de todo lo que has pasado. ¿Quieres irte a descansar?

—No, ya es demasiado tarde para ir a casa de la señora Higgins. Sobre todo teniendo en cuenta que no me espera.

No quiero que le dé un ataque al corazón si piensa que está entrando alguien en su casa.

—¿Por qué no vuelves a mi casa?

—¿Y dejarte aquí sin coche?

Eve señaló la sala de espera, que estaba llena de gente.

—Puede llevarme cualquiera.

Rex deseaba abrazarla, apoyar la barbilla en su cabeza y cerrar los ojos durante algunos minutos. Y lo habría hecho, pero ya estaba siendo blanco de demasiadas miradas de curiosidad de personas a las que ni siquiera conocía.

—No voy a dejarte.

—Pero es posible que esto tarde bastante. Ahora me siento mal por haberte pedido que vinieras.

—Estoy bien —insistió él.

—¿Qué hora es?

Rex miró el reloj.

—Son las doce.

—Baxter ya debería estar aquí.

—¿Baxter? ¿Así se va a llamar el bebé?

Eve se echó a reír.

—No. Es un amigo que viene de San Francisco.

—Si no tarda mucho, llegará a tiempo. Este niño no parece tener ninguna prisa.

—Cada bebé llega a su propio ritmo.

¿Estaría Eve embarazada? Eve no había comentado nada sobre el hecho de que hubiera utilizado preservativos desde entonces, no le había dicho que ya no servía de nada. Pero no tenía la menor idea de lo que pensaba. Ninguno de ellos había planeado encontrarse en aquella situación.

—¿Estarás aquí dentro de nueve meses, haciendo esto mismo?

No pretendía preguntarlo. Se había dicho a sí mismo que prefería marcharse sin saberlo, que ya se lo preguntaría más adelante, cuando se hubiera adaptado a los cambios que tenía por delante. Él no era bueno para Eve. Pero las palabras escaparon de sus labios y también a Eve la pillaron por sorpresa. Desvió la mirada hacia su rostro y entreabrió los labios, pero antes de que hubiera podido contestar, entró Baxter. Tras una ligera vacilación, Eve corrió a recibir a su amigo.

Después de aquello, hubo demasiado escándalo como para hablar sobre nada serio. Todo el mundo estaba ansioso por ponerse al día de las noticias del último recién llegado al grupo. Después, llamó Gail desde Los Ángeles y tanto ella como su célebre marido estuvieron hablando con todo el mundo con el manos libres del teléfono de alguien. Una hora después de aquello, Baxter consiguió distanciarse del grupo y se acercó a la esquina en la que estaban Rex y Eve.

Rex le sonrió, porque ya les habían presentado, pero Baxter no habló directamente con él. Apenas le dirigió una mirada antes de desviar su atención hacia Eve.

—Este tipo podría trabajar de modelo para Armani, ¿verdad?

Eve se sonrojó ligeramente. Rex advirtió que no se sentía cómoda con la actitud de Rex.

—Sí, es muy atractivo.

Tampoco él se sintió muy cómodo con aquel cumplido. No tenía la menor idea de qué decir. «Gracias» le parecía ridículo, puesto que Baxter no estaba hablando con él, pero tampoco podía saltar con algún comentario despectivo hacia sí mismo del tipo: «sí, pero deberías ver lo desastrosa que es mi vida».

Afortunadamente, no tuvo que decir nada más porque Baxter no le dio oportunidad.

—¿Dónde le has encontrado? Porque si tiene un hermano gemelo que, por casualidad, sea gay, quiero su número de teléfono.

—¿Qué? Tienes pareja, ¿recuerdas?

Una sombra de tristeza asomó al rostro de Baxter, pero la ocultó rápidamente con un gesto burlón.

—Sí, bueno. A lo mejor ya no.

Eve se puso inmediatamente seria.

–¿Eso qué significa?

–Scott se ha marchado enfadado cuando me estaba preparando para venir al hospital.

–¿Por qué? ¿Habéis discutido o...?

–Siempre discutimos cuando quiero veros. No quería que viniera. Decía que debería esperar hasta mañana y que podríamos venir un par de horas para ver al bebé.

–Un par de horas –repitió Eve–. No le caemos bien.

–Lo que no le gusta es lo mucho que significáis para mí. Y no soporta que nos quedemos en casa de mis padres.

–¿A ti tampoco te gusta quedarte en su casa? Porque si el hostal está abierto, siempre puedes quedarte en una de las habitaciones.

–No puedo quedarme en ninguna otra parte. A mi madre le rompería el corazón. No entiende que todavía me resulte difícil estar cerca de mi padre. Está intentando ser tolerante o, por lo menos, lo que él entiende por ser tolerante, que no es ser tolerante en absoluto.

Rex tenía la sensación de que no debería estar oyendo aquella conversación tan íntima. Apenas conocía a Baxter. Pero no podía alejarse sin parecer maleducado.

–¿Estás bien? –le preguntó Eve.

Baxter asintió.

–Sí, creo. Scott volverá. Seguramente.

–¿De verdad quieres que vuelva si es tan posesivo? –preguntó Rex.

No estaba seguro de dónde había salido aquello cuando acababa de decidir que no tenía sentido participar en aquella conversación. Pero era consciente de lo mucho que significaban los unos para los otros y odiaba que cualquiera de ellos se viera obligado a alejarse del grupo.

A Baxter no pareció molestarle su intervención. Miró por encima del hombro hacia un tal Noah que estaba hablando con su esposa.

–Es mejor que te quieran a que no, ¿no te parece?

Eve agarró a su amigo del brazo.

–Tiene que haber alguien que te quiera y esté dispuesto a aceptar a tu familia y a tus amigos –le dijo.

Pero no pudo decir nada más. Dylan apareció en aquel momento en la puerta y anunció que era el orgulloso padre de un fornido niño de más de cuatro kilos de peso.

Después de que todos aplaudieran y se abrazaran, Baxter cruzó la habitación, arrastrado por la emoción y, probablemente, deseando evitar el tema que acababan de abordar. Todo se convirtió en un caos durante varios minutos, hasta que Dylan alzó las manos pidiendo silencio. Después, miró a su hermano, Eve ya le había explicado a Rex quién era quién, pero en aquel caso, era bastante obvio, y carraspeó ligeramente.

–Cheyenne ha insistido en que fuera yo el que le pusiera el nombre al niño –explicó a todo el mundo.

–¿Y cómo se va a llamar? –gritó alguien.

–Kellan Aaron Amos –respondió–. En realidad, ella sugirió Kellan porque lo vio en alguna web sobre nombres de niños y a los dos nos gustó y... ya sabéis a qué se debe el otro nombre.

Al oír que Eve susurraba: «¡Dios mío!», y miraba hacia Aaron, que estaba blanco como el papel, Rex dudó de que el honor fuera tal. Pero Dylan estaba tan absorto en las felicitaciones, en los buenos deseos de sus amigos y en asegurar a todo el mundo que Cheyenne había superado el parto y había dado a luz como una campeona, que no pareció notarlo.

Aquel embarazoso momento pasó a tal velocidad que Rex llegó prácticamente a convencerse de que lo había imaginado.

Cuando por fin salieron del hospital, eran más de las cuatro. Eve estaba cansada, pero feliz. Había tenido oportunidad de ver a su mejor amiga, que se había mostrado tan aliviada y emocionada como cualquier madre primeriza.

Eve también había tenido oportunidad de sostener al bebé en sus brazos. Estaba tan agotado después del esfuerzo del nacimiento que apenas había gemido.

Después de eso, todo el mundo había tenido a Kellan en brazos. Incluso Aaron había sostenido a su tocayo, aunque Eve había tenido la impresión de que no le había hecho especial ilusión que Dylan se lo ofreciera. Había sonreído y había felicitado a su hermano, pero, en cuanto había tenido oportunidad, había pasado a otro al recién nacido.

Eve había mirado a Cheyenne, pero esta se había negado a devolverle la mirada. Continuaba con una sonrisa obstinada en el rostro, como si no pasara nada, como si creyera realmente que el bebé era de Dylan y nadie pudiera convencerla de lo contrario. Y Presley había posado la mano en su hombro como queriendo tranquilizarla.

Eve suponía que era así como Cheyenne tendría que manejar la que tenía que ser una situación muy complicada. Ya era demasiado tarde para contárselo a Dylan. Para bien o para mal, había tomado una decisión y tendría que mantener aquel secreto durante el resto de su vida.

Al cabo de unos cuantos meses, quizá fuera más fácil. Sí, tenía que ser más fácil...

—¿Por qué has dicho eso cuando Dylan ha anunciado el nombre de su hijo? —preguntó Rex cuando salieron del coche para dirigirse hacia la casa.

Eve estuvo a punto de tropezar, pero fingió que había sido la grava del camino la culpable.

—Me he... me he alegrado por Aaron.

—¿Decir «¡Dios mío!» es alegrarse?

—En este caso, sí.

—¿Por qué?

Eve no estaba segura de cómo iba a explicar su reacción, pero para mantener la promesa que le había hecho a Cheyenne, tenía que intentarlo.

—Los dos hermanos tienen una historia curiosa. No siempre se han llevado bien.

–¿Y eso es curioso? Se puede decir lo mismo de casi todos los hermanos.

–En este caso, ha habido circunstancias atenuantes. Cuando eran muy jóvenes, su madre se suicidó. El padre de Dylan no supo manejar la situación y comenzó a beber, abandonó el negocio y, al cabo de un tiempo, tuvo una pelea en un bar y apuñaló a un tipo que terminó muriendo.

–Este lugar parece demasiado tranquilo como para que pase algo así.

–La gente es gente en todas partes. Cometen errores y causan problemas. Ocurre lo mismo en cualquier lugar al que vayas.

–Así que el padre de Dylan terminó en prisión.

–Exacto. Y estuvo encerrado durante mucho tiempo. Eso significó que Dylan tuvo que convertirse en el padre de familia con solo dieciocho años para evitar que se llevaran a sus hermanos más pequeños a diferentes casas de acogida.

–Su padre estaba aquí esta noche, ¿verdad? Nos has presentado.

–Sí –sacó las llaves y se las tendió.

–¿Cuándo le soltaron?

–El verano pasado. Todo el mundo está intentando adaptarse a la situación desde entonces.

Rex le sostuvo la puerta para que pudiera pasar.

–¿Cómo conoció a la mujer con la que está?

–¿A Anya?

–No recuerdo su nombre, pero me ha parecido un poco joven para él.

–Lo es, y discuten continuamente. Dylan cree que ella está con él para tener un lugar para vivir. Y ella se jacta de que él es muy bueno en la cama –esbozó una mueca, mostrando su disgusto–. Una información que, por supuesto, todos preferiríamos no tener. Dylan y sus hermanos no saben qué hacer con esa mujer. La echarían, y, probablemente, también a su padre, si no fuera porque les da pena la hija de

Anya. La pobre no tiene muchas oportunidades de que le vaya bien con una madre así.

Rex cerró con cerrojo y revisó la casa para asegurarse de que no había ningún peligro. Aquello le recordó a Eve el peligro que corría, pero también la hizo sentirse protegida, como si Rex perteneciera a aquella casa y se responsabilizara de Eve como no lo había hecho antes.

—No siempre se relaciona una cosa con otra —dijo mientras la seguía al dormitorio—. Yo tuve una madre muy buena.

—¿Estás diciendo que lo que te ha pasado no ha sido culpa suya?

—Eso es exactamente lo que estoy diciendo.

—No eres muy generoso contigo mismo.

—Soy honesto.

Eve pensaba que era demasiado duro consigo mismo. Pero estaba tan sorprendida por el hecho de que estuviera hablando voluntariamente de su familia que prefirió centrarse en ello.

—Háblame de ella.

Rex no eludió la pregunta, como normalmente hacía.

—Era una mujer alta, delgada, muy guapa. Mi padre la adoraba. Todos la queríamos mucho —sacudió la cabeza—. Vivía en una casa llena de hombres, todos dispuestos a protegerla —se quedó en silencio durante un segundo y terminó con voz más queda—: Por eso se me desgarra el corazón cada vez que pienso en el daño que le hice.

Eve se acercó a él.

—Como te he dicho antes, todos cometemos errores. Todo el mundo se merece una segunda oportunidad, Rex.

Rex le apartó la mano como si no pudiera soportar su amabilidad.

—Eso suena muy bien, en teoría. Pero hay cosas que no se pueden arreglar.

—A veces, es a nosotros mismos a quien más nos cuesta perdonar.

Rex se quitó la camisa.

–Es posible. Pero no me resultaría tan difícil perdonarme si no hubiera causado tanto daño. No puedo culpar a mi familia por lo que sienten hacia mí. Me merezco eso y mucho más.

Eve se desabrochó la blusa.

–¿Pero no es ahí donde interviene el amor? El amor puede compensar cualquier cosa.

No habían encendido la luz, pero Eve podía ver el brillo de los ojos de Rex gracias a la luz que entraba en el dormitorio y se preguntó en qué estaría pensando. Pero él no contestó, se limitó a acercarse a ella y le rodeó la cintura con los brazos. Eve apoyó la mejilla en su pecho.

–Me haces sentirme...

–¿Qué? –le urgió Eve cuando se interrumpió.

–Esperanzado –respondió él.

Eve no estaba segura de cómo tomarse aquella respuesta. Aquellas palabras deberían haberle dado cierta tranquilidad. Pero Rex las había pronunciado como si aquello fuera lo más atractivo y, al mismo tiempo, lo más doloroso de su relación.

Capítulo 26

A la mañana siguiente, cuando sonó el despertador de Eve, Rex ya estaba levantado y trabajando en el ordenador. Eve le encontró sentado a la mesa de la cocina cuando fue hacia allí para servirse un zumo de naranja. Percibió el aroma del café que Rex había hecho y le entraron ganas de tomar uno, pero, por supuesto, renunció a ello por el embarazo.

Nada más entrar en la cocina recordó que era domingo, su día libre, y que no tenía por qué haberse levantado tan pronto.

—¡Maldita sea!

Rex alzó la mirada.

—¿Qué pasa?

—Acabo de acordarme de que debería haber quitado la alarma del despertador ayer por la noche, pero se me olvidó.

—¿Esta mañana no trabajas?

—Cambié varios turnos en el hostal para poder acudir esta noche a los Días Victorianos.

—¿Cuánto dura esa fiesta?

—Cuatro días, de jueves a domingo. ¿Qué estás haciendo?

Rex miró la pantalla del ordenador con un gesto de disgusto.

—Intentar recuperar todos los archivos y ocuparme de unas cuantas cosas en lugar de Marilyn.

—Es tu asistente, ¿verdad?

–Sí. Estando yo fuera, ha tenido que ocuparse de hacer mi trabajo durante toda la semana. La Navidad es una época con mucho trabajo. Se organizan muchos eventos que necesitan seguridad privada.

–¿Le has dicho ya que quieres cerrar la empresa y empezar de nuevo?

Rex se había recogido el pelo hacia atrás con una de las cintas de Eve, resaltando la perfecta estructura de su rostro.

–No, no puedo darle una noticia tan mala durante las fiestas.

–Debe de ser duro tener que prescindir de tus empleados.

Sabía lo que era eso. Cuando estaba intentando salir a flote, había considerado la posibilidad de despedir a Pam y cubrir ella misma sus horas. Al final, no se había visto obligada a hacerlo, pero había estado a punto.

–¿Alguno de ellos tiene dinero suficiente como para comprar la empresa?

–Ninguno tiene tanto dinero. No creo que pudiera darme ninguno un fuerte anticipo. Pero tengo algunos ahorros, así que quizá puedan ir pagando poco a poco –apretó los labios–. Me enteraré de si alguno de ellos está interesado. El marido de Marilyn tiene un buen trabajo, lo que a ella le da cierta seguridad. De hecho, a lo mejor podría quedarse ella con la empresa. Desde luego, sabe cómo llevarla. El único problema serían algunos cabos sueltos...

–¿Qué cabos sueltos?

–Podrían seguirle el rastro al dinero y volver a localizarme –se reclinó en la silla y estiró las piernas–. Y lo que tengo claro, Eve, es que, vaya a donde vaya, esta será la última vez. No quiero volver a empezar desde cero.

Su tono fatalista le preocupó.

–Tiene que haber alguna forma de solucionar lo de los pagos.

–Investigaré y veré qué puedo hacer. Pero no quiero dejar a nadie en una situación de vulnerabilidad. Echa un vistazo a esto.

Temiendo lo que podría llegar a ver, se acercó a la mesa mientras él manipulaba un vídeo en el ordenador. Cuando empezó, inmediatamente comprendió lo que era: La Banda destrozando su casa. Las cámaras habían grabado aquellos minutos. Uno de los intrusos se volvió hacia la cámara, le mostró el dedo índice y después comenzó a destrozar con un bate de béisbol puertas y ventanas.

Una cosa era oír lo que había pasado y otra muy diferente verlo.

—Están llenos de odio —musitó.

—Solo se darán por satisfechos cuando muera.

Eve no quería ver nada más. Aquellas imágenes le provocaron ganas de vomitar. Se volvió, pero Rex le agarró la mano y le dirigió una mirada implorante.

—¿Qué quieres? —preguntó Eve.

—¿No vas a decírmelo? —preguntó a su vez Rex.

Sabía que estaba hablando de su posible embarazo. Pero ella no se había permitido pensar en el bebé. La conciencia de cómo cambiaría su vida y de lo que implicarían aquellos cambios la asaltaba en momentos de tranquilidad, como antes de quedarse dormida. No podía mantener aquellas sensaciones a distancia eternamente. A veces sentía un cosquilleo de emoción, otras, de inquietud. Pero ya no había marcha atrás. Tenía que ir viviendo día tras día y, en aquel momento, estaba enamorándose del padre de su hijo, a pesar de que era un hombre que no podía tener.

Incluso en el caso de que llegaran a encontrar la manera de estar juntos, era posible que Rex no la amara tan profundamente como ella quería. Tenía que enfrentarse a la posibilidad de que hubiera sufrido demasiado, de que fuera un hombre excesivamente dañado.

Seguramente, habría algún hombre menos complicado para ella. Un hombre que pudiera ayudarla a construirse una vida feliz sin enfrentarse a los desafíos que Rex planteaba.

Quizá, pero su corazón se lo discutía constantemente. Siempre se ponía del lado de Rex.

–¿Estás seguro de que quieres saberlo? –le preguntó.

Rex sondeó su mirada, buscando una respuesta.

–Me resultará más fácil marcharme si no soy consciente de todo lo que dejo atrás.

–Por supuesto.

–Pero si no estuvieras embarazada, me lo habrías dicho.

Eve se mordió el labio.

–¿Estás enfadado?

La pregunta sirvió como confirmación, evidentemente. Si no estaba embarazada, ¿por qué iba a tener que estar enfadado?

Rex dejó caer la cabeza entre las manos y comenzó a acariciarse las sienes.

–Cubriré el precio del parto, el médico, el hospital y todo lo que necesites. Y te mandaré dinero todos los meses.

Eve alzó la mano.

–No quiero que lo hagas porque te sientas obligado.

–No es por eso. Quiero participar de alguna manera.

–¿Por qué?

–No quiero que asumas tú toda la carga –contestó. Después, bajó la voz–. Y quiero ser mejor padre de lo que he sido como hijo.

Necesitaba triunfar en algo más que en su negocio, Eve lo comprendía. Quizá la paternidad pudiera ayudarle a sanar, pudiera ayudarle a comprender que un padre podía querer a su hijo por terribles que fueran sus errores.

–De acuerdo –contestó, y se inclinó para darle un beso en la frente.

Ted llegó cuando Eve estaba haciendo el desayuno. Ella titubeó un instante al verle en la puerta, no estaba segura de que fuera a ser educado con Rex, pero, al final, le dejó pasar. No podía distanciarse de uno de sus mejores amigos. Ted había invertido varios días y, seguramente, más de dos mil dólares, intentando seguir el rastro a los descendientes de Harriett Hatfield para reconstruir la historia del hostal y de otros edificios históricos del pueblo.

Cuando avanzó a grandes zancadas hacia la cocina, Eve contuvo la respiración. Quería pedirle que procurara ser educado, pero, probablemente, habría sido peor.

Afortunadamente, Ted saludó a Rex con un gesto de cabeza y este, aunque titubeante, hizo lo mismo.

—No sabía que estabas acompañada –dijo Ted–. ¿Dónde está el Land Rover?

—Rex ha venido en un coche alquilado –contestó Eve–. Ha aparcado al final de la calle.

Un músculo se tensó en la mandíbula de Ted.

—¿Ahora se llama Rex?

Eve sintió que se le aceleraba el pulso.

—Ese es su verdadero nombre.

—Ya entiendo. Y prefiere aparcar al final de la calle porque...

Eve sentía la tensión dentro de él, su desaprobación, así que sonrió intentando aligerar su humor. El contraste entre lo que estaba a punto de decir y el historial de Rex resultaba casi cómicos.

—Es un poco chapado a la antigua.

—No quiero ofender a sus padres –le aclaró Rex con el ceño fruncido.

Ted le dirigió a Eve una mirada cargada de intención.

—¿No saben que está aquí? –le preguntó.

—Claro que lo saben –replicó–. Nos han visto entrar y salir. Incluso les hemos saludado en un par de ocasiones y hemos hablado con ellos.

—No me escondo de sus padres –le espetó Rex–. Sencillamente, no quiero restregarles por las narices que me estoy acostando con su hija. A mi modo de ver, sería una falta de educación.

Ted puso los brazos en jarras.

—Y supongo que debería impresionarme tu consideración.

—¡Ted! –exclamó Eve.

Ted se volvió hacia ella.

–¿Por qué sigue aquí este tipo, Eve? Sabes que te ha mentido. Primero se llamaba Brent y ahora resulta que es Rex. ¿Estás segura de que ese es su verdadero nombre?

–¡Sí!

–Pero si no puede casarse contigo ni ser el marido y el padre que quieres para tus hijos, ¿por qué pierdes el tiempo con él?

Rex empujó su silla hacia atrás con tanta fuerza que golpeó la pared.

–A lo mejor porque soy bueno en la cama.

El enfado relampagueó en los ojos de Ted.

–O a lo mejor no te importa el daño que puedes causar, siempre y cuando consigas lo que quieres.

Antes de que Eve pudiera intervenir, Rex se levantó y dio un paso hacia él.

–¿Alguien te ha pedido tu opinión?

Eve jamás habría imaginado que Ted fuera capaz de enfrentarse a un hombre tan furioso como lo estaba Rex en aquel momento, pero, sorprendentemente, no retrocedió.

–No digas tonterías. Eve es una de mis mejores amigas.

–Chicos, vamos –a Eve le palpitaba con fuerza el corazón por miedo a que aquella confrontación empeorara–. Por favor, dejad de decid tonterías los dos.

Ted se volvió hacia ella.

–No irás a desperdiciar tu vida con un tipo como ese, ¿verdad?

–Como te he dicho, hay muchas cosas que no sabes. Así que, por favor, tranquilízate y procura comportarte con educación.

Pero ya era demasiado tarde para suavizar lo ocurrido. Rex fulminó a Ted con la mirada durante largos segundos. Después, cerró el ordenador, agarró las llaves que había dejado en el mostrador y se fue.

El portazo resonó en el repentino silencio de la casa.

–¿Por qué has tenido que hacer eso, Ted?

Eve comenzó a seguir a Rex, pero se detuvo. Sabía que sería inútil, pero la asustaba pensar que, aunque hubiera dejado allí su ropa, podría no volver. Sería muy fácil para él montarse en el coche y desaparecer. ¿Qué más le daba dejar unas cuantas cosas tras él? Había dejado muchas más en San Francisco.

¿Cuántas veces se había visto obligado a empezar de nuevo? Tenía que estar acostumbrado.

Al advertir su desolación, Ted comenzó a caminar con expresión atormentada.

—¡Maldita sea, Eve! No quiero crear problemas entre nosotros, de verdad. Pero yo te abandoné de la peor manera el año pasado y ahora no puedo dejar que tengas una relación con un hombre que no te conviene. ¡Ese hombre podría arruinarte la vida!

—¿Cómo sabes que no me conviene?

—Estás de broma, ¿verdad? —se la quedó mirando fijamente.

—No le conoces —replicó ella—. No le conoces tan bien como yo.

—Pero lo que sé de él es más que suficiente —se volvió hacia la ventana y vio a Rex alejarse por el camino de entrada a la casa.

—Ya estoy enamorada de él, Ted. A estas alturas, ya nada de lo que hagas puede salvarme.

Con una maldición, Ted se golpeó la cabeza contra el cristal de la ventana.

—Por supuesto —musitó para sí.

Eve tomó aire.

—Y no solo eso... Estoy embarazada.

—¿Qué? —al oírla, Ted giró bruscamente, sacó una silla y se dejó caer en ella—. Por favor, dime que no es verdad.

—Rex no es como tú crees.

—¡Eso es precisamente lo que pretendo decirte! —gritó—. ¡No es nada de lo que ninguno de nosotros piensa! No nos ha dicho una sola verdad desde que llegó aquí.

Al oler a quemado, Eve corrió hacia la cocina y apartó la sartén en la que estaba friendo las salchichas. Se había olvidado de ellas y se habían quemado.

—Ha tenido una vida muy difícil, Ted. Se merece algo más.

—¿Y crees que tú podrás dárselo? ¿Que le cambiarás, le curarás y le salvarás cuando hasta ahora nadie ha sido capaz de hacerlo?

Podía sonar poco realista, pero lo único que necesitaba Rex era una oportunidad de establecerse y redimirse. Y con un amor firme e incondicional podría conseguirlo.

—Todo el mundo necesita ayuda alguna vez —se cruzó de brazos y se apoyó contra el mostrador—. Bueno, todo el mundo excepto tú. Siempre lo has hecho todo bien. Y la verdad es que a los demás nos resulta un poco repugnante.

Ted la miró con el ceño fruncido.

—No me vengas ahora con esas tonterías. Tú nunca has hecho nada malo. Hasta ahora.

—¡Alguien tiene que estar a su lado!

—Estoy seguro de que muchas otras mujeres lo han intentado.

—¡No! Es un buen hombre. Es posible que haya cometido algunos errores, pero ha pasado por un infierno y ya va siendo hora de detener ese infierno.

—¿Y cómo piensas hacerlo?

—No estoy segura, pero me gustaría intentarlo.

—No puedes hacer nada si no te cuenta su verdadera situación. ¿Qué está haciendo aquí? ¿De qué está huyendo? ¿Quién le está buscando?

Eve no quería contarle a nadie más la realidad de Rex. Comprendía la necesidad de mantenerla en secreto. Pero en lo relativo a aquel tipo de confidencias, confiaba en la discreción de Ted tanto como en la de Cheyenne.

—Soy consciente de ello —contestó, y volvió a servirse zumo antes de sentarse a contárselo.

Cuando terminó, Ted explotó:

–¿Y se supone que eso tiene que consolarme? ¿Enterarme de que es un expresidiario y que tiene a una banda peligrosa tras él? ¿Que es posible que te maten por el mero hecho de estar con él? ¡Dios mío, Eve!

–Tenía dieciocho años cuando le apresaron, Ted. ¡Dieciocho años! ¿Recuerdas lo estúpidos que éramos a esa edad? Y hubo un... incidente que le hizo tanto daño que ni siquiera es capaz de hablar de ello. Pero fuera lo que fuera, le lanzó en una espiral de absoluto descontrol y por eso comenzó a consumir drogas.

–¡Era un traficante!

–Solo pretendía financiarse su propio vicio. Era lo único que le permitía anestesiar el dolor.

–Un dolor causado por un acontecimiento del que no sabes nada.

–¡Ya te lo he dicho! No quiere contar lo que le pasó. ¿Pero puedes imaginar lo difícil que tiene que ser, una vez que estás en ese camino, recomponer tu vida otra vez? Y aun así, él está consiguiéndolo, siempre y cuando se lo permita La Banda.

Ted tamborileó con los dedos en la mesa mientras pensaba en lo que Eve acababa de decirle.

–¿Sabe que estás embarazada?

Eve se movió incómoda en su asiento.

–Sí, se lo he dicho esta mañana, justo antes de que llegaras tú.

Ted soltó una maldición y sacudió la cabeza.

–No hagas eso –le pidió Eve–. No empieces ahora a desaprobar todo lo que hago. ¿En qué estás pensando exactamente?

–No creo que quieras saberlo –farfulló.

–Sí, quiero saberlo.

Ted se levantó con un suspiro.

–Estoy pensando que no sé por qué demonios estoy tan preocupado cuando seguramente sería un milagro que volviera.

Cuando Eve se encogió, Ted posó la mano en su hombro.

–Lo siento. Cuando tenga ganas de que te cuente mi viaje y que te hable de las sospechas que tengo sobre la persona que mató a Mary, llámame –dijo, y se fue.

Capítulo 27

Aunque Eve se moría de ganas de enterarse de lo que había descubierto Ted, era demasiado orgullosa para llamarle. Sobre todo porque Rex no había vuelto en todo el día. Sabía que Ted le preguntaría si sabía algo de él. Así que intentó no pensar en aquel asesinato que había proyectado tan larga sombra sobre el hostal de su familia. Probablemente no había encontrado nada definitivo, nada que pudiera contestar a sus preguntas. En caso contrario, la verdad ya se sabría a aquellas alturas.

A Eve siempre le habían gustado más los Días Victorianos que otras de las fiestas que antecedían a la Navidad. Pero aquel año no era capaz de poner su corazón en ello. No conseguía que llegaran a importarle ni la decoración ni la comida de las fiestas, todas ellas cosas de las que normalmente disfrutaba. Pero no eran solo las fiestas. Ni siquiera estaba pendiente del nivel de ocupación del hostal, algo que siempre había vigilado muy de cerca.

Lo único que quería era estar con Rex.

A las cinco de la tarde, se obligó a cambiarse de ropa y a correr al hostal. Pero debería haber llegado mucho antes.

–¿Qué te ha pasado? –preguntó Pam cuando la vio entrar en la cocina.

La culpa la abrumó al comprender que había dejado a sus empleadas solas con todo el trabajo cuando no estaban acostumbradas a trabajar sin su dirección y su apoyo. Normalmente, todo llevaba su sello. El hostal era un escaparate, especialmente en Navidad.

—No sé a qué te refieres. Hoy he estado muy ocupada —musitó para ahorrarse las inevitables preguntas.

Cecilia salió en aquel momento de la despensa con una fuente de galletas con forma de muñecos de nieve.

—¡Estás aquí! ¿Qué te ha pasado? En esta época del año, te pasas todo el día en el hostal, ayudándonos a hornear. He intentado llamarte, pero no he conseguido localizarte.

Eve había visto las llamadas del hostal. Las había ignorado, algo que había justificado diciéndose que sus empleadas eran perfectamente capaces de organizarse solas. Y la mayor parte de las veces era verdad. Ella trabajaba más que cualquiera de sus empleadas, pero, por lo menos, podía haberles dicho cuándo pensaba acercarse.

—Tengo una fe absoluta en que sois capaces de hacer un trabajo fabuloso.

Pam y Cecilia intercambiaron una mirada que sugería que aquella no era la respuesta que esperaban, que les costaba creer que no hubiera estado revoloteando por el hostal, supervisando todo lo que hacían.

—Cheyenne dio a luz anoche —les contó, en parte para escapar de la lupa con la que parecían estar observándola.

—¿De verdad? —exclamó Cecilia—. No lo sabía.

Durante los años anteriores, había sido Cheyenne la única que la ayudaba a preparar los Días Victorianos para evitar que sus empleadas tuvieran que hacer horas extra en la época del año menos propicia para ello. Cheyenne la ayudaba de forma gratuita para contribuir a la causa. Pero aquel año, estando embarazada su mejor amiga, les había pedido a Pam, a Cecilia y a Deb que estuvieran a mano, y en aquel momento se alegraba de haberlo hecho. No había imaginado que Cheyenne iba a ponerse de parto tan pronto.

Pam quitó el plástico que cubría las galletas.

—¿Qué ha tenido?

–Un niño. Pesa más de cuatro kilos.

Cecilia sonrió.

–Vaya, sí que ha sido grande.

–Así que has estado con ella –dijo Pam–. Ahora lo entiendo. ¿Cómo se encuentra?

Eve no la corrigió. Había estado mucho menos tiempo en el hospital del que ellas pensaban.

–Genial, y el niño también. Tendrá que quedarse una noche más y...

–¿Por qué? –la interrumpió Cecilia preocupada–. No ha pasado nada malo...

–No. Tuvo el niño a las doce de la noche, así que ni siquiera lleva veinticuatro horas en el hospital. El seguro le cubre cuarenta y ocho horas de hospitalización, así que querrá aprovecharlo.

–Estupendo. A lo mejor puede descansar un poco –dijo Pam–. Mi primer hijo era como un reloj, no me permitía descansar más de tres horas seguidas.

–Esperemos que Kellan no tenga ese problema.

Eve le deseaba lo mejor a Cheyenne, pero le había costado comportarse con naturalidad cuando había pasado por el hospital aquella mañana. Le había llevado una planta y una tarjeta y después había prometido llamar o escribir un mensaje a la lista de invitados de Cheyenne para avisar de que había dado a luz antes de lo previsto y aquel año no podría celebrar la fiesta de Navidad. La visita había durado apenas unos minutos. Se había marchado rápidamente con la excusa de que tenían que organizar los Días Victorianos.

Pero no había ido directamente al hostal al salir del hospital. Tampoco había vuelto a casa. Se había pasado por casa de la señora Higgins, por Just Like Mom's, y por cualquier otro lugar en el que pensara que podría estar Rex, lo cual había demostrado ser una pérdida de tiempo. No había encontrado el menor rastro de él.

«Estoy pensando que sería un milagro que volviera».

¿Se habría ido para siempre?

–¿Eve?

Eve parpadeó cuando Deb le tendió otra bandeja de galletas.

–Eh... ¿no deberíamos sacar estas?

–Desde luego.

Recuperando su habitual eficacia, tomó la bandeja y salió de la cocina. Afortunadamente, sus empleadas habían limpiado el hostal de arriba abajo y todas las luces estaban encendidas. El hostal estaba precioso, incluso sin la atención extra que ella le prestaba. Adoraba aquel lugar, adoraba su trabajo. Pero, aun así, desde que había conocido a Rex, ya no significaba para ella lo mismo que antes.

–Tengo que intentar recuperarme cuanto antes –musitó.

–¿Has dicho algo?

Eve se volvió desde donde acababa de dejar la fuente. Sophia acababa de entrar en aquel momento.

–No, lo siento. Yo solo... hablaba sola.

–He venido para ofrecerme como voluntaria. He pensado que, estando Cheyenne en el hospital, te vendría bien algo de ayuda. Durante los Días Victorianos el hostal es uno de los puntos centrales.

Sophia era una persona muy considerada. Eve no pudo menos que reconocérselo.

–Eres muy amable, pero estoy segura de que lo tenemos todo cubierto.

Sophia se acercó un poco más a ella.

–Ted me ha contado lo de esta mañana, Eve. Lo siento. Se siente fatal. No pretendía hacerte sufrir. Él solo quiere... protegerte.

–Te refieres a que todavía se siente culpable por haberme abandonado por ti.

Sophia esbozó una mueca.

–No utilices esa palabra. Él no te abandonó. No es así como yo lo veo.

–¿De verdad? –Eve se cruzó de brazos–. Entonces, a lo mejor no te importa explicarme cómo lo ves tú. Siempre me lo he preguntado.

Sophia cruzó las manos ante ella. Desde que había aparecido junto a Ted en la puerta de su casa para disculparse, cada vez que estaban cerca de ella, Eve se limitaba a fingir que nunca había estado con Ted. Pero aquello casi le resultaba más violento que asumir la realidad.

–Prefiero pensar que, por las razones que sean, Ted y yo estábamos destinados a estar juntos, y te agradezco infinitamente que fueras tan elegante cuando... cuando nos dimos cuenta de lo que sentíamos el uno por el otro.

–No sé si el hecho de que no lo hubiera sido tanto habría supuesto ninguna diferencia –replicó con una risa carente de humor.

–Eso no es cierto –le discutió Sophia–. Tus sentimientos nos importaban mucho a los dos. Todavía nos importan –la agarró del antebrazo–. Fuiste muy amable conmigo cuando no tenía a nadie, cuando no podía caer más bajo. Eso no lo olvidaré nunca.

Eve la abrazó en un impulso. ¿Qué más daba que la inseguridad causada por su actual situación hubiera avivado recuerdos del rechazo que había sufrido en el pasado? Era egoísta permitir que lo que estaba sucediendo en su vida afectara negativamente a sus amigos.

–No te preocupes, estoy bien. Es solo que estoy...

–¿Embarazada?

Sophia terminó la frase antes de que Eve hubiera encontrado las palabras para explicar la angustia y la soledad que la hacían sentirse tan triste.

Eve miró tras ella. No quería que nadie más oyera lo que acababa de decir. No quería que les llegara la noticia a sus padres antes de que estuviera preparada para dársela ella misma. Pero estaban las dos solas y Sophia lo había dicho en voz muy baja.

–Te lo ha contado Ted, ¿verdad?

Sophia asintió.

—¿Estás contenta, asustada o...?

—Todavía no lo sé —respondió Eve—. Me están pasando demasiadas cosas por la cabeza y por el corazón. Pero estoy convencida de que, pase lo que pase, será algo bueno.

—Por supuesto que sí. Y... sabes que no tendrás que enfrentarte sola a todo esto. Haré todo lo que esté en mi mano para facilitarte las cosas. Puedo acompañarte al médico, cuidar del bebé... Por supuesto, Cheyenne también te ayudará, pero como ella también tendrá a su hijo, es probable que puedas necesitar más ayuda, y quiero que sepas que estaré encantada de hacer cualquier cosa por ti.

Sonaba conmovedoramente sincera.

—Me parece que me estás ofreciendo demasiado cuando es probable que pronto tengas otro hijo tú también —Eve no pudo evitar recordar el comentario que le había hecho Ted a Cheyenne cuando habían visto cómo se movía su hijo.

—Estoy pensando que deberíamos retrasarlo un año por lo menos, para poder ocuparnos antes de esto.

Aquella respuesta hizo que a Eve se le llenaran los ojos de lágrimas.

—Jamás en mi vida había oído nada tan generoso.

—Tú me salvaste la noche que viniste a verme después de la muerte de Skip, Eve. Gracias a eso, ahora soy mucho más feliz y puedo ofrecerle a mi hija la seguridad que necesita. No puedo expresar lo mucho que aquello significó para mí. Haré cualquier cosa por ti, te lo prometo.

—Entonces, a lo mejor puedes contarme lo que ha descubierto Ted en ese viaje —bromeó.

—¿No te lo ha contado esta mañana?

Eve esbozó una mueca.

—No hemos llegado tan lejos.

—Fue Harriett.

—¿Qué?

—Sí. Ted me contó que eran los descendientes de John los que tenían una historia que contar, no los de Harriett. El sobrino nieto de John, un hombre llamado Patrick Hatfield, dice que Harriett mató a Mary.

Después de haber creído que John era el culpable durante tantos años, a Eve le costaba asimilar la nueva teoría. Harriett le había dicho a su hermana que John era inocente, pero Eve nunca lo había creído.

—¿Por qué? ¿Qué pudo llevar a una madre a hacer algo así?

—¿Qué puede llevar a una madre a hacer algo así en la actualidad? ¿Una depresión? ¿Una enfermedad mental? ¿Un narcisismo extremo? ¿La rabia?

—¿Qué ocurrió en este caso?

—No conocemos todos los detalles. Ted consiguió localizar a Pat casi por casualidad.

—No creo que la familia de Harriet haya seguido en contacto con los Hatfield. ¿Cómo los localizó él?

—Es un tanto enrevesado, pero el marido de una de las primas de Mary fue a la universidad con Pat durante un año. Incluso jugaban juntos al rugby los fines de semana. No fueron conscientes de la conexión familiar hasta que surgió un buen día. Así que cuando Ted se puso en contacto con los familiares de Mary, ellos le pusieron en contacto con Pat. Para hacer la historia más espectacular, Pat vive actualmente en Londres. Está casado con una mujer que nació aquí. Pero se dedica a hacer documentales y ahora mismo está en Toronto con uno de sus proyectos. Así que Ted habló con él y después voló hasta allí para verle.

—Y parece que mereció la pena.

—Desde luego. Pat dice que Harriett nunca estuvo bien de la cabeza, que John la protegió y la cuidó durante años. Sentía que no tenía otra alternativa. No soportaba la idea de que la enviaran a prisión. Por aquel entonces, la mayor parte de la gente no creía posible que una mujer pudiera hacer algo tan terrible. Y él pensó que si la encerraban en un manicomio sería mucho peor.

—¿A pesar de lo que había hecho?

—Al parecer, Harriett había intentado advertirle que no le gustaba su propia hija, que estaba celosa de su amor por Mary y no la quería en casa. Él pensó que era otra de las locuras que a veces decía, jamás sospechó que pudiera llegar a hacer lo que hizo. Cuando estaba bien, era una persona maravillosa. Pero, por lo que le dijo su hermano, durante aquellos días estaba de un humor muy sombrío. Él no sabía a qué se debía mi cómo ayudarla. En aquella época, las cosas no eran como ahora en lo relativo a la depresión o las enfermedades mentales, ¿sabes? Así que John manejó la situación lo mejor que pudo, intentó mantenerla separada de otra gente y asegurarse de que no hiciera daño a nadie.

—No me extraña que la gente pensara que era él el malo de la película. La controlaba completamente. Pero... la gente contaba que, en las pocas ocasiones que la veían, solía tener moratones.

—Es muy probable que en algunas ocasiones costara tenerla bajo control. A lo mejor intentaba escaparse y él tenía que ejercer la fuerza física para retenerla. O, a lo mejor, le exasperaba de tal manera que terminaba perdiendo la paciencia. No estoy diciendo que fuera un santo. Pero tampoco fue un asesino. Por lo que Ted ha averiguado, es incluso posible que se lesionara a sí misma. En algunas ocasiones, lo hacía.

—¿Y por qué le quemó el tren?

—Ted también se lo preguntaba. Cree que le recordaba al sótano y lo que había hecho allí.

—Qué situación tan trágica.

De alguna manera, a Eve le resultaba más duro pensar que Harriett había sido la culpable. ¡Pobre Mary!

—En todos los sentidos —se mostró de acuerdo Sophia—. Tanto el hecho de que Harriett pudiera hacerlo como el de que John no solo tuviera que soportar la tristeza de la pérdida de Mary sino también cuidar de una mujer que estuvo trastornada durante el resto de su vida.

–John ocultó la verdad durante mucho tiempo. ¿Por qué terminó revelándosela a su hermano?

–Tuvo que hacerlo. Cuando se cayó por las escaleras y se rompió la cadera, comprendió que no podía continuar protegiendo a su mujer. Si moría, alguien tendría que cuidar de ella y saber que no podía tener niños cerca –se interrumpió–. Willard, el sobrino de John, y su esposa, Betsy, se quedaron la casa con la condición de cuidar de Harriett.

–¿Y ella huyó porque no confiaba en que el sobrino de su marido fuera a ser bueno con ella?

–Es posible que no lo hubiera sido. Era un hombre considerablemente más joven y estaba recién casado. En cualquier caso, eso es lo que cree Ted.

–Vaya –Eve sacudió la cabeza–. ¿Ted va a contar todo eso en el libro?

–Sí. Al final, ha conseguido encajar todas las piezas. No podrá presentar ninguna prueba forense, por supuesto, pero restaurará el buen nombre de John, por el bien de Patrick y del resto de los descendientes de John. Y por el de Mary también.

¿Sería eso lo que Mary había estado esperando? ¿Cesarían ya los ruidos y los movimientos extraños en el hostal? Fuera como fuera, Mary había muerto justo antes de Navidad. De alguna manera, parecía lógico que la verdad hubiera salido a la luz también por aquellas fechas.

–Gracias por todo –dijo Eve–. Y, por favor, dile a Ted que le agradezco mucho todo lo que ha hecho. La verdad, por muy triste que sea, permite por lo menos dar por cerrado el tema.

–A lo mejor puedes llamarle más tarde para que te lo cuente él mismo –Sophia le guiñó el ojo.

Cuando Eve asintió, Sophia le apretó las manos y se fue.

Pam salió de la cocina con el recipiente del ponche.

–Espero que venga una multitud esta noche.

Con los ojos llenos de lágrimas por Mary y por la amis-

tad que Sophia acababa de demostrarle, Eve desvió la mirada y fingió alisar una arruga del mantel.

–Estoy segura de que vendrá un montón de gente.

–Esta temporada ha sido tan frenética que no he tenido
tiempo de disfrutarla –dijo Pam–. Pero esta noche estoy sintiendo el espíritu de la Navidad.

Aunque Eve no podía alzar la mirada porque no quería que Pam viera que tenía los ojos llenos de lágrimas, no
pudo menos que mostrarse de acuerdo. Aquella noche estaba dedicada a reunir dinero para ayudar a niños que, de otra
forma, no recibirían ningún regalo por Navidad. Aquello,
sumado al sacrificio que había hecho años atrás John por
su esposa, una mujer con una enfermedad mental, y al propio sacrificio de Sophie, ofreciéndole postergar el tener otro
hijo, aunque Eve jamás tendría valor para pedirle algo así,
era el verdadero espíritu navideño.

Rex observaba a Eve desde la distancia. Eve había pasado la mayor parte del día en el salón principal del Little
Mary's, sirviendo bebidas calientes y galletas y saludando
y sonriendo a todos los que entraban en el hostal. Lo sabía
porque todo el hostal estaba iluminado con luces navideñas
y, desde la calle de enfrente, en la que estaba apoyado contra su coche alquilado, había podido reconocerla de vez en
cuando moviéndose entre la multitud. Sus padres también
llevaban allí un buen rato. En aquel momento, cuando ya
empezaba a hacerse tarde y no quedaba demasiada gente,
podría comenzar a disfrutar ella misma de la celebración.
Agarrada del brazo de Callie algo, Rex no era capaz de recordar el apellido, pero la recordaba como una de las personas a las que había conocido en la sala de espera del hospital, Eve deambulaba de mesa en mesa.

–¡Eh!

Sobresaltado al oír una voz tan cerca, Rex se volvió y
vio a otro de los amigos de Eve tras él. Había conocido a

mucha gente el día que Cheyenne había dado a luz y tampoco fue capaz de recordar el nombre de ese tipo.

–Hola.

–Así que has decidido mantenerte al margen de la acción, ¿eh?

–Supongo.

–¿Qué haces aquí, en medio de la noche?

–Estoy esperando a la señora Higgins. La he traído en coche y tendré que llevarla a casa.

Algunos de los vendedores estaban empezando a recoger sus cosas. No creía que la señora Higgins tardara mucho en marcharse.

–Soy Kyle –le tendió la mano–. Nos conocimos ayer por la noche.

–Sí, ya me acuerdo –Rex le estrechó la mano y volvió a apoyarse en el coche.

–Noelle Arnold es mi exesposa.

Aquel era un nombre que Rex no iba a olvidar fácilmente.

–Lo siento.

–Ya veo que la conoces –dijo Kyle con una risa.

–Sí.

–Me comentó Eve que, eh, que os conocisteis en el Sexy Sadie's, pero no sabía que, bueno, ya sabes, hasta ayer por la noche no me enteré de que estabais saliendo.

¿Estaban saliendo? En aquel momento, Rex describiría su relación como la de un conductor fugitivo tras haber atropellado a un peatón. Sabía que debería dejarla sola, pero no era capaz de mantenerse alejado.

–No estaré por aquí durante mucho tiempo.

–Eve apenas nos ha visto durante estas últimas tres semanas. Supongo que no estoy muy al tanto de lo que está pasando en su vida.

–¿No os ha visto? ¿Te refieres a Noelle y a ti?

–No, Eve y yo tenemos un grupo de amigos que se reúne todos los viernes a tomar café en el Black Gold.

Rex asintió, pensando que sería agradable contar con

una red social como aquella. La gente ya no solía mantener relaciones de ese tipo, de modo que algo así era raro.

—Eso solo podría ocurrir en Whiskey Creek.

Kyle no parecía saber cómo tomarse aquel comentario.

—¿No te gusta cómo se vive aquí?

—Sí, claro que me gusta. Es como uno de esos globos de cristal llenos de nieve —dijo, expresando en voz alta lo que había pensado en muchas ocasiones sobre aquel lugar.

Kyle soltó una carcajada.

—¿Por eso prefieres quedarte aquí, observando a todos los demás?

Rex había preferido quedarse allí porque no pertenecía a aquel lugar, nunca podría pertenecer y no quería perturbar las vidas de aquellos que sí lo hacían.

—Nadie necesita que me interponga en su camino.

—¿Te refieres a la fiesta? —preguntó Kyle con el ceño fruncido.

Se refería a la vida de Eve, a todo aquello que esperaba de ella. Cuando había salido de San Francisco la última vez, pensaba quedarse solamente unas dos noches, el tiempo suficiente como para comprar algo de ropa y un ordenador. Pero había pagado a la señora Higgins todo el mes de diciembre. Teniendo en cuenta que el dinero podía escasear hasta que consiguiera sacar adelante una empresa, imaginaba que debería ahorrar todo lo que le resultara posible. ¿Y qué diferencia podía haber entre marcharse en aquel momento o hacerlo después de Navidad?

—A las relaciones que mantenéis aquí.

—No somos tan ariscos con los forasteros como podría parecer —agarró a Rex por los hombros, le sacó de entre las sombras y le condujo hacia el flujo de peatones que cruzaban la calle.

Rex detectó el olor a alcohol en el aliento de Kyle y sospechó que andaba un poco achispado. Pero no podía decirse que estuviera borracho y no pudo evitar una sensación de alivio al encontrarse con un poco de cordialidad.

—¿Qué te parece si te invito a una cerveza? —preguntó Kyle.

Se detuvieron frente a un vendedor de cerveza, pero antes de que Rex hubiera podido pedir, Kyle advirtió que Eve no estaba lejos y la llamó.

—¡Eh, Harmon! ¡Mira a quién me he encontrado!

Cuando Eve alzó la mirada, le dijo algo a Callie, que asintió y llamó a Kyle. Un segundo después ambos se alejaban, dejando que Eve se acercara sola hacia Rex.

—No sabía si ibas a aparecer esta noche —reconoció.

Rex le dirigió una sonrisa ladeada.

—La señora Higgins no habría soportado que me quedara en su casa y me perdiera la celebración.

Eve miró a su alrededor.

—¿Dónde está?

—La he traído en coche, pero en cuanto he aparcado, ha salido corriendo para colaborar vendiendo una colcha para unos huérfanos o algo así. No la he visto desde entonces.

—En realidad, esa colcha es para nuestro proyecto Conviértete en Santa Claus. Junto a los otros miembros de la Sociedad Histórica, la señora Higgins cose una cada año.

—Un gesto bonito.

—Sí —Eve se frotó las manos para protegerse del frío—. ¿Eso significa que piensas quedarte en su casa?

—Durante algún tiempo.

—Porque...

—Porque es lo mejor, Eve. No finjas lo contrario.

—¿Y ya está?

—Cuanto antes, mejor. Retrasarlo solo lo haría más difícil.

Eve le analizó durante varios segundos. Después dijo:

—Dime una cosa.

Rex la miró a los ojos.

—¿Qué?

—¿De verdad estás huyendo porque estás asustado? ¿O es porque voy a tener un hijo tuyo? —comenzó a alejarse, pero él la agarró del brazo.

–Si ese es el problema, sigo dispuesto a pasarte dinero.

–Definitivamente, ese no es el problema. Ni siquiera quiero tu dinero.

–¿Entonces de qué me estás acusando? –le preguntó–. Tengo treinta y seis años. ¿Crees que a esta edad podría asustarme la responsabilidad de tener un hijo?

Eve se apartó bruscamente.

–Creo que tienes miedo de acercarte demasiado a mí o a cualquiera. Pienso que crees que les has fallado a tus padres y a tus hermanos, a Laurel y a todos aquellos que han significado algo para ti y tienes miedo de volver a fallar. Así que has decidido encerrar tu corazón en una jaula y rechazas el amor cuando se cruza en tu camino.

–No intentes psicoanalizarme, Eve –le advirtió.

–¿Me puedes decir sinceramente que estoy equivocada? –le preguntó–. ¿Alguna vez te has preguntado por qué mantienes a todo el mundo a distancia? ¿Por qué te mantienes siempre en la periferia para poder escapar rápidamente? ¿Por qué les dices a las mujeres que se acuestan contigo que no esperen nada de ti?

–No necesito preguntármelo. El hecho de que hayan tiroteado mi casa contesta endemoniadamente bien todas esas preguntas –contestó–. Ese asunto de La Banda no es ningún juego, Eve. ¡Y no es a mí a quien tengo miedo de que hagan daño!

–Sí, claro que tienes miedo –insistió ella–. A lo mejor no te dan miedo las balas. Eso lo has demostrado. Pero tienes miedo de otras cosas, y no solo de La Banda. Si no fuera así, conservarías el nombre de Brent Taylor y te quedarías aquí.

–¿Ah, sí?

Eve alzó la barbilla.

–Sí. En realidad, quieres quedarte. Si no, ya te habrías ido. Sabes que Whiskey Creek sería un buen sitio para ti, probablemente es el mejor lugar que has encontrado, por lo menos últimamente. Pero no vas a permitirte echar raíces porque crees que no te lo mereces.

–Eso son tonterías –farfulló Rex.

–¿Ah, sí? Dime una cosa. ¿Estarás mejor en Fénix, en Portland o en Seattle que aquí? No, pero esos lugares están más lejos. Eso es todo.

–¡Allí tendré oportunidad de ganarme la vida!

–¿Y cómo te ganas la vida? Arriesgándote una y otra vez. Tú mismo admitiste que crees que ha sido así como te han localizado. Necesitas dejar ese trabajo y empezar de nuevo. Empezar de verdad.

–¿Haciendo qué?

–Eres suficientemente inteligente como para averiguarlo.

–¿Entonces quieres que me quede? ¿Quieres que...? ¿Quieres que esté contigo? ¡Pero si solo nos conocemos desde hace tres semanas!

Eve sacudió la cabeza con aparente disgusto.

–¿Y eso es todo? ¿Lo que sentimos no cuenta porque es algo nuevo?

–¡No creo que sea la base de una relación!

–Si te vas, no tendremos oportunidad de basarla en nada más, de eso puedes estar seguro.

–¡No tengo otra opción!

–Sí, claro que la tienes. Puedes luchar por lo que podríamos tener, por la oportunidad de ser padre. Creo que si te creyeras merecedor de la felicidad que eso puede proporcionarte, lo harías. Pero te marcharás, y continuarás huyendo cada vez que conozcas a alguien que pueda significar algo para ti hasta... ¿hasta cuándo? ¿Cuándo terminará todo esto?

–¡Ya basta! –replicó él–. No puedo amarte, Eve. Eso solo serviría para convertirte en otra persona a la que puedo perder. ¿Por qué voy a ponerme a mí mismo en esa situación?

–¿Por qué se puso Virgil en esa situación? –preguntó ella a su vez.

Como Rex no contestó, lo hizo ella por él:

–Porque por tener a alguien merece la pena arriesgarse. Pero si sigues mintiéndote a ti mismo, si continúas diciéndote que es La Banda la que te impide comprometerte, continuarás vagando tú solo durante el resto de tu vida.

Capítulo 28

Había hecho lo que tenía que hacer, se dijo Eve a sí misma. Rex necesitaba oír la verdad y ella necesitaba enfrentarse a ella. Pero después, no se atrevía a ir a casa por miedo a pasar toda la noche con la mirada fija en el techo, pensando en él. Así que condujo de nuevo al hospital.

–¿Cómo están yendo los Días Victorianos? –preguntó Cheyenne en cuanto Eve entró en la habitación.

Dylan estaba sentado en una mecedora, al lado de la cama de Cheyenne, con Kellan en brazos y embriagado de amor mientras le observaba dormir con aquella mirada con la que tantos padres primerizos contemplaban a sus hijos.

–Todo está siendo muy divertido.

Eve forzó una sonrisa y pidió al bebé. Pero, a los pocos minutos, Cheyenne la hizo saber que no iba a engañarla con aquella conversación intrascendente.

–Cuéntame qué te pasa –le pidió.

–Nada –respondió Eve.

Cheyenne le dirigió a su marido una mirada suplicante.

–Cariño, ¿podrías irte a dar un paseo con el bebé por el hospital?

Dylan había estado acariciando la pelusilla de color melocotón que cubría la cabeza del bebé y no las estaba escuchando, algo que se hizo obvio cuando parpadeó y fijó la mirada en su esposa.

–¿Qué has dicho?

Cheyenne sonrió al verle tan preocupado.

–Lleva así todo el día –le explicó a Eve–. Estaría bien que salieras un rato con el niño. Me gustaría hablar con Eve a solas, si no te importa.

–Claro que no me importa.

Tomó al bebé que Eve sostenía en brazos con tanto cuidado como si fuera de cristal y le dirigió a Eve una orgullosa y al mismo tiempo tímida sonrisa.

–Tienes un hijo precioso –le aseguró ella mientras él salía. Después se volvió hacia Cheyenne–. Parece que el padre está muy contento.

–Quiero que este hijo sea una alegría para él, sin ninguna clase de complicaciones. Lo comprendes, ¿verdad?

Estaba haciendo referencia a cómo había conseguido quedarse embarazada.

–Comprendo que le quieres y que hiciste lo que pensabas que era lo mejor para él. Pero... casi me da un infarto cuando dijo que iba a llamar Aaron al niño. ¿No intentaste disuadirle?

–No, no podía decirle nada.

–¿Por qué?

Cheyenne se pasó la mano por el pelo.

–Porque habría parecido extraño. Aaron siempre ha sido la oveja negra de la familia. Ahora que está madurando, la relación es mejor entre ellos, pero Dylan quiere asegurarse de que han sanado todas las viejas heridas.

–¿Y no podría haberlo hecho de otra forma?

Cheyenne suspiró.

–Estaba tan emocionado cuando se le ocurrió la idea que no tuve valor para decirle que probablemente a Aaron no le gustaría.

O que sería un recordatorio constante de su secreto, pensó Eve, pero no dijo nada.

Cheyenne inclinó la cabeza para mirar a Eve a los ojos.

–¿Y cómo reaccionó Aaron?

Eve consideró la posibilidad de contar la verdad. Que Aaron había estado como si se hubiera metido algo en la boca y no consiguiera tragarlo. Pero no creía que aquello contribuyera a tranquilizar a Cheyenne y no tenía ningún sentido causarle más preocupaciones.

–Parecía estar contento. Estoy segura de que a medida de que vaya pasando el tiempo será más fácil... olvidar.

–Sí.

–Y para Dylan será pan comido criar a este niño, no tendrá nada que ver con lo que pasó con sus hermanos.

–Dylan quiere a sus hermanos tanto como a este bebé –dijo Cheyenne–. Y ellos también le quieren a él... En caso contrario, Kellan no estaría aquí.

–Lo sé –Eve jugueteó con la correa del bolso.

–¿No vas a sentarte? –le preguntó Cheyenne.

–Creo que no. Solo he venido para ver cómo estabas.

–¡Espero que eso no signifique que piensas irte ya!

–Tengo otras tres noches de Días Victorianos por delante. Debería dormir para poder involucrarme más que hoy.

–¿Y por qué no te has involucrado hoy?

Eve la miró.

–¿De verdad tienes que preguntármelo?

Cheyenne alargó la mano hacia la suya.

–¿Le has contado a Rex lo del embarazo?

Eve asintió.

–¿Y? ¿Qué ha dicho?

–Nada. Desde el principio, dejó muy claro que no pensaba quedarse. Tener un hijo no le hará cambiar de opinión. Está dispuesto a aportar dinero para el bebé, pero eso es todo.

–¿Eso es lo que te ha dicho?

–Sí, eso es lo que me ha dicho.

–¿Y adónde piensa ir?

–No tengo ni idea. Y él tampoco me lo va a decir.

–Lo siento –dijo Cheyenne.

Eve sintió el escozor de las lágrimas, pero parpadeó para apartarlas.

–No pasa nada, creo. Lo superaré, ¿de acuerdo? Eso es lo que me diría mi madre.

–A lo mejor, si su situación cambia, puede volver.

–Lo dudo –replicó–. Está huyendo de algo más que de La Banda.

Cheyenne la miró alarmada.

–¿Eso qué significa?

–Nada de lo que puedes estar imaginándote. Está intentando protegerse a sí mismo de sufrir como sufrió en el pasado, se aleja de toda la gente que le querría en el caso de que él se lo permitiera. ¿Y qué clase de vida es esa?

–En ese caso, quizá lo mejor sea que se vaya, Eve. No sé si podría ser un buen padre para tu hijo. Tiene muchos... problemas.

–A veces la gente que tiene problemas es capaz de superarlos. Mira cómo ha sacado adelante Presley su vida. Mira a Aaron. ¿No te alegras de no haber renunciado con ellos?

–Sí, me alegro. Pero yo diría que son la excepción a la regla.

–Rex también podría serlo.

Cheyenne apartó la mesa con ruedas a un lado para poder separar la cabeza del cabecero de la cama.

–¿Y La Banda? Whiskey Creek no está muy lejos de San Francisco.

–No tienen ningún motivo para buscarle aquí. No, si comienza a trabajar en algo diferente.

–Tiene más de treinta y cinco años, Eve, y lo de cambiar de profesión es más fácil de decir que de hacer. ¿A qué otra cosa se podría dedicar?

–No lo sé –contestó–. Pero preferiría que se dedicara a vender comida basura a que siguiera arriesgándose. La vida consiste en una serie de compromisos.

–Y el que le estás pidiendo es muy grande.

La puerta se abrió y entró una enfermera.

–Siento interrumpir –se disculpó–, pero tengo que tomarle la tensión a la señora Amos.

–Será mejor que me vaya –le dijo Eve a Cheyenne.

–Espera –le pidió Cheyenne–. ¿Cuándo vas a decírselo a tus padres?

No especificó «lo del bebé», pero Eve sabía lo que quería decir.

–Todavía no. A lo mejor después de las fiestas.

La enfermera colocó la banda alrededor del brazo de Cheyenne y comenzó a hincharla.

–Todo va a salir bien –le aseguró Cheyenne–. Nos tienes a mí y a Dylan, y también al resto del grupo.

Sophia le había dicho lo mismo. Por lo menos, teniendo en cuenta cómo estaban yendo las cosas con Rex, no tendría que preocuparse por tener que dejar a todos sus amigos. Por no hablar del hostal y sus padres. En cualquier caso, si tuviera que hacerlo, tampoco sabía si sería capaz.

–Lo sé –dijo–, gracias.

–¿Cómo es que has vuelto?

Cecilia, la encargada del hostal por las noches, se mostró confundida al ver a Eve. Eran más de las once.

–Estoy demasiado nerviosa para dormir –contestó–, así que he decidido venir a hacer unas cuantas cosas por aquí.

–Pero estabas muy cansada cuando te has ido. Y ahora tienes aspecto de estar agotada.

Eve se encogió de hombros.

–Ya te he dicho que...

Cecilia cambió el gesto.

–¿Estás bien? Últimamente no pareces tú misma.

Porque no era la de siempre. Se había enamorado de un hombre perseguido por una peligrosa banda y se había quedado embarazada. Rex tenía que irse y probablemente no volvería a saber nada de él en su vida. Y no solo eso, sino que la noticia de su embarazo causaría un auténtico revuelo en el pueblo. Sus padres tendrían que retrasar el viaje que tenían planeado hacer aquel verano para poder estar en

Whiskey Creek cuando diera a luz. Y ella tendría que organizarse para que alguien cuidara a su hijo y así poder seguir trabajando después de que el niño naciera, por lo menos en cuanto la criatura creciera un poco y comenzara a andar.

—Tengo muchas cosas en la cabeza —musitó.

—Claro que sí. Ahora eres madrina.

E iba a ser madre en verano.

—El niño de Cheyenne es precioso —dijo, principalmente para cambiar de tema.

—No me extraña que estés emocionada. Tengo unas ganas locas de verle.

Estuvieron hablando durante unos minutos más sobre Kellan y sobre lo orgulloso que estaba Dylan de su paternidad. Después, Cecilia regresó a la cocina, presumiblemente para organizar la parte que le tocaba a ella de la comida del desayuno y del té, algo que hacía todas las noches.

Eve permaneció donde estaba. Acababa de recibir un mensaje de Ted. Era la respuesta a un mensaje que le había enviado en medio del alboroto de los Días Victorianos, dándole las gracias por intentar protegerla y por tomarse tantas molestias e invertir tanto dinero en resolver el misterio de la muerte de Mary.

—*A veces puedes ser insoportable* —contestaba él—, *pero siempre podrás contar conmigo.*

Eve no pudo menos que sonreír al leerlo.

—*¿Esa es tu manera de aceptar una disculpa?*

—*¿Eso era una disculpa?*

—*Era una rama de olivo.*

—*En ningún momento he estado enfadado contigo. Solo estaba preocupado.*

—*Lo sé.*

—*¿Crees que podrás estar bien?*

—*Pase lo que pase, lo superaré.*

Acababa de guardar el teléfono en el bolso con intención de dirigirse a su despacho cuando sonó el timbre de la puerta. Por motivos de seguridad, no se podía entrar en el hostal después de las once, a no ser que fuera ya un huésped y tuviera la llave o alguna de las empleadas le abriera. Al oír el timbre, Cecilia asomó la cabeza desde la cocina, pero Eve estaba más cerca de la puerta y le hizo un gesto para que no se preocupara.

—Abriré yo —se ofreció.

De vez en cuando, alguien aparecía a última hora buscando habitación. Gracias a los Días Victorianos, tenían el hostal prácticamente lleno aquella noche, pero todavía quedaba una habitación libre. Eve estaba deseando alquilarla, pero en cuanto abrió la puerta, supo que no iba a permitir que los cuatro hombres que estaban esperando en el porche entraran. Olían a alcohol, parecían teñidos por la violencia y la falta de escrúpulos, y la dureza de su expresión indicaba que su actitud no iba a ser más atractiva que su aspecto.

—¿Qué puedo hacer por ustedes? —preguntó con la que esperaba fuera una sonrisa profesional.

—¿Usted qué cree? —preguntó el tipo que estaba más cerca de ella—. Esto es un hostal, ¿verdad?

Los otros rieron por lo bajo ante su rudeza.

—Creo que quizá le gustaría contratar la suite nupcial para usted y para quienquiera de estos hombres que sea su pareja. ¿Se trata de una celebración?

Los ojos de su interlocutor relampaguearon por el enfado cuando vio que Eve conseguía arrancar más carcajadas que él.

—No, no es ninguna celebración. Solo queremos un par de habitaciones.

Eve estuvo a punto de decir que tenía todas las habitaciones ocupadas. No creía que sus huéspedes se sintieran cómodos compartiendo hospedaje con gente como aquella. Pero cuando estaba abriendo la boca para decirlo, advirtió que el hombre que estaba hablando con ella llevaba tatuados los nudillos de una mano. Las letras estaban escritas de una forma tan rebuscada que tardó un momento en deletrear la palabra. Pero en cuanto la leyó, la sangre se le heló en las venas: *B-A-N-D-A*.

Tragó con fuerza y retrocedió un paso.

—Me temo que no tenemos muchas habitaciones disponibles.

—¿Qué demonios significa eso?

Eve estuvo a punto de decirle que se fuera si no quería que llamara a la policía. Pero el miedo a que pudiera reaccionar violentamente la detuvo. Y también el pensar que sería más sensato saber dónde estaban aquellos hombres que enviarlos a la calle y no saber cuál era su paradero.

—Significa que, como estamos celebrando los Días Victorianos, solo nos queda una habitación libre.

El tipo se la quedó mirando fijamente durante un segundo. Después, le dio un codazo al hombre que estaba tras él.

—Dame esa fotografía.

Eve no lo había notado hasta entonces, pero el otro hombre tenía un sobre en la mano. El hombre tendió el sobre que le pedía y el interlocutor de Eve sacó una fotografía veinte por veinticinco centímetros que le mostró inmediatamente.

—¿Ha visto a este tipo?

El corazón le palpitaba con tanta fuerza en los oídos que Eve apenas podía oír por encima de aquel sonido. Intentando evitar que le temblaran las manos, tomó la fotografía que le pedían, pero sabía de antemano que sería de Rex.

Evidentemente, era una fotografía de Rex saliendo de un edificio de oficinas. La imagen era ligeramente borrosa, porque Rex estaba moviéndose, pero no había ninguna duda sobre su identidad. Distinguió fácilmente el pelo rubio, sus facciones perfectamente cinceladas y su cuerpo esbelto y fibroso.

Pero frunció el ceño como si no lo hubiera reconocido y sacudió la cabeza.

—No, lo siento. ¿Es amigo suyo?

—Es mi hermano, hace mucho tiempo que le he perdido.

Los otros se echaron a reír otra vez.

—¿Está segura de que no le reconoce?

–Completamente –contestó–. Si viviera en esta zona, lo sabría. He vivido aquí durante toda mi vida.

–No vive aquí. Solo está de paso.

Estuvo a punto de explicarles voluntariamente que había otro hostal en la ciudad. Estaba suficientemente nerviosa como para decir cualquier cosa. Pero tuvo miedo de que los Russo, los propietarios de A Room with a View, o cualquiera de sus empleados hubieran visto a Rex por el pueblo.

–Si es así, no se ha alojado aquí. Me acordaría de una cara como esa.

–Por supuesto que se acordaría. Es una pena que haya empeorado tanto.

Eve le devolvió la fotografía.

–Entonces, ¿quieren quedarse con la habitación? No creo que vayan a encontrar alojamiento a estas horas.

–¿Por qué no? El Idiota y el Imbécil pueden dormir en el coche.

–¡Tío, eso sería una putada! –gritó el Idiota o el Imbécil.

–Eh, ¿a quién estás llamando idiota? –preguntó el otro tipo.

El que parecía estar a cargo del grupo, les miró con el ceño fruncido y las quejas cesaron inmediatamente.

–Solo necesitaré una identificación y una tarjeta de crédito –dijo Eve.

–Pagaré en efectivo –respondió, como si eso fuera lo único que debería pedirle.

Eve se clavó las uñas en las palmas de las manos, obligándose a mantener la calma.

–Puede pagar en efectivo si quiere cuando se vaya, pero necesitaré una tarjeta de crédito para poder alquilarle la habitación. Y también algún otro tipo de identificación para demostrar que la tarjeta que está utilizando le pertenece. No es nada personal. Es nuestra forma habitual de proceder. Actualmente, funcionan del mismo modo prácticamente todos los hoteles y los hostales.

–Hija de puta –musitó él mientras sacaba la cartera.

Capítulo 29

–¿No crees que ha sido una fiesta fabulosa? –preguntó la señora Higgins.

Ambos habían estado intentando dormir durante las dos horas anteriores, pero, de alguna manera, habían terminado juntos en el cuarto de estar, ella con una taza de té y él con la mirada fija en las luces del árbol de Navidad.

–Siempre me han encantado los Días Victorianos. Han sido una tradición en el pueblo desde que era niña –añadió.

A Rex le resultó difícil apartarse de la ciénaga de sus pensamientos durante el tiempo suficiente como para responder. Pero se obligó a hacerlo, porque apreciaba sinceramente a la señora Higgins. Era una mujer de costumbres fijas y se sentía muy sola tras haber perdido a su marido y a su hijo, pero era muy cómodo convivir con ella. Se mostraba siempre amable y comprensiva. Era casi como vivir con su abuela.

Rex estiró las piernas y apoyó las manos en su estómago.

–¿Ha vivido aquí durante toda su vida?

La taza de té tintineó en el plato.

–Sí.

–Y continúa gustándole vivir aquí –era más una observación que una pregunta.

–Por supuesto. Este es un pueblo bonito y tranquilo, con una gente maravillosa –dejó la taza a un lado para levantarse y acercarse a un adorno que, aparentemente, estaba fuera de lugar–. ¿Por qué iba a querer ir a ninguna otra parte?

–¿Cómo sabe que no podría encontrar un lugar mejor? El mundo es muy grande.

Por lo menos, eso era lo que se decía a sí mismo. Tenía que conseguir que el andar yendo de un lugar a otro le resultara atractivo, puesto que quedarse allí de forma permanente no era una opción.

–No hay ningún lugar como el propio hogar –contestó la señora Higgins con absoluta convicción.

¿Cuántas veces habría oído aquella frase? Pero, de alguna manera, en aquel momento no le pareció una frase trillada. El propio concepto de hogar le hacía sentirse como un eterno vagabundo.

¿Pero la culpa de todo ello la tenía La Banda? Quizá, como Eve había dicho, su conducta se debiera a algo más profundo que a una simple amenaza física. A lo mejor se había entregado a aquel trabajo porque era la única forma que tenía de sentirse valorado y le proporcionaba una sensación de confianza que podía cultivar y mantener. Era bueno en lo que hacía, sabía que no decepcionaría a ningún cliente. A pesar de los peligros que entrañaba su trabajo, aquello le daba una extraña sensación de seguridad.

La señora Higgins se apretó el cinturón de la bata. Con los rulos en la cabeza y aquellas zapatillas de felpa rosa en los pies, recordaba a aquellas viejas damas que aparecían en aquellas tarjetas tan simpáticas, excepto por el hecho de que era más bajita y más gruesa.

–He oído decir que le has echado el ojo a la hija de Adele, esa chica tan guapa –comentó.

–¿Quién se lo ha dicho?

–Por si no te lo han advertido antes, en este pueblo nunca ocurre nada sin que se sepa.

Rex se echó a reír.

–Supongo que esa es una razón para irse a vivir a alguna otra parte.

—Ningún lugar es perfecto —respondió ella—. Cada uno tiene que encontrar el lugar al que pertenece.

Como si él perteneciera a algún lugar.

La señora Higgins se aclaró la garganta.

—Mi marido me propuso matrimonio a la semana de conocerme.

Rex la miró con recelo.

—¿Está intentando decirme que...?

—No siempre hacen falta meses para saber cuándo has conocido a alguien con el que quieres pasar el resto de tu vida.

Aquello no iba a hacer que le resultara más fácil tomar una decisión. No podía quedarse allí y no podía apartar a Eve de Whiskey Creek. Ni siquiera en el caso de que ella quisiera irse. ¿Qué podía ofrecerle? ¿Quién se encargaría del hostal? Y si les ocurriera algo a ella o al bebé a pesar de sus esfuerzos por protegerles, ¿cómo podría vivir después?

Estaba intentando encontrar la manera de explicarse por qué tenía que marcharse cuando llegó un coche.

Se levantó un momento y vio las luces. Aquella era una carretera tranquila, con muy poco tráfico, sobre todo a aquellas horas. Su preocupación aumentó cuando ese mismo coche, un turismo, aparcó delante de la casa.

¿Iba a repetirse lo que había sucedido en San Francisco?

—¿Está esperando a alguien? —le preguntó a la señora Higgins.

No acertaba a comprender cómo alguien de La Banda podría haberle seguido hasta allí, pero lo último que quería era poner a la señora Higgins, o a cualquiera de los habitantes de Whiskey Creek, en peligro.

—No —contestó ella—. Y no sé quién puede venir a estas horas. ¡Dios santo, si son más de la una!

—Vaya a la parte de atrás. Deprisa. Y manténgase alejada de las ventanas.

Fue a por la pistola que tenía en el dormitorio. Pero la puerta del conductor se abrió antes de que Rex hubiera podido dar un solo paso. Gracias a la luz interior del coche, reconoció al hombre que salió.

Eve frotó las palmas de las manos contra los vaqueros mientras esperaba en casa de Ted a que este volviera con Rex. Cuando habían aparecido los tipos de La Banda en el hostal, no había sabido a qué otro lugar ir, a quién más recurrir. No podía llamar a la policía. Los hombres que estaban buscando a Rex no habían hecho nada malo, por lo menos, que ella pudiera demostrar. Todavía. Y había tenido miedo de ir a buscar a Rex, de que este se marchara inmediatamente para asegurarse de que nadie saliera herido y de no volver a verle nunca más.

Incluso con lo que sus amigos y ella habían planeado, sabía que tendría que marcharse. Pero si conseguía que retrasara el momento, por fin podría dejar atrás el pasado.

—¿Te apetece un café? —le preguntó Sophia, sacándola de sus pensamientos.

Después de que Ted y ella hubieran hablado con Kyle y de que Ted se hubiera marchado, Sophia había ido a preparar una cafetera a la cocina. Pero Eve no necesitaba café.

Se acercó a la puerta de la cocina para no tener que levantar la voz. No quería despertar a Alexa que, presumiblemente, estaría durmiendo en el dormitorio que habían añadido al piso de arriba tras la boda de Ted y Sophia.

—No, estoy bien, gracias.

Sophia le sonrió con compasión.

—No te preocupes, ¿de acuerdo? Me alegro de que estés aquí. Ya conoces a Ted. Hará todo lo que esté en su mano para ayudarte.

Eve habría recurrido a Dylan. Era otra de aquellas personas capaces de solucionar cualquier problema. Pero Kellan acababa de nacer y Dylan se merecía disfrutar de los primeros días de vida de su hijo sin que ella le molestara con sus problemas.

Además, tenía diferentes habilidades y recursos. Dudaba de que Dylan hubiera sugerido la misma solución y estaba convencida de que lo que habían ideado podría funcionar, con la ayuda de Kyle.

—No os habría molestado a estas horas si no fuera algo serio.

—Lo sé.

Sophia sacó tres tazas del armario.

Los minutos iban pasando lentamente. ¿Se habría metido Rex en el coche de Ted? ¿O, después de su encuentro en los Días Victoriosos, estaría ya lejos del pueblo?

Cuando el teléfono de Sophia vibró encima del mostrador, Eve contuvo la respiración.

—¿Diga? —Sophia la miraba mientras hablaba. Por su tono de voz, Eve supo que estaba hablando con su marido—. ¿Lo has conseguido? Genial. Acabo de hacer un café. Te veré dentro de unos minutos.

—¿Qué ha dicho?

—Kyle está de camino.

—¿Y Ted está con Rex?

—Sí. También ellos vienen hacia aquí.

Eve soltó el aire lentamente. Aquello significaba que, por lo menos, tendrían la oportunidad de explicarle lo que habían tramado.

¿Pero estaría de acuerdo con el plan?

Sería una locura que no lo estuviera, se dijo a sí misma.

—Espero que no despertemos a Alexa —comentó—. Ya es suficiente con que os haya embarcado a vosotros en esto.

Sophia soltó una carcajada.

—¡Oh, no te preocupes! A Alexa no la despertaría ni un terremoto. Duerme con el iPod encendido. Cuando le suena el despertador por las mañanas, a duras penas conseguimos arrastrarla de la cama. Y, de todas formas, hoy no está en casa.

—¿Se ha quedado a dormir con una amiga?

–No, está con sus abuelos. Con los padres de Skip. Se la han llevado a Disney World.

–Menudo regalo de Navidad.

–Ya sabes como son. Todo tiene que ser grande y llamativo, aunque ya no tengan dinero. Le prometieron a Alexa ese viaje y después nos dijeron que no podían pagarlo. Así que tuvimos que pagar nosotros el vuelo y la estancia en el hotel.

–¿Y ella lo sabe?

–No, no tiene sentido enviarla con los abuelos si antes la predisponemos contra ellos.

–¿Y se perderá la Navidad?

–¡No, no! Volverá el día veintitrés que es... –miró el calendario en el teléfono–, domingo.

–Espero que se lo esté pasando bien.

–Eso parece. Me manda mensajes muy a menudo –Sophia limpió el mostrador–. ¿Quieres un vaso de agua? O a lo mejor un vino te ayuda a relajarte. Espera, perdona, había olvidado lo del bebé. Me va a costar tiempo hacerme a la idea.

–No me extraña –Eve liberó la tensión de sus manos. Aquel año estaba siendo una locura–. En cualquier caso, un vaso de agua me parece perfecto.

El timbre de la puerta sonó en el momento en el que Sophia estaba alargando la mano para sacar un vaso.

–Yo abriré –dijo Eve, y corrió al cuarto de estar.

Kyle estaba en la puerta.

–Gracias por venir –le dijo Eve–. Te lo agradezco.

Kyle tenía el pelo levantado por un lado, una prueba de que también a él le había sacado de la cama.

–Si hubiera habido otro, no lo habría hecho yo –bromeó.

Pero Eve sabía que no era cierto. Kyle haría cualquier cosa por un amigo.

–¿Y dónde tenemos al expresidiario? –preguntó cuando Eve le condujo al cuarto de estar y vio que estaba vacío.

–¡Calla! Está a punto de llegar.

Kyle se echó a reír y la agarró por la barbilla.

—Estás tan tensa que parece que vas a romperte. Lo hemos conseguido, ¿de acuerdo? Así que relájate.

Eve asintió y fue a buscarle una taza de café.

Ted y Rex entraron poco después de que Eve hubiera vuelto con la taza. Rex miró primero a Kyle y posó después la mirada en ella. Arqueó las cejas y Eve supo que le estaba preguntando por el hecho de que hubiera metido a Ted, a Sophia y a Kyle en sus asuntos. Para él, aquello solo implicaba más riesgo en lo que a La Banda concernía, pero Ted todavía no le había contado que cuatro miembros de su antigua banda estaban ya en el pueblo, alojados en el hostal. Ted había aceptado no decir nada hasta que tuvieran oportunidad de plantearle la solución que habían ideado.

—¿Qué está pasando aquí? —preguntó Rex al ver que nadie decía nada.

—Creemos tener una respuesta a... tus problemas —respondió Ted.

Eve señaló el sofá.

—Siéntate mientras hablamos de ello.

Rex vaciló, pero al final, se acercó al sofá y se sentó.

—Eve nos ha explicado tu situación —dijo Ted—. Y queremos ayudarte.

—No podéis hacer nada —replicó Rex—. Sería una tontería intentarlo.

Ted apoyó los codos en las rodillas.

—Lo que vamos a proponerte entraña algunos riesgos, pero pensamos que pueden ser mitigados.

Rex les miró con los ojos entrecerrados.

—¿Por qué quieres ayudarme? Desde el primer momento advertiste a Eve de los peligros de salir conmigo.

—¿Y puedes culparme por ello? —preguntó Ted—. ¿Qué habrías hecho tú si Eve hubiera sido una amiga de toda la vida?

Rex no contestó a la pregunta, pero su actitud mejoró considerablemente.

—¿Qué me proponéis entonces? ¿Y por qué tenemos que hablar de ello en medio de la noche?

—Tus colegas están en el pueblo —contestó Ted.

—¿Mis colegas?

—Cuatro miembros de tu antigua banda.

Rex se tensó.

—¿Cómo lo sabéis?

Fue Eve la que habló.

—Llegaron al hostal hace una hora y media. Me enseñaron una fotografía tuya saliendo de una oficina o algo parecido. Después me preguntaron que si te había visto. Les dije que no, por supuesto, pero si continúan enseñando esa fotografía por el pueblo, conseguirán que alguien te reconozca antes o después. Has cenado en el Just Like Mom's, has repostado en Gas-N-Go y también has tomado algunas copas en el Sexy Sadie's. Dios no quiera que le pregunten a Noelle. Les conduciría a mi puerta inmediatamente.

—¿Pero cómo me han encontrado? —preguntó, obviamente impactado por el hecho de haberse creído a salvo.

—No tengo ni idea —dijo Eve—. No podía preguntárselo. Me limité a darles una habitación.

Rex se levantó de un salto.

—¿Que tú qué?

—Bueno, en realidad solo tenía una habitación libre, así que se supone que dos de los cuatro, el Idiota y el Imbécil, están durmiendo en el coche.

—El Idiota y el Imbécil —repitió con incredulidad.

—Así es como se refirió a ellos ese tipo, el que les dijo que no iban a dormir en la habitación.

—Dentro de una banda, todo el mundo tiene un apodo, pero, evidentemente, «idiota» e «imbécil» son insultos, así que sean quienes sean esos dos, no tienen mucha influencia en el grupo.

—Sí, yo tuve esa impresión. Definitivamente, son los otros dos los que están al mando. Uno en particular. El nombre que aparece en su tarjeta de crédito es Eric Gunderson.

Parecía un nombre inocuo para un personaje de aquella calaña. Eve se preguntó cuál sería su apodo.

—No me suena ese nombre, pero es posible que ni siquiera estuviera en La Banda cuando estaba yo —alargó la mano y agarró a Eve del brazo para enfatizar sus palabras—. Deberías haberles dicho que tenías el hostal lleno.

—Lo pensé, pero imaginé que era más inteligente saber dónde estaban.

—Y fue un pensamiento inteligente —dijo Ted—. Eso nos da cierta ventaja.

—No tenéis ninguna ventaja —replicó Rex—. Ellos van armados. Tirotearon mi casa hace unos días. Eve ha visto la grabación. Me dispararán a mí si me encuentran y a vosotros si os interponéis en su camino.

—Así que deberíamos alejarnos de ti y dejar que libraras tú solo esta batalla —intervino Eve.

—Eso es exactamente lo que harías tú —Ted tomó las riendas de la conversación—. Nosotros preferimos intentar otra cosa.

—¿El qué exactamente? —Rex dirigió a Eve su siguiente comentario—. Estoy diciendo que esos tipos son peligrosos. No sabes hasta qué punto.

Ted alzó las manos, intentando aplacarle.

—Eve lo entiende perfectamente. Todos lo entendemos. Pero después de varias consideraciones, hemos llegado a la conclusión de que podríamos ofrecerte una oportunidad única.

Rex frunció el ceño, irritado por el hecho de que no le estuvieran haciendo caso.

—No podéis recurrir a la policía, así que ni siquiera intentéis convencerme de que...

—No es eso lo que pensábamos sugerir —le interrumpió Ted—. Aunque involucraremos a la policía. Y también a los bomberos.

—El periódico también jugará un papel importante —señaló Kyle—, aunque vaya a hacerlo involuntariamente.

Rex estaba tan sorprendido que se hundió de nuevo en el sofá.

—No lo entiendo.

Ted sonrió.

—El hecho de criarse en un pueblo tan pequeño tiene ciertas ventajas.

—¿Y esas son?

—Normalmente, conoces a las personas adecuadas.

—¿Adecuadas para qué?

—Vamos a necesitar alguna tarjeta de identificación —dijo Kyle, y después le explicó todo.

Cuando terminó, Rex miró a Ted y a Sophia perplejo.

—¿Por qué estáis haciendo todo esto?

Ted se levantó y le tendió la mano.

—Porque para eso están los amigos.

Capítulo 30

Eve llegó al hostal al amanecer.

–Pareces cansada –comentó Pamela en cuanto la vio.

Pam entraba a las cuatro de la mañana para ayudar a Cecilia.

–No he dormido mucho.

Apenas había dormido tres horas, pero no porque Rex hubiera ido a casa con ella. Rex le había dado un abrazo fugaz y había vuelto a casa de la señora Higgins para contarle lo que estaba pasando y así poder contar con su ayuda. Después, había estado esperando a que esta hiciera las maletas.

Pam señaló los ojos de Eve.

–Mira qué ojeras tienes. Deberías haber dormido un poco más.

No podía. Quería estar allí en el momento en el que los tipos que perseguían a Rex bajaran las escaleras y no sabía a qué hora lo harían.

Afortunadamente, había visto el baqueteado vehículo en el que viajaban en el aparcamiento. Sabía que era el suyo porque el Idiota y el Imbécil estaban durmiendo dentro. El hecho de que todavía estuvieran allí debía proporcionarle cierto alivio.

–Estoy bien. Ayer no os ayudé mucho con los Días Victorianos, así que he decidido comenzar a trabajar antes.

–Vaya, eso sí que es dedicación –Pam ordenó los objetos

que tenía sobre la mesa–. Cecilia me ha dicho que han llegado unos huéspedes a última hora.

–Es cierto.

–No han dejado escrito lo que quieren para desayunar.

–La culpa es mía. Les registré yo y se me olvidó preguntárselo –estaba demasiado nerviosa y preocupada.

–¿Entonces qué hacemos? –preguntó Pam, como si aquello desbaratara todos sus planes.

Eve sonrió como si quisiera asegurarle que aquello no era el fin del mundo. Teniendo en cuenta lo que estaba haciendo Eve junto a sus amigos, había alguna posibilidad de que su mundo sufriera un peligro real, pero aquello no iba a afectar a sus empleados.

–Yo me encargaré.

–De acuerdo –Pam se encogió de hombros y regresó a la cocina mientras Eve se dirigía a su despacho.

Tras dirigir una mirada fugaz a la mesa vacía de Cheyenne, Eve dejó el bolso en la mesa y buscó el teléfono para poder enviarle un mensaje a Ted.

–*¿Están Rex y la señora Higgins a salvo y fuera de casa?*

–*Sí, están cómodamente instalados en la casa de invitados. La señora Higgins en el dormitorio principal. Asumo que están durmiendo porque todavía no les he visto.*

–*Estupendo. Que sigan con Ted hasta que la costa esté despejada.*

–*¿Qué tal por el hostal? ¿Siguen ahí los huéspedes?*

–*Sí, gracias a Dios, porque necesitamos que se queden durante el tiempo suficiente como para enterarse de que Rex está en el pueblo.*

–*Acuérdate de no cambiar tu versión sobre la fotografía. Eso podría hacerles sospechar más adelante. No queremos hacer nada que pueda llevarles a pensar que todo esto estaba preparado.*

–*No lo haré. Dejaré que sea otra persona del pueblo la que reconozca a Rex.*

–*Bien. Cuanta más gente les diga a estos miserables que*

está en el pueblo, más convencidos estarán de que le han encontrado. Eso es exactamente lo que queremos.

Era cierto, pero la espera no iba a ser fácil.

—¿Crees que irán a casa de la señora Higgins?

—No, la hemos traído aquí con Rex solo por precaución. Muy poca gente sabe que vive en su casa. Pero nadie, excepto Sophia, Kyle, tú y yo, sabe que están aquí. Eso estrecha mucho más el círculo.

Las palabras de Ted aliviaron un poco sus miedos, pero todavía tenían algunas preocupaciones.

—Si esos tipos se enteran de que estuvo alojado en casa de la señora Higgins, ¿se creerán que se mudó después a una casa de Kyle?

En aquel momento sonó el teléfono. Era Ted. Por lo visto estaba cansado de teclear mensajes.

—¿Por qué no se lo van a creer si es allí donde se terminan encontrando sus cosas?

—Nadie le relacionará con Kyle ni con su casa.

—Eso no importa. Pensarán que tirotearon su casa justo en el momento en el que Rex acababa de dejar la casa de la señora Higgins para instalarse en la casa que tiene Kyle en la esquina de su propiedad.

—Tiene sentido —pero le gustaba analizar todos los detalles porque le ayudaba a tranquilizar sus nervios—. Solo espero que todo salga bien. No me gusta que estén en el pueblo, y menos aún en mi hostal.

—Whiskey Creek no es tan grande. Alguien les dirá que está aquí. A partir de ese momento, todo será muy rápido.

Entonces, La Banda atacaría y Kyle le prendería fuego a la casa.

—En el momento en el que vayan a desayunar, a lo mejor les sugiero que se pasen por el Sexy Sadie's —dijo—. Si Noelle está trabajando, les dará toda la información que buscan.

—Solo si tienes oportunidad de hablar con ellos. Pero no presiones, sería demasiado evidente.

Eve se acercó hacia al archivador y se volvió después.

–¿Crees que podremos conseguir que parezca real, Ted? Me refiero a que... eso de fingir la muerte de alguien solo ocurre en las películas.

–Skip lo intentó, ¿no?

Ted se estaba refiriendo al difunto marido de Sophia.

–¿Tengo que recordarte que murió en el intento?

–Deja de preocuparte. Está todo controlado.

–¿Has hablado con Bennett? –el jefe de policía era una pieza clave en el plan.

–Sí. Me he reunido con él en la comisaría hace quince minutos. Y ahora me voy a mi casa.

–¿Está dispuesto a colaborar?

Eve tenía que admitir que estaba un poco sorprendida. Ted era un hombre muy respetado en el pueblo, pero el jefe de policía se iba a mover en un terreno muy resbaladizo.

–Al principio se ha mostrado un poco escéptico, pero le he pasado el nombre de la tarjeta de crédito que conseguiste y ha podido comprobar el nombre del líder de esa banda de delincuentes. También le he dado el nombre de una de las personas que regulan el programa de protección de testigos que me ha proporcionado Rex para que pueda confirmar su historia. Bennett ha dicho que si consigue verificarlo todo, hará todo lo que esté en su mano para ayudar.

–Sin él no funcionará.

–Podremos contar con él. Por cierto, Rex ya sabe cómo le localizaron. ¿No te lo ha dicho?

No habían hablado. Y Eve no estaba segura de que quisiera hacerlo en aquel momento. Lo único que esperaba era que La Banda saliera para siempre de su vida.

–No. ¿Qué cree?

–Que tiene que haber sido su asistente.

–¿Qué?

–Ella creía que estaba en Arizona, así que es probable que les contara a los guardaespaldas que había ido a Whiskey Creek, intentando no desvelar su secreto.

–¿Y alguno de ellos habló?

—No necesariamente. A lo mejor se corrió la voz. Es posible que a algún cliente, o a alguien que se haya hecho pasar por un cliente, se le diera también esa información.

—¡Maldita sea! Así que, probablemente, todo ha sido una casualidad.

—Sí. Es posible que se le ocurriera decir Whiskey Creek porque sabía que era un lugar en el que había estado antes... Algo de ese tipo.

Eve se obligó a sentarse y a intentar tranquilizarse.

—Espero que podamos sacar el plan adelante.

—Claro que podremos —estuvo a punto de colgar, pero Eve le interrumpió.

—Gracias, Ted. Te lo agradezco de verdad.

—Si esto funciona, tendrás que perdonarme lo que pasó el año pasado —dijo él.

Eve advirtió la nota de humor de su voz y soltó una carcajada.

—Ya lo he hecho.

Rex llamó cuando Eve estaba sentada en el despacho, almorzando.

—¡Hola! —le dijo.

Eve esbozó una mueca al recordar cómo se había enfrentado a él.

—¡Por fin das señales de vida!

—No tengo nada que hacer. A lo mejor podría intentar dormir. Me habéis tenido todo el día encerrado.

—A lo mejor tienes que estar encerrado dos o tres días —le dijo—. Te mostraste de acuerdo con el plan y espero que lo lleves adelante.

—Lo haré —se produjo una pausa y entonces preguntó—: ¿Estás bien?

—Sí, estoy bien. ¿Y tú?

—Preocupado, si quieres saber la verdad.

—¿Por...?

–Por tus amigos. Han sido muy amables al involucrarse en esto, pero... ¿y si Kyle se equivoca cuando prende fuego a esa casa y termina atrapado por las llamas o algo parecido?

–Kyle sabe cuidar de sí mismo.

–¿Y de verdad está dispuesto a perder la casa?

–Ya te lo dijo. Estaba pensando en tirarla de todas formas para poder ampliar la planta de paneles solares. Él pensaba esperar hasta primavera, pero no le hará ningún mal preparar el terreno un poco antes.

–¿No está alquilada la casa?

–Ya no. Vivía en ella uno de sus trabajadores, un hombre que estaba divorciándose. Le dejaba quedarse allí de forma gratuita, solo para ayudarle. Pero el tejado comenzó a tener goteras y Kyle no quiso seguir asumiendo esa responsabilidad, sobre todo porque el hombre llevaba a sus hijos a la casa y Kyle tuvo miedo de que alguien pudiera salir herido.

–Ya entiendo.

–Por eso llamé a Kyle ayer por la noche. Quedamos todas las semanas y estábamos al tanto de sus planes, así que se nos ocurrió que podríamos utilizar su antigua casa en vez de quemar la que ahora realmente tiene valor.

–¿Considerasteis esa posibilidad?

Eve habría ofrecido su casa si así hubiera podido salvarle la vida, pero no le iba a servir de nada admitirlo. La intensidad de sus sentimientos solo serviría para espantarle.

–Hasta que nos dimos cuenta de que podría ir a la cárcel por haber defraudado al seguro si no pagábamos nosotros mismos la reconstrucción de la casa.

–Yo me habría hecho cargo de esa parte.

–No es barato construir una casa en California, así que imagino que no te habría quedado mucho dinero para empezar de nuevo.

Se produjo una ligera pausa tras la que Rex dijo:

–¿Qué expectativas tienes cuando acabe todo esto, Eve?

Eve se llevó intuitivamente la mano al estómago. El pulso se le aceleró.

–No espero nada, Rex.

–¿Estás haciendo esto a cambio de nada?

–Sí. No quiero que ni tú ni ningún otro hombre se quede conmigo porque se sienta obligado. Lo único que espero es que tengas un futuro mejor. ¿Qué piensas hacer con ese futuro que tienes por delante?

Pam llamó en aquel momento a la puerta de la oficina.

–¿Eve?

Eve sentía el pecho como si tuviera más de cincuenta kilos presionando sobre él. Le resultaba muy difícil respirar. Aquel no era un buen momento para una interrupción. Pero le pidió a Rex que esperara.

–¿Sí?

Su ayudante abrió la puerta e hizo un gesto de disgusto.

–Hay un tipo con un tatuaje de una mujer quitándose la ropa que pregunta por ti.

Eve cubrió el teléfono.

–Es uno de los dos caballeros que se alojan desde anoche en la habitación número cuatro.

–¿Les diste una habitación?

–¿Está causando algún problema? –le preguntó Eve.

–No, pero... está haciendo que otros huéspedes se sientan incómodos. La verdad es que a mí también me da miedo.

–Ahora mismo salgo –le dijo Eve.

–¿Qué pasa? –preguntó Rex–. ¿Tiene que ver con La Banda?

–Sí, creo que uno de tus antiguos colegas está preguntando por mí.

–Ten cuidado.

–Lo único que tenemos que hacer es seguir un plan y todo saldrá bien.

–¿Qué piensas hacer esta noche, después de los Días Victorianos? –le preguntó Rex–. A lo mejor podría esconderme en tu casa.

–Espero poder dormir algo –le dijo–. Y tú también deberías dormir. Podemos vernos mañana.

Después de colgar, Eve mantuvo la mirada fija en el teléfono durante varios segundos. No había sido fácil rechazar aquella oportunidad de estar con él. Pero sentía que era necesario. Así comprendería que hablaba en serio cuando decía que no tenía ninguna expectativa cuando todo aquello terminara.

Ella solo quería estar con él si era capaz de amarla tanto como ella a él.

Eve se alisó la enorme camiseta que llevaba encima de las mallas y tomó aire antes de salir del despacho. El hombre que había ocupado la habitación la noche anterior estaba esperándola ante el mostrador. Los otros no parecían estar con él.

—¿Quería verme? —le preguntó.

—Sí.

—Espero que no haya surgido ningún problema en la habitación.

Su interlocutor curvó los labios mientras supervisaba el vestíbulo decorado con adornos navideños.

—No estoy muy acostumbrado a esta clase de sitios.

—Espero que eso no signifique que han decidido marcharse.

—De eso precisamente quería hablarle. Esta noche me gustaría poder contar con otra habitación para mis otros dos amigos.

—La habitación número tres debería quedar vacía a las once. ¿Le gustaría registrarse en ella?

—¿No es esa la razón por la que estoy esperando aquí?

Ignorando su rudeza, Eve abrió la página que necesitaba en el ordenador.

—En ese caso, vamos a hacer la reserva. Necesito volver a ver su tarjeta de crédito.

Refunfuñando, metió la mano en el bolsillo y le tendió la tarjeta de crédito y el carnet de conducir que le había entregado en la primera ocasión, que le identificaba como Eric Gunderson.

—Ya está registrado —le dijo mientras le devolvía la documentación—. Pero tendrá que venir un poco más tarde a por la llave.

Él no respondió. Cuando se volvió, Eve le dijo:

—Por cierto, el desayuno va incluido en la habitación. ¿Tienen previsto desayunar con nosotros esta mañana?

—No, tenemos cosas que hacer —replicó.

—En ese caso, si tienen hambre Just Like Mom's está justo al final de la calle. Les recomiendo encarecidamente la comida. Y esta noche se celebra una gran fiesta navideña justo aquí, en el centro del pueblo. Irá todo el mundo.

—No me la perdería por nada del mundo —respondió él con una risa.

Eve tuvo la seguridad de que pretendía acudir. ¿Qué mejor lugar para localizar a Rex?

Cuando Gunderson se fue, Eve llamó a Ted.

—El antiguo colega de Rex estará en la celebración de esta noche. Sugiero que vayan todos nuestros amigos y que estén preparados para decirle que reconocen al hombre que aparece en la fotografía si les preguntan por él. ¿Sabes si la señora Higgins piensa ir?

—Sí. Comentó algo sobre que estaba trabajando en una colcha.

—Estupendo. Si pudiera estar pendiente y cruzarse de alguna manera con ellos, no creo que sospechen que una anciana tan dulce pueda formar parte de ningún plan. Podría incluso contarles que Rex estuvo en su casa hasta que alquiló la de Kyle.

—¡Buena idea! —dijo Ted—. Pero si ella no lo consigue, alguno de nosotros tendrá que intentar interponerse en su camino.

—Ahora solo necesitamos asegurarnos de que el jefe Bennett va a hacer su parte.

—Me ha llamado hace unos minutos. Ese nombre que me

diste, ¿Eric Gunderson? Tiene una hoja de antecedentes de kilómetro y medio. Y alguien del Departamento de Policía de los Ángeles confirmó su pertenencia a una banda de delincuentes. Bennett no quiere ningún tipo de actividad delictiva en este pueblo.

—Así que nos aseguraremos de que crean que Rex está muerto y se irán.

—Bennett ha confirmado que esos tipos son delincuentes, pero, para sentirse seguro, todavía tiene que recibir noticias del contacto que le dio Rex del programa de protección de testigos.

—Reza para que ese tipo no esté de vacaciones.

Eve sentía mariposas en el estómago cuando colgó. Aquella noche sería la noche. Llamó a Kyle y a Rex para desearles suerte.

Capítulo 31

–¿Puedes quedarte con la pila de descarte? –preguntó la señora Higgins.

Rex miró los veintiún naipes que tenía en la mano, buscando una pareja de ochos. Estaban pasando el tiempo jugando a la canasta, un juego al que Rex no había jugado hasta aquel momento, pero al que la señora Higgins había jugado a menudo con su marido.

–No.

–Entonces tienes que descartar –le explicó–. Con un tres negro congelas el pozo.

Rex tenía una pareja de tres negros, y los tres negros no parecían tener ninguna otra utilidad en el juego, así que lanzó uno. Se sentía mal por haber tenido que sacar a la señora Higgins de su casa justo antes de Navidad, pero a ella no parecía importarle. Amaba la emoción y el carácter clandestino de lo que estaban haciendo, y también poder contar con la atención absoluta de Rex.

–Ya está, ¿lo ves? Ahora ya no puedo utilizar el pozo.

Extendió seis nueves ante ella, una mano que Rex pensó probablemente era mejor que la suya.

–Esos son muchos nueves –dijo, frunciendo el ceño ante el hecho de que la señora Higgins estuviera mucho más cerca de terminar su mano que él–. Eso no presagia nada bueno para mí, ¿verdad?

La señora Higgins puso un gesto de compasión.

–Solo me falta un nueve para conseguir los siete que necesito para formar una canasta limpia. Probablemente ganaré esta mano, sobre todo si no puedes poner más cartas sobre la mesa.

Ayudaría saber exactamente lo que quería decir. A Rex le estaba costando entender el mecanismo del juego. Estaba demasiado preocupado por la llamada que acababa de recibir de Eve, diciéndole que Eric Gunderson y sus tres compañeros asistirían a los Días Victorianos y que habría diez personas de su grupo paseando por allí con intención de que alguien les preguntara por la fotografía. ¿Serían capaces de hacer lo que habían planeado?

Rex tenía que admitir que, en teoría, sonaba magnífico. Ted era un tipo inteligente y, desde luego, Kyle parecía un hombre muy capaz. ¿Pero qué ocurriría en el caso de que funcionara? ¿Cómo se sentiría entonces? Llevaba ocho años mirando con miedo por encima del hombro, prácticamente desde que había salido de prisión, y había ido a prisión a los dieciocho. No había tenido una vida normal desde que había dejado de ser niño. ¿Sabría vivir sin una amenaza constante?

–¿Cómo puede irse? –preguntó Rex, refiriéndose al juego.

La señora Higgins se levantó a servirse otra taza de café mientras se lo explicaba. Después, se sentó otra vez, se colocó las gafas de leer y le miró por encima del borde.

–Eve y sus amigos son muy buenas personas, ¿verdad?

Rex miró alrededor de la casa de invitados en la que se alojaban. No era grande, pero tenía dos dormitorios, dos cuartos de baño, una cocina pequeña unida al cuarto de estar y una chimenea. Todo lo que Ted poseía era bonito, pero, especialmente, la enorme casa en la que vivía.

–Desde luego. A Ted ni siquiera le caigo bien, pero está intentando ayudarme.

–No es que no le caigas bien. A Ted le cae bien todo el

mundo. Pero se muestra muy protector hacia Eve. Crecieron juntos, y tú todavía tienes que probar tu valía.

—¿Tendrían esa misma actitud con cualquiera? –preguntó Rex.

—Me gustaría pensar que sí, con cualquiera que se lo mereciera –respondió–. Así que no te sientas demasiado culpable.

—Me siento... –estuvo a punto de decir «como una mierda» pero cambió aquella expresión por respeto–, terriblemente al haber venido al pueblo y haber afectado a tantas vidas. Especialmente a la suya.

No se merecía todos los sacrificios que todo aquello estaba suponiendo. Apenas conocía a aquella gente y había pasado el poco tiempo que había estado con ellos apartándoles de su lado.

—No importa –alzó la mirada de las cartas que tenía en la mano y le sonrió–. Me siento útil intentando entretenerte mientras todo el mundo se encarga de su tarea.

—Pero es Navidad y estoy seguro de que se sentiría mucho más cómoda en su propia casa.

—En esto consiste la Navidad, ¿verdad? Paz en la Tierra y buena voluntad. En cualquier caso, no me sentiría mejor en mi casa si La Banda decidiera hacerme una visita. Creo que prefiero quedarme aquí contigo –le dijo con una risa.

—¿No va ir a los Días Victorianos?

—¡Claro que sí! Tengo que ayudar a terminar esa colcha. Iré con Sophia. Me refiero hasta entonces –lanzó un siete–. ¿Puedes hacer algo con esto?

Rex le mostró los tres sietes que tenía en la mano.

—Pues la verdad es que sí.

Eve estuvo pendiente de Eric Gunderson y sus acompañantes. Pero pasó la mayor parte de la noche trabajando en el hostal sin verlos ni una sola vez. Estaba empezando a dejarse llevar por el miedo, a pensar que no iban a preguntar a nadie más por aquella fotografía de Rex, cuando apareció Ted.

–¿Cómo van las cosas por aquí? –preguntó.

Eve miró hacia Deb, que estaba recogiendo los objetos a los que había estado marcando el precio.

–Estamos muy ocupadas. ¿Qué tal va la fiesta?

–Este año está siendo uno de los mejores. Cada año viene más gente, y eso significa que se recauda más dinero para actos benéficos y para los vendedores.

–Aquí no ha parado de venir gente –le dijo.

Ted se inclinó hacia ella y le susurró al oído:

–¿Puedo quedarme un rato a solas contigo?

Eve le tendió a la clienta a la que estaba atendiendo una bolsa con sus compras. Era una mujer a la que no había visto nunca, pero aquellos días de fiesta atraían a gente de todas partes.

–¿Puedes arreglártelas un momento sin mí? –le preguntó a Deb–. Voy a descansar un poco.

–Por supuesto. De todas formas, ya son más de las diez. La cosa debería ir relajándose.

Eve se alegraba, excepto por el hecho de que no quería que terminara la noche hasta que hubieran conseguido el objetivo que se habían marcado.

–Gracias –contestó.

Se dirigió con Ted hacia su despacho y cerró la puerta tras ellos.

–¿Qué ha pasado? ¿Ha habido alguna señal de La Banda? –preguntó.

Ted frunció el ceño.

–No que yo sepa. ¿No han vuelto por aquí?

–No. Llevo toda la noche esperándoles –se mordió el labio, considerando posibles opciones–. ¿Ha pasado alguien por casa de la señora Higgins por si acaso?

–Kyle ha pasado por allí hace unos minutos. Todo estaba tranquilo.

–¿Dónde pueden haber ido?

–Esta noche ha salido mucha gente –contestó–. A lo mejor están en medio del gentío y no les hemos visto.

–Destacan demasiado como para pasar inadvertidos. Sobre todo en un pueblo como este.

Ted se sentó en la silla de Cheyenne.

–Es cierto. Y es verdaderamente frustrante, porque contamos con la aprobación de Bennett.

–¿Te lo ha dicho?

–Sí. Esta me mañana me ha llevado a un aparte y me ha dicho que no le hace particular emoción tener que informar de algo que no es cierto, pero, por lo que ha contado el tipo del programa de protección de testigos, Rex ya ha sufrido bastante. Si no podemos impedir lo que está pasando por medios legales, ya es hora de que se haga de cualquier otra manera.

Eve se frotó las sienes para aliviar el dolor de cabeza que comenzaba a sentir detrás de los ojos.

–No me puedo creer que lo hayamos conseguido todo, incluyendo la parte que pensaba que sería más difícil, y esos idiotas no estén dando vueltas por el pueblo, enseñando esa maldita fotografía a todo el mundo. Estaba convencida de que lo harían.

–Como te he dicho, a lo mejor... –el teléfono, que llevaba en la mano, comenzó a sonar. Ted se interrumpió para ver de quién era la llamada–. Es Sophia –dijo, y contestó.

–¿Qué pasa? ¿Lo has conseguido?

Cuando le miró a los ojos, Eve reconoció la emoción en su rostro. Imaginó que alguien había encontrado por fin a Gunderson y a su séquito y apretó las manos presa de la ansiedad, la curiosidad y la impaciencia.

–¿Dónde? ¿Quién lo ha dicho? ¡Vaya! Para eso hace falta tenerlos bien puestos... Muy bien, estoy en el hostal. Se lo diré y llamaré a Kyle yo mismo. Alex y tú volved a casa inmediatamente y echad un vistazo a Rex de vez en cuando. Yo también te quiero.

Suspiró y dio por terminada la llamada.

–¿Les han visto? –preguntó Eve.

–Han tenido el valor de preguntarle a Bennett si había

visto alguna vez al hombre de la fotografía –contestó con una risa incrédula.

–No...

–Sí. Supongo que han pensado que si hay alguien capaz de reconocer un rostro nuevo en el pueblo, tenía que ser alguien que perteneciera a las fuerzas del orden.

–Pero... ¿qué excusa han puesto para estar buscando a Rex?

–Han dicho que era el hermano de Gunderson. Sophia me ha comentado que Bennett cree que estaban borrachos.

–En ese caso, es muy probable que acabaran de salir del Sexy Sadie's.

–Sí, hay bastantes posibilidades.

–¿Y Bennett les ha dicho que había visto a Rex?

–No.

–¿Por qué no? –gritó Eve.

–Porque ha pensado que no sería creíble, y yo estoy de acuerdo. Un hombre de su posición no daría esa clase de información a unos desconocidos con pinta de delincuentes y completamente bebidos. Pero ha avisado a Sophia, que se lo ha dicho a la señora Higgins en cuanto les ha visto, y la señora Higgins ha salido a su encuentro.

–¿Crees que estará a salvo?

–Por supuesto. No están en un callejón sin salida ni nada parecido y no tienen ningún motivo para hacerle daño, puesto que les va a dar la información que quieren.

–Sin darles ninguna dirección.

–Exacto, y así dispondremos de los pocos minutos que necesitamos para adelantarnos a ellos.

Eve se mordió el labio.

–Eso significa que todo podría suceder durante la próxima hora. Será mejor que llames a Kyle.

Ted ya estaba marcando el teléfono.

Rex estaba sentado en el cuarto de estar, a oscuras, mirando por la ventana. Para entonces, probablemente la señora Higgins ya estaría durmiendo en la casa de invitados. Sophia estaba en el piso de arriba, en el dormitorio principal. Rex podía oír el rumor de la televisión que llegaba desde aquella parte de la casa.

—Vamos, vamos —musitó.

Su ansiedad aumentaba con cada segundo que pasaba. Kyle debería haber llamado a aquellas alturas, pero Rex no había oído nada. Por supuesto, estaba sin teléfono. Lo habían dejado en la casa para que muriera al mismo tiempo que, supuestamente, él. Pero Kyle podía llamar a casa de Ted.

Cuando sonó el teléfono, dejó que contestara Sophia y esperó conteniendo la respiración a que le dijeran cómo estaba yendo todo.

Tardó varios minutos, pero, por fin, apareció Sophia al final de la escalera.

—¿Rex?

—¿Sí?

—¿Puedes contestar? Es Eve.

El alivio fluía por sus venas mientras se dirigía a grandes zancadas a la cocina para utilizar la extensión.

—¿Diga?

—Ya está hecho.

Rex se frotó la frente.

—¿Y? ¿Cómo ha ido?

—Kyle acaba de llamar. Dice que las llamas son considerables.

—¿Y por qué ha tardado tanto en avisar?

—Porque ha tenido que esperar a que el edificio estuviera completamente destruido para notificarlo. No queríamos que algún bombero intentara salvarte y perdiera la vida.

—¿Así que el fuego ya está apagado?

—En su mayor parte. Bennett está allí, puesto que Kyle ha llamado a la policía para informar de que el coche que habías alquilado estaba en el camino de la casa.

—Pero el fuego no ha amenazado en ningún momento el coche ni ninguna otra cosa...

Dejar el coche tan cerca había sido un riesgo que habían tenido que correr. Aparcar lejos de la casa sin ningún motivo aparente habría parecido extraño.

–No. Lo han humedecido todo de tal manera que no hay ningún peligro de que el fuego se extienda.

–Esa es una buena noticia –Rex se preguntaba cómo sería capaz de soportar Eve tanta tensión–. ¿Cómo estás?

–Cautelosamente esperanzada.

–Yo también. ¿Has visto a Gunderson?

–No. No han venido todavía y eso me preocupa un poco. ¿Dónde pueden estar?

Rex sabía dónde estaría él si todavía fuera uno de ellos.

–Supongo que están contemplando el fuego. Y seguramente han estado husmeando en el coche que alquilé mientras todo el mundo está intentando apagar el fuego.

–Genial. Así verán el nombre de Rex Taylor en el contrato que está guardado en la guantera.

–Para eso lo dejamos allí.

–Me quedaré en el hostal hasta que vuelvan y te llamaré antes de volver a casa.

–Eve –Rex la retuvo antes de que pudiera colgar–, me gustaría verte.

–Esta noche no –contestó, y colgó el teléfono.

Gunderson y sus amigos llegaron media hora después. Eve fingió estar ocupada haciendo algo en el mostrador, pero estaba demasiado cansada como para trabajar de verdad. Se había dedicado a jugar al solitario mientras les esperaba, pero se alegraba de haberse quedado. Notó el olor del humo en cuanto entraron. Sabía exactamente dónde habían estado.

–¿Han estado en los Días Victorianos? –les preguntó con una amable sonrisa.

Gunderson le dirigió una desagradable mirada. Eve pensó que iba a subir a su habitación sin responder, pero se detuvo y se volvió.

—¿Se acuerda del tipo por el que le pregunté?

Eve parpadeó con aire de fingida inocencia.

—¿Qué tipo?

—El de la fotografía.

—¡Ah! Era su hermano, o algo así.

—Sí. ¿De verdad no le ha visto?

—No, ¿por qué?

—Porque hay mucha gente en el pueblo que le ha visto.

Eve frunció el ceño.

—Esa es una buena noticia, ¿verdad? Estaba buscándole, ¿no es cierto?

—Y le encontraré, si es que sigue vivo.

—¿Si sigue vivo? —repitió.

—Es igual.

En cuanto sus amigos y él se dirigieron a sus habitaciones, Eve corrió al despacho, cerró la puerta y llamó a Kyle.

—¿Qué está pasando?

—Los bomberos se han ido —contestó.

—¿Queda algo de la casa?

—No mucho. Solo los restos achicharrados.

—Así que podrás terminar de derribarla muy fácilmente.

—Desde luego. Y no tendré que hacer tantos viajes al vertedero.

—Eso que has ganado. ¿Bennett está todavía allí?

—No.

—¿Y está de acuerdo en decir que cree que Rex Taylor ha muerto en el incendio? Para que esto funcione, eso es lo más importante.

—Hemos tomado un café esta mañana. Me ha dicho que no le gusta mentir, pero que si esa es la única manera de salvar la vida de un hombre... Una cosa es lo legalmente correcto y otra lo moralmente correcto, ha dicho. Y para él lo más importante es el aspecto moral de una situación. Es un buen hombre.

—Desde luego. ¿Ha encontrado el teléfono de Rex entre los escombros?

–No, todavía no han podido investigar nada. Todo está ardiendo. Pero Ed Hamilton estuvo haciendo fotografías del incendio. Publicará la noticia esta misma semana, estoy seguro.

–¿Cómo se ha enterado del incendio? –le preguntó Eve.

Kyle sonrió.

–Como periodista que es, se supone que tiene que estar controlando las llamadas de emergencia de la policía, pero estaba en casa de sus suegros y se había quedado dormido en el sofá. Así que... he tenido que llamarle.

–Estás de broma.

–No. Le he dicho que seguramente no querría perderse algo como esto. Es mejor que otro artículo sobre el árbol de Navidad del pueblo.

–Apuesto a que te lo ha agradecido.

–Desde luego. Ha dicho que se encargará de que su mujer me haga unas galletas. Creo que me voy a sentir culpable al aceptarlas.

Demasiado cansada para reír, Eve se limitó a sonreír.

–No tiene muchas noticias como esta. Pero seguramente estaría más interesado en la historia real.

–No tiene forma de averiguarla. Nadie va a averiguar lo ocurrido.

–¿Has visto a Eric Gunderson y a sus compinches por allí? –preguntó.

–No, pero eso no significa que no hayan venido. Estaba demasiado ocupado asegurándome de que todo ocurriera cuando se suponía que tenía que ocurrir.

Eve fijó la mirada en la distancia, ligeramente aturdida.

–No me puedo creer que hayamos hecho lo que hemos hecho.

–Yo tampoco –admitió él–. No había prendido fuego a nada jamás en mi vida. Espera, rectifico. En una ocasión, ayudé a mi abuelo a quemar las malas hierbas cuando era adolescente. Pero esto... esto ha sido completamente diferente. ¡Maldita sea! Desde luego, una casa antigua arde a toda velocidad. Todavía estoy un poco asustado por la potencia de las llamas, y aliviado porque todo ha salido como lo habíamos planeado.

–Gracias por todo, Kyle. Te lo agradezco mucho. Eres un auténtico amigo.

–De nada. Entonces... ¿no te importa que, a pesar de todo lo que hemos hecho, no vayas a poder estar con Rex? No puede quedarse aquí después de haber dejado a tanta gente en un limbo legal por haber falsificado su muerte.

–Hemos matado una identidad, una identidad que, para empezar, era falsa.

–Es posible que Rex siga queriendo ir a alguna parte para empezar de nuevo, Eve.

Ella lo sabía. Pero por lo menos aquella sería la última vez.

–Por supuesto. Y estaré bien.

No estaba realmente segura de que fuera cierto. Estaba abrumada e insegura frente a lo que podría ocurrir al día siguiente tanto si habían conseguido como si no cerrar aquel asunto tan limpiamente como esperaban. También se preguntaba si Rex la echaría de menos, y si sería capaz de aprovechar la oportunidad que estaban intentando ofrecerle.

–Parece un hombre muy receloso ante la gente, como si temiera abrirse –dijo Kyle–. Pero supongo que es comprensible en sus circunstancias. Me cae bien.

–¿Kyle?

–¿Qué?

Eve cerró los ojos, batallando contra los efectos de toda la adrenalina acumulada durante los últimos días.

–Voy a tener un hijo suyo.

Se produjo un largo silencio.

–¿Él lo sabe?

–Sí.

–Entiendo. Bueno, Eve, todo va a salir bien. Nos aseguraremos de ello.

Eve irguió la espalda.

—Nadie tiene unos amigos mejores que los míos.

Tenía muchas cosas por las que estar agradecida. Por lo menos, cuando pensara en Rex en el futuro, podría imaginarle viviendo sin la amenaza constante de La Banda y sabría que habían sido sus amigos y ella los que habían conseguido liberarle.

Capítulo 32

Los siguientes días se convirtieron en una espera agónica para Rex, porque no podía ir a ninguna parte ni hacer gran cosa, salvo comunicarse con Virgil por correo electrónico y jugar a las cartas con la señora Higgins en la casa que tenía Ted para los invitados.

Eve tenía tanto trabajo que apenas la veía. Pero le llamó para contarle que había oído una conversación entre Gunderson y los otros durante el desayuno al día siguiente al incendio, discutiendo sobre si habría muerto o no en el incendio. Después, había recibido una llamada de Kyle cuando La Banda se había presentado en su casa para confirmar que era él la persona que le había alquilado la casa que se había quemado. Y, el sábado por la mañana, otra del Jefe Bennett después de que Gunderson y sus amigos se presentaran en la comisaría para preguntar si un hombre llamado Rex Taylor había muerto.

El jefe de policía les había contestado que el fuego había sido tan virulento que prácticamente no había quedado nada, pero que los pocos restos que habían encontrado estaban siendo sometidos a una prueba de ADN. Después, les había preguntado si podían ayudarle a localizar a algún familiar cercano, puesto que nadie había oído ni visto a Rex Taylor después del incendio y, seguramente, la persona que había muerto era él.

Ellos contestaron negativamente, por supuesto, pero la información debió de satisfacerles, puesto que, cuando Eve volvió a llamar, fue para decirle que se habían marchado.

De modo que hasta el domingo por la mañana, que fue cuando Eve y Kyle aparecieron en casa de Ted con un ejemplar de la *Gold Country Gazette*, Rex no fue consciente de que los últimos ocho años, de que la vida que había llevado hasta entonces, se había terminado. Nadie había muerto en el incendio, pero el hombre que había sido él hasta entonces, había muerto en un sentido figurado. Después de aquello, tenía la oportunidad de convertirse en aquello que quisiera.

—¿Qué te parece? —le preguntó Ted.

Estaban todos sentados en la cocina de Ted y Sophia mientras preparaba el desayuno.

Rex alzó la mirada, pero estaba batallando contra una repentina oleada de emoción, así que, rápidamente, volvió a prestar atención a la fotografía de la portada, en la que aparecían los restos achicharrados de la casa que Kyle supuestamente alquilaba. El pie de foto decía: *Fallece un hombre en un incendio provocado por un cortocircuito*.

—Parece muy verosímil —dijo—. No creo que nadie se lo cuestione.

Ted se inclinó hacia delante para chocar su vaso de zumo de naranja con el de Rex.

—Hemos triunfado.

Rex sonrió. Les estaba muy agradecido a Rex, a Kyle, a Ted, a la señora Higgins, a Sophia... a todos ellos. Pero hacia Eve, sentía mucho más que gratitud. No podía apartar los ojos de ella.

—¿Y ahora qué? —preguntó Kyle—. ¿Adónde irás?

—Tengo un amigo que viven en la Costa Este —dijo Rex—. Me quedaré con él hasta que pueda crearme una nueva identidad.

—¿Y cómo lo conseguirás?

—Estando en prisión, uno aprende cómo conseguir una tarjeta de identidad falsa.

–¿Suficientemente buena?

–Indetectable.

–Ese contacto que tienes, no estará asociado con La Banda... –comenzó a decir Ted.

–No. Ni remotamente.

–¿Y después qué? –preguntó Sophia.

–No estoy seguro.

En un principio, Virgil y él se habían separado para que a La Banda le resultara más difícil localizarles, pero, estando Rex supuestamente muerto, ya no tenía que preocuparse por suponer peligro alguno para Virgil y para su familia. Se suponía que podría quedarse con ellos de forma indefinida.

A Rex le habría gustado ofrecer a su amigo la misma liberación del pasado que Eve y sus amigos habían hecho posible para él. Pero falsificar dos muertes, especialmente tan cercanas, les restaría credibilidad.

–Virgil también tiene una empresa de seguridad –le explicó Eve–. Así que Rex tendrá trabajo inmediatamente.

–¿Tu amigo va a darte trabajo? –preguntó Kyle.

Rex asintió.

–Sí, en cuanto consiga estabilizarme económicamente. He decidido dejarles mi empresa a mis empleados puesto que, en tanto que hombre muerto, no podré venderla. He escrito algo que Eve le enviará a mi ayudante, fechado el día que volví aquí, solo para estar seguro.

Había llevado todo su dinero a Whiskey Creek, de modo que tenía una cantidad considerable, pero no era suficiente como para montar su propio negocio. Tendría suerte si conseguía encontrar la manera de estabilizar su vida. Necesitaba ahorrar.

Pero por lo menos aquella sería la última vez que tendría que empezar desde cero.

–¿Y cuándo te irás? –preguntó Kyle.

Evidentemente, cuanto antes mejor. Virgil le había comprado un billete de avión. Pero con las fiestas, Rex solo había encontrado un vuelo nocturno la víspera de Navidad.

—Mañana a última hora de la noche.

—¿Te quedarás en la casa de invitados hasta entonces?

—Desgraciadamente, no —dijo Ted—. Alexa regresará de Disney World esta noche y no queremos tener que explicarle quién es o por qué está aquí. No necesitamos que una persona tan joven tenga que cargar con un secreto tan serio.

—¿Necesitas un lugar en el que quedarte? —Kyle se echó hacia atrás para que Sophia pudiera servirle unos huevos revueltos—. Porque podrías quedarte conmigo.

—De ningún modo —insistió Ted—. No puede quedarse cerca de aquí. ¿Y si pasa por tu casa alguno de tus trabajadores y le ve? Aparecen continuamente por tu casa.

—No tan a menudo —dijo Kyle—. Y vivo solo. Además, solo va ser un día y una noche. ¿Dónde podría estar mejor?

—En mi casa —propuso Eve—. Puede venir a mi casa después del desayuno. El hostal estará cerrado los días veinticuatro y veinticinco, así que puede contar con mi casa.

—Sería muy bonito. Así tendríais tiempo para estar juntos antes de que se vaya. Pero, ¿y tus padres? —preguntó Kyle—. Viven muy cerca de ti.

—He tenido que hacerles partícipes del secreto —contestó—. A mi madre le afectó mucho enterarse de que Rex había muerto. No me pareció justo ocultárselo, sobre todo porque sé que jamás se lo contarán a nadie.

—Yo habría hecho lo mismo —admitió Ted—. Pero no podemos decírselo a nadie más. En eso estamos todos de acuerdo, ¿verdad?

—Absolutamente —contestó Eve.

—¿Ya has elegido tu nuevo nombre? —preguntó Sophia mientras dejaba la sartén en la cocina.

—Le dije a Eve que lo eligiera ella —respondió.

—¿Y bien? —la urgió Ted—. ¿Cuál va a ser?

Eve le dio un sorbo a su zumo.

—Me gusta Lincoln.

—¿Como nombre o como apellido? —Kyle no parecía muy impresionado.

–Como nombre.

–¿Y cómo se te ha ocurrido?

–Lo he oído alguna vez. No es tan raro.

–¿Y el apellido?

–McCormick. Lincoln McCormick –contestó Eve–. Es un nombre sexy y distinguido, no hace ni demasiado viejo ni demasiado joven.

–Hablas como una abogada –dijo Sophia con una risa, y se sentó con los demás a la mesa–. ¿A ti qué te parece, Rex?

Rex posó la mirada sobre Eve.

–Me gusta. Por lo menos no me ha puesto Sue –añadió con una sonrisa.

–Bueno, definitivamente, hay nombres peores –se mostró de acuerdo Kyle.

–Me gustaría que pudieras esperar un día o dos antes de irte –le dijo Sophia–. Pasar la noche en un avión no me parece un buen plan para Navidad.

–Todos los aviones están a tope. No quedaban más billetes. Pero gracias a vosotros, esta será la mejor Navidad de mi vida.

Aquello era verdad por una parte. Pero, por otra, no iba a ser fácil dejar a Eve.

El último día y la última noche con Rex fueron como una luna de miel. Eve jamás había hecho tantas veces el amor en tan poco tiempo. Y cuando no estaban haciendo el amor, continuaban en la cama, hablando. Pero cada vez que miraba el reloj y veía lo rápido que iban pasando los minutos, iba creciendo su tristeza.

–Solo nos quedan unas cuantas horas –dijo mientras permanecían acurrucados en la cama el lunes por la mañana–. Y ahora mismo esas horas son como segundos.

–Te llevaría conmigo si pudiera –dijo Rex.

Pero Eve no estaba segura de que lo estuviera diciendo en serio. En aquel momento, no estaba en posición de casar-

se con nadie. Y dejar Whiskey Creek habría sido demasiado difícil para ella. Sin sus ingresos, Eve ni siquiera estaba
convencida de que pudieran sobrevivir económicamente,
por lo menos al principio.

Sin embargo, cuando llegó la hora de llevar a Rex al
aeropuerto, Eve sintió que podría renunciar a cualquier cosa
menos a él.

—Pásalo muy bien —le deseó Eve mientras él salía del
coche.

Rex tomó la bolsa de lona en la que llevaba todas sus
pertenencias, el ordenador, algo de ropa y algunas cosas que
había comprado en el viaje a San Francisco, y rodeó el coche para acercarse a Eve.

Eve salio del coche para besarle.

—Siento tener que dejarte —apoyó la frente contra la de Eve
y deslizó la mano por su vientre, como si estuviera recordando
que no era solo a ella a quien dejaba detrás—. Te llamaré de vez
en cuando, te contaré cómo me va. Y enviaré dinero a mi hijo.

Eve asintió y parpadeó rápidamente, intentando contener
las lágrimas que de pronto la asaltaron. Se había prometido
a sí misma que no haría más difícil la separación llorando.

Antes de que la desesperación por aferrarse a él la supe-
rara, Eve se obligó a dejarle marchar.

—Perdona a tu familia. Y perdónate a ti mismo por aquello que hiciste y que tanto impacto ha tenido en tu vida —
comenzó a volverse hacia el coche, pero él la arrastró de
nuevo a sus brazos.

—Yo... animé a mi hermano pequeño a saltar a un lago, y
ese salto acabó con su vida —le susurró al oído.

La soltó después, sin mirarla, se colgó la bolsa al hombro y se volvió hacia la entrada.

—¿Cuántos años tenías? —preguntó Eve tras él.

—Dieciséis.

—¿Cuántos años tenía él?

Un músculo se movió en la mejilla de Rex y su voz sonó
atragantada cuando al final contestó:

–Doce.

La miró como si, una vez lo supiera, fuera a condenarle, pero lo único que Eve sentía era compasión, mientras se aferraba a la puerta abierta del coche.

–¿Pretendías que ocurriera algo así?

El dolor que atravesó el rostro de Rex estuvo a punto de romperle el corazón.

–¡Claro que no!

–Entonces deja de castigarte –le aconsejó–. Lo digo en serio, Rex. Ya has sufrido suficiente penitencia. Déjalo ya.

Los ojos de Rex se llenaron de lágrimas, pero Eve no permaneció allí durante el tiempo suficiente como para ver si aquellas lágrimas rodaban por sus mejillas. Sabía que era un hombre orgulloso, que no querría derrumbarse delante de ella, delante de nadie, y ella no quería que se avergonzara de su intento de compartir finalmente su dolor. Así que hizo todo lo posible para preservar su dignidad. Se sentó tras el volante y se marchó.

Cuando amaneció el día de Navidad, Eve abrió los ojos y vio la pálida luz del sol filtrándose por la ventana y alcanzando la cama. Aquello la hizo recordar lo que había sido estar con Rex durante los pasados dos días.

¿Cuánto tiempo tardaría en acostumbrarse a llamarle Lincoln McCormick?, se preguntó.

Podía imaginarse lo difícil que tenía que ser cambiar algo tan integral como la identidad de uno. Incluso a ella le costaba pensar en Rex con otro nombre.

Sonó el teléfono y se levantó de la cama para desconectarlo del cargador. Esperaba que fuera Rex, Lincoln, para decirle que había llegado sano y salvo a su destino.

Pero era su madre.

–¡Feliz Navidad! –exclamó Adele en cuanto Eve contestó.

Eve se dejó caer en la cama. Se sentía como si levantarse fuera una tarea insuperable.

—Igualmente —dijo bostezando y estirándose al mismo tiempo.

Pero volvió a mirar con sensación de impotencia aquel rayo de sol. Tenía que conseguirlo. De alguna manera, se levantaría y seguiría adelante, por el bien de su hijo, de sus amigos y de sus padres, si no quería hacerlo por otra razón. A diferencia de Rex, ella siempre había tenido mucho apoyo.

—¿Dejaste a Rex en el aeropuerto sin ningún problema?

Eve recordó las lágrimas de sus ojos y comprendió una vez más lo duro que había tenido que ser para él compartir aquella historia con ella.

—Sí —contestó. Pero no podía pensar en Rex sin que se le llenaran los ojos de lágrimas—. ¿Cuándo queréis que nos demos los regalos?

—Por nuestra parte, cuanto antes mejor.

—Pareces muy contenta —dijo Eve.

—¿No lo estás tú? Tus amigos y tú habéis logrado una hazaña y le habéis dado a Rex una nueva vida. Es el regalo de Navidad perfecto.

«Contenta» no era la mejor palabra para describir su estado de ánimo en aquel momento.

—Sí, bueno. Estoy contenta por lo que hemos hecho.

—Y tienes motivos. ¿Puedes vestirte y venir a casa? —le preguntó su madre.

Eve dejó escapar el aire muy quedamente, de modo que Adele no pudo oír el suspiro que, de otra forma, sin duda alguna habría escuchado. No quería salir de casa, no quería celebrar la Navidad. Pero no podía arruinar las fiestas a todo el mundo.

—Claro —hizo lo que estuvo en su mano para imprimir energía a su voz—. Dame una hora, ¿quieres?

Esperaba que una ducha caliente la ayudara a ponerse en movimiento, porque jamás en su vida se había sentido más apática.

—Date prisa —le pidió su madre—. Quiero ver si te gusta lo que he comprado.

Pero a Eve le daba igual el regalo. Podrían ser la luna y las estrellas y no bastarían para llenar el vacío que Rex había dejado.

—Estoy segura de que me encantará —mintió.

De alguna manera, consiguió ducharse y vestirse. Después, como durante el mes anterior había dejado todo tipo de cosas para estar con Rex, tuvo que envolver el robot aspiradora que le había comprado a su madre y la cartera de su padre. Cuando por fin terminó la que le pareció una tarea hercúlea, recorrió con paso fatigado el camino que conducía hacia casa de sus padres.

—¿No te parece que hace una mañana de Navidad preciosa? —le preguntó su padre en cuanto entró. Estaba sentado en su sillón reclinable, viendo un partido de fútbol—. Parece casi verano.

Definitivamente, el corazón de Eve estaba hundido en lo más profundo del invierno.

—He visto días más bonitos —musitó, en voz intencionadamente baja para que no la oyera su padre.

Cuando Charlie arqueó las cejas con expresión interrogante para que repitiera lo que acababa de decir, Eve le dio la razón y le dijo que hacía una mañana de Navidad maravillosa.

—He hecho ponche de huevo —anunció su madre—. Ven a la cocina y sírvete un vaso.

—Ya voy.

Dejó los regalos que había llevado debajo del árbol, siguió obedientemente a su madre y pronto se alegró de lo que tenía. De alguna manera, la vida le pareció mucho más fácil cuando estuvo sentada a la mesa, disfrutando del amor y el consuelo de estar junto a su madre. ¿Cuántas navidades había pasado junto a su madre, siempre corriendo en la cocina, mientras su padre veía un buen partido de fútbol en el cuarto de estar?

—¿Abriremos los regalos después del desayuno? —preguntó Eve.

–Estaba pensando que deberíamos abrirlos antes.

–¿Ahora?

–En cuanto meta el pavo en el horno. Acabo de sazonarlo. Me gusta cocinarlo a fuego muy lento.

Eve se levantó para levantar la pesada fuente y meterla en el horno, algo que habría hecho su padre si no hubiera estado ella allí.

–¿Vamos al cuarto de estar? –preguntó su madre.

Eve estaba contenta con el robot aspiradora. El regalo de su madre había costado bastante más que el de su padre, pero tenía la sensación de que era el regalo ideal para ambos. Últimamente, era su padre el que se encargaba de pasar la aspiradora, pues pesaba demasiado para su madre, así que también él se beneficiaría del regalo.

Eve les entregó los regalos, pero estos los dejaron a un lado en vez de abrirlos.

–Antes queremos darte el nuestro –dijo su madre–. Pero tienes que cerrar los ojos.

–¿No lo habéis envuelto? –bromeó Eve.

–Era demasiado grande para envolverlo.

La sonrisa que le dirigió su padre le indicó a Eve que iba a ser un buen regalo. Pero no estaba en absoluto preparada para lo que ocurrió a continuación. Cuando cerró los ojos, oyó crujir el suelo del pasillo y a su madre yendo a ver lo que era. Después, se oyeron pasos y, en vez de colocar el regalo delante de ella, su madre la hizo levantarse.

–¿Puedo abrir los ojos? –preguntó.

–Todavía no –contestó una voz de hombre.

Un par de manos enmarcaron su rostro justo antes de que Rex la besara.

Cuando Rex se separó de ella, Eve se le quedó mirando fijamente, demasiado sorprendida como para preguntar siquiera qué estaba haciendo allí.

–No podía dejarte –le explicó él–. Llegué a Fénix y le pedí a Virgil que me consiguiera un billete de vuelta. No quiero ir a Nueva York. No quiero ir a ninguna parte sin ti.

El corazón le latía a toda velocidad, llenándola de esperanza, a pesar de todo lo que le estaba pasando por la cabeza.

–¡Pero no puedes quedarte aquí! Podría reconocerte cualquiera –le dijo.

Pero no había auténtica convicción en sus palabras, porque quería, más que ninguna otra cosa en el mundo, convencerse de que podía quedarse.

–Aquí no –le acarició lentamente las mejillas con los pulgares mientras hablaba–. Pero si me cambio de nombre como ya he hecho, monto un negocio diferente y cambio ligeramente mi aspecto, cortándome el pelo y dejándome crecer la barba, por ejemplo, podríamos vivir en Jackson, en Placerville o en Sutter Creek. Están suficientemente cerca como para que puedas seguir viendo a tu familia, e incluso trabajar en el hostal. La única diferencia sería que al final de la jornada volverías a casa conmigo.

Si hacía todos aquellos cambios, era probable que cualquier vecino de Whiskey Creek que se cruzara con él por casualidad no relacionara a Lincoln McCormick con aquel Rex Taylor que, supuestamente, había muerto. Y el riesgo iría disminuyendo a medida que fueran pasando los años.

–Pero... a ti te gusta lo que haces –le dijo–. En realidad no quieres renunciar a tu trabajo.

–Ha llegado el momento de hacerlo. No sé cómo voy a sustituir esos ingresos, pero encontraré la manera.

Eve retrocedió un paso para mirar a sus padres, que sonreían radiantes.

–¿No crees que esta es la mejor Navidad que hemos tenido nunca? –preguntó su madre, uniendo las manos con un gesto de pura alegría.

–Sí –dijo Eve–. Jamás he querido tanto a nadie, ni he deseado nada con tanta fuerza.

Rex, Lincoln, se acercó al árbol y tomó una cajita que estaba debajo de las otras.

–Dejé esto para ti. Lo pedí por Internet y llegó a casa

de Ted. Pero ya que estoy aquí, me gustaría verte abrir mi regalo.

Eve se sentía como si estuviera viviendo un sueño. ¿Sería posible? ¿De verdad iba a quedarse con ella? ¿De verdad iba a vivir con ella?

No tenía ningún inconveniente en trasladarse a otro pueblo si podía continuar cerca de Whiskey Creek y continuar viendo a su familia y a sus amigos siempre que quisiera.

–Pero yo no tengo nada para ti –protestó.

Rex sonrió.

–Ya me has dado más que suficiente.

Todos la miraban mientras rompía el papel. En el interior había una caja de terciopelo negro que contenía una gargantilla de oro con un colgante en forma de ángel.

Rex no tuvo que explicarle por qué lo había elegido para ella. Lo comprendió perfectamente.

–Gracias. Me encanta –dijo.

Después decidió que quizá aquel fuera un buen momento para contar a sus padres lo del bebé.

Epílogo

Lincoln no era capaz de permanecer quieto mientras Eve y él esperaban en el marco de la puerta de la casa de su hermano, un edificio de clase media alta de una sola planta, situado en Los Ángeles.

–Relájate –susurró Eve, apretándole la mano–. Todo va a salir bien.

De alguna manera, si Eve estaba cerca, todo saldría bien, porque siempre era así. No tenía que olvidarlo. No había sido más feliz en su vida que durante los últimos cuatro meses, desde que estaban juntos y se había iniciado en el negocio de la jardinería. Pero hacía mucho tiempo que no veía a sus hermanos y a su padre y aquella noche estarían todos allí para celebrar el cumpleaños del último. Lincoln no habría ido si Eve no le hubiera urgido a aceptar la invitación de Mike. Aunque sus hermanos sabían que había cambiado de identidad una vez más y estaba viviendo una nueva vida, se mostraban en cierto modo escépticos, y lo mismo le ocurría a él.

Pero a lo mejor había llegado el momento de algo más, el momento de invertir el esfuerzo necesario para hacerles cambiar de opinión.

La puerta se abrió y apareció su hermano mayor tras ella.

–Vaya, vaya –dijo, después de mirar a Lincoln y a Eve–. Parece que os van las cosas bien.

Lincoln sostenía con una mano el regalo que le llevaba a su padre, pero alzó la mano que entrelazaba con la de Eve.

–Mike, te presento a Eve, mi esposa.

–Hace unos meses nos enviaste un correo para decirnos que te ibas a casar, pero no nos dijiste que tu mujer era tan guapa.

Lincoln tampoco había mencionado el bebé, pero Eve estaba embarazada de cinco meses y ya estaba empezando a notarse. Supo que su hermano lo había notado cuando le vio deslizar la mirada hacia su vientre antes de alzarla de nuevo hasta su rostro.

–Bienvenida a Los Ángeles, Eve.

Eve sorprendió a Lincoln, y probablemente también a Mike, dando un paso adelante para darle a Mike un abrazo.

–Me alegro de poder conocerte por fin.

Lincoln no pensaba abrazar a nadie más que a Eve. En aquel momento, se alegró profundamente de llevar el regalo en la mano. Pero esperaba que también los abrazos llegaran con el tiempo.

–¿Está papá aquí?

–Sí, y está deseando verte –contestó Mike–. Adelante.

<u>ÚLTIMOS TÍTULOS PUBLICADOS EN HQN</u>

Antes de abrazarnos de Susan Mallery

El jardín de Neve de Mar Carrión

Un amor entre las dunas de Carla Crespo

Siempre una dama de Delilah Marvelle

Las chicas buenas no... mienten de Victoria Dahl

Un viaje por tus sentidos de Megan Hart

De repente, el último verano de Sarah Morgan

Trampa a un caballero de Julia London

Amor en cadena de Lorraine Cocó

Algo más que vecinos de Isabel Keats

Antes de la boda de Susan Mallery

Todas las estrellas son para ti de J. de la Rosa

Reflejos del pasado de Susan Wiggs

Amor en V.O de Carla Crespo

Síempre en mís sueños de Sarah Morgan

9 788468 787510